ÇA FINIT QUAND, TOUJOURS ?

DE LA MÊME AUTRICE

Onze petites trahisons, nouvelles, Boréal, 2010; coll. «Boréal compact», 2011.

Mourir, mais pas trop, nouvelles, Boréal, 2016; coll. «Boréal compact», 2018.

Agnès Gruda

ÇA FINIT QUAND, TOUJOURS ?

Roman

ÉQUATEURS

Photo de couverture : Sergio Larrain, *Filles de pêcheurs, village de Los Horcones, Chili,* entre décembre 1957 et janvier 1958.
© Sergio Larrain/Magnum Photos

ISBN : 978-2-3828-4875-3.

Dépôt légal : août 2025.

Publication réalisée par l'intermédiaire
de Books And More Agency (#BAM).

170 *bis*, boulevard du Montparnasse, 75014 Paris.

editions-des-equateurs@orange.fr

www.editionsdesequateurs.fr

À Auguste, Ernest et Mahault.

«Je suis de là-bas. Je suis d'ici. Je ne suis ni là-bas ni ici. J'ai deux noms qui se rencontrent et se séparent, deux langues, mais j'ai oublié laquelle était celle de mes rêves.»

MAHMOUD DARWICH.

Les personnages

La famille Gutkowski (Gutkowska au féminin) :

Janina (Nina) et Marek.
Lusia et Stefan, les parents de Nina.
Ewa et Maja, leurs filles.
Agathe, la fille d'Ewa et Denis.
Charlotte, la fille de Maja et Yves.
Arthur, fils d'Agathe et Manu.

La famille Ulman :

Andrzej et Pola.
Freda et Karol, les parents d'Andrzej.
Basia, leur fille.
Adam, leur fils, et Pnina, sa femme.
Rafael, le fils de Basia et Gabriel.

La famille Kamiński (Kamińska au féminin) :

Sabina et Włodek, son compagnon.
Monika, la fille de Sabina et Janusz.
Ania et Leon, les enfants de Monika et Jurek.

La famille Rotfeld :

Heniek, lointain cousin de Marek, et sa femme, Teresa.
Maciek et Jacek, leurs fils jumeaux.
Julia, leur fille.

Adam et Ewa

Elle a perdu les eaux jeudi, juste avant l'aube. Le liquide tiède a coulé sur ses cuisses alors que le ciel pâlissait à peine et que le premier tramway freinait sur les rails dans un grincement métallique qui annonçait la fin de la nuit.

Tant d'événements de cette époque finiraient par se dissoudre dans sa mémoire, s'effriter en une série d'instantanés: souvenirs d'été amalgamés à des dizaines de souvenirs d'été, images de plages, de genoux qui saignent, d'amis qui trinquent, encore un verre, encore un verre de trop, était-ce au printemps ou en automne, un mardi ou un dimanche?

Mais toute sa vie elle se souviendrait du moment précis où l'inconnue que son corps avait abritée pendant huit mois et une semaine a annoncé son arrivée imminente: quatre heures trente-quatre, l'heure du premier tramway. Ils habitaient juste devant un arrêt de la ligne numéro quatre et, tous les matins, le même vacarme la tirait du sommeil. Les portes qui s'ouvrent et se referment, les roues qui gémissent quand les wagons accélèrent, le battement du fer sur le fer: elle connaissait cet engrenage par cœur. Mais elle avait beau pester contre cet arrêt bruyant, au moins, ils avaient leur appartement à eux, ce qui n'était pas le cas de la majorité de leurs amis, forcés de dormir derrière un paravent dressé pour la nuit, chez leurs parents, une tante ou un cousin, réduits à planifier leurs moments de tendresse dans un hôtel où une employée interrompait sa séance de manucure pour leur indiquer d'un mouvement du menton la direction d'une chambre au tapis usé, aux murs écaillés.

Pas eux, pas elle et Marek, ils ne partageaient leur espace avec personne, et c'était un luxe inouï. Tous les matins, elle savourait ces instants où elle se tenait devant la grande fenêtre de leur chambre, dans sa chemise de nuit froissée, les yeux embués de sommeil, à observer la large avenue émergeant de l'obscurité. Les rares autos qui perçaient la brume avec leurs phares encore allumés, le laitier qui faisait tinter ses bouteilles sur le bitume, les travailleurs en attente, engoncés dans leurs manteaux de laine: c'était une chorégraphie monochrome qu'elle observait sans réfléchir, bercée par les scènes routinières et rassurantes.

Mais là, c'était différent. Toute la nuit, elle n'avait dormi que par intermittences, incapable de trouver une position pour loger son ventre distendu. Marek était parti à la campagne chercher une chambre où ils iraient passer les premières semaines de l'été, avec le bébé. L'été était encore loin, mais il avait entendu parler de cette maisonnette de paysans, à une heure de train de Varsovie, il voulait la voir de ses yeux, la réserver si elle leur convenait. Elle lui a dit bien sûr, quelle bonne idée, tout en pensant qu'il avait juste besoin de bouger, comme toujours. Attendre paisiblement l'arrivée du bébé, à ses côtés, était au-dessus de ses forces.

Elle était donc seule dans leur lit, se levait toutes les quinze minutes pour aller faire pipi, boire une gorgée d'eau, arracher un bout de saucisson, fumer une demi-cigarette, ça ne pouvait quand même pas lui faire de tort, au bébé, cette fumée apaisante qui se répandait dans ses bronches. Puis elle se recouchait, pour se relever au bout d'un quart d'heure, la vessie comprimée, et recommencer le rituel : eau, saucisson, cigarette.

Jusqu'à ce qu'un mouvement surgi du tréfonds de son ventre la propulse au bord du lit. Juste comme elle se soulevait, la cascade a déferlé sur le plancher qu'elle avait ciré la veille, avec une vigueur étonnante. Le hurlement du tramway a enterré son cri. Oh mon Dieu ! C'était donc ça, trois semaines avant la date prévue !

Elle a mis quelques secondes avant de se souvenir que non, Marek n'était pas là. Sans téléphone, elle n'avait aucun moyen de le joindre. De toute façon, il devait rentrer en ville le soir même, elle lui laisserait une note sur la table. Et puis, ce travail, expulser un enfant de son ventre, lui appartenait à elle et à elle seule. S'il avait été là, Marek n'aurait fait que l'énerver.

Sa mère aurait pu l'aider, mais elle habitait à l'autre bout de la ville et n'avait pas le téléphone, elle non plus. Seules des relations en haut lieu permettaient d'être branché au réseau téléphonique et, dans leur entourage, personne ne disposait de tels pistons.

Ils n'avaient toujours pas de réfrigérateur non plus, pour ça, il aurait fallu graisser la patte d'un commis de magasin, mais Marek était intraitable : c'était contraire à ses principes. Pendant des siècles les humains s'étaient débrouillés autrement, ils y arriveraient, eux aussi. Il pouvait bien parler, ce n'était pas lui qui faisait couler l'eau froide dans la baignoire avant d'y entreposer le lait, en été, pas lui qui allait chercher une motte de beurre congelé sur le balcon, en hiver.

Marek était si insouciant, tout était si facile à ses yeux. Et pourquoi donc était-il parti à ce moment précis, à trois semaines de la date prévue de l'accouchement ? Une larme d'impuissance a tracé un sillon sur sa joue, mais elle s'est ressaisie en se rappelant que, oui, c'était mieux comme ça, vraiment. Elle était forte, elle s'organiserait.

Les voisins ? Elle les connaissait à peine, Marek et elle n'avaient emménagé que trois mois plus tôt dans cet immeuble de quatre étages divisé en trois blocs : A, B et C. Un couple d'amis parti à l'étranger leur avait refilé ce deux-pièces du deuxième étage dans le bloc A. L'appartement était exigu, mais lumineux, dans ce rare immeuble d'avant-guerre à la façade à peine éraflée par les balles, avec la haute fenêtre donnant côté rue et la cuisinette qui s'ouvrait sur le balcon perché au-dessus de la cour.

En principe, ils n'auraient pas dû habiter ici : leurs

papiers d'identité portaient l'adresse du minuscule studio de sa mère où ils avaient vécu à trois, dans une seule pièce, pendant neuf mois. Mais un pot-de-vin généreux avait permis d'assurer la discrétion de la concierge, pendant quelque temps au moins. Pour ça, Marek n'avait pas hésité à faire une entorse à ses principes, après tout, disait-il, il faut savoir choisir ses batailles.

Si près de l'arrivée d'Adam – tout son corps lui criait que ce serait un garçon, elle imaginait ses joues rondes, son crâne recouvert d'un duvet noir – cet appartement était un cadeau du ciel. Tant pis pour le tintamarre du tramway, tant pis pour la cuisine étroite où son corps enflé occupait presque tout l'espace entre l'armoire murale et la cuisinière au gaz. C'étaient d'infimes désagréments en comparaison du bonheur de posséder un coin à soi.

En attendant l'arrivée du bébé, ils avaient réussi à dénicher un berceau, une cuve métallique qui servirait de baignoire et quarante couches de coton qu'elle avait fait bouillir avant de les repasser au fer brûlant, pour les stériliser. Elle avait travaillé seule dans la cuisine étouffante comme un bania russe. Désinfecter les laizes de tissu, les suspendre sur le séchoir tendu au-dessus de la baignoire, vérifier la chaleur du fer, déplier, lisser, plier : elle se voyait déjà répéter à l'infini ces gestes à la fois mécaniques et empreints de sollicitude maternelle, le travail éternel des femmes.

En matière de récits d'accouchements, elle ne connaissait que celui de sa mère au sujet de sa propre venue au monde : une histoire de douleurs atroces et de sang. Mais sa mère avait tendance à tout exagérer, à braquer son attention sur ce qui pouvait arriver de plus tragique. Cette faculté lui avait autrefois permis de survivre. Depuis la fin de la guerre, sa propension à imaginer le pire ne lui servait plus qu'à se maintenir dans un état d'agitation chronique.

— Arrête, maman, de tout dépeindre en noir, des femmes accouchent tous les jours, partout sur la planète, elles ne passent pas leur temps à se plaindre, lui disait-elle avec agacement, en levant les yeux au ciel. Ah, ma mère…

— Oui, mais tu sais ce qui est arrivé à Unetelle, répondait sa mère, son bébé s'est enroulé dans son cordon ombilical et il est mort à la naissance.

Non, vraiment, elle ne pouvait pas compter sur sa mère pour se rassurer. Quant à ses amies, pas une seule n'avait encore donné la vie. Quelques-unes étaient déjà tombées enceintes, ça oui, mais ces grossesses s'étaient toutes terminées chez une faiseuse d'anges. Les plus catholiques d'entre elles allaient ensuite confesser leur péché à un curé complaisant dont elles se transmettaient le nom, en même temps que celui de l'avorteuse.

Elle s'est traînée jusqu'aux toilettes, a attrapé une serviette, s'est essuyé l'entrejambe, a plié le tissu rugueux en quatre pour éponger, du côté sec, le liquide amniotique qui avait formé des rigoles sur le plancher de chêne luisant de cire.

⁂

Il y avait des gens partout, dans l'escalier de l'hôpital, dans le hall aux murs beiges, dans le couloir menant à la maternité qui se trouvait au troisième étage, au fond, à droite. Elle a gravi les trois étages en s'appuyant à la rampe et en s'arrêtant toutes les deux marches. Quand la douleur lui lacérait les reins, elle serrait les poings en attendant que ça passe. Et ça passait.

Elle avait d'abord voulu se rendre à l'hôpital en tramway, mais, voyant son ventre proéminent et sa valise, les gens dans la file l'ont houspillée.

— Mais voyons, madame, on ne va pas accoucher en tramway, prenez un taxi.

— Si vous n'avez pas assez d'argent, je vous en donnerai, avait chuchoté une femme qui portait une longue tresse blanche enroulée autour du crâne.

Mais ce n'était pas une question d'argent. Elle ne prenait jamais le taxi, point. Elle avait des jambes musclées, elle n'aurait qu'à se hisser à bord du wagon, à se laisser ballotter par le mouvement du tramway jusqu'à l'arrêt qui surplombait l'hôpital, puis à franchir à pied les cinq cents mètres restants. Sous la pression, elle a finalement accepté de prendre place dans une Warszawa noire, elle s'est assise sur le siège du passager qu'elle a immédiatement arrosé d'une deuxième vague de liquide amniotique. Pendant qu'elle se consumait de honte, le taxi a bifurqué vers la droite pour longer la Vistule dont les eaux paraissaient gorgées d'une menace sourde devant l'horizon qui s'éclaircissait.

— C'est ici, a marmonné le chauffeur en se garant devant l'immeuble de béton gris.

Elle a réglé sa course tout en essuyant discrètement le siège avec un pan de son manteau.

Une femme gémissait dans la salle d'attente de la maternité éclairée par des tubes fluorescents. Elle s'est affalée sur une chaise, sa valise coincée entre les genoux, les mains appuyées sur ses cuisses qu'elle serrait de toutes ses forces à chaque contraction.

Elle avait une bonne résistance à la douleur, c'est ce que disaient ses parents quand elle était toute petite : notre fille ne pleure jamais, même pas chez le dentiste, elle est forte, brave. Et elle essayait d'être à la hauteur de cette légende. Chez le dentiste, quand la fraise s'enfonçait dans ses caries à peine engourdies par l'application d'un glaçon, elle fermait les yeux et comptait jusqu'à mille. Et maintenant, avec ces coups de poignard de plus en plus rapprochés, elle faisait pareil : elle encaissait.

— Vous, vous et vous, a ordonné une infirmière en pointant l'index vers les femmes qui lui semblaient mûres pour la salle de travail.

— Je meurs, aidez-moi, c'est ta faute, espèce de salaud, c'est toi qui m'as mise dans cet état, criait la femme souffrante.

— Arrêtez donc de hurler, vous n'êtes pas la première femme à accoucher dans l'histoire de l'humanité, a lancé sèchement l'infirmière avant de repartir avec trois parturientes moins bruyantes.

Elle a fini par les suivre, des heures ou un siècle plus tard. Dans la grande salle, une douzaine de femmes se lamentaient, certaines maudissaient le ciel d'avoir un jour fait l'amour, promettaient de ne plus jamais recommencer. Elle était toujours stoïque et fière de son calme, mais l'infirmière qui venait d'évaluer la dilatation de son col utérin l'a assurée que son tour viendrait de gémir de douleur.

— Ça ne fait pas encore assez mal, a-t-elle jugé en retirant ses gants de caoutchouc.

Elle restait allongée sur le dos, les yeux rivés au plafond, dans cette pièce aux relents de produits de nettoyage, de glaire et de sang. L'infirmière, dont la blouse s'entrouvrait sur une poitrine proéminente, passait d'une femme à l'autre, vérifiait l'avancement du travail, assenait ses diagnostics comme autant de verdicts, gestionnaire implacable de tous ces ventres prêts à exploser. Prête. Pas prête. Cinq centimètres. Sept. Neuf.

Elle essayait de compter, comme chez le dentiste. Mais elle a perdu le fil quelque part entre deux mille et trois mille. La douleur se logeait maintenant entre son dos et son abdomen, une morsure qui s'accrochait et ne s'en allait plus. Elle n'était plus que ça, cette poussée irrépressible qui lui arrachait des gémissements. Elle a mordu son oreiller, jeté le drap qui la recouvrait, toute ambition d'héroïsme et de pudeur l'avait abandonnée. Sa bouche a lancé l'appel à l'aide suprême : « Maman, viens m'aider, *mamusiu* ! »

Elle se tordait de douleur quand la femme allongée sur la civière voisine s'est levée pour appeler l'infirmière. Elle a aperçu une ombre glisser vers la porte coulissante, puis revenir vers elle en la pointant du doigt.

— Celle-là, emmenez-la, je suis sûre qu'elle est en train d'accoucher, là, maintenant.

La femme s'est arrêtée au-dessus de sa civière, précédée par un ventre monumental.

— Ça ira, vous verrez.

Elle a levé les yeux vers un visage percé de deux yeux noisette qui brillaient d'une gaieté rassurante, deux bouées clignotant sur une mer en furie. Quelque chose de doux s'est répandu dans sa poitrine entre deux contractions. Puis l'infirmière s'est approchée, a empoigné la barre métallique au pied de son lit et l'a tirée brutalement pour la transférer dans la salle d'accouchement, de l'autre côté du couloir.

— Poussez pas tout de suite, le médecin n'est pas encore là, a-t-elle ordonné.

Elle n'avait plus conscience ni de son corps ni de ses pensées, il n'y avait plus que cette pression dans le bas de son ventre, ce camion qui lui roulait dessus et la labourait de l'intérieur, cette bête qui l'occupait et qui allait la déchirer en deux ou en mille si elle ne l'éjectait pas ici, maintenant. Au-dessus d'elle, il y avait des visages, des mains la fouillaient, scrutaient la progression du travail.

— Je ne suis pas prêt, retenez-la, a grommelé une voix masculine en toussotant.

Des mains ont alors ramené ses cuisses l'une vers l'autre.

— Qu'est-ce qu'il fout, le doc, a protesté une voix de femme.

Une autre a répondu :

— Il finit sa cigarette.

La pression sur ses cuisses s'est accentuée. Elle voulait écarter ses jambes, arracher les mains qui la tenaient en étau. Il n'était plus question du nourrisson qu'elle avait imaginé accroché à ses seins, bienheureux et repu. C'était une lutte contre des forces puissantes, une forêt de monstres dont elle ne sortirait pas vivante. Une guerre de tranchées qui a fait ressurgir dans son esprit des images de l'autre guerre, celle à laquelle elle avait miraculeusement survécu. Le bruit des bombes, l'odeur âpre de la cendre, le chaos, maman qui coud une étoile bleue sur la manche de son manteau, maman qui parcourt la ville à vélo, qui revient avec les nouvelles, toujours mauvaises, les conversations des adultes, il faut partir, t'es folle, tu ne peux pas laisser tout ça derrière toi, mais si, justement, ses tantes et ses cousines en pleurs, sa grand-mère qui l'étreint comme si elle savait que c'était la dernière fois, les autres ne partiront pas, elle ne les reverra plus ; puis le train de nuit, les chiens qui aboient, les tirs, un autre train, des gens en fuite, des valises perdues, des enfants affamés, elle aussi, la faim qui fait mal jusqu'à ce qu'on ne la sente plus.

— C'est bon, vous pouvez y aller, a lancé le médecin en plaçant ses pieds dans les étriers.

Cette permission accordée sur un ton professionnel a dispersé les fantômes du passé. Elle était de retour dans cet hôpital tout neuf d'une ville reconstruite sur ses ruines. Ce qui se passait ici n'avait rien à voir avec tous ces morts. Ici, c'était l'avenir, c'était la vie.

Elle a poussé enfin, une fois, deux fois, dix fois, une masse caoutchouteuse a glissé de son sexe et, après un moment de silence, a émis un pleur timide.

— C'est une fille, a dit l'infirmière, chaleureuse tout à coup, comme si elle était fière du travail accompli. Vous voyez, elle vous ressemble, elle a votre nez.

Puis elle a éloigné le bébé pour l'emmailloter et repartir vers la pouponnière, emportant ce qui de loin ressemblait à une poupée ou à une momie miniature. Elle a tout juste eu le temps d'apercevoir un visage rouge tirant sur le mauve qui émergeait des langes, un nez qui n'avait rien à voir avec le sien, franchement, et un front tout plissé par les pleurs, surmonté d'un crâne chauve.

Le visage d'Ewa.

⁂

Elle essayait de distinguer Marek dans la rangée d'hommes qui trépignaient de froid, le visage levé vers le troisième étage de l'hôpital, celui où les femmes mettaient au monde leurs fils et leurs filles.

Elles agitaient la main pour attirer leur attention, puis elles hissaient les bébés ficelés dans leurs langes devant la fenêtre, en prenant bien soin de soutenir leur petite tête sur leur cou trop mou. Certains hommes étaient agités, d'autres affichaient un sourire béat, ils pointaient du doigt les figurines emmaillotées que tendaient les bras des femmes. Ils brandissaient leurs bouquets, fumaient leurs cigarettes, faisaient mine d'envoyer des baisers, avant de repartir arroser leur joie paternelle à grandes rasades de vodka.

Elle a mis du temps avant de reconnaître Marek qui se tenait à l'extrémité du groupe, appuyé contre la clôture, un bouquet dans une main, des jumelles dans l'autre. Quand il les a aperçues, Ewa et elle, il s'est mis à sauter en l'air comme un gamin. Il a frappé l'épaule de son voisin, a fait un geste vers la fenêtre de la maternité et elle a eu l'impression de lire sur ses lèvres: «Regarde, regarde, c'est lui, c'est mon enfant.»

Elle a dit: «C'est une fille, c'est Ewa» en exagérant le mouvement de ses lèvres, mais elle savait bien qu'il ne pouvait pas l'entendre.

Ewa commençait à peser lourd dans ses bras, et rester debout accentuait les contractions qui faisaient écho aux grandes douleurs de la nuit. Mais elle n'osait pas s'éloigner, ne voulant pas décevoir Marek qui l'avait attendue devant l'hôpital, avec ses fleurs et ses jumelles.

— Ça suffit, ils reviendront demain, nous avons besoin de reprendre des forces, a dit une femme qui venait de se placer à sa droite, avec son poupon.

Le visage lui a paru familier. Le regard brillant, les cheveux bruns parsemés de mèches pâles, la bouche relevée dans un sourire à la fois doux et ironique.

— C'est moi qui suis allée chercher l'infirmière, la nuit dernière, vous vous souvenez?

Ah oui, ça lui revenait. C'était la femme aux yeux noisette, elle avait fini par accoucher elle aussi, au petit matin, après un travail beaucoup plus rapide que le sien.

— C'est mon deuxième, c'est normal. Un garçon. Il s'appelle Adam. J'ai déjà une fille de deux ans, Basia. Et vous voyez, là-bas, c'est mon mari, Andrzej, celui qu'on voit de dos, qui s'éloigne. Il est facile à reconnaître, il a deux têtes de plus que tout le monde.

La femme s'est tue pendant un moment, puis elle a ajouté :

— Je m'appelle Pola Ulman.

— Et moi Janina Gutkowska, mais tout le monde m'appelle Nina. Merci encore pour cette nuit… J'ai eu une fille. Ma première. On va l'appeler Ewa. Et là-bas, celui qui s'agite avec son bouquet de fleurs, c'est son père, Marek.

Puis ça leur a sauté aux yeux : Adam et Ewa, nés la même nuit, dans le même hôpital. Cette coïncidence les a fait s'esclaffer toutes les deux, elles riaient au point d'être pliées en deux, incapables de s'arrêter. Le pire était derrière elles. Un nouveau monde pouvait commencer.

Là d'où nous venons

Un monument s'est effondré

Un miaulement aigu a retenti à travers la cour. Du haut du balcon, Nina a vu une flèche noire bondir vers le pommier qu'un voisin avait planté au milieu du carré de gazon, à la fin de l'été. L'arbre avait survécu à l'hiver et des bourgeons enflaient déjà sur ses branches. Froissement de plumes, piaillements désespérés : le chat a fondu sur un moineau qui a réussi à s'arracher à ses griffes avant d'être rabattu au sol d'un coup de patte. Le félin le lançait maintenant en l'air comme un ballon, l'attrapant dans sa chute, le frappant sur la pelouse.

Nina observait la scène sans bouger, hypnotisée par ce jeu cruel. Le temps était frais, elle a remonté le col de sa veste, en a aspiré les effluves de laine humide et de camphre. La cour baignait dans la pénombre matinale, tout était figé, immobile, comme au théâtre quand le rideau est levé, mais que les acteurs ne sont pas encore apparus sur la scène. Puis il y a eu ce chat surgi de nulle part, ce matou psychopathe qui s'acharnait sur sa victime juste là, sous son balcon.

Il a fallu qu'Ewa commence à gigoter dans son lit pour que Nina se ressaisisse : il était déjà sept heures, elle devait conduire la petite à la garderie avant de filer à l'université. Elle a saisi la bouteille de lait, a refermé la porte du balcon derrière elle, puis elle s'est attaquée à sa routine matinale : préparer la semoule, changer la couche de sa fille, la forcer à enfiler son manteau et son bonnet alors qu'elle ne cessait de se tortiller.

Nina n'avait eu aucune nouvelle de Marek depuis qu'il avait pris le train, deux jours plus tôt, jusqu'à la dernière gare polonaise avant la frontière de l'Union soviétique, pour récupérer leur futur réfrigérateur. C'est un copain inscrit à l'Université de Moscou qui en assurait la livraison – son visa d'étudiant polonais lui permettait de traverser facilement la frontière entre les deux pays et il en profitait pour arrondir ses fins de mois. Leurs amis Andrzej et Pola avaient profité de la même combine deux mois plus tôt, et ils avaient célébré ensemble, tous les quatre, cette acquisition mémorable. Conservée dans un compartiment de congélation tapissé de givre, la vodka coulait lourdement dans les verres. Andrzej dominait le réfrigérateur, du haut de son mètre quatre-vingt-cinq, avec l'attitude du chasseur exhibant l'animal qu'il vient tout juste d'abattre.

— Ma vie vient de changer, le lait ne gèlera plus sur le rebord de la fenêtre, pavoisait Pola, dont le visage rosissait à mesure qu'elle enchaînait les verres.

Et maintenant, la vie de Nina était aussi sur le

point de changer. Elle a remonté la fermeture éclair de sa jupe de tweed beige en retenant son souffle : depuis sa grossesse, cinq kilos de chair s'accrochaient à sa silhouette, logés surtout dans la région des hanches, résistant à tous ses efforts pour s'en délester. Puis elle a noué ses cheveux noirs et épais en un chignon qu'elle a fixé à l'aide d'une épingle. Quand elle s'est attardée sur son reflet dans le miroir, elle a été frappée par les cernes qui creusaient son regard. À vingt-deux ans, j'ai l'air d'en avoir quarante, et parfois, je me sens comme si j'en avais deux cents, a-t-elle pensé, avant d'appliquer un peu de poudre sous ses yeux.

Ewa se tortillait encore quand Nina l'a calée dans son landau avant de descendre les deux étages avec précaution, une marche à la fois. Dans le hall d'entrée, la concierge s'est précipitée à leur rencontre.

— Ah, ma petite Ewunia, ma petite poupée, s'est extasiée *pani* Frania avant de se tourner vers Nina et son visage rougi par l'effort : Regardez comme elle me sourit.

Et effectivement, un large sourire creusait des fossettes dans les joues d'Ewa.

En voyant la concierge fondre de bonheur chaque fois qu'elle croisait leur fille, Nina et Marek avaient compris qu'ils n'auraient plus à se soucier de perdre leur appartement. Depuis sa naissance, *pani* Frania n'avait plus jamais fait allusion à leur statut précaire dans l'immeuble, il n'avait plus été question de documents ou de pots-de-vin. Ewa lui souriait, ça suffisait.

Dehors, Nina a été saisie par une quinte de toux

qui l'a forcée à s'arrêter pour reprendre son souffle. Elle a poussé le landau sur une allée raboteuse, puis elle a rejoint l'avenue Puławska, a longé ses bâtiments typiques des constructions d'après-guerre, avec leurs façades épurées et leurs portes cochères. En passant devant le kiosque à journaux, elle a remarqué que ses présentoirs étaient vides. Étrange. Les quotidiens du matin auraient dû s'y trouver déjà. Tout en marchant, Nina revoyait le chat noir jongler avec le cadavre du moineau, elle ne parvenait pas à chasser cette image de son esprit. Il y avait là quelque chose de sinistre, comme un mauvais présage.

La garderie se trouvait dans un bâtiment trapu en forme de L, au fond d'un jardin bordé par une clôture métallique. Les premiers crocus pointaient déjà, défiant le froid avec leurs pétales jaunes ou blancs, dans la platebande aménagée le long de l'allée. Nina a soulevé sa fille, l'a embrassée sur ses joues fraîches, lui a murmuré : « Bonne journée, ma coccinelle. » Dès qu'elle a déposé Ewa par terre, la fillette s'est précipitée vers l'entrée de l'immeuble où une éducatrice l'attendait, les bras ouverts. Ewa a couru sans se retourner, se balançant de droite à gauche, petit pingouin résolu et vacillant.

En la regardant s'éloigner, Nina a senti une onde de tendresse se propager dans son corps : elle n'aimait jamais autant sa fille que lorsqu'elle était sur le point de s'en séparer, ou quand la petite dormait, ses poings minuscules serrés sur sa couverture de flanelle. Nina réussissait alors à oublier la fatigue qui l'engourdissait depuis la naissance d'Ewa, et qu'elle attribuait au manque de sommeil et à l'enchaînement de corvées : laver, peler, frotter, courir les magasins, se cogner le nez sur un étalage vide, nettoyer encore, peler, bouillir, tout était toujours à recommencer. C'était comme si elle traversait un champ de mauvaises herbes qui repoussaient sans cesse, sans jamais pouvoir s'asseoir et dire : Ça y est, j'ai fini. Une pile de couches lavées était immédiatement suivie d'une nouvelle pile de couches sales. Et Ewa qui s'entêtait à ne pas contrôler ses intestins, alors qu'Adam, lui, était propre à douze mois. Mais bon, ils avaient beau être nés à quelques heures d'intervalle, il ne fallait pas les comparer, chaque poupon évolue à son rythme – elle l'avait bien appris dans le cours de psychologie de l'enfance qu'elle avait suivi pendant l'automne.

En quittant la garderie, Nina a été fouettée par une bourrasque glaciale. À l'arrêt de tramway, quand elle a vu le wagon bondé, les visages las, la forêt de bras accrochés à des sangles fixées au plafond, elle n'a pas eu le courage de monter. Non, elle n'irait pas à l'université ce matin-là, elle rentrerait plutôt à la maison, se préparerait un thé, étudierait pour ses derniers examens avant les stages cliniques qui commenceraient en mai. En repassant devant le kiosque, elle a remarqué qu'il n'y avait toujours pas un seul journal.

— J'y peux rien, ma p'tite dame, c'est pas moi qui les imprime, lui a lancé le vendeur d'un air défiant.

À la maison, Nina a fait infuser du thé, gobé deux aspirines, lu quelques pages, puis elle s'est assoupie, la tête appuyée sur la couverture rigide de son manuel de psychopathologie générale.

Quand elle est redescendue au kiosque, deux heures plus tard, les quotidiens venaient d'être livrés et ils portaient tous le même titre, inscrit en caractères gras surdimensionnés : « Le cœur du grand Staline, le leader de l'humanité, a cessé de battre. »

Nina a retenu un cri. Voilà pourquoi tout semblait si étrange, si sinistre, ce matin-là. Le vendeur qui lui a tendu *La Tribune du Peuple* a lancé :

— Vous voyez, ils en ont mis du temps avant de publier ça, ils avaient peut-être peur de se tromper.

Nina s'est esclaffée avant de mettre la main sur sa bouche : ce n'était vraiment pas une bonne idée de rire dans ces circonstances.

Joseph Vissarionovitch Staline était mort la veille, vers vingt et une heures, dans sa datcha de Kountsevo, les journaux déploraient la mort d'un *grand humaniste, ami des gens simples, ingénieur de tous nos rêves*, et Nina s'est d'abord demandé quelle incidence cet événement aurait sur la livraison du réfrigérateur. La frontière entre l'Union soviétique et la Pologne resterait-elle ouverte ?

De retour à l'appartement, elle ne tenait pas en place. La nouvelle de la mort de Staline se frayait peu à peu un chemin dans son esprit. Staline, l'homme d'acier, le héros bolchevique, le petit père des peuples avait toujours été là, du plus loin qu'elle se souvienne. On a beau savoir que personne n'est immortel, après tout Staline avait plus de soixante-dix ans, l'annonce a provoqué une déflagration. L'image du chat lançant et attrapant l'oiseau qu'il venait de tuer a ressurgi dans son esprit, comme s'il y avait une ligne ténue reliant les deux morts, comme si elles relevaient d'une même fatalité. Un oiseau picore au pied d'un arbre et un chat fond sur lui pour lui trancher la gorge. Un homme s'endort et ne se réveille plus. Un jour on vit, le lendemain, *pfuit*, on n'est plus là.

Nina a refermé son manuel : elle n'avait décidément pas la tête à étudier. Elle a allumé la radio qui diffusait des bulletins nécrologiques en boucle, célébrant la vie et l'œuvre de Staline. Les hommages étaient entrecoupés d'extraits de l'hymne soviétique et de l'*Internationale. Debout les damnés de la terre...* Puis quelqu'un a frappé à la porte : c'était Piotrek, le gamin des Nowak, leurs voisins du troisième, les seuls de tout leur immeuble à avoir réussi à faire installer le téléphone.

— C'est *pan* Marek qui appelle, vite, dépêchez-vous !

— T'es au courant ? a demandé Marek quand elle a pris le récepteur après avoir gravi l'escalier deux marches à la fois.

Il parlait vite, s'empêtrait dans ses phrases comme s'il y avait trop de mots dans sa bouche et pas assez de place pour en disposer de manière ordonnée. Il y avait eu du retard dans la livraison du réfrigérateur, le train de Moscou n'était pas passé la veille, il ne comprenait pas pourquoi, il a attendu. Puis vers neuf heures du matin, le train était entré en gare, le gars est descendu avec un frigo et, surtout, avec cette incroyable nouvelle.

— Il m'a dit qu'à Moscou les gens pleurent dans les rues, c'est fou.

Le train devait repartir trois heures plus tard, Nina avait le temps d'avertir Andrzej, il allait retrouver Marek à Varsovie, à la gare de l'Est, pour l'aider à transporter l'appareil jusqu'à la maison.

— Tu verras, après ce sera un lave-linge et qui sait, peut-être une auto, a-t-il lancé triomphalement avant de raccrocher.

Malgré ses jambes cotonneuses, Nina a décidé de ressortir. Son manuel de psychopathologie pouvait attendre quelques heures, l'examen n'aurait lieu que trois jours plus tard, elle étudierait toute la nuit s'il le fallait.

Partout dans les rues des portraits de Staline bordés du cadre noir du deuil : sur les murs, les vitrines, les panneaux des arrêts de bus et de tramway. Quand donc avaient-ils eu le temps d'imprimer tout ça ? Sur les photos, Staline apparaissait dans son uniforme militaire, la poitrine bardée de médailles, la moustache bien lissée, les cheveux en brosse, le regard sombre fixé sur l'horizon. Les passants s'arrêtaient devant ces affiches, certains essuyaient une larme, d'autres faisaient le signe de croix. À une intersection, Nina a vu une femme s'approcher d'un portrait de Staline comme si elle avait voulu l'embrasser. Puis elle a reculé, a regardé furtivement autour d'elle et a craché sur l'affiche. Nina s'est frotté les yeux : avait-elle vraiment vu cette scène ou l'avait-elle imaginée ?

Elle a traversé une grande partie de Varsovie à pied, en se demandant ce qu'elle ressentait au juste. Elle n'était pas vraiment triste, non. Sonnée, ça oui. Saisie d'un vertige devant l'inconnu, aussi. Elle était née dans une famille de marxistes convaincus, le communisme coulait dans ses veines, à ses yeux il n'y avait pas d'autre recette pour créer un monde juste, cela allait de soi. Seulement, elle voyait bien que la recette avait des ratés. En Pologne, des centaines de prisonniers politiques croupissaient en prison. Et en Union soviétique, c'était mille fois pire.

Une odeur de pain chaud s'échappant d'une boulangerie lui a rappelé qu'elle n'avait rien mangé depuis le matin. À l'intérieur, la radio diffusait les hommages à Staline. La vendeuse en sarrau saupoudré de farine lui a tendu un petit pain tressé sans dire un mot. Nina l'a englouti en deux bouchées, a marché encore, a dépassé l'échafaudage du Palais de la culture et de la science, ce monument que Joseph Staline venait d'offrir à la Pologne et qui n'était encore qu'une carcasse de métal et de béton. Dire qu'il était mort avant de voir son œuvre complétée !

Après avoir dépassé le centre-ville, Nina a bifurqué vers le quartier de Wola, elle a marché encore un peu, puis elle s'est rendu compte que ses pas la menaient directement à la rue Nowolipki où habitait Lusia, sa mère. Autant aller lui rendre visite.

Dès que sa mère lui a ouvert la porte, Nina a

compris qu'elle était déjà au courant. Lusia avait les paupières enflées, son écharpe de soie bleue pendait de travers sur ses épaules. Contrairement à son habitude, elle ne s'est pas penchée vers sa fille pour l'embrasser sur chaque joue en la laissant humer les effluves de son eau de toilette aux pivoines. C'est à peine si elle l'a saluée avant de lui tourner le dos pour se diriger vers sa chambre en répétant :

— C'est terrible, terrible, terrible.

Nina a suivi sa mère dans le couloir sombre où deux reproductions de tableaux de Van Gogh – *Les Iris* et *Les Tournesols* – jouxtaient une tapisserie traditionnelle montée sur un cadre de bois. Un coq rouge et vert en papier découpé et une photo de la tour Eiffel complétaient ces décorations hétéroclites dont les contours se précisaient à mesure que les yeux de Nina s'habituaient à la pénombre.

Nina et Lusia se sont installées dans l'unique pièce du studio, situé au rez-de-chaussée d'un immeuble de trois étages. L'appartement était suffisamment vaste pour contenir une table ronde et deux chaises, en plus d'un canapé-lit étroit et d'un lit à une place recouvert de draps en bataille. Nina a parcouru la chambre du regard, en se demandant comment ils avaient fait, Marek et elle, pour partager cet espace avec sa mère pendant neuf mois. Et surtout, pour dormir à deux sur ce canapé-lit prévu pour une personne. Heureusement, ils étaient alors de jeunes amoureux, aucun lit n'était trop étroit pour eux.

— Je n'ai même pas été capable de ranger la

chambre ce matin, a soupiré Lusia tout en recouvrant la table d'une nappe brodée.

Elle a lissé le tissu, s'est dirigée vers la cuisine, a mis l'eau à bouillir, est revenue avec un morceau de *sernik*, le gâteau au fromage qu'elle avait fait cuire la veille, quand tout était encore *normal*, quand le cœur de Staline battait encore dans sa cage thoracique.

— Tu comprends, je ne pourrai pas faire un gâteau aujourd'hui, et peut-être pas avant longtemps.

— Oui, je comprends, *mamusiu*, mais puisque le gâteau est là, on ne va pas s'en priver. Que tu cuisines ou pas, Staline ne ressuscitera pas.

C'était plus fort qu'elle : dès que sa mère prenait son air des grandes catastrophes, Nina ne pouvait s'empêcher de la contredire. Elle a rappelé que Staline avait soixante-quatorze ans et que c'était, franchement, un âge très honorable pour mourir. Mais aux yeux de sa mère, Staline, c'était le héros de la révolution bolchevique, le stratège génial qui avait réussi à battre Hitler, pas un vieil homme arrivé au terme de sa vie.

— C'est vrai, mais il n'y a pas que ça. Il a aussi fait déporter papa en Sibérie, a protesté Nina. Voyons, tu le sais bien, quand même ! S'il n'avait pas été condamné par Staline, vous seriez peut-être toujours ensemble, papa et toi, vous n'auriez pas divorcé !

Comme tant d'autres communistes polonais, Stefan, le père de Nina, s'était retrouvé à Moscou en pleines purges staliniennes, au milieu des années 30. Condamné à six ans de goulag pour activités contre-révolutionnaires, il n'était rentré en Pologne que dix ans plus tard, à la toute fin de la guerre.

Étrangement, cette expérience n'avait pas entamé sa foi en Staline. Quand on le questionnait sur son procès bidon, Stefan disait que c'était normal d'essayer de débusquer les traîtres. Que voulez-vous, Staline était sur ses gardes. Et puis, il ne fallait pas juger l'œuvre d'un génie sur quelques erreurs. Lui-même avait personnellement payé le prix de l'erreur, d'accord, mais la majorité des condamnés étaient de véritables contre-révolutionnaires.

Quand elle avait revu son père, après la guerre, Nina avait eu de la peine à le reconnaître. Elle n'avait gardé de son enfance que des bribes de souvenirs, papa lui montrant à se tenir en équilibre sur un vélo ou à faire la planche dans l'eau, la fois où ils étaient allés à la mer. Il avait fallu des mois pour que le père qui existait dans sa mémoire fusionne, dans son esprit, avec l'homme à la crinière blanche qui était réapparu dans sa vie après une séparation de dix ans.

— Oui, je sais, a admis Lusia. Staline a emprisonné des tas de gens, dont ton père, sans aucune raison. C'est vrai que je pourrais lui reprocher d'avoir brisé mon mariage. Parce qu'après être rentré, Stefan s'est dépêché de faire venir cette femme, cette Tatiana…

Lusia a fixé sa tasse et quand elle a relevé la tête ses yeux étaient humides. Elle les a essuyés avec un mouchoir, puis elle a poursuivi :

— Je sais tout ça, mais en même temps, les intentions de Staline étaient louables. Et puis on ne parle pas contre les morts. Concentrons-nous sur l'essentiel.

Et l'essentiel, c'était qu'un monument venait de s'écrouler et que désormais plus rien ne serait pareil.

⁂

Marek est rentré avec le réfrigérateur en fin d'après-midi ce jour-là. Andrzej l'attendait à la gare avec un chariot emprunté à un voisin et l'a aidé à hisser l'appareil, qui lui arrivait à la taille, jusqu'au deuxième étage du bloc A. Marek avait profité du séjour prolongé à la frontière pour dénicher une bouteille de Żubrówka, la vodka parfumée à l'herbe de bison, censée souligner leur passage à l'ère de la réfrigération. Ils l'ont partagée avec Andrzej, puis avec Pola, qui les a rejoints en début de soirée avec leurs enfants, Basia et le petit Adam.

Comme elle a grandi, a pensé Nina en observant la fillette aux cheveux foncés, vêtue d'une robe à carreaux, de collants épais et de chaussures laquées.

Basia tenait son petit frère par la main, mais dès qu'Ewa a surgi dans le couloir, Adam a couru vers elle, laissant sa sœur derrière lui.

— Allez jouer dans la chambre d'Ewa, a dit Nina.

— Basia, tu peux surveiller les petits? a demandé Pola.

— Quelle journée, quand même, a soupiré Marek une fois le réfrigérateur branché. Ils avaient dû l'installer dans leur chambre, à côté du lit, en attendant de réaménager la cuisine pour pouvoir l'encastrer sous l'armoire murale.

Blanc, bombé, pourvu d'une poignée métallique étincelante et d'un rideau de coton plissé au bas de la porte, l'appareil ronflait bruyamment, au point d'enterrer le babillage des enfants dans la chambre d'Ewa.

Marek a passé ses doigts dans ses cheveux en bataille et a essuyé ses lunettes à monture foncée avec un pan de sa chemise, râlant parce qu'elles étaient toujours sales, avant de caresser son menton où pointait une barbe de trois jours. Puis il a vidé son verre d'un trait et a raconté comment, d'après ce qu'avait rapporté l'étudiant qui avait livré le frigo, tout Moscou était en pleurs.

— J'ai même vu quelques passagers qui pleuraient, dans le train, a ajouté Marek.

— Des Russes ou des Polonais ? a demandé Nina.

— Difficile à dire, les deux, je crois.

— Et tu as pleuré, toi ?

— Pas du tout. Franchement, je ne comprends pas. Être un peu triste, un peu secoué, je veux bien, mais pleurer ?

Des quatre, Pola était la plus tranchante.

— Staline était un tyran. Moi, je pense à tous ceux qu'il a tués ou déportés. Je pense à ton père, Nina, à ce qu'il a dû subir là-bas, en Sibérie. Je pense aussi au père d'Andrzej, que les Russes ont tué avec vingt mille autres officiers polonais, à Katyń. Tout ce cirque autour de sa mort, c'est absurde.

Pola essayait de former une queue de cheval avec

ses cheveux bruns parsemés de mèches claires, mais ils finissaient toujours par retomber en désordre sur son visage aux pommettes saillantes. Elle aspirait sa cigarette avec force, tapotait le mégot dans le cendrier.

— Parle moins fort, les voisins peuvent entendre, a chuchoté Andrzej en refermant la porte du balcon, qu'ils avaient ouverte pour chasser la fumée.

— Je m'en fous, des voisins, qu'ils me jettent en prison, tu m'apporteras des saucissons et des cigarettes, a crâné Pola.

— Arrête ça, t'es soûle, lui a lancé Andrzej.

— Fous-moi la paix, a rétorqué Pola avant de se lever en titubant.

— Bon, bon, on se calme, on ne va pas s'engueuler à cause de Staline. Je propose qu'on lui porte plutôt un toast, a suggéré Marek.

Pola s'est laissée retomber sur sa chaise.

— D'accord, à Staline, c'est la première et la dernière fois qu'il meurt après tout, a-t-elle dit à voix basse, en levant son verre. Avant d'ajouter, avec un clin d'œil à Nina : À Staline et à votre nouveau réfrigérateur.

Donne-moi les ciseaux

Ils affluaient de partout, depuis les ruelles étroites et par les grandes avenues, ils venaient à pied ou suspendus en grappes sur les marchepieds des tramways, avançaient seuls ou en rangs, les bras entrelacés. Tous convergeaient vers le Palais de la culture et de la science, qui déployait ses cent mille tonnes de béton au-dessus de la place des Défilés.

Pola avait réussi à s'éclipser du laboratoire de l'Institut de recherche sur le soufre une heure avant la fin de sa journée de travail. Elle a longé le bâtiment de l'Institut pharmaceutique, puis celui de chimie générale, son cabas de coton ballottant sur son épaule. En pressant le pas, elle avait tout juste le temps de faire un crochet par le centre-ville, où elle espérait dénicher un cadeau d'anniversaire pour Nina. Vingt-cinq ans, déjà ! Comme il semblait loin, ce jour où elles avaient donné naissance, à quelques heures d'intervalle, à Adam et Ewa. Quatre années s'étaient écoulées et, depuis, leurs familles étaient devenues inséparables.

Pola souhaitait offrir à son amie des bas de nylon : Nina n'en avait plus qu'une seule paire, qu'elle accrochait régulièrement avec un ongle et qu'elle faisait repriser à l'infini. Une vendeuse d'une boutique de sous-vêtements située dans une ruelle derrière l'immense place des Défilés avait l'habitude de garder sous le comptoir des bas de qualité supérieure pour des clientes prêtes à allonger quelques złotys. Pola a décidé de tenter sa chance. Elle en profiterait pour acheter une peluche ou une barboteuse, ça dépendait de ce qu'elle trouverait, pour le bébé dont Nina devait accoucher dans moins d'un mois.

Avant d'atteindre l'arrêt de tramway, Pola a traversé une allée de tilleuls dont les couronnes dorées irradiaient sous le soleil d'automne. Après avoir pris sa place dans la file de passagers, elle a fermé les yeux, laissant les rayons tièdes lui caresser le visage. C'est à regret qu'elle a sauté dans un wagon bondé, jouant des coudes pour faire estampiller son billet. Incapable d'atteindre la sangle de cuir fixée au plafond, elle se tenait serrée contre les autres passagers qui formaient un mur autour d'elle, essayant de garder l'équilibre et de ne pas trop respirer l'air chargé d'une odeur d'ail et de sueur.

Quand elle a descendu du tramway, vacillant sur ses talons aiguilles, la foule était si dense qu'il était impossible de distinguer le trottoir de la chaussée. La boutique de lingerie était logée dans une allée de kiosques où l'on vendait tout et n'importe quoi : des jouets, des samovars, des élastiques, des peignes, des crayons. Mais pour s'y rendre, Pola aurait dû se frayer un passage à travers cette masse humaine et elle n'en avait pas le courage. Elle a donc suivi les autres, sans trop savoir où ils allaient : les ouvriers en combinaison de travail, les soldats en uniforme, surtout des hommes, mais aussi quelques femmes, les yeux souriants sous les fichus qu'elles portaient noués sous le menton.

— Qu'est-ce qui se passe ? a-t-elle demandé à un homme qui s'était arrêté près d'elle quand la foule avait fini par s'immobiliser.

— C'est le grand rassemblement de Gomułka, c'est un moment historique, vous allez voir.

Pola avait suivi les nouvelles distraitement, trop occupée par son travail, les courses, les repas, les enfants. Parfois, le soir, Andrzej lui lisait les journaux et ils s'étonnaient d'y trouver des opinions aussi critiques du gouvernement. Et là, tous ces gens autour d'elle s'étaient rassemblés pour applaudir l'homme qui incarnait cette nouvelle liberté.

Avec son mètre cinquante, même hissée sur ses talons hauts, Pola restait submergée dans un océan de dos et d'épaules. Soudain, elle a perçu une clameur, suivie d'un mouvement désordonné, comme si un courant électrique avait traversé la foule. Puis elle a vu le camarade Władysław Gomułka apparaître sur un podium, un bouquet à la main. L'esplanade était prise d'assaut, un curieux essayait de grimper sur un lampadaire, un autre escaladait la statue de Copernic ornant la façade du Palais de la culture.

«*Sto lat, sto lat*, qu'il vive cent ans», scandait la foule, comme s'il s'agissait d'un anniversaire et non d'un rassemblement du Parti.

Vêtu d'un veston et d'une cravate sous un trench déboutonné qui lui donnait un air décontracté, le camarade Gomułka a toisé l'assistance.

— Au cours des dernières années, des injustices ont été commises, nous avons vécu des déceptions douloureuses, nos paroles ne se sont pas traduites dans la réalité.

Les haut-parleurs crachotaient et Pola avait de la difficulté à distinguer les mots. Mais elle a compris l'essentiel: le Parti admettait ses erreurs passées, tout allait changer dorénavant. La Pologne se libérerait de l'emprise de Staline. Même le Palais de la culture, qui les surplombait de ses deux cent trente et un mètres, venait d'être officiellement dissocié du nom du dictateur.

En rentrant chez elle, Pola se sentait toute légère, comme si elle flottait. C'est à peine si elle a senti les cinq étages défiler sous ses pieds. Après avoir lancé ses escarpins, elle s'est arrêtée devant la chambre des enfants et les a observés depuis le couloir, en massant ses pieds endoloris.

Assise sur son lit, son visage rond tendu par l'effort, Basia bougeait les lèvres en déplaçant son doigt sur les pages d'un livre. À six ans, elle n'avait pas encore commencé l'école, mais elle connaissait déjà les trente-deux lettres de l'alphabet et savait déchiffrer les mots les plus simples, et même quelques phrases. À l'autre extrémité du lit, la tête recouverte d'une crinière de boucles blondes, son frère Adam imitait le bruit d'un moteur en faisant avancer un camion en plastique à travers les collines et les ravins de l'édredon. C'est un vrai petit gamin de quatre ans, a pensé Pola, il peut passer des heures à jouer avec tout ce qui a un volant et des roues.

Elle a songé à sa propre enfance saccagée. Basia et Adam ne connaîtraient pas ça, pas la guerre, pas la peur, ils pourraient vivre leur vie d'enfants librement, en toute insouciance. Et si tout allait bien, leur vie d'adultes aussi.

⁂

Il faisait déjà nuit quand Nina et Marek ont frappé à leur porte. Ils avaient laissé la petite Ewa à la maison, sous la garde de sa grand-mère Lusia.

Appuyée contre la table de la cuisine, Nina tentait de reprendre son souffle après avoir grimpé les cinq étages à pied. Une grimace a contracté son visage, mais devant l'expression inquiète de Pola, elle a éclaté de rire. Mais non, ce n'était pas ce qu'ils croyaient, ce n'était pas encore le temps, le bébé n'arriverait pas cette nuit-là.

Chaque fois qu'elle les voyait, Nina ne pouvait s'empêcher de constater combien Andrzej et Pola formaient un couple dépareillé : lui si grand, massif, elle toute menue, qui ne lui arrivait même pas à l'épaule. Lui si sérieux, elle naturellement joyeuse, avec cette étincelle qui illuminait son regard.

Était-ce sa taille qui procurait à Andrzej cette autorité tranquille, si différente de la nervosité qui agitait Marek ? Ou son visage anguleux, son front déjà marqué par un début de calvitie ? Ou peut-être étaient-ce ses responsabilités professionnelles ? Andrzej faisait partie de l'équipe d'ingénieurs qui travaillaient sur les plans d'un pont qui serait construit au-dessus de la Vistule, et ces gens-là n'avaient pas le droit à l'erreur ! En observant Andrzej, Nina se disait qu'elle aurait bien aimé avoir ne serait-ce que le dixième de son assurance, elle qui doutait de tout, surtout d'elle-même.

Andrzej venait de déboucher une bouteille de Żubrówka quand sa mère, Freda, a poussé la porte de la cuisine, une liseuse de satin jetée sur sa robe de nuit.

— Vous fumez trop, on ne peut pas respirer ici, a lancé Freda en chassant la fumée d'un geste théâtral.

— Franchement, tu exagères, maman, tu n'as qu'à fermer la porte de ta chambre, a protesté Andrzej.

— La fumée passe dessous, a insisté Freda.

— C'est bon, a dit Andrzej en tirant sur le battant de la fenêtre, laissant l'air frais envahir la cuisine.

Il y a eu un silence gêné, interrompu par le craquement d'une allumette, puis le sifflement de la bouilloire. Freda a placé sa tasse de thé, deux cubes de sucre et des gaufrettes au chocolat sur un plateau de plastique, puis elle s'est dirigée vers le couloir. Marek lui a tenu la porte et s'est excusé pour la fumée en s'inclinant avec une galanterie appuyée, avant de lancer, avec son optimisme habituel :

— Les choses changent, vraiment.

Tout en remplissant les verres, Andrzej a tempéré son enthousiasme.

— Je serai vraiment rassuré quand l'armée soviétique quittera la Pologne, et je ne vois rien qui annonce ça.

— Où avez-vous trouvé ce saucisson? Je n'en ai pas vu depuis des mois, a demandé Marek.

— C'est fou comme le bébé bouge, un véritable athlète, s'est émerveillée Pola, qui palpait avec douceur le ventre rebondi de Nina.

— Cette fois, c'est sûr que c'est un garçon, a prédit Nina.

— Au moins, les Russes n'ont rien fait pour empêcher que les choses changent en Pologne, peut-être qu'ils n'interviendront pas non plus à Budapest, a fait valoir Marek après avoir pigé une tranche de saucisson qu'il a engloutie en une bouchée. Vous savez que les Hongrois ont renversé une statue de Staline, hier? Un de mes collègues a mis la main sur une radio à ondes courtes, il a entendu ça sur Europe libre. Il paraît que de toute la statue il ne reste plus que les bottes, et qu'ils ont planté un drapeau de la Hongrie dedans.

— Je vous trouve bien naïfs, l'Armée rouge est là, prête à intervenir, en Pologne, en Hongrie. Le sang pourrait couler, a répliqué Andrzej sur un ton grave.

En parlant, il pointait son couteau, comme s'il voulait donner plus de poids à sa prophétie.

— Il y a de l'espoir, je le sens, a protesté Pola. Il fallait être là, sur la place des Défilés... S'il te plaît,

Andrzej, ne sois pas rabat-joie, laisse-nous espérer, et puis cesse donc de jouer avec ce couteau.

⁂

Mais l'espoir n'a pas duré. Dans la nuit du 4 novembre, au moment précis où Nina poussait de toutes ses forces pour mettre au monde son deuxième enfant, une fille qui serait prénommée Maja, dix-sept divisions de l'armée soviétique pénétraient dans Budapest avec leurs chars, leurs unités aériennes et leurs canons d'artillerie.

Six jours plus tard, alors que la petite Maja quittait l'hôpital tout emmitouflée dans les bras de sa maman, les troupes soviétiques écrasaient l'ultime poche de résistance hongroise. La liberté avait vécu, elle était morte et enterrée. Peu de temps après, le gouvernement polonais a annoncé la formation d'un nouveau corps de police antiémeute, ne laissant aucun doute sur ses intentions. En Pologne aussi, la soupape de liberté se refermait.

Se remettant d'un accouchement beaucoup plus facile que son premier, Nina était submergée par une vague de joie chaque fois qu'elle voyait Maja frotter son petit nez contre son sein, tourner son visage d'un côté puis de l'autre, avant de happer son mamelon. Mais son bonheur était assombri par un sentiment général de recul et de grisaille.

Une nuit où les pleurs de Maja les tenaient éveillés tous les deux, Marek s'est levé, a fouillé dans les poches de son pantalon à la recherche de son portefeuille.

— Pour moi, c'est fini, a-t-il lancé en déchirant en deux, puis en quatre, sa carte de membre du Parti communiste.

— La mienne est dans mon sac à main, sur la chaise, là-bas, a dit Nina.

— Tu veux que je la déchire?

— Non, je préfère le faire moi-même. Donne-moi les ciseaux.

⁂

Deux jours plus tard, *babcia* Lusia est venue faire connaissance avec sa nouvelle petite-fille. Elle a pris Maja dans ses bras, délicatement, comme s'il s'agissait d'un bibelot de porcelaine. Elle a enfoui son nez dans le cou du bébé pour humer son odeur de talc et de lait caillé. Puis elle a regardé Marek qui secouait son briquet pour l'allumer.

— Je ne peux pas croire que vous avez quitté le Parti, comme ça, sur un coup de tête. Ça ne se fait pas, voyons. Ce n'est pas possible.

Maja s'est mise à téter son bras en geignant. Lusia a souri, a caressé sa joue et a donné le bébé à Nina qui détachait déjà son chemisier. Tiens, ma petite, mon petit chaton, ma coccinelle, tiens, le dîner est servi. Puis le visage de Lusia s'est tendu à nouveau.

— Je ne peux pas l'accepter. Moi, je ne pourrais pas, le Parti, c'est toute ma vie.

— Tu fais comme tu veux, et nous, on fait comme on veut, a rétorqué Marek.

— S'il te plaît, Marek, change de ton, c'est ma mère, a supplié Nina, dont les yeux allaient de Lusia à son mari.

— C'est bon, j'ai l'habitude, a grommelé Lusia, pendant que Marek se dirigeait vers le balcon, avec son paquet de cigarettes et son briquet qui refusait toujours de s'allumer.

Lusia l'a regardé sortir, puis elle s'est tournée vers Nina :

— Il vaut mieux que tu n'en parles pas à ton père, il serait furieux. Je le connais, tu sais, même si je ne l'ai pas vu depuis six mois.

Stefan est passé le lendemain, accompagné de Tatiana, sa femme russe qui, comme toujours, se tenait légèrement en retrait. À soixante ans, le père de Nina se dressait droit comme un chêne, il avait une allure presque juvénile, si ce n'étaient ses cheveux d'un blanc pur, éblouissant. En le voyant, Ewa a couru vers son grand-père.

— Tu as un cadeau pour moi, *dziadziusiu* ?

Sans un mot, Tatiana a tiré une poupée aux joues roses d'un large cabas, l'a tendue à Stefan, qui a montré à Ewa comment elle pouvait ouvrir et refermer ses paupières de plastique. Puis Stefan a observé Maja qui dormait dans son berceau, allongée sur le dos, les bras repliés de chaque côté de sa tête. Sa couverture frissonnait doucement au rythme de sa respiration.

— Elle est magnifique, et elle te ressemble, regarde la forme de ses yeux, ils suivent une ligne un peu oblique, comme les tiens, a dit Stefan avant de s'approcher de Nina pour la prendre dans ses bras.

Elle s'est dégagée de son étreinte, a baissé les yeux un instant, puis elle a redressé la tête en prenant une profonde respiration.

— Tu sais, papa, Marek et moi, nous avons quitté le Parti, après ce qui est arrivé à Budapest, on n'y croit plus. C'est comme ça, notre décision est prise.

Stefan lui a jeté un regard glacial et, sans un mot, s'est dirigé vers la porte, sans se soucier de Tatiana qui trottinait derrière lui.

— J'ai peut-être été trop brutale, a avancé Nina en refermant la porte derrière eux.

— Arrête, tu n'as tué personne, l'a rassurée Marek. Il va s'y faire, tu vas voir.

Une semaine plus tard, Stefan et Tatiana étaient de retour, cette fois avec un bouquet de roses blanches.

— Tu veux bien que nous allions promener Maja ? Tu pourras te reposer un peu.

— Tu n'es pas fâché ? a demandé Nina, regrettant immédiatement d'avoir posé cette question – pourquoi réveiller le tigre qui dort ?

Stefan a fait comme s'il n'avait rien entendu.

— C'est une belle journée, Tatiana et moi, nous pourrions emmener Maja au parc.

Réveiller les morts

— Tu vois, tu vois, t'as réussi !

Ewa fixait le ver de terre qui se tortillait sous son nez, si près qu'elle le sentait chatouiller ses narines. Il était d'un gris tirant sur le rose, nu, répugnant. Assise en face d'elle, les genoux sous le menton, sa voisine Monika enserrait le lombric entre son pouce et son index et répétait :

— Tu vois, tu vois, je te l'avais bien dit.

Le crachat qu'Ewa avait enfoui dans le sol avant de fermer les yeux et de compter jusqu'à trente venait de se transformer en un ver de terre bien vivant. Ça n'avait pas marché du premier coup, mais Monika l'avait encouragée à persévérer.

— Tu réussiras, je le sais, je suis plus vieille que toi, je suis née avant toi !

Et maintenant le ver frétillait devant Ewa, c'était bien la preuve que sa salive s'était animée pour se frayer un chemin sous terre avant de ressurgir par un trou dans le gazon, près du pommier.

En ce samedi d'avril précocement chaud, les deux fillettes avaient passé l'après-midi à jouer dans la cour. À six ans, elles étaient assez grandes pour y aller seules, leurs mères se contentaient de les surveiller en jetant des coups d'œil furtifs par la fenêtre.

Ewa et Monika avaient retiré leur anorak et défait leur foulard pour s'asseoir au milieu de la pelouse sablonneuse, sous l'arbre recouvert d'une dentelle de fleurs blanches.

Monika était née trois mois avant Ewa et elle ne ratait pas une occasion de le lui rappeler. Des mèches de cheveux blonds, presque blancs, étaient collées sur son front, son menton était barbouillé, ses yeux étaient d'un bleu très concentré, presque vert. Ewa a avancé sa main pour saisir le ver : il était tiède, doux au toucher, et ne bougeait pas, comme s'il ne cherchait plus à s'échapper.

— On dirait que je l'ai apprivoisé, a dit fièrement Ewa en ouvrant sa paume où le lombric formait un S allongé.

— C'est parfait, maintenant tu dois le laisser partir, a décrété Monika.

— Quoi ? Mais je viens juste de le fabriquer…

Monika a répété, le doigt pointé vers Ewa :

— Les vers de terre meurent en captivité, si on veut qu'ils vivent, il faut leur rendre leur liberté. Tu ne l'as quand même pas créé pour qu'il meure !

Ewa est restée un moment sans bouger, fixant Monika avec incrédulité. Puis elle a secoué le sable sur sa jupe et a entrepris d'arpenter la cour à la recherche du meilleur endroit où libérer le ver qu'elle tenait délicatement entre ses doigts. Elle a tourné autour de l'ancien abri antibombes recouvert d'une mousse verte où grimpaient des colonnes de fourmis, contourné la montagne de charbon qui frôlait le balcon du premier étage, longé le support à tapis où leur grand voisin du troisième, Piotrek, se livrait à des acrobaties, culbutant sur la barre du haut avant de se laisser tournoyer sur celle du bas.

À l'autre extrémité de la cour, des voisins avaient aménagé un bac de sable où traînaient des pelles et des râteaux de plastique. Ewa a saisi une pelle, creusé un trou dans le sable et y a logé doucement le lombric, puis elle a entendu sa mère l'appeler depuis le balcon du deuxième étage du bloc A.

— Ee-wa ! Rentre à la maison, il est tard.

Quand le regard d'Ewa est revenu vers le bac de sable, le ver de terre avait disparu. Il n'en restait aucune trace, comme s'il n'avait jamais existé. Voyant son expression catastrophée, Monika a éclaté de rire.

— Voyons donc, mais c'est juste un ver de terre ! Maintenant que tu sais comment, tu peux t'en fabriquer un autre.

Ewa allait lui répondre quand la silhouette de Sabina, la mère de Monika, est apparue sur le balcon du quatrième étage du bloc B. Monika a ramassé son anorak en lançant : « Faut que j'y aille. » Quand le portail s'est rabattu derrière elle, Ewa a éclaté en sanglots. Elle pleurait encore en montant l'escalier du bloc A avant de sonner à la porte du deuxième étage, derrière laquelle l'attendait Nina qui tenait sa petite sœur dans ses bras.

— Mais qu'est-ce que tu as? Que s'est-il passé?

— Rien, a lancé Ewa en se précipitant vers la salle de bains.

Elle a fermé la porte, a fait couler l'eau dans le lavabo, a pris son visage dans ses mains en essayant de contenir la peine qui jaillissait de ses yeux.

— C'était juste un ver de terre, ce n'est pas important, se répétait-elle, mais elle n'arrivait pas à retenir les larmes.

⁂

— Tu as vu dans quel état elle était, Ewa? Ça arrive souvent quand elle joue avec Monika.

Après avoir donné le bain aux filles en prenant soin de bien frotter le sable et la morve qui maculaient les joues d'Ewa, et après avoir fait couler de l'eau vinaigrée sur leurs cheveux pour les assouplir, Nina leur a servi de la soupe à l'orge, les a fait enfiler leurs pyjamas et a chanté leur berceuse favorite, celle du ciel qui avance dans la nuit avec son tablier rempli d'étoiles. Puis elle a rejoint Marek qui lisait au lit en fumant. Elle s'est assise sur l'édredon, jambes croisées, a attendu un peu avant de revenir à la charge:

— Je trouve que Monika a une mauvaise influence sur Ewa.

Elle a dû répéter la phrase deux fois avant que Marek lève les yeux par-dessus ses lunettes à monture rectangulaire.

— Mauvaise influence? Mais voyons, elles n'ont que six ans. Ce sont deux petites filles qui ont leurs histoires de petites filles, on ne devrait pas s'en mêler.

— Ce n'est quand même pas normal qu'Ewa soit aussi perturbée après avoir joué dans la cour. C'est vrai que Monika grandit sans père, c'est une enfant troublée, je pense.

— Moi, je crois que tu dramatises, a minimisé Marek avant d'écraser sa cigarette dans le cendrier. Il a enlevé ses lunettes et a attiré Nina vers lui en disant: Moi aussi, je suis troublé, mais c'est par toi…

— Tu sais, toutes les filles ont besoin d'un père, c'est connu, même Freud le dit, a protesté faiblement Nina avant de se couler dans les bras de Marek. Il avait de ces arguments auxquels elle ne savait pas résister.

⁂

Le samedi suivant, Monika a appelé Ewa depuis la cour, lui demandant de la rejoindre. «Je sors», a crié Ewa, et déjà elle dévalait l'escalier. Les deux fillettes se sont installées sur l'ancien bunker, après en avoir escaladé les parois glissantes, puis Monika a tiré un bout de ficelle de sa poche et l'a passé entre ses doigts de manière à former un pont qu'elle a tendu à Ewa. Elles ont joué comme ça pendant quelques minutes, transformant le pont en tour, puis en parachute, puis en bateau, puis de nouveau en pont.

Une voisine battait son kilim sur le support à tapis en soulevant des nuages de poussière qui les faisaient éternuer. Leur voisin Piotrek faisait le tour de la cour sur son vélo, s'entraînant à freiner en soulevant la roue avant ou alors à rouler sans tenir le guidon. La concierge, *pani* Fra-nia, balayait les marches de pierre devant le portail de l'entrée A.

Après avoir formé un nouveau parachute, Monika a secoué la ficelle, sauté en bas de l'abri et tiré des ciseaux à ongles de la poche de son short.

— Fais comme moi, regarde, je me pique le doigt et je laisse tomber les gouttes de sang dans la terre. L'année prochaine, ça fera pousser des tulipes. Tu verras.

En pénétrant dans la chair d'Ewa, la lame a tracé une mince tranchée où le sang a afflué peu à peu. Ewa a gémi, mais en réalité la douleur n'était pas si vive. Elle a pincé sa peau pour extraire quelques gouttelettes rouges et a secoué sa main au-dessus du sol.

— Tu me jures que les tulipes vont pousser ici ?

— Absolument, j'ai fait la même chose l'an dernier par là-bas et regarde.

Monika désignait une rangée de fleurs rouges à moitié flétries dans une mince platebande aménagée près du mur, derrière la rangée de poubelles.

Ewa a repris les ciseaux, a piqué le coussinet de chair sur sa paume, à la racine du pouce, mais la lame a dérapé, a arraché un bout de peau et le sang qui a giclé de la blessure a coulé sur son bras, puis sur sa robe.

— Je saigne, a crié Ewa.

— Viens chez moi, je te ferai un pansement, a ordonné Monika.

Elles ont monté en courant les quatre étages jusqu'à l'appartement de Monika, qui a tiré une clé de la poche de son short. Ewa suçait le sang sur sa paume tout en regardant autour d'elle, dans l'espoir d'apercevoir la mère de Monika, mais elle ne la voyait pas.

— Ta mère n'est pas là?

— Non, mais je vais te soigner, je sais comment faire, viens.

Monika a ordonné à Ewa de s'asseoir sur un tabouret, dans la salle de bains, elle a nettoyé sa plaie avec de l'eau chaude et du savon, l'a recouverte d'une couche de mercurochrome, a tiré un pansement et un rouleau de gaze d'un tiroir. Ses gestes étaient rapides et précis, comme si elle avait fait ça toute sa vie.

— Tu vois, tout va bien, a-t-elle conclu, satisfaite de son œuvre.

L'appartement de Monika était identique à celui d'Ewa, avec les deux chambres de chaque côté du couloir, la salle de bains, la toilette et la cuisine qui s'ouvrait sur le balcon. Pourtant, il donnait l'impression d'être beaucoup plus spacieux. Il y avait moins de manteaux dans l'entrée, moins de chaussures éparpillées dans le couloir, dans la cuisine il n'y avait que deux chaises au lieu de quatre.

Deux photos encadrées étaient suspendues dans le couloir, de part et d'autre d'un miroir ovale. L'une d'entre elles montrait un homme en chemise blanche, serrant contre son épaule une femme qui portait une robe sans manches cintrée à la taille et des sandales à talons hauts. Sur l'image, la femme et l'homme se regardaient en souriant, leurs visages tendus l'un vers l'autre comme s'ils allaient s'embrasser.

— C'est ma mère quand elle était jeune, avec mon père, a dit Monika. Tu sais, mon papa vit en Amérique. Il construit des avions. Et aussi des aéroports. Et des routes. Il nous envoie souvent des colis avec du jus d'orange ou d'ananas, ou de la gomme à mâcher. Des choses américaines. Il reviendra bientôt, je crois.

⁂

— Mais qu'est-ce que c'est que ce pansement? s'est écriée Nina en examinant le bandage d'Ewa marqué par un cerne rouge.

— C'est rien, juste une égratignure.

— Et c'est la maman de Monika qui a pris soin de toi?

— Oui, oui…

— C'est n'importe quoi, heureusement que Sabina n'est pas infirmière ou médecin.

Nina avait observé les deux fillettes par la fenêtre de la cuisine pendant qu'elles jouaient avec leur bout de ficelle, juchées sur l'abri antiaérien. Monika était la plus menue des deux, ses vêtements flottaient autour de son corps, pourtant elle donnait l'impression d'être la plus forte. Peut-être parce qu'elle était toujours en mouvement, le corps tendu, les traits vifs comme si elle se tenait sans cesse à l'affût.

La compagnie d'une amie aussi énergique n'était peut-être pas néfaste pour Ewa, qui avait tendance à traîner, à s'égarer dans ses pensées, s'était dit Nina, avant de retourner à son bureau encombré de livres et de pages manuscrites non numérotées. Elle en était aux dernières corrections de son mémoire de maîtrise, qui portait sur la formation de la pensée abstraite chez l'enfant selon Jean Piaget. Depuis deux ans, elle travaillait sans relâche, n'en pouvait plus de se relire, et cette ultime étape lui apparaissait comme une montagne insurmontable. Et là, juste comme elle avait enfin réussi à se concentrer, voilà qu'elle était dérangée, encore une fois. Décidément, elle n'y arriverait jamais !

Nina a chassé son sentiment de panique, elle a installé sa fille sur la table de la cuisine et a commencé à défaire le pansement. Ewa a grimacé quand le diachylon a tiré sur sa peau.

— Voilà, c'est bon, a laissé tomber Nina en jetant les restants de bandage souillé dans la poubelle.

— Tu sais que le père de Monika vit en Amérique ? a demandé Ewa en sautant en bas de la table. Il lui envoie plein de colis. Même du jus d'ananas.

— Humm..., a marmonné Nina. Comment devait-elle réagir à cette affirmation ? Dire la vérité à sa fille ? Ou la laisser croire à ce père fantasmé ? Elle avait beau étudier le développement cognitif des enfants, rien ne l'avait préparée à trancher ce dilemme. Décidément, Monika était une enfant fantasque, rien n'était simple avec elle.

Dans leur immeuble, tout le monde connaissait l'histoire du père de Monika. Il avait combattu les nazis au sein d'une armée de résistance polonaise également opposée à l'Union soviétique. Après la fin de la guerre, quand la Pologne était tombée sous le joug de Moscou, une campagne de répression avait ciblé ces anciens résistants. Incarcéré comme tant d'autres, le père de Monika avait passé six ans en prison. À sa libération, il avait retrouvé Sabina, celle qu'il aimait et qui l'avait attendu. Mais ce n'était plus tout à fait l'homme d'avant. Il passait des heures devant la fenêtre, le regard éteint. Ses cauchemars le faisaient hurler, la nuit, et ses cris traversaient les murs de carton qui les séparaient de leurs voisins.

En ce jour fatidique, Sabina était partie tôt, après avoir passé la nuit à se préparer pour un examen de linguistique. Les voisins l'avaient entendue descendre les quatre étages en faisant claquer ses talons. Une heure plus tard, des passants avaient perçu une sorte de sifflement suivi d'un claquement sourd, aussitôt enterré par le grincement métallique du tramway. Quand l'ambulance était arrivée, le sang dessinait une ombre foncée autour du corps écrasé sur le bitume. Le mari de Sabina était mort sur le coup. Dix jours plus tard, Sabina s'était rendu compte qu'elle était enceinte.

Fallait-il raconter une telle histoire à une gamine de six ans ? se demandait Nina. Ou peut-être seulement en partie, seulement pour lui dire que son amie n'avait pas de papa, qu'elle inventait ces histoires pour se consoler. Mais qu'arriverait-il si Ewa décidait d'en parler à Monika ? Peut-être fallait-il plutôt alerter Sabina, pour qu'elle en discute elle-même avec Monika, c'était sa fille, après tout. Nina n'avait pas à se mêler de ça.

Le lendemain, comme presque tous les dimanches, Nina a retrouvé Pola au parc des Łazienki. Ewa et Adam couraient devant elles, à la recherche des premières châtaignes et de glands de chêne – plus tard, ils les transformeraient en bonshommes avec des bras et des jambes en allumettes. Basia poussait fièrement le landau de Maja qui somnolait en suçant son pouce. Les marronniers formaient une couronne au-dessus de l'allée et une odeur d'humus et de feuilles humides émanait du sol. Elles approchaient de l'étang où une dizaine de cygnes glissaient avec élégance quand Nina a demandé à Pola ce qu'elle aurait fait, à sa place.

— Je ne sais pas, c'est toi la psychologue. Moi, je suis chimiste. Je sais que rien ne se perd et rien ne se crée. On ne fait pas disparaître une réalité parce qu'on n'en parle pas. Ewa finira par savoir. Tôt ou tard.

— Oui, mais peut-être qu'il vaut mieux que ce soit le plus tard possible, justement, a répliqué Nina.

— Peut-être... alors tu as la réponse à ta question.

Ce soir-là, Nina est revenue sur le sujet avec Marek, alors qu'ils se mettaient au lit. Il trouvait qu'il n'y avait pas de raison de bousculer qui que ce soit. Peut-être juste donner un peu de soutien à la pauvre Sabina qui était toute seule à s'occuper de sa fille, a suggéré Marek en déposant ses lunettes sur la table de chevet.

— On pourrait les inviter vendredi prochain, avec Pola et Andrzej.

Évidemment que Marek était prêt à voler au secours de Sabina, a songé Nina. Quel homme ne le souhaiterait pas ? Sabina faisait partie de ces femmes qui n'ont pas besoin de faire d'efforts pour allumer le regard des hommes. Elle se maquillait à peine, tout juste un soupçon de mascara et un rouge à lèvres pastel, même pas de fard sur ses joues pâles. Elle ne portait pas de jupes moulantes ni de chaussures à talons vertigineux, et avait l'habitude de s'envelopper dans un châle à carreaux beiges et blancs, comme si elle avait perpétuellement froid. Il n'y avait en elle aucun artifice, aucune féminité forcée, et c'est peut-être précisément ça qui attirait les hommes : cette impression qu'elle ne faisait rien pour leur plaire, a pensé Nina.

Elle a réprimé un pincement de jalousie avant d'applaudir à la suggestion de Marek.

— Oui, c'est une bonne idée, qu'elle vienne donc vendredi, et peut-être qu'on pourra lui glisser un mot au sujet de Monika.

Elle a étiré son bras pour éteindre la lampe de chevet et Marek a ajouté :

— Tu sais, Ewa peut bien croire au père imaginaire de Monika. Après tout, elle croit toujours au père Noël qui, aux dernières nouvelles, n'existe pas non plus. Où est donc la différence ?

Ils allaient s'assoupir quand ils ont perçu un bruissement de pas devant la porte. Ewa est entrée dans leur chambre, les sourcils froncés, le visage plissé de colère.

— J'ai tout entendu, mais moi, je sais que le père Noël existe, je l'ai vu, il m'a apporté des cadeaux, a-t-elle lancé avec une moue de défi.

Nina a pris sa fille dans ses bras pour la remettre au lit. Une fois bien enfouie sous son édredon, Ewa a levé le visage vers sa mère.

— Tu sais, *mamusiu*, ce qu'elle m'a dit hier, Monika ?

— Non, ma coccinelle, quoi ?

— Que si elle voulait elle serait capable de réveiller un mort.

— Et tu en penses quoi, toi ?

— Je pense que c'est vrai, je suis sûre qu'elle le pourrait.

La guerre

Ils n'avaient pas vécu la guerre et pourtant elle était partout, s'infiltrait dans leurs vies telle une ombre qui refuse de s'effacer. La guerre était dans les traces de tirs qui écorchaient le mur de la maison d'en face et dans le bunker recouvert de mousse verte. Dans la cour, des garçons chuchotaient que des résistants s'étaient terrés à l'intérieur pendant l'insurrection de Varsovie, à l'été 1944, et que si on réussissait à soulever son couvercle de métal on pourrait retrouver leurs squelettes, et peut-être même quelques objets de valeur, des montres, des bijoux. Ewa frissonnait en pensant aux squelettes, Monika imaginait des coffres remplis de trésors comme dans les livres de pirates.

La guerre était dans les chansons qu'ils chantaient à l'école ou en colonie de vacances, elles parlaient de saules qui bruissent et de filles qui pleurent parce que leurs amoureux ont rejoint les partisans, ou encore de la marche des défenseurs de Mokotów qui ont leurs bras fermes pour seules armes. Elles évoquaient les mélodies glorieuses qui coulent des barricades ou encore la mer qu'il faut protéger jusqu'à la mort, laquelle vaut toujours mieux que la reddition.

La guerre était aussi dans l'absence, celle du grand-père ou de la grand-mère qu'ils ne connaîtraient jamais. Elle était dans les albums de photos où leurs parents passaient directement de l'enfance à l'âge adulte, comme si quelqu'un avait égaré des pages entières de leurs vies, comme s'ils n'avaient jamais eu onze ou treize ans. La guerre était dans le silence qui recouvrait certains noms d'un brouillard blanc, dans les regards qui se voilaient parfois sans qu'ils comprennent pourquoi.

La guerre était dans le ciel d'où les bombes pouvaient pleuvoir à nouveau. Puisque c'était déjà arrivé, comment croire que ça ne recommencerait pas ? Quand elle voyait un avion survoler les toits, Ewa cherchait instinctivement des yeux un endroit où elle pourrait se réfugier, parce qu'on ne sait jamais. La guerre était aussi dans ce jour où elle avait suivi *babcia* Lusia jusqu'au monument des Héros du ghetto, près de la rue où sa grand-mère avait vécu, enfant, et qui n'existait plus.

C'était un 19 avril, jour où l'on commémorait le soulèvement désespéré des derniers Juifs du ghetto de Varsovie. Des figures s'entremêlaient sur le bas-relief de béton gris, elles se tenaient debout, agenouillées ou affalées, figées dans des positions dramatiques, comme si elles tentaient de s'échapper de leur prison de pierre.

Lusia serrait très fort la main d'Ewa, lui enfonçait ses ongles dans la peau, mais il n'était pas question de se dégager de son emprise. Le front de Lusia était plissé, ses traits concentrés, son visage penché vers l'avant comme si elle essayait de rejoindre les personnages du monument. Plus tard, elles s'étaient arrêtées dans un café et, devant une orangeade et un gâteau aux graines de pavot, le favori d'Ewa, sa grand-mère avait compté ceux parmi ses proches qui n'avaient pas eu la chance de survivre.

— Ma sœur Bronka, mon frère Tomasz, sa femme Gita, leurs enfants Hania et Renia, je veux que tu te souviennes d'eux.

Lusia s'était tue pendant un moment, avant d'ajouter :

— Renia avait le même âge que toi, huit ans.

À la même époque, Ewa avait lu, dans un livre qui traînait à côté du lit de ses parents, un récit décrivant la sélection des prisonniers dès leur arrivée au camp de concentration. Les nazis avaient placé une barre à cent vingt-cinq centimètres du sol à l'entrée du camp. Ceux qui passaient dessous allaient directement à la mort. Ceux qui la faisaient tomber restaient du côté des vivants.

Avec ses cent vingt-quatre centimètres, Ewa serait arrivée tout juste sous le seuil de la survie. Mais peut-être qu'en se tenant bien droite, elle l'aurait fait tomber, la barre ? Peut-être qu'elle y serait arrivée si elle avait bourré ses chaussettes avec du papier journal ou des chiffons ? Il lui arrivait d'essayer ce subterfuge en s'observant devant le miroir dans la chambre de ses parents.

La guerre était dans l'horreur absolue d'un album de photos d'Auschwitz, posé entre une collection d'images de la chaîne de montagnes des Tatras et un magazine féminin, sur la table d'une pension de vacances où Maja avait passé la semaine avec sa grande sœur Ewa et leur grand-mère, *babcia* Lusia.

Maja était fascinée par cet album, elle en tournait les pages pendant que sa grand-mère sirotait son thé en discutant avec une amie et qu'Ewa jouait à cache-cache avec d'autres enfants. Une image en particulier avait capté le regard de Maja : on y voyait des femmes nues, leurs seins pendaient sur leur torse amaigri, leurs regards étaient vides de toute expression, elles croisaient les mains sur leur sexe dans un ultime geste de pudeur.

— *Babciu*, pourquoi elles sont nues, les dames ? avait-elle demandé en tirant sa grand-mère par la manche de son pull de laine.

— Ne regarde pas ça, regarde plutôt les photos des belles montagnes, avait presque crié Lusia en lui arrachant le livre des mains.

La guerre les hantait jusque dans leurs cauchemars, la nuit. Monika faisait à répétition ce rêve terrifiant : elle courait, fuyant les nazis qui la pourchassaient le long de passages souterrains. Le bruit de leurs bottes résonnait dans le noir, elle sentait leur souffle lourd sur sa nuque. Puis ils l'attrapaient et elle se rendait compte qu'ils avaient déjà capturé sa mère – elle était assise par terre, pâle, ligotée, terrifiée.

— Si tu ne veux pas qu'on la tue, tu dois manger une grenouille vivante, menaçaient les nazis.

Ils lui tendaient la grenouille et Monika tenait littéralement la vie de sa mère dans sa main. La grenouille gigotait, Monika frôlait des lèvres sa peau de batracien, rugueuse et froide, elle la glissait dans sa manche, imaginait toutes sortes de stratagèmes pour donner l'illusion qu'elle l'avait avalée, mais la grenouille s'échappait et sa mère était condamnée. Ce cauchemar récurrent réveillait Monika au milieu de la nuit, son cœur battait fort, elle entendait ses coups sourds dans ses oreilles, et pendant un moment elle ne savait plus où elle était. Le pire, dans ce rêve, c'était le regard que lui lançait Sabina au moment où elle comprenait que sa fille l'abandonnait à son sort.

La guerre était dans le sentiment qu'ils n'étaient pas à la hauteur, au propre comme au figuré. Adam avait neuf ans quand il s'est rendu compte qu'il n'avait pas l'étoffe d'un héros. Il s'était réveillé fiévreux ce jour-là, avait passé la matinée à boire du thé au citron et à jouer à la canasta avec sa mère, Pola, qui avait pris congé pour veiller sur lui.

Il étalait ses suites sur une chaise, Pola alignait les siennes directement sur le lit, dont elle avait repoussé la couette. Le temps s'écoulait avec une lenteur moite, comme un dimanche d'automne quand il pleut.

En début d'après-midi, la fièvre du garçon était retombée et Pola a décidé de sortir faire quelques courses. Une fois seul, Adam a inspecté la chambre vide de sa grand-mère, qui n'était pas encore rentrée de l'école secondaire où elle travaillait comme bibliothécaire.

La pièce était tellement bien rangée qu'on se serait cru dans un magasin, avec ses bibelots de verre coloré parfaitement alignés sur une étagère, à côté de la figurine des trois singes se bouchant les yeux, les oreilles et la bouche, et d'un cendrier en forme de main noire aux ongles carmin. C'était tout un contraste avec la chambre de Pola et Andrzej : leur lit était défait, le cendrier débordait et des vêtements s'empilaient sur le canapé étroit où s'asseyaient les invités quand ses parents recevaient.

Adam est retourné dans la chambre qu'il partageait avec Basia. Il a essayé de jouer avec ses camions et ses blindés, mais ça lui était égal de savoir si son tank avait réussi à pulvériser le char ennemi ou pas. Il s'est levé pour inspecter l'étagère au-dessus du lit de sa sœur : une dizaine de volumes s'étaient affalés sur un côté, comme une rangée de dominos. Le livre du dessus était intitulé *Premières lectures.*

Le garçon a pris sa position préférée pour lire : calé contre son oreiller, sur l'appui de la fenêtre. Le soleil le réchauffait à travers le rideau de tulle. En bas, la vie continuait, des enfants rentreraient bientôt de l'école en faisant tournoyer leurs sacs à pantoufles. Il a ouvert le livre, des mots ont formé des phrases, avant de se transformer en images et en sons. Dans sa tête, il entendait le sifflement d'une locomotive, il la voyait projeter ses volutes de vapeur vers le ciel pâlissant.

La prochaine gare n'était plus qu'à quelques kilomètres quand le train a freiné brutalement. Des valises ont été projetées au sol, le petit garçon qui voyageait seul s'est accroché à l'accoudoir pour ne pas basculer de son banc. Puis les voix gutturales des SS ont envahi le wagon : « *Raus, raus*, tout le monde dehors. »

Le petit garçon et les autres passagers ont sauté sur le sol boueux en plissant leurs yeux à cause du soleil. Les SS ont entrepris de fouiller le train. Puis ils ont fait signe aux passagers de s'approcher. Un de leurs convois venait d'être attaqué par des partisans. Le coupable se cachait dans ce train, ils en étaient convaincus. Alors, il y avait deux possibilités. Ou bien ce coupable se dénonçait lui-même. Ou bien ils allaient exécuter un passager sur dix.

Adam n'était plus chez lui, assis à la fenêtre, appuyé contre un oreiller moelleux. Il se tenait devant le wagon d'un train, les chaussures engluées dans la vase. Comme tous les autres passagers, il avait une chance sur dix de mourir. Et neuf sur dix de survivre.

Puis le petit garçon a avancé d'un pas et il a dit : « Le coupable, c'est moi. »

Bien sûr que le garçon n'y était pour rien. Il avait simplement décidé de s'accuser du crime pour sauver les autres passagers. Furieux, Adam a lancé le livre par terre. C'était l'histoire d'un gamin de son âge qui était prêt à donner sa vie pour sauver des dizaines d'adultes. Mais pourquoi devait-il se sacrifier, lui ? Pourquoi pas un vieux ou une vieille de quarante ans, qui allait mourir bientôt, de toute façon ? Il y en avait sûrement, dans ce train.

Sous la fenêtre, Adam a aperçu deux élèves de sa

classe rentrer de l'école en se donnant des coups de sac à pantoufles. Lequel des deux aurait eu le courage de donner sa vie pour les autres ? Et lui, aurait-il agi comme un héros dans les mêmes circonstances ? Au fond de lui, il en doutait.

Adam a fermé les yeux. Quand il les a rouverts, il a aperçu sa grand-mère qui rentrait du travail en longeant leur immeuble. Elle avait fait des courses et ses cabas étaient remplis à ras bord. Vue du cinquième étage, Freda ressemblait à une fourmi coiffée d'un chapeau et transportant une charge trois fois plus lourde qu'elle. De temps en temps, elle posait ses sacs sur le trottoir pour s'essuyer le front, puis elle reprenait sa marche.

Adam a finalement entendu la clé tourner dans la serrure. Freda s'est dirigée vers la cuisine, a posé ses sacs sur la table en respirant difficilement. Elle avait encore son chapeau sur la tête quand elle a aperçu Adam, debout dans le couloir. Son visage parsemé d'une fine toile de rides s'est éclairé d'un sourire lumineux.

— Regarde ce que j'ai trouvé, a-t-elle dit avec fierté, en tirant deux tomates d'un emballage de papier. J'ai fait la queue pendant une heure, mais ça valait la peine. Sens-moi ça ! On ne va pas les manger tout de suite, on va attendre pour les partager avec Basia et vos parents.

Puis Freda a scruté Adam avec une expression inquiète.

— Tu n'es pas allé à l'école ? Viens, je vais te réchauffer du bouillon.

Sa grand-mère occupait la chambre étroite à côté de celle qu'il partageait avec sa sœur. Freda se plaignait souvent du désordre et de l'odeur de cigarette qui régnaient dans la maison, et ses parents levaient alors les yeux au ciel en soupirant d'exaspération. Mais avec Adam, Freda ne se plaignait jamais de rien. Il aimait la rejoindre quand elle écoutait son émission de musique classique à la radio, le dimanche après-midi. Assise sur son lit, les mains sur les genoux, Freda fermait les yeux pendant qu'il jouait à ses pieds et que des notes voletaient autour d'eux. Parfois, sa grand-mère attirait son attention sur un mouvement précis, elle prononçait un nom, Chopin ou Mozart ou Brahms, mais le plus souvent, ils ne parlaient pas, ils étaient juste là tous les trois : Freda, Adam et la musique.

Un bol de soupe chaude où flottaient des nouilles et des morceaux de poulet a atterri sur la table de la cuisine. Freda a éteint le gaz et s'est assise en face d'Adam.

— J'ai vu ton livre par terre, à côté de la fenêtre. Il est intéressant ?

Adam a hésité. Il était en colère à cause de cette histoire de petit garçon héroïque, mais il était aussi déçu de lui-même. Il n'était pas dépourvu de courage, il pouvait sauter du plongeoir de la piscine du Palais de la culture et ressurgir dans un tourbillon d'eau, mais les vrais héros, ce sont ceux qui sont prêts à mourir pour les gens qu'ils aiment, et ça, non, il n'y arriverait jamais.

— Allez, raconte-moi.

Il a levé les yeux vers le visage de sa grand-mère : sa peau pâle, ses sourcils soulignés au crayon et ses cheveux noirs et mats la faisaient paraître sévère, mais en même temps, une lueur amusée dansait dans ses yeux qui le regardaient comme s'il n'y avait rien de plus important au monde que ce moment précis, que cette soupe au poulet qu'il lui fallait avaler jusqu'à la dernière goutte, que cette histoire qu'il devait absolument raconter.

Alors il a raconté. La guerre. Le train arrêté en plein champ. L'ultimatum des nazis. Et le petit héros prêt à sacrifier sa vie pour les autres passagers.

— Mais quelle histoire idiote ! s'est exclamée Freda. Un enfant ne devrait jamais avoir à faire un tel choix. Et pourquoi donc vous font-ils lire des bêtises pareilles ?

Puis Freda a poursuivi.

— Tu sais, peu importe ce qui arrive, ton premier devoir, c'est de survivre. S'il faut fuir, fuis. S'il faut mentir, mens. Les responsables, dans ton histoire, ce sont bien sûr les nazis. Mais aussi ces partisans qui ont mis tout le monde en danger. Et tous ces passagers qui ont laissé un gamin se dénoncer.

Mais ces arguments ne changeaient rien pour Adam.

— D'accord, mais le problème, c'est que j'ai peur que moi, je ne sauverais personne. Lui, le garçon de l'histoire, il a choisi de sacrifier sa vie pour en sauver plusieurs autres. Moi, je suis un lâche.

— Mais personne n'est obligé d'être un héros, a soupiré Freda.

Elle s'est levée, a rempli l'assiette d'Adam d'une nouvelle louche de soupe, éclaboussant la table au passage. Elle a pris un chiffon pour éponger la soupe, a frotté beaucoup plus longtemps que nécessaire. Puis elle s'est rassise en face du garçon.

— En réalité, tu ne sais pas comment tu aurais réagi. Dans les circonstances extrêmes, les gens qu'on croit courageux se révèlent parfois des lâches, mais on voit aussi le contraire, je t'assure.

C'est là que Freda a raconté à Adam l'histoire de son amie d'enfance, Zosia. Elles s'étaient connues à l'école primaire, à Varsovie, avant la Première Guerre mondiale. Puis elles s'étaient perdues de vue, et avaient renoué après s'être croisées par hasard au parc des Łazienki, chacune poussant un landau où babillait un bébé. Dans celui de Freda, ce bébé, c'était Andrzej, le père d'Adam.

— Quand nous étions à l'école, Zosia avait la réputation d'être une fille peureuse. Elle s'asseyait toujours dans la première rangée, refusait les petits dessins que nous nous passions discrètement, des caricatures de nos enseignants. Elle avait peur de se faire disputer. C'était l'époque des premiers tramways à Varsovie. Les garçons de notre classe s'amusaient à courir derrière les wagons en marche et à sauter sur le marchepied pour franchir quelques coins de rue. Quelques filles le faisaient aussi. Moi, par exemple. Il nous arrivait également d'escalader un mur, au bout de notre quartier, pour aller voler des pommes ou des prunes dans un verger. On craignait de se faire prendre, mais ça faisait partie du plaisir. Zosia ne nous a jamais suivis dans ces escapades.

— Tu faisais vraiment ça, quand tu étais petite?

Freda a laissé échapper un petit rire qui a fait tressauter sa poitrine, et de nouvelles ridules sont apparues autour de ses yeux. Elle a passé sa main dans la tignasse bouclée d'Adam, en cherchant ses mots.

— Tu sais, je n'ai pas toujours été une grand-mère! Oui, ça m'arrivait de faire des folies. Mais pas Zosia. Un jour où un des garçons de notre école a déniché une barque trouée et a voulu l'utiliser pour traverser la Vistule, Zosia a dit: moi, je refuse de risquer ma vie pour des bêtises. Et elle est rentrée chez elle.

Puis la guerre a éclaté. Zosia était catholique. Freda, juive. Les nazis ont entrepris de construire un mur autour du quartier où elle avait vécu toute sa vie, où avaient vécu ses parents et ses grands-parents.

Un jour, avant que toutes les issues du ghetto ne soient scellées, Zosia a frappé à la porte de Freda. Elle lui a proposé de venir se réfugier chez elle, il ne fallait pas rester dans cette prison à ciel ouvert. Dieu seul savait ce qui pouvait y arriver. Zosia a insisté pour que Freda et son petit Andrzej, qui n'était alors qu'un gamin de dix ans, fuient tout de suite, avant qu'il ne soit trop tard.

Le père d'Andrzej, Karol, était parti dans l'est de la Pologne dès les premiers jours de la guerre, comme tant d'autres hommes, pour rejoindre une armée de défense qui n'a jamais vu le jour. Il finirait bien par les retrouver, assurait Zosia.

Freda n'avait pas eu de nouvelles de Karol depuis plusieurs mois. Tout ce qu'elle savait, c'est qu'il avait été fait prisonnier par les Russes qui avaient pris possession de la partie orientale de la Pologne. Et là, elle devait penser à leur enfant, Andrzej. Et à elle-même. Elle a réfléchi jusqu'au lendemain. Puis elle a accepté la proposition de Zosia.

Freda et Andrzej se sont terrés dans un grenier pendant un an, ils n'en sortaient que la nuit, et seulement pour aller aux toilettes. Si elle s'était fait prendre à cacher des Juifs, Zosia aurait été fusillée sur-le-champ. Puis, elle a réussi à leur obtenir de faux papiers et ils ont pu rester jusqu'à la fin de la guerre dans un village à moins d'une heure de train de Varsovie. Avec ses cheveux châtains et ses yeux d'un bleu franc, translucide, Andrzej passait facilement pour un villageois comme un autre.

— Ton père a la chance d'avoir une bonne apparence, comme toi d'ailleurs, avec tes yeux et tes cheveux clairs, a ajouté Freda.

C'était plus difficile pour Freda, à cause de ses yeux noirs et de ses cheveux foncés. Mais compte tenu de la ferveur avec laquelle elle priait à l'église le dimanche, elle a réussi à déjouer les soupçons.

— C'est comme ça que ton père et moi avons survécu. Nous avons eu faim, nous avons eu peur, mais nous avons survécu.

— Et Zosia, elle ?

— Elle a rejoint la résistance et a fini par se faire pincer par les Allemands, qui l'ont fusillée.

Freda s'est tue pendant un moment, le regard tourné vers la fenêtre. Puis elle a repris son récit.

— Tu vois, on ne peut vraiment pas savoir comment on agira face au danger tant qu'on ne l'a pas vécu. Finalement, Zosia était beaucoup plus courageuse que moi, même si elle l'ignorait elle-même.

— Elle ne voulait pas mourir pour des bêtises, mais elle a été courageuse quand ce n'étaient pas des bêtises, a résumé Adam.

— C'est ça. Exactement ça.

Freda est restée silencieuse pendant un moment, a balayé la table avec sa main, comme si elle en chassait des miettes invisibles.

— Et mon grand-père, *dziadziuś* Karol, est-ce qu'il est mort comme un héros ?

— Je n'en sais rien. Tu sais, je n'étais pas là. Et personne n'est revenu pour me raconter ce qui s'est passé là-bas, à Katyń. Mais de toute façon, il arrive que les héros soient assez ennuyeux, tu sais. Bon, assez d'histoires pour aujourd'hui. On parlera de lui une autre fois.

Après un moment, Freda a ajouté :

— Finis ta soupe.

Plus haut que les nuages

Le lit de Bolek était si haut que Maja a dû s'y prendre à trois reprises avant de réussir à grimper dessus. Appuyée contre un oreiller, jambes croisées, elle fixait la boîte carrée balayée par des lignes et des points blancs, comme s'il neigeait. En attendant que des images y apparaissent, elle jouait avec les couettes que sa mère avait nouées de chaque côté de son visage et qu'elle aimait faire valser en bougeant la tête.

Bolek habitait au deuxième étage du bloc B, avec Paweł, son frère cadet. Les deux garçons vivaient seuls, sans parents pour s'occuper d'eux. Parfois, des filles leur rendaient visite. Elles traversaient la cour en se déhanchant sur leurs talons aiguilles, vérifiaient le vernis sur leurs ongles, replaçaient leurs cheveux derrière leurs oreilles tandis que leurs derrières se balançaient vers la droite, puis vers la gauche.

Quand elles repartaient, Bolek et Paweł accrochaient de petits sachets de caoutchouc sur la rambarde de leur balcon, comme pour les faire sécher. Un jour, Maja avait entendu sa mère dire que les deux frères devraient être plus discrets avec leurs préservatifs et ne pas les étaler à la vue de tout le monde. Il y a des enfants dans la cour, quand même. Elle avait aussi entendu ses parents chuchoter que les deux garçons trempaient dans des affaires louches, et que c'était comme ça qu'ils avaient réussi à mettre la main sur un téléviseur avant tout le monde. Tu imagines, le plus vieux des deux, Bolek, vient juste d'avoir dix-sept ans.

À six ans, Maja ne comprenait pas ce que signifiaient les mots *préservatif* et *affaires louches*, mais elle sentait que ce n'était pas une très bonne idée de parler aux deux jeunes hommes, encore moins d'aller chez eux. Pourtant, quand elle a vu Bolek surgir sur le balcon, avec ses biceps qui jaillissaient de sa camisole, pour crier « venez voir la télé, les morveux ! », elle a été la première à s'élancer dans l'escalier.

Sa sœur Ewa et leur voisine Monika, inséparables comme toujours, se sont précipitées derrière elle et l'ont vite dépassée, après l'avoir coincée contre la rampe de bois. Maja a vu leurs jupes à plis virevolter dans la cage d'escalier alors qu'elles grimpaient les marches deux par deux.

— Tu m'as poussée, Ewa, a lancé Maja, mais sa sœur l'a ignorée.

Ensuite est arrivée Krysia, la grande fille qui habitait au rez-de-chaussée de l'entrée C et qui avait toujours des bonbons dans ses poches pour les distribuer aux enfants. Elle recevait parfois la visite d'un homme, surtout quand ses parents étaient absents. Son visiteur avait la peau noire, ce qui fascinait Maja : elle n'avait jamais vu une *vraie* personne noire auparavant, seulement dans des livres illustrés, comme *La Case de l'oncle Tom.*

Un jour, elle avait entendu la mère de Krysia crier qu'elle ne voulait plus le voir chez eux. « Plus jamais, t'as compris ? » Pourtant, l'ami de Krysia aimait bien s'arrêter dans la cour pour discuter avec les enfants, il connaissait leurs prénoms et les prononçait avec un accent qui les faisait rire. Pourquoi donc la mère de Krysia lui en voulait-elle ? C'était incompréhensible.

Piotrek, leur voisin du dessus, a accouru lui aussi, avec son petit frère Sewek qui a grimpé sur le lit à côté de Maja et s'est jeté sur elle pour la chatouiller. Sewek avait la tête couverte d'un casque de cheveux roux et il bougeait sans arrêt, comme s'il avait avalé une fourmilière. Il était né six ans après son frère aîné et les voisins l'avaient surnommé « la surprise ».

Bolek a approché des chaises du meuble où était posée la télé. Ewa et Monika ont préféré s'asseoir par terre, serrées l'une contre l'autre, leurs têtes penchées vers l'appareil. Krysia s'est esquivée quand Paweł l'a attirée vers lui pour la faire asseoir sur ses genoux.

— Lâche-moi donc, s'est irritée Krysia quand Paweł a voulu l'enlacer à nouveau.

— Tu préfères ton noiraud, a ironisé Paweł.

— Maintenant taisez-vous, les morveux, a lancé Bolek de sa voix éraillée. Vous êtes venus pour regarder, alors regardez.

L'écran du téléviseur montrait des images d'une

femme coiffée d'un casque muni d'une visière, à travers laquelle on ne pouvait apercevoir que ses yeux et, parfois, comme un bref éclair, son sourire. Le casque portait l'inscription CCCP. La femme a marché vers un homme en uniforme, a fait mine de l'embrasser sur la joue, mais l'a à peine frôlé avec sa visière. L'image était floue, le son grinçait, les deux frères étaient assis sur le bout de leurs chaises et buvaient tour à tour au goulot d'une bouteille.

Puis la femme s'est laissée glisser dans un tunnel étroit et l'écran a montré une fusée dressée vers le ciel. Un gros nuage blanc est apparu au bas de l'écran, il a grossi, puis la fusée a foncé vers l'espace.

— *Kurwa*, putain, cette bonne femme est un mec, a grommelé Paweł après avoir avalé une nouvelle lampée de vodka.

— Elle va exploser, ce n'est pas possible, une bonne femme dans l'espace, a prédit son frère.

La neige a recommencé à brouiller l'écran. Puis un présentateur a dit: «Et voici Valentina Terechkova qui vient d'entrer en orbite.» Son vaisseau, *Vostok 6*, avait réussi à entrer en communication avec celui d'un autre cosmonaute, *Vostok 5*.

— Nous avons commencé notre vol cosmique jumelé, a dit la voix de Valentina Terechkova à travers des crépitements et des craquements. Nous naviguons à une distance rapprochée. Tous les systèmes de nos vaisseaux fonctionnent normalement. Nous nous portons bien.

Rassuré, Bolek a soupiré. Piotrek a profité du

moment où tous avaient les yeux rivés sur l'écran pour s'emparer de la bouteille et avaler une lampée de vodka, qu'il a recrachée sur le plancher avec une grimace. «Ouf», a dit Krysia avant de puiser une poignée de *krowki* dans sa poche. Il y en avait assez pour tout le monde.

Une autre image, striée de lignes blanches, a montré Valentina Terechkova bougeant la tête de façon saccadée, comme une marionnette, derrière un hublot. Puis un homme chauve au visage rond a empoigné un récepteur téléphonique.

— C'est Khrouchtchev, a lancé Bolek.

— On vous nomme «La Mouette», mais permettez-moi de vous appeler Valia, a dit l'homme sans cheveux qui parlait russe tandis que le présentateur traduisait ses propos. Je suis très heureux qu'une jeune fille du pays des Soviets soit la première à voler dans l'espace en possession des moyens techniques les plus perfectionnés.

Comme Sewek l'embêtait à nouveau, Maja a glissé en bas du lit et a sauté à cloche-pied vers le balcon. C'était comme si toute cette fierté avait débordé du téléviseur pour la remplir, elle, comme si elle se trouvait à bord du vaisseau, avec Valentina. Quelque chose avait enflé dans sa poitrine et l'avait propulsée jusqu'au balcon.

En bas, un voisin du bloc C polissait sa Syrenka rouge, comme tous les dimanches. Le seul de leur immeuble à posséder une auto, il l'avait juchée sur des blocs de ciment après en avoir retiré les roues, pour la protéger contre les voleurs. Il s'appelait *pan* Chlebek et ce nom de famille qui évoquait une petite miche de pain, combiné à son air hautain, en avait fait la tête de Turc des enfants de la cour. Une fois, Ewa et Monika avaient laissé une miche de pain de seigle sur son paillasson, avant d'appuyer sur la sonnette et de s'enfuir en gloussant.

— On ne rit pas de lui, il travaille pour la Sécurité, avait dit Marek d'un air inhabituellement grave au souper, ce soir-là, avant d'ajouter : C'est un triple crétin, mais ça le rend encore plus dangereux.

Maja regardait leur voisin astiquer la carrosserie de son auto en repensant à Valentina Terechkova et aux nouveaux mots qu'elle venait d'apprendre : *vaisseau cosmique, orbite, vol jumelé.* Elle s'est demandé à quoi pouvait bien ressembler la Terre, vue de l'espace. Et leur maison. Et *pan* Chlebek en train de frotter sa Syrenka. Elle a eu l'impression de flotter très haut au-dessus de la ville, là où personne ne pouvait la dépasser en la coinçant contre un mur, cotonneuse et aérienne comme un nuage.

Le soir, après que sa mère a eu rempli son bol de bortch, Maja a trempé un morceau de pain dans la soupe avant de dire : « Quand je serai grande, je serai cosmonaute. »

Pourquoi pas nous ?

Par la fenêtre de sa chambre, Ewa a vu Monika traverser la cour en courant avant d'ouvrir le portail de l'entrée A à la volée, lançant une onde de vibration à travers les étages.

Quand Ewa lui a ouvert la porte, son amie se tenait toute droite sur le paillasson, l'air concentré. Elle portait une robe blanche trop ample dont elle avait roulé les manches autour de ses poignets. Malgré ça, elle était étincelante, comme les flocons de neige de leurs spectacles de Noël.

C'était dimanche et les parents d'Ewa dormaient. Elle les avait entendus chuchoter dans leur chambre, un peu plus tôt. Ils avaient couché Maja dans leur lit, elle avait pleuré une partie de la nuit, en criant : « J'ai mal aux oreilles ! » Mais là, Ewa ne percevait plus que le bruit régulier de leurs respirations.

Elle a fait entrer Monika en faisant « chuuut » et en mettant le doigt sur ses lèvres. Une fois dans la chambre, Monika s'est mise à fouiller dans l'armoire avec l'air de savoir ce qu'elle cherchait.

— Tiens, mets ça, et ça.

Un chemisier blanc à manches courtes et une jupe à plis ont atterri sur le lit d'Ewa. La jupe était de couleur crème, il aurait mieux valu qu'elle soit blanche, mais ça ferait l'affaire, a jugé Monika.

Ensuite, elle a entrepris de coiffer Ewa. Ses cheveux châtain clair étaient trop courts pour être tressés, mais Monika a réussi à les nouer en une minuscule queue de cheval, avec un élastique. Pendant que Monika la peignait, Ewa a remarqué que la bordure de son foulard s'effilochait. — Viens, on va à la messe. Il faut couvrir tes cheveux, a ordonné Monika en tendant un grand mouchoir brodé qu'Ewa a attaché avec difficulté sous son menton.

Tous les dimanches matin, la cour se vidait. Les enfants habillés de vêtements amidonnés se dirigeaient vers la rue avec leurs parents, main dans la main. Les pères portaient des vestons noirs et des cravates, les mères des robes, des chapeaux et des gants qui montaient jusqu'au coude. Élégants, solennels, ils tournaient à droite, puis à gauche, avant de disparaître.

Ces jours-là, les jours où toute la cour se déplaçait jusqu'à l'église, le carré de sable, le pommier, le bunker et le support à tapis appartenaient en exclusivité à Monika et à Ewa. Elles s'asseyaient sur l'abri de béton, écrasaient les fourmis et balançaient leurs jambes sans trop savoir quoi faire de tout ce vide.

Ce dimanche-là, le dernier avant les vacances, Monika a décidé qu'elles iraient à l'église, elles aussi.

— Mais pour quoi faire? lui a demandé Ewa.

— Tu vas voir, on va manger une hostie qui va se transformer en corps du Christ, puis le prêtre va boire du vin qui devient du sang.

C'est n'importe quoi, c'est comme la salive qui se transforme en ver de terre, a songé Ewa. À onze ans, elle ne croyait plus à ce genre de sornettes! Elle a quand même suivi Monika, rejoignant les familles de leur cour et celles des cours voisines alors qu'elles affluaient vers le jardin intérieur de l'église, ombragé par deux tilleuls dont les fleurs blanches exhalaient un parfum d'été.

Une fois à l'intérieur, Ewa a ouvert grand les yeux, encore éblouie par le soleil. Les vitraux filtraient la lumière et une forte odeur d'encens flottait dans l'air. Les deux amies se sont assises sur un banc près de l'entrée. Quelques voisins leur ont jeté un regard intrigué. La concierge, *pani* Frania, leur a fait un signe de la main avec un grand sourire.

Puis le prêtre est arrivé, il a tourné le dos aux croyants et s'est mis à parler très vite, enchaînant des mots qu'elles ne comprenaient pas. Il fallait se lever par moments, puis s'agenouiller, faire le signe de croix, se relever, s'asseoir. Ewa et Monika observaient les autres et les imitaient. Ewa connaissait déjà le *Notre Père*. À la colonie de vacances, elle avait entendu des enfants prier avant de se mettre au lit. Alors elle l'a récité quand c'était le temps. Monika bougeait les lèvres en silence. Après, le prêtre a versé un liquide dans une coupe, il a fait toutes sortes de signes avant d'inviter les gens à s'approcher.

— Ça y est, c'est la sainte communion, a chuchoté Monika.

Tous les fidèles se sont placés en rang pour avancer vers l'autel. L'un après l'autre, ils s'agenouillaient sur un petit banc, ouvraient la bouche, et le prêtre y glissait l'hostie. Monika et Ewa se sont levées elles aussi. Devant elles, il y avait toute la famille des Nowak, les voisins du troisième étage du bloc A : Piotrek, son frère Sewek et leurs parents. Quand il a vu Ewa, Piotrek a haussé les sourcils. On aurait dit qu'il voulait dire quelque chose, mais sa mère, *pani* Nowak, l'a devancé en lançant sur un ton sec :

— Vous ne pouvez pas communier, les filles, ce n'est pas votre place.

Monika s'est raidie. Piotrek a baissé les yeux. Son père s'est avancé dans la file, tête haute, dos droit.

— J'ai envie de pipi, a gémi Sewek.

— Vous feriez mieux de rentrer à la maison, a insisté *pani* Nowak.

Leur voisine s'exprimait sur un ton poli, factuel, comme si elle énonçait une évidence. Comme si elle avait dit : il fait chaud, ou c'est l'été, ou la bordure de ton foulard est effilochée.

Piotrek leur a tourné le dos et a rattrapé son père dans la file. Monika s'est redressée, levant son visage avec défi vers leur voisine.

— Et pourquoi pas nous ? Pourquoi nous, on ne peut pas ?

— Vous n'avez pas fait votre première communion, puis vous êtes juives, a dit la mère de Piotrek, sur le même ton informatif, dépourvu d'émotion.

— Oui, mais mon père est catholique, a protesté Monika.

— Il était, a corrigé leur voisine en haussant les épaules. Puis il y a ta mère. Ça passe par la mère.

Dans sa bouche, le *ça* sonnait comme une maladie contagieuse ou une malédiction.

— Laisse-la donc tranquille, a protesté Piotrek qui s'était tourné à nouveau vers ses deux voisines, fixant Ewa comme s'il cherchait son approbation.

— Rentrez donc chez vous, a répété sa mère.

Leur concierge, *pani* Frania, s'est alors approchée, contournant le groupe de fidèles qui attendaient leur tour pour communier. Elle a jeté un regard furieux à la mère de Piotrek en lui sifflant :

— Franchement, *pani* Nowak, en quoi est-ce que ça vous dérange ?

Monika et Ewa se trouvaient maintenant au centre de l'attention. Ewa sentait son ventre se contracter au point d'avoir mal. Elle a tiré sur la robe trop ample de son amie.

— Allons-nous-en, partons, s'il te plaît, Monika.

— C'est bon, on s'en va.

Monika a arraché son fichu blanc d'un geste brusque, l'a porté à son nez et s'est mouchée avec. Elles ont fait le chemin de retour en silence. Des larmes ont coulé sur les joues de Monika, elle les a essuyées avec un coin de son mouchoir souillé. Deux sillons se sont creusés sur son front, juste au-dessus de son nez.

Ewa ne comprenait toujours pas pourquoi elles ne pouvaient pas communier comme tout le monde. À onze ans, elle savait vaguement qu'elle était juive, elle savait aussi que les nazis s'en étaient pris aux Juifs pendant la guerre et qu'une partie de sa famille avait péri pour cette raison. Des gamins qui habitaient au bout de leur rue l'avaient une fois traitée de «petite Juive» en la ciblant avec leurs poires remplies d'eau, un lundi de Pâques. Ces mots sonnaient comme une insulte, mais ils auraient aussi bien pu la traiter d'idiote ou de morveuse.

Dès qu'elles ont vu apparaître leur porte cochère, Monika s'est précipitée vers la cage d'escalier B en disant à peine «salut». Quand Ewa est rentrée chez elle, son père lisait le journal dans la cuisine, Maja était attablée devant un verre de lait pendant que leur mère préparait des *placki* aux pommes de terre. Une odeur d'oignons, de friture et de cigarette emplissait l'air.

Quand Nina l'a vue, tout endimanchée, le mouchoir noué sous le menton, elle a écarquillé les yeux.

— Pourquoi ce déguisement? Tu es allée à l'église ou quoi?

Ewa lui a répondu que oui, justement, elle était allée à la messe avec Monika, mais qu'elles n'avaient pas pu communier parce qu'elles étaient juives.

— Qu'est-ce que tu racontes?

Nina s'est essuyé les mains sur son tablier, a retourné quatre galettes dans la poêle, puis elle s'est laissée tomber sur une chaise et a fait signe à Ewa de s'asseoir à côté d'elle. Marek a écrasé sa cigarette et a replié son journal.

— Les Juifs, ce sont des gens qui habitent en Juivie, a lancé Maja avec aplomb.

Nina et Marek ont ri.

— Ce que t'es bête, lui a répliqué Ewa. T'es juste une morveuse. Puis bois donc ton verre de lait au lieu de dire n'importe quoi.

— Morveuse toi-même !

Marek et Nina se sont regardés comme s'ils n'arrivaient pas à décider lequel des deux parlerait le premier.

— Arrêtez de vous disputer, a enfin dit Nina, avec un soupir. Vous êtes juives toutes les deux, comme moi, comme papa, comme *babcia* Lusia.

— Et Adam, lui ? a demandé Ewa.

— Adam aussi, et ses parents, et Freda.

— Et Monika ?

— Monika l'est à moitié, par Sabina, sa mère. Et l'église, elle est pour les catholiques.

— Donc être juif, c'est comme une religion ?

— Oui, a dit Nina.

— Enfin, pas seulement, a dit Marek.

Il a expliqué que certains Juifs étaient religieux et d'autres pas. Ceux qui étaient religieux allaient à la synagogue, mais des synagogues, il n'y en avait presque plus en Pologne depuis la guerre. Elles avaient été brûlées, bombardées, anéanties. Facilement reconnaissables à leurs kippas et à leurs papillotes, les Juifs les plus croyants n'avaient pas survécu. En fait, presque personne n'avait survécu.

— Alors vous, avant la guerre, vous alliez à la synagogue ?

— Non, a dit Nina.

Elle a pris une autre inspiration puis :

— Tu vois, mes parents et ceux de papa, donc tes grands-parents, étaient communistes, et les communistes, peu importe s'ils sont juifs ou catholiques, ne croient pas en Dieu.

— Alors comment on sait qui est juif?

Nina a jeté un regard découragé à Marek qui a pris le relais :

— Des fois, c'est par notre apparence. Ou par notre nom de famille. Parfois, c'est les deux. Par nos parents, nos grands-parents. Et parfois sans raison, on le sait, c'est tout.

— Mon nom est juif? Gutkowska ?

— Hum, pas vraiment, non, a répondu Marek, mais ça vient de mon père, qui s'appelait Gutman et qui a changé de nom, pour faire plus polonais.

Puis il a expliqué que le nom de famille de Monika, Kamińska, venait de son père et qu'il était typiquement slave. Adam, lui, s'appelait Ulman et ça, c'était juif.

— Et moi, j'ai l'air juive ? a demandé Maja.

— Plutôt, oui, a répondu Marek, mais tu pourrais aussi être espagnole ou italienne, tu sais.

— Et Adam ? a demandé Ewa.

— Avec ses yeux bleus et ses cheveux blonds, Adam a l'air d'un vrai Polonais, il a une bonne apparence.

— Et moi ? Est-ce que j'ai une bonne apparence ? J'ai les cheveux châtains et les yeux gris, a poursuivi Ewa.

— Plutôt bleus, je trouve, a corrigé sa mère. Tes yeux sont magnifiques.

Ewa a pensé à sa sœur, Maja : elle avait l'allure juive et pas le nom, alors que pour Adam, c'était le contraire. À l'école, sa voisine de banc, Urszula, avait les cheveux noirs et les yeux bleus. Dans quelle case fallait-il la ranger ?

Mais son ventre bourdonnait, les effluves des galettes aux pommes de terre creusaient son appétit, et Ewa avait hâte que cette discussion se termine pour que sa mère lui en serve une assiette pleine.

— Alors les Juifs ne viennent pas de Juivie ? a demandé Maja en tendant le bras vers l'assiette remplie de galettes.

— Non, ma petite coccinelle, non, viens que j'essuie ton nez, a dit Nina.

Ewa exultait.

— Je t'avais bien dit que t'étais rien qu'une morveuse, a-t-elle lancé, mais ses mots se sont étouffés dans la texture huileuse de la galette recouverte de crème sure.

Ewa aurait voulu parler de tout ça avec Monika, le lendemain, en rentrant de l'école. Mais dès qu'elle a évoqué leur visite à l'église, le visage de son amie s'est durci, deux lignes en creux sont apparues entre ses sourcils froncés, puis elle a relevé la tête, s'est frotté les mains et a proposé d'aller voler des pommes au verger, ou de faire un tour de vélo, ou encore d'aller chercher des glaces à la Cabane verte, à six arrêts de tramway de chez elles. Celles à quatre boules coûtaient quatre złotys quatre-vingts, ça tombait bien, elle avait juste assez d'argent pour en acheter deux.

Les odeurs

Pour Basia, c'était l'odeur du *kiermasz*, le marché aux livres où elle se rendait tous les ans avec Adam et leurs parents. Une atmosphère de fête régnait dans le grand hall où elle flânait entre les kiosques, ivre de toutes ces promesses de lectures. Elle essayait d'imaginer le contenu des livres en les palpant et en parcourant les premières pages, puis elle fermait les yeux, approchait les volumes de son visage et s'immergeait dans leurs effluves de colle, d'encre et de papier glacé.

Pour Adam, c'était l'odeur salée du goudron qu'il décollait à l'aide de son canif des tuyaux d'aqueduc en réfection, dans un terrain vague derrière leur immeuble. Les tuyaux couraient dans des tranchées, mis à nu pour des travaux qui semblaient durer depuis toujours. Pour les atteindre, il fallait d'abord enjamber un muret de briques, les plus grands faisaient la courte échelle aux plus petits. Une fois de l'autre côté, ils surmontaient leur vertige et sautaient à pieds joints dans le fossé, arrachaient des bouts de matière visqueuse et les roulaient en billes dont Adam se servirait plus tard comme boulets pour ses canons.

Après, ils se glissaient sous les traverses construites au-dessus des excavations et, couchés sur le ventre, car il n'y avait pas assez d'espace pour s'y asseoir, ils comparaient leurs trésors.

Pour Ewa, c'était l'arôme de seigle et de levure exhalé par la miche qu'elle payait deux złotys à la boulangerie du coin. La croûte dure saupoudrée de farine, la mie tendre qu'elle arrachait à grands coups de dents sur le chemin de la maison, même si elle avait promis que cette fois elle apporterait le pain entier, juré craché, mais c'était plus fort qu'elle, elle succombait cette fois encore, comme les autres fois. Puis en rentrant chez elle, le pain mutilé rangé dans le filet à grandes mailles, côté intact sur le dessus, dans l'espoir puéril que ses parents ne se rendraient pas compte de son délit, elle se laissait envahir par l'odeur de la cave qui refluait vers la cage d'escalier – mélange de pierre, de poussière, de pommes de terre et d'humidité. Quand elle franchissait le portail de bois, tous ces parfums l'assaillaient et elle savait qu'elle était à la maison, chez elle.

Pour Maja, c'était l'odeur de l'orangeade en poudre qu'elle n'avait pas le droit de consommer sans l'avoir d'abord dissoute dans un verre d'eau. Elle préférait trouver un coin tranquille, sous le pommier de la cour par exemple, puis elle tirait le sachet coincé derrière l'élastique de son collant, le déchirait avec impatience. Une vapeur colorée s'en échappait, elle le portait à son nez pour sentir le picotement des particules à saveur de bonbon dans ses narines. Puis elle léchait son index et l'enfonçait dans l'orangeade sèche, avant de le plonger dans sa bouche, électrisée par la décharge de sucre et l'excitation d'avoir bravé un interdit.

Pour Monika, c'était l'odeur chaude et moite du cou de Sabina, quand elle buvait son café à petites lampées, assise à la table de la cuisine, avant d'aller travailler. Le parfum légèrement vanillé et rassurant de sa peau se combinait à celui du savon à la glycérine et à la fragrance de l'eau de toilette aux narcisses – celle-là même que le père de Monika avait offerte à sa mère le jour où il avait été libéré de prison, et pour laquelle, malgré sa hâte de la retrouver, il avait parcouru la ville entière, afin de lui donner précisément celle-là et pas une autre.

Chaque matin, quand Sabina en imbibait un mouchoir et tapotait son cou et l'intérieur de ses poignets, Monika se penchait sur elle, fermait les yeux, inspirait à fond, et c'était comme si son père était là, dans cette odeur lourde et fleurie, au milieu de leur cuisine étroite, avec elles.

La mer comme un mammouth

Ils ont marché longtemps à la recherche d'un coin de plage tranquille.

— Allez, les filles, encore deux cents pas, bon, disons cent cinquante, marchandait Marek pour faire patienter Ewa et Maja qui trottinaient derrière lui.

— Si vous arrêtiez de traîner, on serait déjà bien installés, bougonnait Andrzej pour inciter Basia et Adam à accélérer le pas.

Ils tenaient leurs chaussures dans leurs mains et sautillaient sur le sable qui brûlait la plante de leurs pieds. Le soleil déversait sa lave depuis un ciel où l'on n'apercevait pas l'ombre d'un nuage. La mer crachait doucement sa salive sur le rivage, puis la ravalait.

— Ça suffit, ici nous serons bien, a décrété Pola.

Ils ont posé leurs paniers remplis de livres, d'orangeades et de sandwichs, puis ils ont formé des traversins de sable et ont étendu des couvertures. Enroulée dans une serviette, Ewa se tortillait en essayant d'enfiler son maillot. Basia a retiré son short et son t-shirt, sous lesquels elle avait enfilé un bikini rouge vif. Elle a placé sa serviette à côté de celle de sa mère et s'est étendue sur le dos, offrant sa peau pâle, presque translucide, au soleil.

— Tu vas brûler, s'est inquiétée Pola, en lui tendant un tube de crème solaire.

Elle a regardé sa fille, frappée par les changements qui s'étaient opérés dans son corps et qui lui sautaient aux yeux, tout à coup. Ses jambes s'étaient allongées et affinées, ses seins ronds remplissaient le haut de son maillot. À quatorze ans, elle ressemblait à une jeune femme. Quand donc était-ce arrivé ?

Pola a demandé à Andrzej d'huiler son dos et ses épaules, Marek a enduit de crème le dos de Nina, les deux femmes ont eu tout juste le temps d'ajuster leurs lunettes de soleil que déjà Ewa et Adam couraient vers la mer en se tenant la main.

— Attendez-moi, criait Maja, qui peinait à les rejoindre.

Les deux familles étaient arrivées à Mamaïa la veille, le voyage en train avait duré quatre jours, il fallait traverser la Tchécoslovaquie, puis la Hongrie, et enfin la Roumanie jusqu'à la mer Noire. À chaque frontière, des agents les réveillaient avec leurs torches électriques pour leur demander leurs papiers dans des langues qu'ils ne comprenaient pas.

Dans le train, ils avaient d'abord occupé un compartiment par famille, mais rapidement, ils avaient décidé de se rassembler entre adultes et de laisser la deuxième cabine aux enfants. Basia pouvait bien veiller sur les plus jeunes, même la nuit. Et de toute façon, à douze ans, Adam et Ewa étaient eux-mêmes assez grands pour s'occuper de la petite Maja.

Le soir, Basia se calait au bout de sa couchette, éteignait le plafonnier, puis elle éclairait son visage par en dessous avec une lampe de poche. « C'est l'heuuuuure de la lectuuuuuure », annonçait-elle en étirant les mots. Elle braquait ensuite la lampe sur le recueil des contes d'Andersen et reprenait l'histoire de la Reine des Neiges là où elle l'avait laissée la veille. Elle lisait lentement, en modulant sa voix, et c'était comme s'ils voyaient un film se dérouler devant leurs yeux. Serrée contre sa sœur, Maja tremblait en imaginant la petite brigande et ses couteaux. Tout en lui disant d'arrêter de gigoter, Ewa se demandait ce qu'elle ferait si un éclat du miroir du Diable se logeait dans le cœur d'Adam : irait-elle le chercher au bout du monde comme la petite Gerda ? L'aimait-elle assez pour ça ? Elle n'en était pas convaincue. Adam, lui, s'imaginait en train de fendre les bourrasques de neige qui virevoltaient autour de lui alors qu'il filait en traîneau dans une immensité blanche.

Pendant qu'ils se laissaient bercer par la voix de Basia et le balancement du train, leurs parents buvaient, fumaient et jouaient au bridge dans le compartiment voisin.

Quand elle a finalement sauté sur le quai, Basia a été surprise de ne plus sentir le sol bouger sous ses pieds. Elle a aidé Maja à enfiler son sac à dos, la petite s'est agrippée à sa main, puis les deux familles ont marché, avec leurs tentes, leurs matelas et leurs sacs de couchage, jusqu'à l'arrêt d'autobus, à la sortie de la gare.

Au camping, les enfants ont vidé leurs poumons à gonfler les matelas pneumatiques pendant que leurs parents montaient les tentes. Adam leur a montré à souffler le plus longtemps possible sans s'arrêter, puis à s'étendre sur le dos, étourdis, pour regarder le ciel valser au-dessus d'eux.

— Je veux dormir dans la même tente que Basia, je veux qu'elle me raconte d'autres histoires, a demandé Maja d'une voix plaintive.

— Mais avec plaisir mon petit chaton, a acquiescé Basia, en la soulevant dans ses bras.

Adam et Ewa ont donc installé leurs matelas dans la deuxième tente réservée aux enfants. Le soir, ils sont allés acheter des saucissons et des pommes de terre – ils s'étaient donné la peine d'apprendre à dire *carnat* et *cartof* en roumain pour se faire comprendre du marchand qui avait installé son échoppe à cent mètres du camping. Cet effort linguistique s'est révélé bien inutile puisque, comme eux tous, il se débrouillait en russe.

Le soleil avait déjà plongé derrière l'horizon quand ils sont allés marcher sur la plage. La mer Noire l'était vraiment, noire. Quand elle fixait ses yeux sur l'eau qui ondulait, Maja imaginait un mammouth affalé dont les flancs montaient et descendaient avec sa respiration. Ils se sont arrêtés pour contempler la lune qui se reflétait sur la mer étale et Marek a lancé à Andrzej : on y va ? Les deux hommes ont retiré leurs vêtements à la hâte et ont couru vers l'eau. Leurs fesses ont brillé brièvement sous la lune avant d'être englouties par la houle. Et vous ? ont-ils demandé aux femmes en sortant de l'eau. Pas nous, pas question, ont répondu Nina et Pola en gloussant.

Le lendemain, à la plage, Ewa a été surprise de ne pas avoir le souffle coupé en s'immergeant. Ici, elle pouvait piquer une tête dans la mer qui était à peine plus fraîche que l'air, presque trop chaude. Ce n'était pas comme la Baltique, avec son eau grise et glaciale, la seule mer qu'elle ait connue jusque-là.

— Allons chercher de l'ambre, a proposé Maja quand ils en ont eu assez de la baignade.

— Il n'y en a pas ici, c'est seulement dans la Baltique, ici c'est la mer Noire, a rétorqué Ewa sur un ton tranchant.

— Ce n'est pas vrai, ici aussi il y a de l'ambre, a insisté Maja.

— Ce que tu peux être bête.

— Maman, dis-lui qu'il y a de l'ambre ici.

Mais Nina n'avait pas la tête à arbitrer des disputes d'enfants. Il y avait plus d'une heure que Marek était parti marcher sur la plage et il n'était toujours pas revenu. Pourquoi fallait-il toujours qu'il disparaisse, celui-là ? pestait-elle intérieurement en scrutant l'horizon. Pourquoi n'était-il pas comme Andrzej, qui s'asseyait tranquillement à côté de Pola ? Et il n'était pas rare qu'il lui tienne la main, alors que Nina passait sa vie à attendre Marek, parti on ne sait où. Peut-être avait-il décidé de se baigner en chemin ? Peut-être avait-il nagé trop loin ?

Quand il est enfin réapparu, Marek n'était pas seul.

— Je vous présente Heniek Rotfeld, a-t-il annoncé, exultant comme s'il venait de dénicher une pépite d'or dans le sable.

Heniek était plutôt petit de taille, comme Marek, mais plus trapu, plus costaud. Un cou large émergeait du col de son t-shirt, de petites rides striaient la peau autour de ses yeux et sa moustache jaunie par le tabac soulignait le sourire qui semblait collé en permanence sur son visage à la mâchoire carrée.

Les deux hommes parlaient en s'interrompant. Heniek était le fils d'une cousine de la mère de Marek, cette grand-mère qu'Ewa et Maja n'avaient jamais eu la chance de connaître. La filiation était lointaine, mais les deux femmes s'étaient liées d'une profonde amitié avant la guerre – à laquelle ni l'une ni l'autre n'avait survécu.

Marek n'avait eu aucune nouvelle de Heniek depuis le début de la guerre, jusqu'à cette rencontre fortuite sur une plage de la mer Noire. En marchant, il avait capté des mots en polonais. Il s'était retourné et avait vu un couple jouer aux cartes sur une couverture de laine. Deux gamins d'une dizaine d'années construisaient un château de sable à côté d'eux.

Quelque chose dans le visage de l'un des garçons lui avait paru familier.

— Le gamin ressemblait tellement à Heniek tel que je l'avais connu, enfant.

Marek s'était arrêté pour demander du feu, en polonais. Surpris, Heniek l'avait invité à s'asseoir. De cigarette en cigarette, ils avaient connecté les fils de leur histoire.

— Cette rencontre, c'est un vrai miracle, s'est émerveillé Marek. Et en plus, on est installés au même camping !

Ils ont célébré le miracle le soir même et ont passé le reste de leurs vacances ensemble, avec la femme de Heniek, Teresa, et leurs jumeaux, si différents l'un de l'autre qu'on avait peine à croire qu'ils appartenaient à la même famille.

Le plus grand s'appelait Jacek, il était longiligne, presque maigre, il souriait peu et paraissait souvent perdu dans ses pensées. Sa constitution délicate et ses traits fins le faisaient ressembler à Teresa, sa mère. Avec son visage rond et expressif, Maciek tenait davantage de Heniek.

Heniek était ingénieur, comme Andrzej, et sa spécialité était la gestion de grands projets de construction. Il avait travaillé quelque temps en Égypte. Teresa l'y avait suivi et c'est là que leurs garçons avaient vu le jour.

La famille était ensuite rentrée en Pologne, puis c'était Teresa, entomologiste passionnée par les mœurs des fourmis, qui avait décroché un stage dans une université américaine. Ils y étaient allés tous les deux, laissant les garçons à la sœur de Teresa, puis ils étaient rentrés cinq mois plus tard au volant d'une Peugeot d'occasion qu'ils avaient récupérée en France.

C'est dans cette auto d'un bleu presque noir que Heniek et sa famille avaient voyagé jusqu'en Roumanie sur des routes défoncées où il fallait s'arrêter à tout bout de champ pour laisser passer un troupeau de moutons ou une vache égarée. Ce n'était pas comme en Californie, racontait Heniek, où il y avait des autoroutes partout. Parfois, elles comptaient jusqu'à quatre voies de chaque côté, ou même cinq.

Heniek s'exprimait d'une voix forte, et quand il s'esclaffait, son rire s'étranglait dans un sifflement asthmatique pendant qu'il frappait ses mains sur ses cuisses. Désormais, les soirées des adultes étaient encore plus arrosées et culminaient dans une enfilade de chansons, tantôt en polonais, tantôt en russe. Comme *Les Nuits de Moscou* ou *Les Yeux noirs*.

Otchi tchornoie, otchi strastnie otchi jgoutchie i prekrasnie

Kak lioubliou ya vas kak boyous ya vas… Znats ouvidziel vas ya v niedobri tchas

Ils n'étaient plus deux familles, mais trois, pas quatre adultes et quatre enfants, mais six et six. Un matin, Heniek les a tous réveillés en secouant les parois de leurs tentes pour les informer que deux places s'étaient libérées à côté de celle où était installée sa famille. Sans même replier leurs tentes, se contentant de retirer les piquets du sol, ils les ont transportées, vêtus de leurs pyjamas, jusqu'à l'autre bout du camping.

Ils veillaient maintenant à douze autour du feu où grillaient leurs saucisses et leurs pommes de terre, et ils enchaînaient des chansons de partisans entremêlées de ballades russes d'une mélancolie poignante. Un soir, Adam s'est extirpé de son sac de couchage. Son matelas s'était à moitié dégonflé et il ne trouvait pas de position pour dormir tant sa peau brûlée par le soleil lui faisait mal. Il est sorti, a cherché un coin pour uriner, puis il s'est attardé à côté de la tente de ses parents.

Un faible éclairage projetait des silhouettes sur la paroi de toile.

— Vous la connaissez, celle-là ? a lancé une voix qui ressemblait à celle de Marek. C'est un vieillard qui marche difficilement, avec sa canne, et qui entre dans une boucherie. Il voudrait acheter deux cents grammes de jambon. Il n'y en a pas, répond la vendeuse. Du bœuf haché alors ? Il n'y en a pas non plus. Et des côtelettes de porc ? Des saucisses ? Finalement, le type s'en va les mains vides, et la vendeuse dit à sa collègue : Il est vieux, mais quelle mémoire !

Dans le concert de rires qui ont fusé dans la tente, Adam a reconnu la voix aiguë de Nina et le sifflement caractéristique de Heniek. Puis une autre voix, celle de son père, a dit :

— C'est bon, on continue à jouer.

Adam a hésité un peu puis il a monté la fermeture éclair de la tente. Son père, Andrzej, était assis torse nu, en caleçon. Nina ne portait plus que son soutien-gorge et une culotte. Heniek exhibait ses pectoraux luisants de sueur. Chacun tenait des cartes entre ses mains. Des verres à moitié pleins se tenaient en équilibre précaire sur des planchettes de bois faisant office de tables.

Vêtue d'une chemise de nuit, Pola a jeté un regard embarrassé à son fils.

— On joue au poker, mon chéri, va te coucher.

Adam est retourné dans la tente qu'il partageait avec Ewa, il s'est enfoui dans son sac de couchage et a rejoué dans sa tête sa cavale en traîneau avec la Reine des Neiges pour chasser ces images gênantes de son esprit.

⁂

Le lendemain, Heniek a invité Adam à se joindre aux jumeaux pour jouer au foot dans le sable.

— Tu es un vrai roi des bonnes femmes, viens plutôt pratiquer un sport d'homme, pendant que les gonzesses se font cuire au soleil.

À partir de là, Adam s'est progressivement moulé dans le rôle de grand frère, ou grand cousin, pour Jacek et Maciek. Surtout pour Jacek, qui pouvait passer des heures dans la mer, regarde, regarde, se vantait-il, je suis resté bien plus longtemps sous l'eau sans respirer que mon frère, je suis bien meilleur que Maciek !

⁂

L'amitié entre les deux garçons s'est prolongée au-delà des vacances. En septembre, leurs parents ont inscrit Adam et Jacek au même cours d'anglais, après l'école. Ils faisaient souvent leurs devoirs ensemble et il arrivait qu'Adam reste dormir chez Heniek et Teresa, dans leur appartement rempli d'objets exotiques. Un canif suisse. Un stylo à quatre couleurs. Un rouleau de Scotch. Une bouteille de Coca-Cola. Mais surtout, les céréales Corn-Flakes qui étaient servies au petit-déjeuner, avec du sucre et du lait chaud. La boîte de carton trônait sur la table et Adam ne se lassait pas de contempler le coq vert à la crinière rouge pendant que les flocons ramollissaient dans son bol. Pour lui, c'était la quintessence de l'Amérique.

Une de ces nuits où Adam était resté à dormir chez Teresa et Heniek, des éclats de voix l'ont tiré du sommeil. Il s'est redressé dans son lit pliant, a regardé sa montre : il était deux heures du matin. Comme d'habitude, la voix de Heniek dominait les autres, mais il a aussi reconnu celles de ses parents, puis de Marek et Nina qui avaient dû les rejoindre pendant qu'il dormait.

Adam a d'abord entendu Nina demander à Heniek ce qu'il avait fait pendant la guerre, comment il avait survécu.

— Tu ne nous l'as jamais raconté, insistait-elle.

— Je n'aime pas parler du passé, mon truc à moi, c'est l'avenir, a répondu Heniek.

Et justement, Heniek ne voyait plus d'avenir en Pologne. Il ne pensait qu'à repartir.

— Le régime, ici, ne changera jamais, il n'y a rien à espérer.

— Ce régime est pourri, c'est vrai, a reconnu

Marek. Mais si on part, on abandonne tout. On ne reviendra plus. Et qui dit que ce régime ne changera pas un jour ? Peut-être qu'on devrait rester et participer au changement ? Peut-être qu'il faut juste être patient.

— Je n'ai pas vraiment envie de partir moi non plus, mais en même temps, comme Heniek, je ne vois plus d'avenir ici, a dit Teresa.

Puis elle a raconté comment l'ancien patron de Heniek au bureau des projets de construction où il avait travaillé, à Varsovie, avant son voyage aux États-Unis, avait bien voulu le rapatrier dans son équipe après leur retour, mais à une condition. Il avait mentionné, comme si ça allait de soi, que Heniek raconterait sûrement à ses anciens collègues comment la vie aux États-Unis était terrible, comment ce pays était dégénéré, cruel, injuste.

— J'ai répondu qu'au contraire, on vit très bien aux États-Unis, et que je n'allais quand même pas raconter des mensonges, a dit Heniek en riant, tout content de sa bravade. Je n'ai plus jamais entendu parler de ce patron, mais j'ai dû finalement accepter un autre poste à l'usine. C'était ça ou je mettais la main dans un engrenage de collaboration.

— C'est vrai que la vie n'est pas facile, mais ce n'est pas exclu que ça change, a réitéré Marek d'une voix lasse.

— Je suis d'accord avec toi, Marek, a renchéri Pola. Je n'ai pas envie de quitter mon pays. Mais en même temps, tout est si difficile ici. L'autre jour, j'ai attendu trois heures devant un magasin de vêtements pour enfants, et alors que j'étais sur le point d'entrer, la porte s'est fermée devant moi. Juste comme ça.

— Moi, je ne veux pas bouger, a tranché Nina. Je ne vais pas recommencer ma vie à trente-cinq ans, quand même !

Il y a eu d'autres tintements de verres, d'autres rires, l'aiguille du tourne-disque a grincé, la voix de Sława Przybylska a entonné : «Tu te souviens, c'était l'automne, la petite chambre numéro huit, le portier nous a donné la clé en souriant... »

— Viens donc danser, a lancé Heniek.

— Tu as trop bu, a répondu Teresa, excédée.

— En tout cas, a poursuivi Heniek, moi, je veux de vraies autoroutes, pas des chemins de campagne avec des troupeaux de moutons.

— Je veux bien, a dit Marek, mais tu vas faire comment pour aller rouler sur tes autoroutes ? Tu vas partir seul ? Sans les enfants ? Tu sais bien qu'ils ne laisseront pas partir une famille entière...

— Restez si vous voulez, moi, je pars, a encore balbutié Heniek.

— Oui, tu pars immédiatement et tu t'en vas au lit, a tranché Teresa.

Puis il y a eu les claquements de baisers sur les joues, le bruit de la porte qui se referme, et Adam a pu se couler dans le silence.

Une leçon d'histoire

Quand Adam est apparu à la porte de sa classe, à la rentrée, Monika a mis un moment avant de le reconnaître. Huit mois s'étaient écoulés depuis leur dernière rencontre, l'hiver précédent, au treizième anniversaire d'Ewa, qui avait été célébré en même temps que celui d'Adam.

Comme chaque année, Monika avait été invitée à la double fête, mais elle n'avait pas prêté attention au garçon qu'elle connaissait comme le « cousin cousu » de sa meilleure amie. Même si Adam avait exactement le même âge qu'Ewa, à quelques heures près, Monika le voyait comme un gamin empoté qui ne se mêlait pas aux conversations des filles et traînait toujours avec lui un sac de soldats de plomb.

Cet automne-là, une réforme administrative avait déplacé une vingtaine d'élèves, dont Adam, vers l'école primaire que fréquentaient Ewa et Monika.

Le nouvel élève qui s'était présenté devant sa classe de septième année n'avait rien à voir avec l'enfant lourdaud que Monika avait ignoré chez Ewa, huit mois plus tôt. Adam avait allongé, ses joues s'étaient creusées et ses cheveux, autrefois blonds, avaient foncé et cascadaient dans son cou, ce qui le faisait ressembler à un des chanteurs des Beatles, ce groupe anglais que Monika venait tout juste de découvrir.

Comme il dépassait les autres élèves d'une demi-tête, Adam avait été placé dans la dernière rangée, près du mur du fond. Il avait pris l'habitude d'appuyer le dossier de sa chaise contre le mur, laissant ses jambes ballantes. En classe, Adam prenait rarement la parole, comme s'il flottait au-dessus de la mêlée, ou qu'il ne faisait que passer en attendant de retourner à des activités plus importantes.

Malgré son air indifférent, Adam accumulait des notes parfaites, que des cinq dans pratiquement toutes les matières, et cette combinaison de nonchalance et de succès scolaire avait le don d'exaspérer les professeurs.

Quand ils essayaient de le prendre en défaut en lui lançant une question difficile, il se levait, imperturbable, les bras croisés, répondait sans hésiter, puis se laissait retomber sur son banc, l'air satisfait.

Un jour, au cours d'histoire où il était question de la Deuxième Guerre mondiale, l'enseignante, *pani* Mazur, s'est approchée du tableau pour y inscrire les mots *opération Barbarossa*.

— Qui peut me dire de quoi il s'agit? a-t-elle demandé à la classe.

Comme toujours, c'est Danka, une élève au visage

parsemé de taches de rousseur, qui a été la première à lever la main.

— Moi, je le sais, c'est quand Hitler a envahi l'Union soviétique.

— Très bien. Et maintenant, qui peut me donner la date du déclenchement de cette invasion ? Non pas toi, Danka, tu as déjà répondu. Adam, peut-être ?

Le garçon s'est levé et a lancé d'un trait, comme si cette information était prête à bondir de sa bouche :

— Le 22 juin 1941.

Au lieu de se rasseoir, Adam est resté debout sans rien dire pendant quelques secondes, puis il a regardé l'enseignante avec une expression de défi :

— Moi aussi j'ai une question. Pouvez-vous me dire ce qui est arrivé dans la forêt de Katyń au printemps 1940 ?

Mais quelle mouche l'a piqué ? s'est demandé Monika, consternée par l'audace du garçon. *Pani* Mazur s'est avancée vers son bureau, a tiré sa chaise et s'est assise en se mordillant les lèvres. Puis elle a gribouillé quelque chose sur une feuille avec son stylo, a replacé ses cheveux derrière ses oreilles et a pris une profonde inspiration.

— Ce n'est pas le sujet de ce cours, mais puisque tu le demandes, les nazis ont alors exécuté des milliers d'officiers polonais.

— Faux, a rétorqué Adam. Ils ont été assassinés par les Russes.

— Tais-toi, s'est exclamée *pani* Mazur.

— Je ne me tairai pas, a répliqué Adam. Mon

grand-père, le père de mon père, est mort à Katyń. Je sais bien qui est responsable de sa mort.

— Arrête, Adam, a presque crié *pani* Mazur. Arrête.

Monika ignorait que le grand-père d'Adam avait été assassiné à Katyń. Quelque chose en elle, une pointe de douleur doublée d'un élan de solidarité, l'a poussée à se lever à son tour pour lancer :

— C'est vrai, ce qu'il dit, Adam.

Monika savait qu'Adam avait raison, elle avait entendu des adultes parler de Katyń à plusieurs reprises. Ils le faisaient toujours à voix basse ou en chuchotant. Elle savait aussi que, même si tout le monde connaissait la vérité, il fallait faire semblant d'avaler la version officielle. Et que selon cette version, les coupables, c'étaient les Allemands. Pas les Russes.

Les joues de Monika brûlaient. Elle sentait les yeux de toute la classe fixés sur eux, Adam et elle. Le poids de ces regards transperçait sa nuque, son dos. Puis la cloche a sonné.

— Adam et Monika, vous ne sortez pas, a décrété l'enseignante.

Quand la classe s'est vidée, elle leur a fait signe de s'approcher. L'aigle blanc polonais les dominait de son regard de rapace depuis la toile accrochée au-dessus du tableau noir. *Pani* Mazur considérait Adam et Monika avec perplexité. Finalement, elle a affirmé sur un ton glacial :

— Vous n'aviez pas le droit de dire ça.

— Et pourquoi donc ? a crâné Adam. On a le droit puisque c'est la vérité.

— La vérité importe peu, ici, ce qui compte, c'est votre avenir. Et parfois, la vérité peut bousiller un avenir.

Avant de leur donner congé, l'enseignante a laissé tomber à voix basse :

— On se comprend, je ne vous ai rien dit.

Le lendemain, l'école a convoqué leurs parents. Sabina et Pola ont écouté *pani* Mazur alors qu'elle décrivait l'incident. Elles ont promis de disputer leurs enfants.

— Adam n'aurait pas dû faire ça, a laissé tomber Sabina, tandis qu'elle replaçait son châle beige autour de ses épaules, à la sortie de l'école.

— Monika non plus, a dit Pola.

Le soir, Sabina a regardé sa fille en soupirant :

— T'aurais dû te taire. Mais qu'est-ce que je vais faire avec toi, ma fille, tu te mets toujours en danger !

Adam s'est fait sermonner, lui aussi. Il y a des choses qui ne se disent pas, pas ici, pas sous ce régime. Mais Monika et Adam sentaient tous deux que leurs parents étaient plus inquiets qu'en colère. Ils s'étaient fait disputer comme des gamins qui reçoivent quelques taloches parce qu'ils ont traversé la rue en courant sans regarder.

Cet incident a fait des vagues dans leurs cours respectives. Derrière leurs fenêtres fermées, les adultes parlaient d'Adam et de Monika avec admiration. Quand même, quel culot, quel courage.

Une semaine plus tard, à la récréation, Adam s'est approché de Monika pour l'inviter à aller voir le film des Beatles, *Help !*, qu'on donnait justement au cinéma Moskwa.

— On ira manger une glace après, à la Cabane verte, tu veux bien ?

⁂

Jacek a rassemblé deux feuilles de papier de soie. Une rouge, une blanche. Il a découpé une bande de chaque couleur. Quand il a voulu les fixer l'une contre l'autre, la colle a débordé et a laissé des taches sombres qui ont durci en séchant. C'était foutu.

Il a recommencé deux fois, la colle coulait toujours. Au quatrième essai, il a réussi à ajuster bien proprement les deux bandes de son drapeau. Jacek a regardé son œuvre avec satisfaction : il y était arrivé, enfin. Puis il a enroulé le bout des bandes de papier sur un bâton. À sa surprise, le drapeau tenait bon. Il était en train de souffler dessus pour faire sécher la colle quand Maciek est entré dans leur chambre avec son pas envahissant. En voyant Jacek agiter le drapeau destiné au défilé du 1er mai, il s'est mis à rigoler.

— Ha ha, regarde-le, ton drapeau, il est nul, tu l'as fait à l'envers.

Maciek n'arrêtait pas de rire en se tapant sur les cuisses dans un geste qui le faisait ressembler à leur père, Heniek.

Jacek a eu envie de pleurer, il a traité son frère

d'idiot et de con. Mais Maciek avait raison : il avait collé le drapeau à l'envers, le rouge s'était retrouvé en haut, au-dessus du blanc.

C'est pas le drapeau polonais, c'est celui de Monaco, a raillé Maciek.

Jacek s'est approché de son frère, lui a asséné un coup de pied au mollet, puis il est sorti de la chambre en courant. Dans la cuisine, Heniek parlait au téléphone d'une voix à peine audible. Quand il a vu Jacek, il a raccroché brusquement sans dire au revoir. Pendant quelques secondes, Heniek a eu l'air d'un enfant qui se serait fait prendre en train de voler des bonbons au magasin.

Devant cette scène curieuse, Jacek s'est souvenu de la fois où il avait vu son père surgir d'un café près du parc des Łazienki. Sabina, la mère de Monika, trottinait à petits pas derrière lui.

La veille, un dimanche, ils avaient tous passé l'après-midi chez Maja et Ewa, avec Adam, Basia, Monika et tous leurs parents. Comme toujours, Sabina était enveloppée dans son châle aussi pâle que ses cheveux et sa peau, et elle parlait de sa voix si douce que Jacek avait peine à la comprendre.

C'est une tout autre Sabina qu'il avait vu avancer derrière son père à la sortie du café, le lendemain : elle portait une veste courte rouge, des chaussures rouges et un sac à main rouge, même son teint avait rosi. Ce lundi-là, Jacek avait décidé de ne pas se présenter à son examen de mathématiques parce qu'il n'avait pas assez étudié et qu'il était certain d'échouer. Il savait que ce n'était pas très futé de sa part parce qu'il était clair qu'il se ferait pincer.

Quand il l'avait aperçu, au lieu de lui demander pourquoi il n'était pas à l'école, son père avait pris un air penaud, comme si le fautif, c'était lui. Ils ne s'étaient plus jamais reparlé de cet incident. Les deux ont fait comme s'il ne s'était rien passé.

Jacek se dressait donc devant son père, son drapeau pour le défilé du 1er mai caché derrière son dos.

— Qu'est-ce que tu tiens là? a demandé Heniek après s'être raclé la gorge.

— Rien, a répondu le garçon.

Puis Jacek a annoncé qu'il ne voulait pas y aller, au défilé du lendemain. C'est là que son frère a bondi dans la cuisine en sautillant et en criant:

— Il est nul, son drapeau, il est nul, son drapeau. Il s'est trompé de pays!

— Arrêtez de vous chamailler, les gars, a dit Heniek sur un ton exaspéré. Pas question de ne pas aller au défilé du 1er mai. J'ai beaucoup de pression au travail en ce moment. Je ne veux pas avoir d'ennuis, alors on va tous aller à la fête des Travailleurs, avec nos drapeaux, fin de la discussion.

Jacek fulminait, la colère comprimait ses poumons, coupant sa respiration. D'un geste brusque, il a levé son drapeau au-dessus de sa tête, l'a cassé en deux avant de le lancer par terre. Puis il est sorti de l'appartement en claquant la porte de toutes ses forces.

Une fois dans la rue, Jacek s'est rendu compte

qu'il ne savait pas du tout où aller. Il a sauté dans le premier trolleybus, puis il a marché au hasard des rues avant de se retrouver devant l'immeuble de cinq étages où habitait Adam. C'était comme si ses pas l'avaient guidé indépendamment de sa volonté pour le conduire en face d'Adam qui sortait justement de chez lui.

— Mais qu'est-ce que t'as ? a lancé Adam en voyant le visage défait de Jacek. Viens donc chez moi, on va jouer.

Les deux garçons ont monté l'escalier quatre à quatre. Il y avait du papier de soie dans un tiroir de la chambre de Basia, et Adam a aidé Jacek à refaire son drapeau – tout droit, propre, prêt à flotter au vent, la bande blanche placée en évidence au-dessus de la bande rouge. Jacek n'avait toujours pas envie d'aller au défilé le lendemain, mais Adam lui a promis qu'il l'accompagnerait. Il passerait le prendre chez lui. Seulement lui, pas Maciek. Jacek exultait.

Quand la crise du drapeau a été réglée, Adam a plongé ses mains dans une boîte de carton pour en sortir un sac contenant sa collection de soldats de plomb. Jacek n'avait jamais vu une armée pareille : il y avait non seulement des fantassins, mais aussi des artilleurs, des pilotes, des avions, des chars d'assaut, des canons.

Les deux garçons ont rejoué la bataille de Westerplatte, Adam dirigeait l'armée allemande, Jacek la polonaise. Leurs soldats se sont tiré dessus, puis l'armée polonaise, menée d'une main de fer par le général

Jacek, a organisé une embuscade et les Allemands sont tombés dedans comme des cons.

Jacek se doutait bien qu'Adam l'avait laissé gagner pour lui faire plaisir. Mais il était quand même heureux d'avoir pu changer un moment le cours de l'histoire.

Les images

Pour Basia, c'est l'image de ses parents étendus sur le dos, dans leur lit, leurs têtes se frôlent sur le traversin, son père tient un livre recouvert de papier d'emballage beige. Le titre est inscrit en caractères fins, au plomb : *1984*. Ils lisent sans s'arrêter, Pola lève la tête vers Andrzej, impatiente de tourner la page, il lui fait signe d'attendre, de ne pas aller si vite, il n'arrive pas à la suivre.

C'est leur ami Marek qui leur a apporté, la veille, l'œuvre de George Orwell interdite en Pologne. Lui-même l'a lue en trois jours, avec Nina, et c'est le temps dont disposent les parents de Basia avant de passer le volume aux lecteurs suivants.

Pola et Andrzej ne détachent les yeux du livre que pour allumer une nouvelle cigarette, un nuage compact flotte au-dessus d'eux, ils ne voient rien, n'entendent rien, sont totalement absorbés par leur lecture.

Basia aimerait se lover sous la couette entre son père et sa mère pour lire avec eux, mais ils la chassent d'un mouvement de la main, c'est à peine s'ils lèvent les yeux sur elle. Elle se laisse glisser sur le plancher, dos contre le mur, genoux relevés, elle les regarde fumer, tourner les pages, fascinée par leur capacité à faire corps avec leur livre, à faire corps aussi l'un avec l'autre, elle a l'impression d'entrer par effraction dans leur intimité, comme si elle les avait surpris à se caresser, nus, impudiques, indifférents à sa présence.

⁂

Pour Adam, c'est l'image d'une tablée de douze couverts dans une maison de paysans, quelque part dans une campagne boisée où, comme chaque année, leurs familles se sont retrouvées pour aller cueillir des champignons.

Ils ont nettoyé les bolets, les lactaires et les chanterelles, ont rejeté les spécimens les plus abîmés, réservé les plus beaux pour le repas du soir, tranché les autres en fines lamelles avant de les enfiler sur des bouts de ficelle qu'ils ont suspendus sur le poêle de céramique, pour les faire sécher. Les derniers vers blancs encore tapis dans la chair des champignons tentent d'échapper à la chaleur qui se dégage du ventre du poêle, ils gigotent, puis agonisent sur la paroi de tuiles bleues.

Le fumet de la soupe aux champignons embaume la cabane, la casserole est posée au centre de la table de bois brut, il n'y a pas assez de chaises, alors on installe les enfants sur des bûches ou des valises empilées. Pola remplit les assiettes à l'aide d'une louche, Marek verse la vodka, Heniek découpe la miche de pain en tranches grossières. Bientôt, les enfants se réfugieront dans leur chambre, ils joueront aux cartes ou aux dominos, ils écouteront Basia leur raconter une histoire ou réciter des poèmes qu'elle leur fera apprendre par cœur. Bientôt, les adultes auront assez bu pour se mettre à chanter. Mais pour l'instant, ils sont douze à se presser autour de la table, douze membres d'une même famille rapiécée, serrés les uns contre les autres, les visages rougis par la chaleur du poêle et la vapeur de la soupe.

⁂

Pour Ewa, c'est l'ecchymose sur la cuisse d'Urszula, l'élève qui partage son pupitre en classe et qui l'accompagne parfois jusqu'à la maison, après l'école. Les deux amies ont l'habitude de faire leurs devoirs ensemble, chez Ewa, jamais chez Urszula. Ce jour-là, elles se retrouvent dans le vestiaire, avant le cours de gymnastique. Urszula a retiré son collant et s'apprête à enfiler son short d'exercice marine. Une marque tranche le haut de sa jambe, une bande d'un rouge vif avec des extrémités qui tirent vers le violet. Captant le regard d'Ewa, Urszula explique que son père l'a battue, la veille, avec une ceinture. Ewa a les yeux rivés sur la cuisse de son amie, le souffle coupé. Comment est-ce possible ? Jamais Marek ne lèverait la main sur elle, encore moins avec une ceinture.

— Je l'ai mérité, souffle Urszula, comme si elle avait voulu excuser son père.

— Comment ça, mérité ? Il fait ça souvent ? demande Ewa tout bas, pour éviter que les autres élèves ne les entendent.

Urszula lui confie que la plupart du temps son père ne la frappe que si elle lui a désobéi. Alors c'est bon, c'est normal. Mais parfois aussi parce qu'il a trop bu, il ne sait pas ce qu'il fait, tu comprends ?

— Mais ta mère, elle ne te défend pas, ta mère ?

Non, elle sort pour ne pas entendre ses cris. Mais Urszula ne crie pas. Elle serre les dents, contracte tous les muscles de son visage, mais n'émet aucun son, ses pleurs coulent à l'intérieur d'elle, dans le silence.

⁂

Pour Maja, c'est la fenêtre au troisième étage de la maison d'en face. Elles sont couchées, Ewa et elle, chacune dans son lit. Ewa dit : choisis une fenêtre. Elle opte pour celle du troisième étage, avec ses trois panneaux vitrés illuminés par un éclairage doux, réconfortant. Ewa, elle, s'attribue une petite fenêtre carrée du deuxième étage garnie de rideaux transparents.

Chaque soir, elles se racontent ce qui se passe derrière « leurs » fenêtres. Parfois, elles aperçoivent des silhouettes, elles leur inventent des prénoms, un âge, c'est une famille, les enfants sont en train de se chamailler, la grand-mère sert le repas, elle a renversé la soupière, le père est parti chercher des cigarettes, mais n'est jamais revenu, le chien a fait caca sur le kilim, la mère est une violoniste de l'Orchestre philharmonique, l'autre mère se fera bientôt expulser de l'appartement, et où ira-t-elle avec les enfants, ou alors c'est une actrice célèbre abandonnée par son amant.

Chaque soir, avant de s'endormir, elles imaginent des vies aussi différentes que possible de la leur. Chaque fois, le nouveau chapitre est une surprise. Pour celle qui écoute l'histoire. Mais aussi pour celle qui la raconte.

⁂

Pour Jacek, c'est sa mère en pleurs, les cheveux défaits, les paupières noircies parce que les larmes ont dissous son maquillage. Teresa est assise sur le lit, en robe de nuit, la tête entre les mains, et elle sanglote. Jacek a entendu ses parents se quereller, c'est ce qui l'a réveillé. Leurs voix étaient tranchantes comme des lames de canif. Sa mère criait: «Tu mens, tu la vois encore!» Puis Heniek est sorti en claquant la porte. Jacek entre dans la chambre, s'approche du lit, sa mère relève la tête, c'est là qu'il voit les coulées noires sur ses joues, ses bras sont noués autour de sa taille comme si elle s'enlaçait. Son corps hoquette, gémit. D'habitude si forte, si solide, sa mère se décompose devant ses yeux. Jacek voudrait la consoler, mais il ne sait pas comment. Elle lui fait signe d'approcher, lui caresse les cheveux, mais Jacek est paralysé, raide comme un piquet. Il envie son frère qui n'entend rien, qui dort à poings fermés, dans leur chambre.

⁂

Pour Monika, c'est l'image des mains d'Adam, leurs doigts longs et fins, leurs ongles rongés jusqu'aux phalanges. Il brandit un 33 tours, c'est celui d'Ewa Demarczyk, il cherche une chanson précise, celle qui dit : «Tu as des yeux si verts, verts comme un vent d'été, des forêts enchantées… » Cette chanson, dit Adam, me fait penser à toi.

Ils ont quinze ans, ils sont chez elle, ont terminé leurs devoirs, Ewa est au cinéma avec son amie Urszula. Monika trouve qu'Urszula prend trop de place dans la vie d'Ewa, elle en ressent une pointe d'inquiétude et peut-être même de jalousie, mais là, au fond, c'est bien qu'ils soient seuls, seulement elle et Adam. La mère de Monika est sortie elle aussi, elle a dit qu'elle devait se rendre à une réunion, Monika trouve qu'il est un peu tard pour le travail, mais ça ne la regarde pas, et surtout, ça lui convient parfaitement de pouvoir occuper tout cet espace seule avec Adam.

«Tu as une bouche si rouge, rouge comme les aubes enflammées », chante Ewa Demarczyk.

L'aiguille du tourne-disque crépite et grince. La pluie fouette la fenêtre de la chambre de Monika. Elle regarde les lèvres d'Adam qui, bientôt, se poseront sur les siennes.

Une poussière dans l'œil

Un bruit de pas a claqué dans l'escalier, suivi par le tintement de la sonnette.

— Nina, ouvre-moi, vite, a crié *babcia* Lusia d'une voix étranglée, comme si elle cherchait son souffle. Allez, dépêche-toi…

C'était un lundi de juin, Maja avait passé la journée seule à la maison, elle se remettait d'une otite – la troisième en neuf mois. Mais là, elle allait mieux, sa fièvre était retombée et ses oreilles ne la faisaient plus hurler de douleur. Cette enfant est un véritable aimant à virus, se disait Nina, qui s'était dépêchée de quitter l'école primaire où elle avait passé la matinée à évaluer des élèves de première année qui peinaient à lire et écrire. Elle était pressée de retrouver Maja, elle n'aimait pas la savoir seule, même si à dix ans sa fille pouvait passer des heures à lire tranquillement dans son lit.

De retour à la maison, Nina avait pris la température de Maja, avait constaté que sa fièvre n'était pas revenue, puis elle s'était attaquée aux travaux de couture qu'elle repoussait depuis trop longtemps. Elle devait repriser les chaussettes des filles, défaire les ourlets de leurs jupes pour les rallonger. C'était fou comme Ewa et Maja avaient poussé depuis l'hiver. Nina aurait bien aimé leur acheter des vêtements neufs, mais dans les magasins, on ne trouvait jamais rien de la bonne taille. Alors elle rapiéçait, tricotait des rallonges aux manches, ajustait les vêtements trop petits pour Ewa, mais encore trop grands pour Maja.

De temps en temps, elle retirait son dé à coudre pour avaler une gorgée de thé. La maison était calme, silencieuse. Dehors, la pluie avait cessé et le ciel laissait filtrer des rayons de soleil à travers les nuages gris anthracite. Une volée de pigeons avait fendu l'air devant la fenêtre avec un claquement d'ailes.

Ewa était passée en coup de vent pour récupérer son manuel de mathématiques, elle avait lancé « salut, maman » avant de repartir chez Monika. Maja s'était attablée dans la cuisine devant son cahier de devoirs et un verre de lait chaud sur lequel flottait une peau plissée qu'elle fixait avec dégoût. Le verre se dressait devant elle comme un reproche. Nina y jetait de brefs coups d'œil pour vérifier s'il était encore plein, Maja cherchait comment le vider dans l'évier sans que sa mère s'en aperçoive.

L'arrivée soudaine de *babcia* Lusia lui a fourni la diversion qu'elle espérait : dès que sa mère s'est dirigée vers la porte, elle s'est précipitée vers l'évier et y a versé le lait, puis a fait couler l'eau pour en effacer les traces. Juste avant que le lait ne soit entièrement disparu, Maja a trempé son doigt dans le liquide blanc et l'a tapoté autour de ses lèvres. Comme ça, sa mère ne se douterait de rien.

Quand Nina lui a ouvert la porte, Lusia l'a à peine saluée, fonçant vers la cuisine d'un pas décidé. Elle a exigé un thé, avant d'ajouter :

— Peut-être quelque chose de plus fort, tu n'aurais pas un verre ? Ou les deux ? Un thé *et* un verre ?

Lusia a tout juste trempé ses lèvres dans le verre de vodka avant de lancer :

— Ça y est, c'est la Troisième Guerre mondiale, tu as entendu les nouvelles ?

Israël venait de remporter une victoire fulgurante contre ses ennemis arabes à l'issue d'une guerre éclair de six jours. Cette guerre-là était terminée, au grand soulagement de Lusia qui avait passé la semaine à se ronger les sangs pour sa cousine Rivka, émigrée en Israël dix ans plus tôt avec son fils Gabriel.

Mais là, l'Union soviétique avait rompu ses relations diplomatiques avec l'État juif. Tous les pays du pacte de Varsovie, dont la Pologne, avaient suivi.

— C'est presque une déclaration de guerre. Ils viennent de rappeler l'ambassadeur de la Pologne de Tel-Aviv. Ça va dégénérer, je vous assure. Et tu vas voir, ça va se retourner contre nous, les Juifs. Comme toujours.

Lusia parlait vite, elle avalait ses mots. Nina a levé les yeux au ciel en soupirant.

— S’il te plaît, *mamusiu*, calme-toi. Pas devant la petite.

Lusia a regardé Maja comme si elle venait tout juste de remarquer sa présence : sa petite-fille coloriait en rouge les pétales des tulipes et des marguerites qu’elle venait de tracer dans son cahier ligné. Après lui avoir tendu un mouchoir en faisant le geste d’essuyer sa bouche, *babcia* Lusia a avalé cul sec le reste de vodka. Elle a tourné lentement la petite cuillère dans sa tasse de thé pour faire fondre le sucre. Puis elle a repris, sur un ton un peu plus calme :

— Tu sais, je n’exagère pas, la situation est explosive.

— Je sais, *mamusiu*, c’est juste que ça ne sert à rien de s’énerver.

— Oui, tu as raison. Par contre, on peut se préparer.

Lusia a tiré deux billets de vingt złotys de son porte-monnaie, a sorti un filet de son sac à main et a tendu le tout à Maja.

— Tu vas mieux, on dirait. C’est le moment de faire des provisions, parce qu’on ne sait jamais. Tiens, mon chaton, va nous chercher deux kilos de farine et deux kilos de sucre. Si jamais tu croises ta sœur, envoie-la ici, elle fera d’autres courses. Allez, mon chaton, vas-y.

En ouvrant la porte, Maja a foncé sur la concierge qui s’apprêtait à activer la sonnette à son tour. *Pani* Frania a repoussé Maja vers l’intérieur de l’appartement, sans lui adresser un mot. Ce jour-là, les adultes semblaient s’être donné le mot pour ne pas la voir, à croire qu’elle était devenue transparente.

Pani Frania était dans tous ses états, elle aussi.

On sait quand les crises commencent, mais on ne sait jamais combien de temps elles vont durer. Ni comment elles se termineront. Se tournant vers Nina, elle a dit ceci :

— *Pani* Gutkowska, ne craignez rien. Si jamais ça recommence, si jamais vous êtes en danger, comme pendant la dernière guerre, je trouverai une cachette, je m'occuperai de vous. Il ne vous arrivera aucun mal, je vous le jure. Ni à vous ni à vos filles.

Nina a dit « merci », puis elle a frotté un coin de son œil, comme pour en déloger un grain de poussière. Elle a pris la main de *pani* Frania, l'a tenue un moment. Il y a eu un silence gêné, tous ces mots flottaient dans l'air, chargés d'une menace diffuse et de promesses.

— C'est bon, n'oubliez pas que vous pouvez compter sur moi, a laissé tomber la concierge sur un ton impatient, en reprenant sa main.

Personne ne s'intéressait à Maja. Elle a pensé qu'elle venait d'entendre deux mots qu'elle ne connaissait pas : *ambassadeur* et *diplomatiques*. Dès qu'elle aurait une occasion, elle les chercherait dans le dictionnaire.

Puis elle s'est glissée dehors sans dire au revoir. Elle a fait le calcul : avec les złotys que venait de lui donner sa grand-mère, il lui resterait assez d'argent pour acheter un gâteau à la pâtisserie. Elle salivait déjà en s'imaginant croquer dans un mille-feuille dégoulinant de crème.

Pour un filet de truite

Ils allaient passer deux semaines dans les Bieszczady, trois familles voyageant dans deux autos : la Peugeot de Heniek et une Syrenka que Marek, qui venait tout juste d'obtenir son permis de conduire, avait empruntée à un ami.

Sabina et Monika viendraient les retrouver quelques jours plus tard en train. Basia était restée en ville : à dix-sept ans, elle avait d'autres plans que des vacances en camping avec ses parents.

Ils étaient donc onze cordés les uns contre les autres, les pieds sur les tentes et les sacs de couchage. Marek conduisait avec nervosité, accélérant et décélérant par à-coups. À chaque secousse Nina s'accrochait à son siège, le priait de ralentir, il lui répliquait que contrairement à elle il avait passé un examen de conduite, et que par conséquent elle pouvait garder ses commentaires pour elle.

Pour faire passer le temps, Heniek et Marek jouaient à se dépasser à tour de rôle, les enfants les encourageaient à coups de «plein gaz, plein gaz!». Après cinq heures sur des routes cabossées, ils commençaient à gigoter sur leurs sièges.

— Mangeons, a décrété Marek.

Le village où ils ont fini par se poser ne comptait qu'une cantine éclairée par des plafonniers qui projetaient une lumière blafarde sur les tables. Le menu s'étalait sur deux pages: boulettes de viande hachée, côtelettes de veau, soupe aux pommes de terre ou aux cornichons, pierogis, *kopytka*... La simple lecture de la liste des plats faisait saliver. Mais chaque commande se heurtait à la même réponse: *nie ma*. Il n'y en a pas.

— Dites-nous donc ce que vous avez, ce sera plus rapide, a fini par lancer Andrzej.

Adam a pouffé de rire. La serveuse dont les cheveux étaient noués en une queue de cheval mal ficelée les a regardés d'un air blasé. Elle a pointé le doigt sur le menu en disant, avec un profond soupir:

— Il y a ça. C'est tout ce qu'il y a.

«Ça», c'étaient des filets de truite de cent trente grammes frits au beurre et servis avec des pommes de terre en purée. Ils avaient tous faim. Marek a commandé onze filets de truite. De l'orangeade pour les enfants. Et de la bière pour les adultes.

Ils étaient les seuls clients du restaurant. Pendant l'heure qui a suivi, la serveuse a tourné en rond, limé ses ongles, fumé trois cigarettes, tout ça sans leur jeter un regard. Ils attendaient toujours leurs plats.

La tension montait, les jumeaux ont commencé à se chamailler, Jacek a planté une fourchette dans la paume de Maciek qui le traitait de dernier des crétins, «ça suffit», a hurlé Heniek, «pas si fort», a fait Teresa, Adam n'arrêtait plus de rire, Maja s'est mise à se tortiller en disant «j'ai soif» et «j'ai envie de pipi».

Les assiettes ont fini par atterrir sur les tables avec la délicatesse d'un char d'assaut. Les portions de poisson étaient ridicules, on pouvait les avaler en deux bouchées.

— Je vais chercher le gérant, a annoncé Andrzej.

— Pour lui dire quoi au juste? a demandé Nina.

— Je vais lui dire que les filets de truite ne pèsent pas cent trente grammes. Ils se moquent de nous. Qu'ils nous en donnent de plus gros ou qu'ils baissent le prix.

— Laisse-moi faire, a dit Nina, il faut y aller délicatement.

Quand la serveuse est réapparue, Nina s'est levée, s'est excusée pour tout ce boucan, elle lui a dit s'il vous plaît et merci, trois fois plutôt qu'une, puis elle a laissé tomber:

— Entre vous et moi, ces truites ne peuvent pas peser cent trente grammes.

— On a vérifié, a protesté la serveuse. Au contraire, elles pèsent cent cinquante grammes. En fait, on devrait vous surfacturer.

— Vous n'êtes pas sérieuse?

— Absolument.

Devant ce mensonge éhonté, Pola a bondi de sa chaise, brandissant son morceau de truite au bout de sa fourchette.

— Je vais peser ce poisson. Et s'il ne pèse pas cent trente grammes, j'exige le livre des plaintes.

Pola sortait rarement de ses gonds. Mais là, son visage était couvert de plaques rouges, son corps tremblait. Elle s'est dirigée vers la cuisine, séparée de la salle à manger par une porte à battants.

— Arrêtez donc de rire, a lancé Heniek à l'adresse des enfants.

Puis il a ajouté, à voix basse :

— On rira quand ce sera le bon moment.

Pola a émergé de la cuisine quelques minutes plus tard dans un nuage de vapeur :

— Quarante grammes, pas un de plus !

Ewa s'est dépêchée d'avaler ses pommes de terre. Pola a inscrit son mécontentement dans un cahier à la couverture élimée.

— Je veux écrire, moi aussi, a dit Maja.

— Non, on se barre d'ici, a tranché Marek, qui a réglé l'addition en soulignant qu'il était en train de payer pour mille quatre cent trente grammes de truite. Vous vous rendez compte, on n'en a pas eu le tiers !

Le soir, autour du feu de camp, tandis que les enfants lisaient dans leurs tentes à la lumière de leurs lampes de poche, les parents sont revenus sur cet incident.

— Je n'en peux plus, a râlé Pola. Ce qui est arrivé dans ce restaurant, c'est à l'image de tout le reste.

— Nous avons de bons métiers, a dit Andrzej. Toi, Nina, des psychologues, ils en ont besoin partout dans ce monde de fous. Marek, la physique, c'est le métier du progrès, de l'avenir. Moi-même, je suis ingénieur, Pola est chimiste. Nous trouverons partout du travail. Toi, Heniek, tu peux tout faire, tout gérer, on ne s'inquiète pas pour toi. C'est vrai qu'entomologiste, comme Teresa, c'est moins évident, mais tu trouveras.

Ils avaient tous inscrit leurs enfants à des cours de langues, après l'école. Français pour Ewa et Maja. Anglais pour les autres. Les adultes planchaient sur ces mêmes langues le soir, après le travail.

Andrzej et Pola avaient toujours été réfractaires à l'idée d'émigrer. Ces filets de truite de quarante grammes étaient en train de faire pencher la balance. Il n'y avait plus rien à espérer dans ce pays, le pays de leurs ancêtres.

Les adultes parlaient à voix basse. L'oreille collée à la paroi de la tente, Ewa attrapait de grands bouts de leur conversation. Sa sœur dormait, bien enfouie dans son sac de couchage d'où ne dépassait qu'une touffe de cheveux bruns ébouriffés. Adam les fixait toutes les deux, à demi assis, prenant appui sur ses coudes.

— Tu crois qu'on va partir ? a demandé Ewa.

— Ils peuvent bien parler, mais c'est impossible de partir d'ici, a dit Adam, avec une assurance qui le faisait ressembler à son père. Ce ne sont que des mots.

Puis ils ont entendu Marek élever la voix.

— Je ne vous comprends pas. Nous sommes nés ici. Nos parents sont nés ici. Leurs parents et leurs grands-parents aussi. Moi, je préfère encore espérer qu'on arrivera à changer les choses de l'intérieur.

— J'ai été longtemps d'accord avec toi, tu sais que

je n'aime pas l'idée d'aller vivre ailleurs, de recommencer notre vie à presque quarante ans, a dit Nina. Mais tu as vu comme les choses changent, et pas pour le mieux, surtout depuis la guerre des Six Jours. Il y a eu la purge antisémite dans l'armée, les discours sur la cinquième colonne, tout ça. On sait bien qui est censé composer la cinquième colonne à leurs yeux. Il y a une mauvaise odeur dans l'air. Et on sait bien ce qui arrive quand on ne fuit pas à temps.

Il y a eu un moment de silence, quelqu'un a ajouté du bois dans le feu qui a émis une salve d'étincelles, puis Pola a demandé :

— Toi, Heniek, comment imagines-tu ta vie dans vingt ans ?

Heniek n'a pas cherché longtemps : il serait propriétaire d'une usine d'autos quelque part aux États-Unis, il se voyait assis derrière un immense bureau avec au moins trois téléphones et une secrétaire, à diriger des chaînes de montage aussi nombreuses que les voies des autoroutes californiennes.

Puis c'est Nina qui a pris le relais : elle rêvait d'une maison avec une chambre pour chacun, et une autre pour les amis de passage, un salon, une grande cuisine, une salle de bains. Surtout, elle voulait un vaste jardin où elle ferait pousser des tulipes, des roses, toutes les fleurs imaginables. Et peut-être qu'elle aurait un cerisier, et même un potager, pourquoi pas.

Teresa, elle, était plus prosaïque : son rêve, c'était un lave-vaisselle qui ferait le travail à sa place. Et une sécheuse automatique pour ne plus avoir à étendre le linge mouillé. Elle se voyait en train de se vernir les ongles, dans un grand salon aux murs largement fenestrés donnant sur une piscine extérieure, pendant que les assiettes et les casseroles se laveraient toutes seules, que les draps et les serviettes tourneraient dans l'air chaud.

Andrzej, lui, s'imaginait à la barre d'un voilier sur un plan d'eau qu'il n'arrivait pas à choisir. Un des Grands Lacs, peut-être ? La Méditerranée ? Ou carrément l'Atlantique ? Il travaillerait à la construction de gratte-ciel plus hauts que le Palais de la culture, rivalisant avec la tour Eiffel, et entre deux projets il parcourrait le monde.

— Vous ne pensez qu'à vos plaisirs personnels, a dit Marek, sur un ton faussement indigné.

Tant qu'à rêver, il préférait s'imaginer politicien dans une Pologne démocratique, peut-être même qu'il pourrait faire partie du gouvernement, comme ministre des Sciences ou, tiens, encore mieux, de la Justice, pour pouvoir envoyer derrière les barreaux ces foutus idiots qui étaient au pouvoir actuellement.

— Dans ce cas, je suis sûre qu'Ewa pourrait travailler avec toi, elle qui voit des injustices partout, a suggéré Nina.

— Vous croyez que ce sera possible, avant 1984 ? a demandé Pola.

— Ça me surprendrait, a rétorqué Andrzej avec son assurance habituelle. Rien ne changera d'ici dix-sept ans, c'est impossible.

Puis il a ajouté :

— Tout ça, ce ne sont que les rêves d'une tête coupée, ce régime ne tombera pas de notre vivant.

D'autres voix ont fusé, indistinctes, suivies par un moment de silence percé par le crépitement du feu. Puis ils ont chanté tout doucement, même la voix de Heniek était étouffée, étrangement caressante, se balançant sur un rythme de valse.

Le temps file comme un torrent, dans un an, dans un jour, dans un instant, nous ne serons plus ensemble.

Les craquements du bois, l'odeur irritante de la fumée, Maja qui respirait de plus en plus profondément, Adam qui venait de s'assoupir lui aussi – Ewa était au cœur de sa vie, solide, ancrée dans ce qui avait toujours été. Et voilà que cette chanson à la mélancolie poignante perçait une fissure dans son univers. Quelque chose existait qui peut-être bientôt, dès demain, ou la semaine prochaine, n'existerait plus. Cette brèche était ouverte, et ce serait peut-être un fossé béant. Cet instant précis, l'instant qu'elle était en train de vivre, portait en lui sa propre fin. Cette perspective lui est apparue avec une précision insoutenable. Elle s'est mise à pleurer, puis elle s'est endormie, bercée par ses larmes.

Patiner sans gants

La patinoire de l'aréna Torwar s'étalait devant Maja, immense, lisse, translucide. Ses patins, achetés six mois plus tôt, lui serraient déjà les pieds, elle avait peine à bouger les orteils. Elle a grimacé en attachant les lacets, mais une fois sur la glace, elle a oublié l'inconfort et s'est mise à glisser en croisant une jambe devant l'autre, puis à reculons, comme elle l'avait appris dans les cours qu'elle suivait depuis l'automne. Basia patinait derrière elle, Maja a ralenti pour la laisser s'approcher, puis elle a transféré son poids sur la jambe droite, a soulevé la jambe gauche, a penché son corps vers l'avant, avant de perdre l'équilibre et de s'affaler de tout son long sur la patinoire.

— Tu as presque réussi, une vraie championne, l'a encouragée Basia en la soutenant pendant qu'elle se relevait.

Elles vacillaient sur la glace en riant quand Ewa les a rejointes. Maintenant, elles glissaient en se tenant la main toutes les trois. Ewa a été la première à entonner la chanson des pavots rouges qui, au lieu de la rosée, ont bu le sang des soldats polonais à Monte Cassino. Elles ont terminé la chanson en chœur, ont poursuivi avec une chanson des Beatles, *She's got a ticket to ride*. Maja aimait la consistance des mots étrangers, ils étaient ronds et moelleux, et s'envolaient de sa bouche dans un nuage de buée.

Après deux tours de patinoire, Maja s'est penchée pour resserrer les lacets de ses patins. Quand elle s'est relevée, elle ne voyait plus personne, pas d'Ewa ni de Basia, pas d'Adam ni de Monika non plus. Elle était seule au milieu d'un océan d'inconnus. Pendant un instant, elle a imaginé qu'elle était perdue, qu'ils étaient tous partis, qu'elle n'avait pas d'argent ni de ticket de tramway, qu'elle devait rentrer seule à pied dans le noir.

Puis elle a aperçu le manteau rose de Monika et, tout près, l'anorak bleu foncé d'Adam. Ils patinaient soudés l'un à l'autre, dans un mouvement fluide. Monika portait un béret et un foulard jaunes qui auraient dû jurer avec la couleur de son manteau, et pourtant, le contraste était étrangement harmonieux. Le foulard flottait derrière elle comme la fumée d'une locomotive. Quand Maja s'est rapprochée d'eux, elle a remarqué qu'Adam tenait Monika par la main et que, malgré le froid, ils avaient tous deux retiré leurs gants.

Juste au moment où elle allait les aborder, la cloche a sonné, la période de patinage libre était terminée, et ils se sont tous retrouvés dans la rue, surpris par l'air tiède de ce début de mars. Basia a invité Maja à venir dormir chez elle, elle n'avait pas d'école le lendemain, leurs parents seraient sûrement d'accord, ce n'était pas la première fois.

— Oh oui, a répondu Maja en sautillant.

Ils ont sauté dans un bus tous les cinq, puis dans un tramway. Basia, Adam et Maja sont descendus les premiers, à l'arrêt de la rue Dworkowa où vivait la famille Ulman, laissant Ewa et Monika continuer le trajet pour trois autres arrêts.

Arrivé devant leur immeuble à la façade de béton gris, Adam s'est précipité à l'intérieur et les deux filles ont monté les cinq étages en courant derrière lui.

Andrzej et Pola étaient absents ce soir-là, ils étaient sortis au théâtre ou à un concert, Basia ne s'en souvenait pas avec précision.

Basia occupait l'ancienne chambre de *babcia* Freda, qui avait déménagé trois ans plus tôt, lasse des querelles causées par le bruit, le désordre et la fumée de cigarette. Elle vivait maintenant dans un appartement situé au premier étage d'un complexe résidentiel du quartier de Żoliborz.

Basia avait complètement redécoré la chambre. Des photos de vedettes tapissaient ses murs : Marilyn Monroe, Brigitte Bardot, James Dean, Sophia Loren, Zbigniew Cybulski, Barbara Rylska. Un abat-jour bordeaux recouvrait sa lampe de chevet et, quand Basia l'a allumée, une lumière tamisée a éclairé doucement la pièce.

— Je vais faire ton lit, a dit Basia en dépliant le

fauteuil appelé l'« américaine », le transformant en un lit étroit.

Puis elle a fouillé dans un coffre en bois, en a tiré un drap, un oreiller et une couverture.

— Mais d'abord, mangeons quelque chose. J'ai faim, pas toi ?

Elles se sont installées dans la cuisine, ont bu une tasse de bortch fumant avec du pain et du fromage. Puis Basia a invité Maja à s'asseoir sur son lit et a tiré un livre de son étagère ; comme elles en avaient l'habitude, elle s'apprêtait à lire des poèmes que Maja mémoriserait et lui réciterait ensuite. Son préféré, c'était celui de Tuwim sur le rossignol flâneur qui était en retard pour le repas du soir. Maja avait pris la peine de l'apprendre par cœur et elle avait hâte de voir Basia la féliciter pour sa mémoire.

Perchée dans l'acacia dame rossignol pleure
Car sieur rossignol a promis d'arriver avant neuf heures
Lui qui respecte toujours les heures de repas
Il est onze heures passées et il n'est pas encore là…

Mais Maja n'a pas eu le temps de réciter le poème, car le téléphone a sonné et Basia s'est précipitée vers le couloir pour prendre le récepteur.

— Vraiment ? Oui ! Quand ça ? Vendredi ? En plus, ce sera la journée internationale de la femme. J'y serai, c'est sûr.

Quand elle est revenue dans la chambre, Basia n'avait plus la tête à la poésie. Elle a refermé le livre de Tuwim, l'a posé sur l'appui de la fenêtre, a regardé dehors comme si elle essayait de percevoir quelque chose au loin, dans le noir. Puis elle s'est retournée vers Maja, ses yeux brillaient d'une intensité inhabituelle. Les mots déboulaient de sa bouche comme une cascade.

— Ma petite Maja, mon chaton, tout va changer. Ce pays est en train de changer. *Nous* allons le changer. Tu vas voir. Tu vas voir... Tu vivras bientôt dans un pays tout neuf, tu n'auras pas à subir ces mensonges, ces humiliations, cette saleté.

Depuis que le gouvernement avait interdit toute représentation de la pièce *Les Aïeux*, le grand classique d'Adam Mickiewicz, dont la mise en scène avait été jugée offensante et antirusse, des étudiants manifestaient chaque jour devant l'Université de Varsovie. Basia, qui y était inscrite depuis l'automne, avait participé à quelques-unes de ces manifestations. Les étudiants réclamaient que la pièce soit remise au programme, menaçaient de déclencher une grève, ils brandissaient des slogans qui disaient à bas la censure, nous exigeons d'autres représentations, ou encore l'indépendance sans censure. Des manifestants avaient été arrêtés, d'autres avaient été chassés de l'université, ce qui poussait encore plus de jeunes à sortir dans la rue. Le mouvement de protestation enflait. En face, il y avait des autos de police, des rues barrées, des gyrophares qui clignotaient furieusement, des klaxons, tout était électrique, fébrile.

Basia s'est étendue sur son lit, les yeux grands ouverts comme si, au lieu de lire des poèmes, elle tentait de déchiffrer l'avenir.

Tout s'emballe

C'était comme si Pola avait été frappée par un coup de massue qui l'avait laissée sonnée, incrédule. Elle aurait imaginé plus facilement que la police mette le grappin sur Adam, son garçon rebelle, son révolté, mais pas sur elle, pas Basia, pas sa fille toute menue, avec sa frange noire et carrée ; pas son étudiante appliquée avec ses airs d'écolière, sa jupe à carreaux et son chemisier blanc ; pas sa fille aux yeux bleu ciel ourlés d'une frange de cils noirs, qui ne se rendait même pas compte de l'effet qu'elle produisait sur les hommes, qui marchait toujours le nez plongé dans ses recueils de poésie sans voir comment ils se retournaient derrière elle.

Comment allait-elle ? Avait-elle froid ? Ou faim ? Ou soif ? Avait-elle un matelas pour dormir, un simple drap, ou était-elle couchée à même le sol de béton ? Et que lui faisaient-ils au juste ? Si jamais… Pola n'osait même pas imaginer ce qui pouvait arriver dans ce poste de police où sa fille avait été emmenée en ce jour de mars, après que les forces de l'ordre eurent déployé la méthode dure contre les étudiants qui demandaient au gouvernement de maintenir la programmation du théâtre National.

C'étaient les jumeaux, Jacek et Maciek, qui leur avaient appris la nouvelle. Ils traînaient autour de l'université ce jour-là, ils avaient pris le tramway jusqu'à l'arrêt de la rue Dworkowa, avaient tambouriné sur la porte du cinquième étage à coups de poing et fait jurer à Andrzej et Pola de ne rien-de-rien dire à leurs parents, qui leur avaient strictement interdit de se balader dans le secteur des manifestations.

— Il y avait des autocars touristiques, mais ce sont des policiers qui en sont sortis, des dizaines de policiers, des ORMO, les réservistes. Ils frappaient les gens à coups de matraque, comme des fous. On a vu de loin Basia se faire pousser dans une fourgonnette de police.

Les garçons parlaient l'un par-dessus l'autre, ils étaient fébriles, mais aussi fiers d'avoir été témoins d'un événement d'une telle importance et de se trouver maintenant au centre de l'attention.

Andrzej a demandé si Basia avait été battue, mais ils l'ignoraient.

— On a été chanceux de la voir, c'était le bordel, a dit Maciek.

— Vous promettez que vous ne direz rien à nos parents ? a insisté Jacek.

— C'est bon, mais n'y retournez plus, a dit Andrzej.

Pendant les journées qui ont suivi, Pola a été incapable de fermer l'œil. Comment aurait-elle pu dormir quand Basia avait peut-être mal, ou froid, ou peur? Tant qu'elle était éveillée, Pola avait l'impression de veiller sur sa fille, de loin, par la force de ses pensées. En s'endormant, elle l'abandonnait.

Avec Adam et Andrzej, ils ont passé des heures à téléphoner aux amis de Basia, puis aux amis de ses amis, pour essayer de savoir qui avait été arrêté ou relâché ou interrogé ou battu ou pas battu. Ils ont fait le pied de grue devant le commissariat de police; une humidité glaciale les transperçait jusqu'aux os, ils remontaient les cols de leurs manteaux, nouaient leurs foulards, chaque fois que la porte s'ouvrait ils espéraient que Basia surgirait et se précipiterait vers eux, mais ce n'était jamais elle. Le troisième jour, Pola a préparé une grande casserole de *krupnik*, la soupe à l'orge, mais elle n'y a pas touché: c'était pour Basia, pour son retour.

Ce soir-là, à l'heure du repas, ils ont entendu trois petits coups timides frappés à la porte. Un homme d'une vingtaine d'années se tenait sur le palier. Il était rasé de près et portait un foulard noir noué autour du cou. Le visiteur s'est incliné, a souri timidement, donné son nom, Romek Balicki, tendu la main à Pola, lui a fait le baisemain, s'est présenté comme un ami d'université de sa fille.

— Avez-vous des nouvelles de Basia?

Ils l'ont invité à partager leur repas, il a dit non, merci, mais s'il vous plaît voici mon numéro de téléphone, appelez-moi si vous apprenez quelque chose.

— Il était bien trop poli avec nous pour n'être

qu'un simple ami, c'est étrange qu'elle ne nous ait jamais parlé de lui, a observé Pola en se rasseyant.

— Et toi ? Tu disais tout à ta mère, peut-être, à son âge ? a demandé Andrzej.

— Pas vraiment, non.

Puis Pola a ajouté :

— Sauf qu'à l'âge de Basia, moi, je n'avais plus de mère.

Après un moment de silence, Andrzej a soupiré :

— J'aurais dû mieux la protéger, quand même... Je m'en veux tellement !

⁂

Sept jours après l'arrestation de Basia, vers six heures du matin, des bruits de pas dans l'escalier ont réveillé Pola alors qu'elle venait tout juste de s'assoupir. Elle a sauté en bas du lit, enfilé ses pantoufles dans les mauvais pieds, les a replacées en courant vers l'entrée. Quand elle a ouvert la porte, sa fille est tombée dans ses bras en sanglotant.

— Basia est là, Basia est là ! a crié Pola.

La mère et la fille sont restées longtemps soudées, l'une en manteau et foulard, l'autre en robe de nuit légère, à pleurer toutes les deux, à tanguer dans le couloir, devant Adam et Andrzej qui les regardaient sans dire un mot. Pola caressait les cheveux noirs de sa fille en répétant : « mon chaton, mon cher, cher petit chaton », Basia frissonnait de tout son corps, ses dents claquaient, elle n'arrivait pas à cesser de trembler, comme si toute la tension accumulée au cours des derniers jours s'était libérée d'un coup.

— Quand ils m'ont arrêtée, c'était terrible, j'ai reçu des coups de matraque, ils m'ont tirée par la manche, m'ont poussée, donné des coups de pied, comme aux autres, a-t-elle raconté plus tard, entre deux cuillerées de soupe fumante. Après, ils ne m'ont plus touchée. Mais je n'ai pas fermé l'œil à cause de l'ampoule allumée au plafond, on était huit dans notre cellule, des gars, des filles, au début on devait dormir à même le plancher, mais à un moment, ils nous ont lancé des couvertures.

Basia a vidé son bol de soupe, en a demandé un autre.

— Tu es brûlante, prends une aspirine, a dit Pola en touchant son front, mais Basia a repoussé sa main, avant d'enchaîner :

— Le plus difficile, c'était de savoir que vous vous inquiétiez pour moi. Et je n'avais aucun moyen de vous joindre.

Beaucoup plus tard, après avoir pris un bain où elle s'est laissée tremper pendant une heure, et après avoir enfilé son pyjama de flanelle, Basia a raconté avoir subi plusieurs interrogatoires étranges. C'était toujours le même policier, avec son air obtus, ses yeux rapprochés et son haleine d'ail et d'oignons. Il demandait à Basia si elle mangeait du porc, si elle portait une étoile de David, si elle parlait hébreu ou yiddish, si elle soutenait Israël, si elle avait des amis juifs.

— Il était complètement obsédé par ça, s'étonnait Basia.

— Mais qu'est-ce que ça peut bien leur faire? s'est indigné Andrzej, avant d'ajouter: Je ne leur pardonnerai jamais de t'avoir traitée comme ça, jamais.

Adam écoutait sa sœur, fasciné, il la regardait comme s'il ne l'avait jamais vue auparavant. Puis il a mentionné qu'un type était passé à la maison, l'autre jour, un certain Romek.

Basia a rougi légèrement, puis elle s'est levée de sa chaise en annonçant qu'elle avait besoin de dormir. Elle s'est enfouie sous sa couette et a dormi pendant seize heures sans interruption. Pola entrouvrait régulièrement la porte de sa chambre juste pour voir l'édredon monter et descendre.

Elle voulait s'assurer que sa fille respirait toujours, qu'elle ne s'était pas volatilisée, qu'on ne la lui avait pas volée, encore une fois.

⁂

La tête appuyée contre la fenêtre du tramway, Maja fixait les flashs rouges des gyrophares qui clignotaient dans le crépuscule. Habituellement, quand elle rentrait chez elle, ses patins en bandoulière, elle se sentait joyeuse, heureuse de ses progrès, impatiente d'engloutir la soupe chaude qui l'attendait à la maison. Mais ce jour-là, l'amie qui l'accompagnait au cours de patinage depuis le début de l'année lui avait annoncé qu'elle ne viendrait plus.

— Pourquoi? Je croyais que t'adorais ça! s'était étonnée Maja.

— Ouais, mais mes parents ne veulent plus que j'y aille avec toi.

C'était une décision sans appel et le problème, c'était elle, Maja. Mais pourquoi ? Qu'avait-elle donc fait de mal ? Maja a senti son ventre se nouer et une vague nauséeuse a rempli sa poitrine. Elle a respiré profondément, a soufflé de la buée sur la vitre, y a tracé des marguerites et des étoiles, puis le passager assis à sa gauche a pointé du doigt les lueurs rouges, au loin, avant de lancer :

— Encore les Juifs qui foutent le bordel.

C'était un homme bien mis, coiffé d'un chapeau élégant, il tenait une mallette de cuir brun sur ses genoux. Pourquoi disait-il une chose pareille ? Qu'est-ce que les Juifs avaient à voir avec cette fébrilité ? Et elle ? Qu'est-ce qu'elle avait à voir avec tout ça ? Maja aurait voulu répliquer au passager à la mallette, mais elle était pétrifiée, n'arrivait pas à émettre un son.

Quand elle est rentrée à la maison, le téléviseur tout neuf grésillait dans la chambre de ses parents. Elle a lancé ses patins dans l'entrée, a avancé dans le couloir. Maja s'attendait à ce que sa mère lui rappelle d'enlever ses chaussures, mais Nina ne l'a même pas regardée. Elle était assise au bout du lit à côté de Marek, Sabina et Pola. Un mégot mal éteint laissait s'échapper un mince filet de fumée du cendrier. Debout contre le mur, Andrzej les surplombait, son bras droit posé sur l'épaule de Pola. Ewa, Monika et Adam balançaient leurs jambes, assis sur l'appui de la fenêtre tels trois moineaux perchés sur un fil électrique, les yeux rivés sur la télé en face du lit.

— Faites-moi une place, a demandé Maja avant d'agripper la main d'Adam.

— Taisez-vous, chut! a ordonné Marek, tout en essuyant ses lunettes à l'aide d'un mouchoir.

Sur l'écran du téléviseur, Maja a reconnu l'homme qui dirigeait la Pologne depuis qu'elle était née, autant dire depuis toujours. Monté sur une tribune, il portait des lunettes à monture large et foncée, pointait le doigt vers l'auditoire, se baissait presque jusqu'à toucher le lutrin de son front, se relevait, se baissait à nouveau, comme s'il se prosternait ou comme s'il avait de la difficulté à lire ses notes.

— Y a-t-il en Pologne des nationalistes juifs, adhérant à une idéologie sioniste? a demandé Władysław Gomułka, avant de répondre lui-même à sa propre question.

— Oui, très certainement.

Après, il a dit que certains des leaders du mouvement étudiant qui enflammaient le pays avaient des origines ou une nationalité juive, que leurs parents occupaient des fonctions de premier plan dans l'administration de l'État, que les turbulences des derniers jours étaient donc aussi la faute de ces parents.

Il a dit qu'il y avait en Pologne des Juifs qui ne considéraient pas ce pays comme le leur. Qui se sentaient d'abord israéliens. Ou cosmopolites. Qu'on ne peut pas avoir deux patries. Qu'il faut choisir. Que ces Juifs nationalistes ne devraient pas travailler dans certains secteurs névralgiques. Que ces cosmopolites allaient sûrement, tôt ou tard, quitter ce pays. Que nombre d'entre eux rêvaient d'aller combattre les Arabes. Et que le gouvernement polonais ne ferait que leur donner un coup de pouce, en somme, il les aiderait à réaliser ce rêve en leur ouvrant les frontières pour les laisser partir vers Israël. Pas ailleurs. En Israël seulement. Et sans billet de retour.

Les militants du parti à qui s'adressait Gomułka l'encourageaient à aller plus loin : « Plus d'audace, plus d'audace ! » Dans l'assistance, quelqu'un brandissait une pancarte qui disait : « Libérez le Parti des sionistes ! »

— Ça suffit, j'ai assez entendu ce crétin, a dit Marek en se levant.

— Les enfants, allez dans votre chambre, a lancé Nina en cherchant quelque chose à tâtons, sur le lit. Puis elle a demandé : Quelqu'un a vu mon paquet de Silesia ?

— Je ne suis pas une enfant, j'ai seize ans, a protesté Ewa.

— Bon, moi, je rentre chez moi, j'ai un examen demain, a dit Monika en se laissant glisser sur le sol.

— Moi aussi, s'est empressé de dire Adam, en sautant du rebord de la fenêtre derrière elle.

Ils ont descendu les deux étages à pied, ont ouvert à la volée le portail de l'entrée A, puis celui de l'entrée B.

— Pas sûre qu'ils vont étudier, a marmonné Ewa.

Une fois dans leur chambre, Ewa et Maja ont enfilé

leurs pyjamas et se sont installées dans leurs lits, mais elles n'arrivaient pas à dormir.

— Tu veux m'aider à défaire ma tresse ? a demandé Maja.

Ewa a rejoint sa sœur, a tiré sur l'élastique, Maja a gémi de douleur. Puis, serrées l'une contre l'autre, elles ont essayé de déchiffrer ce qui se passait derrière « leurs » fenêtres, de l'autre côté de la rue, mais le cœur n'y était pas. Les adultes discutaient toujours, mais à voix très basse, et elles ne percevaient que des bribes de leur conversation entrecoupées de toussotements. Puis un coup de sonnette a déchiré l'air et la voix vibrante de Heniek a retenti dans le couloir :

— Vous avez entendu ce qu'il a dit ? Vous avez entendu ?

— Calme-toi, Heniek, parle moins fort, ça ne sert à rien de hurler, ça ne changera rien, l'a admonesté sa femme, Teresa.

Juste comme elle glissait vers le sommeil, Ewa a entendu sa sœur chuchoter :

— T'es réveillée ? Tu sais, toi, ce que c'est, un sioniste ? Et un cosmopolite ?

⁂

Les adultes ont continué de parler en étouffant leurs voix.

— On ne savait pas comment partir, maintenant on le sait, et en plus on peut le faire légalement, en emportant nos biens. On n'a qu'à demander ce fichu visa pour Israël et à faire comme si on y allait, a résumé Andrzej.

Nina a débarrassé les papiers qui jonchaient la table pliante, elle est allée chercher des chaises dans la cuisine. Marek a sorti le pâté au foie de poulet du réfrigérateur et a tranché le pain. Ils n'avaient plus de vodka, mais Heniek et Teresa avaient pris la peine d'apporter quelques bières et l'odeur du houblon s'est mêlée à celle de la fumée de leurs cigarettes. Un lampadaire projetait une lumière crue à travers la fenêtre, faisant concurrence à la lune, déjà haute dans le ciel.

— Emporter quels biens ? De quoi tu parles ? Nos six chaises ? Notre table pliante ? Nos caleçons ? a ironisé Nina.

Pola a pensé que ça n'avait pas grande importance, ce qu'ils allaient emporter avec eux. Ce n'était pas ça, la question. Ce qui comptait, c'était qu'ils pouvaient faire leurs valises sans se cacher. Organiser le départ, au lieu de fuir en catimini, faire semblant d'aller en vacances et tout laisser derrière eux.

— On nous dit clairement qu'on n'a plus notre place ici. Quand on nous crache au visage, on ne va quand même pas prétendre qu'il pleut, a ajouté Marek.

Il a enlevé ses lunettes pour souffler sur les verres et les nettoyer encore une fois, en marmonnant qu'elles étaient décidément toujours sales. Puis il a ajouté :

— On vient de me dire que je ne suis plus citoyen de ce pays où je suis né, où sont nés tous les ancêtres dont j'aie la trace. C'est humiliant, à la fin. On ne va pas s'accrocher.

Aucun d'entre eux n'avait la moindre intention de s'établir en Israël.

— On ne va pas se précipiter dans un pays qui est constamment en guerre. En plus, les Arabes, ils ne nous ont rien fait, a tranché Marek, en se levant pour aller vider le cendrier.

— Et puis, Adam et Basia seraient rapidement conscrits dans l'armée, a renchéri Andrzej. C'est la dernière chose dont on a besoin !

Ils ont fini par monter le ton, oubliant que les enfants étaient là, dans la chambre de l'autre côté du couloir. À un moment, *pani* Nowak, la voisine du troisième, a crié :

— Fermez la fenêtre, on entend tout !

Marek s'est levé, a tiré le battant de la fenêtre, fermé le rideau et la fumée a rempli la chambre d'un nuage opaque.

— Les chiens sont lâchés, ils ne vont pas se priver de japper ou de mordre, a prédit Pola.

Comme toujours quand elle s'énervait, elle jouait avec ses cheveux qui refusaient de tenir en place. Sabina, qui n'avait presque rien dit de la soirée, a laissé tomber d'une voix lasse :

— Au moins, vous, vous avez le choix. Moi, j'enseigne au département de philologie polonaise, je ne parle aucune langue étrangère, sauf le russe, c'est tout ce que je sais faire, où voulez-vous que j'aille ? Quand même pas à Moscou !

Sabina portait le nom de famille slave de son défunt mari, elle ne serait pas catégorisée et congédiée comme une vilaine «cosmopolite». Enfin, c'est ce qu'elle espérait. Elle était seule aussi, sans conjoint avec qui partager les difficultés de l'exil. Et puis, pensait Sabina, le départ de Heniek et Teresa lui permettrait peut-être de démêler ce nœud de sentiments qui l'étranglait de plus en plus. Elle a regardé Heniek qui l'ignorait, comme si elle n'était pas là: oui, qu'il parte donc, mieux valait qu'il disparaisse à l'autre bout du monde ou, encore mieux, sur une autre planète.

Après, la conversation s'est éteinte. Ils ont continué à fumer en silence, dans cet appartement où l'air était devenu irrespirable.

Comme un serpent qui siffle

Le printemps s'est englué dans une sorte de torpeur où les enfants ont continué à vaquer à leurs activités – étudier, sortir, jouer – alors que les adultes dressaient la liste des exigences bureaucratiques à surmonter avant de partir. C'est à peine s'ils ont vu fleurir les tulipes, à peine s'ils ont senti l'odeur étourdissante des lilas et du jasmin embaumer la ville.

Une sale atmosphère régnait sur les lieux de travail. Au Bureau des infrastructures qui employait Andrzej, un collègue a eu l'idée de faire le tour de leur équipe en brandissant des papiers d'identité qui remontaient à sept générations et démontraient que sa lignée ne contenait pas la moindre goutte de sang juif. Andrzej a détourné la tête devant cette liasse de documents.

— Tu sais, personne ne t'a vraiment demandé de faire ça, tu n'avais pas à établir cette preuve.

— Oui, mais mieux vaut prévenir, a répondu son collègue, qui a fini par obtenir un rendez-vous avec leur patron.

Devant les documents établissant une lignée slave sans faille, ce dernier aurait pu se contenter de dire qu'il s'en fichait. Il les a plutôt scrutés attentivement, avant de dire, en haussant les épaules :

— Vous savez, ça peut très bien être des faux.

Un jour, la direction de la Fabrique d'autos personnelles où travaillait Heniek a convoqué tous les ouvriers à un rassemblement, au cours duquel ils devaient scander : « Les sionistes en Palestine. » Puis : « Que les étudiants étudient, que les écrivains écrivent et que les sionistes rentrent à Sion. » Le mot *sioniste* sonnait comme un serpent qui siffle. Heniek a regardé autour de lui : la majorité de ses collègues s'époumonaient avec enthousiasme. Il a capté le regard de son voisin de bureau, qui a baissé les yeux, l'air honteux. Lui-même bougeait les lèvres sans émettre un son. Mais qu'est-ce qu'il faisait donc dans cette mise en scène abjecte ? Pourquoi y participait-il en faisant semblant de crier avec la meute ? Il s'est glissé vers la porte en reculant, mais n'a pas osé quitter la salle. Il est resté là, incrédule, jusqu'à la fin de l'assemblée.

Andrzej et Pola ont été les premiers à prendre la décision de partir. Puis Heniek et Teresa. Puis Nina et Marek. Seule Sabina a choisi de rester.

Freda s'inquiétait pour ses petits-enfants. À dix-huit ans, Basia venait de commencer des études en biologie qu'elle n'avait pas envie d'abandonner. Mais quel avenir l'attendait dans ce pays où elle était étiquetée comme une sioniste, c'est-à-dire une opposante, une rebelle, une pestiférée, si elle devait y rester seule, sans le soutien de sa famille ? Ils étaient nombreux, les jeunes comme elle, à être chassés de l'université, certains atterrissaient en prison.

— Tu sais, *babciu*, je n'ai aucune intention de quitter mon pays, je suis une adulte, qu'ils partent sans moi, lui avait un jour dit Basia.

Adam, lui, ne faisait que répéter :

— Moi, je reste avec ma sœur.

Freda a passé un après-midi avec son petit-fils, à tenter de le convaincre que, à seize ans, il n'avait pas vraiment d'autre choix que de suivre sa famille. Un jour, il pourrait revenir, s'il le souhaitait. Un jour. Quand il aurait obtenu une nouvelle nationalité, un nouveau passeport. Il reviendrait alors comme un visiteur étranger, un touriste.

— Oui, mais quand ?

— Dans cinq ans peut-être. Ou six. Ou plus.

Finalement, Adam a fini par se résigner. Après s'être cabrée dans une position de refus catégorique pendant quelques semaines (je reste ici, je peux me débrouiller, je n'ai pas besoin de vous !), Basia a effectué un virage à cent quatre-vingts degrés. Un jour où *babcia* Freda l'a invitée à prendre un gâteau dans son café favori de la rue Nowy Świat, elle lui a confié qu'elle en avait marre de ce pays, que puisqu'on la jetait dehors, eh bien, elle partirait et ne remettrait plus jamais les pieds en Pologne. Elle parlait à voix basse. Malgré cela, des clients d'une table voisine les regardaient avec insistance.

— En plus, ils vont nous enlever notre nationalité,

c'est tellement grossier, tellement insultant ! Et il paraît qu'on devra payer pour ça ! Pour le privilège de n'être plus citoyens de notre pays !

Adam et Basia ont supplié leur grand-mère de partir avec eux. Depuis que Freda avait déménagé, ses relations avec Andrzej et sa belle-fille Pola s'étaient beaucoup améliorées. Elle ne leur rendait visite qu'une ou deux fois par semaine. Quand leur désordre ou la fumée de leurs cigarettes la dérangeaient, elle n'avait qu'à rentrer chez elle, dans son cocon paisible donnant sur un jardin. En partant avec eux, elle perdrait cette nouvelle liberté.

— S'il te plaît, s'il te plaît, si on peut émigrer à quatre, on peut aussi le faire à cinq, ça ne fait pas de différence, ont plaidé ses petits-enfants, un jour où ils lui ont rendu visite dans son studio.

Freda leur a répondu qu'elle y réfléchirait. Elle avait déjà presque soixante-dix ans. Elle parlait plusieurs langues – polonais, russe, yiddish, ukrainien – mais aucune ne pouvait lui servir là où sa famille irait, s'imaginait-elle. « Je suis polyglotte dans des langues inutiles », déplorait-elle.

Et, depuis qu'elle avait pris sa retraite, Freda recevait une pension qui lui permettait de vivre. Mal, mais pas plus mal que les autres. Elle avait ses amis, son abonnement au théâtre. Là-bas, peu importe où se trouverait ce « là-bas », elle serait isolée, dépendante de son fils et de sa belle-fille. Ce serait comme à l'époque où elle vivait avec eux. Pire, probablement.

⁂

Même en plein jour, Lusia devait allumer le plafonnier pour éclairer sa cuisine minuscule nichée au fond du couloir. Quand Freda a sonné à sa porte, rue Nowolipki, Lusia n'a pas réussi à cacher sa surprise. Leurs rencontres en tête à tête pouvaient se compter sur les doigts d'une main.

Lusia n'appréciait pas particulièrement Freda, qui ne venait pas du même milieu communiste qu'elle, ne partageait pas son passé militant et avait tendance à la regarder de haut. Pour qui donc se prenait-elle ? Mais cet après-midi-là, quand Lusia lui a ouvert la porte, Freda souriait timidement et ses yeux étaient soulignés de larges cernes mauves, comme si elle avait pleuré ou qu'elle n'avait pas dormi depuis une semaine. Comme elle a pris un coup de vieux, a pensé Lusia en laissant entrer Freda, qu'elle a accueillie avec une chaleur forcée.

— Quelle belle surprise ! Entre donc boire un thé. Ça tombe bien, je viens de sortir un *sernik* du four, va t'asseoir dans la chambre.

En se dirigeant vers la cuisine, Lusia a redressé la reproduction des *Tournesols* de Van Gogh, qui n'était plus alignée avec celle des *Iris*. Puis elle a tranché deux morceaux de gâteau au fromage, les a disposés sur des assiettes de porcelaine peintes à la main qu'elle a placées sur un plat de service, à côté de la théière fumante.

Avant d'entrer dans la chambre, Lusia a jeté un coup d'œil au miroir suspendu dans le couloir. Elle a replacé ses cheveux, complètement blancs depuis qu'elle avait cessé de les teindre, deux ans plus tôt. À l'exception de son front marqué par des plis profonds qu'elle recouvrait de sa frange, la peau de son visage était lisse, tendue sur ses pommettes, ce qui la faisait paraître plus jeune que ses soixante et onze ans.

Freda prenait son thé à la russe : elle mettait un morceau de sucre dans sa bouche et laissait le liquide ambré couler dessus. Les deux femmes ont bu et mangé sans parler. C'est Lusia qui a fini par rompre le silence.

— Qu'est-ce qui t'arrive ? Tu as l'air épuisée…

— Je ne dors plus, tu sais, a répondu Freda. Je ne sais pas quoi faire. Adam et Basia aimeraient que je parte avec eux. Mais moi, je ne sais pas. À mon âge… Tout recommencer, encore une fois. Je ne sais pas. Et je ne veux pas être un poids pour Andrzej. En même temps, rester ici, toute seule…

Lusia observait Freda, qui ne s'était jamais montrée aussi vulnérable. Des gouttes de sueur perlaient sur son front, ses narines frémissaient, comme si elle se retenait de pleurer.

— Et toi, tu penses partir ? a demandé Freda après s'être épongé le front avec la manche de sa chemise.

Lusia lui a tendu un mouchoir, elle a fait mine de réfléchir, puis elle a dit :

— Moi, je ne me pose pas vraiment la question, tu sais. Je ne me vois pas me réfugier dans un pays capitaliste, aux États-Unis ou ailleurs, je ne me suis pas battue toute ma vie pour finir là-bas.

— Bien sûr, a dit Freda en poussant un soupir.

Décidément, Lusia ne changerait jamais.

Lusia s'est levée pour se diriger vers la cuisinette, d'où elle revenue avec une bouteille de vodka presque vide. Elle a réparti le liquide translucide dans deux verres en prenant soin de le partager également, avant de se rasseoir en face de Freda.

— Je sais ce que tu penses, Freda. Évidemment, il n'y a pas que la politique. D'une certaine façon, je t'envie. Tes petits-enfants t'ont demandé de partir avec eux. Moi, on ne m'a rien demandé. Personne ne m'a rien demandé, tu sais. Pour Marek et Nina, pour mes petites-filles, la question ne se pose même pas.

Freda a levé son verre, humé l'alcool, trempé ses lèvres. Elle a promené son regard sur la chambre de Lusia. Deux dessins d'enfant étaient accrochés au-dessus de la commode en bois de chêne. Le premier représentait un paysage d'hiver classique, avec un bonhomme de neige et son nez en carotte, des skieurs dévalant une pente enneigée et le soleil projetant ses rayons jaune vif dans toutes les directions.

Le deuxième dessin représentait une famille : un homme, une femme et une fillette qui tenait par la main une enfant un peu plus petite qu'elle. À leurs pieds, un tapis d'herbe piqué de fleurs rouges. Au-dessus, un ciel bleu où flottaient quelques nuages.

— Tu vois, je ne figure nulle part sur ces dessins, a repris Lusia, en levant son verre en direction de Freda avant de le vider cul sec.

Quand elle a reposé le verre, un pli est apparu

au coin de ses lèvres, et Freda s'est demandé si elle grimaçait à cause de l'alcool ou s'il s'agissait d'une marque de tristesse. Puis Lusia s'est essuyé la bouche avec un bout de serviette et le pli a disparu.

— À la santé des grands-mères, a lancé Freda en levant son verre à son tour.

Lusia s'est levée pour s'approcher de la fenêtre de sa chambre qui donnait sur la rue. Elle a arrangé son foulard de soie, a serré ses bras autour de ses épaules, comme si elle voulait se réchauffer. Freda allait rapporter le plat de service à la cuisine quand Lusia s'est retournée en demandant :

— Et que disent Andrzej et Pola ? Est-ce qu'ils veulent que tu ailles avec eux ? Parce qu'Adam et Basia, c'est une chose, mais ce sont leurs parents qui décident.

A suivi un court silence, puis Lusia a enchaîné :

— Tu sais, Freda, je me souviens très bien que, quand vous habitiez ensemble, tous les cinq, ce n'était pas toujours facile.

— Non, Andrzej ne m'a pas invitée à les suivre, Pola non plus, a reconnu Freda.

Elle allait continuer, dire qu'en fait elle n'osait pas le leur demander, mais elle s'est arrêtée au milieu d'une phrase. Elle a eu l'impression désagréable que Lusia voulait la contaminer avec son propre sentiment de rejet, qu'elle voulait l'englober dans sa solitude.

— Si tu restes, a suggéré Lusia, on pourrait se voir plus souvent, prendre ensemble un abonnement au théâtre National, je pourrais aussi t'inviter dans les maisons de vacances du Parti, à Zakopane.

— Oui, bien sûr, a laissé tomber Freda du bout des lèvres. Mais est-ce qu'on les reverra un jour, nos enfants, nos petits-enfants ? Est-ce qu'on vivra assez longtemps pour ça ?

Elle a regardé sa montre sans attendre la réponse de Lusia.

— Déjà quatre heures, je dois filer, j'ai promis à Pola de faire quelques courses, pour ce soir.

⁂

Deux jours plus tard, Andrzej s'est pointé chez Freda alors qu'elle s'apprêtait à allumer la télévision pour les nouvelles du soir.

— Viens avec nous, maman. Pola le souhaite aussi, tu sais. On s'arrangera, tu verras. Les enfants t'adorent, ce sera comme emporter une partie du pays, la plus importante sans doute, avec nous. Tu nous donneras un coup de main. Puis on ne sait pas ce qui va arriver ici. S'il te plaît, viens.

Andrzej a insisté, il a pris la main de Freda dans les siennes, puis il a fait ce geste inattendu : il a posé ses lèvres avec douceur sur le poignet de sa mère en disant à voix basse, presque en chuchotant :

— Tu sais, *mamusiu*, nous avons survécu ensemble pendant la guerre. On survivra ensemble cette fois aussi.

Freda s'est détournée pour qu'Andrzej ne voie pas

ses yeux remplis de larmes. Oui, elle avait une place dans la vie de son fils, dans celle de ses petits-enfants. Et elle pouvait décider de l'occuper.

Quand Andrzej a laissé entendre qu'il y avait encore du temps pour y penser, pas beaucoup de temps, mais un peu quand même, Freda a acquiescé, d'accord, elle y penserait. Mais au fond d'elle-même, elle savait déjà qu'elle dirait oui.

⁂

La douleur qui lui vrillait les oreilles a fini par s'estomper, tout comme la fièvre. Affaiblie par une nouvelle otite qui l'avait obligée à écourter son séjour à la colonie de vacances, Maja venait de passer quatre jours au lit, alternant entre le sommeil et des états de conscience embrouillée. À onze ans, elle aimait rester seule à la maison, sans ses parents, sans Ewa, qui était partie en excursion de canot dans les Mazury avec Monika et Adam et d'autres amis que Maja ne connaissait pas.

Aussi a-t-elle été surprise quand elle a entendu la clé tourner dans la serrure et sa mère l'appeler depuis le couloir :

— Tu vas bien, mon chaton ? Je vais te faire un *kogiel mogiel.*

Nina a battu des jaunes d'œufs avec du sucre dans un verre qu'elle a tendu à Maja. Elle s'est assise à côté de sa fille, a secoué le thermomètre, attendu que Maja le tienne bien serré sous son aisselle pendant dix minutes. Il ne montrait que 36,8 degrés. Maja était guérie, c'était le bon moment pour lui parler.

— Tu sais, mon chaton, nous allons bientôt partir, nous allons quitter la Pologne, pas tout de suite, je ne connais pas la date précise, mais ce sera sûrement avant Noël.

Maja regardait sa mère sans saisir ce qu'elle essayait de lui dire exactement. Sa sœur lui avait déjà dit que Pola et Andrzej partiraient bientôt, probablement en automne, avec Basia, Adam et Freda. Tout comme leurs amis Heniek et Teresa, et leurs insupportables jumeaux.

— Et nous aussi, on finira par partir, mais il ne faut surtout pas en parler, c'est un secret, lui avait chuchoté sa sœur.

Le mot *partir* flottait au-dessus d'elle comme une éventualité, mais pourquoi si vite ? Et pourquoi Nina en parlait-elle sur un ton aussi grave ?

— Partir pour aller où ? Pour combien de temps ?

— C'est un peu tôt pour savoir dans quel pays au juste. D'ailleurs, n'en parle pas avec tes amis tant que ce n'est pas un peu plus clair, d'accord, mon chaton ?

— Oui, mais pour combien de temps ?

— Pour toujours, ma chérie. *Na zawsze.* On va émigrer. Pour toujours.

Pour toujours : Maja retournait ces deux mots dans son esprit, ils étaient denses, opaques, impénétrables. Elle entrait bientôt en sixième année, avait hâte d'acheter ses nouveaux manuels, hâte de retrouver les amis de sa classe, d'étrenner ses nouveaux patins.

— Nous irons en Occident, ce sera bien, a poursuivi sa mère en caressant son front tiède.

L'Occident, pour Maja, c'était la gomme à mâcher qui fait des bulles, les sandales en caoutchouc qu'on appelait les «japonaises», c'était la musique des Beatles, le jus d'ananas en conserve et les jeans Levi's dont rêvaient tous les enfants de la cour. La perspective était alléchante, mais elle était assombrie par ce *pour toujours* qui creusait un précipice sous ses pieds.

Elle a regardé dehors : des ombres bougeaient derrière le rideau à la fenêtre de la maison d'en face. Celle qu'elle appelait «sa» fenêtre. Qui la regarderait dorénavant, qui inventerait son histoire ?

Un chien a aboyé dans la cour, sans doute le caniche qu'un voisin avait l'habitude de promener tous les après-midi, après le travail. Les coups sourds du batteur à tapis, le bruit rond d'un ballon qui rebondit, le portail qui se referme en faisant vibrer tout l'immeuble : qu'arriverait-il à tous ces sons familiers une fois qu'elle ne les entendrait plus ? Maja a hésité un peu avant de demander :

— Oui, mais *mamusiu*, ça finit quand, toujours ?

La photo

Sur la photo en noir et blanc, le visage de Maja apparaît légèrement flou, comme si elle avait bougé la tête au moment précis où l'image était captée. Ses mains sont enfoncées dans les poches de son jean, ses seins tout neufs pointent sous le polo rayé à manches courtes. À sa gauche, la dépassant d'à peine un ou deux centimètres, sa grand-mère, *babcia* Lusia, se tient toute droite, ses cheveux blancs attachés en un chignon austère, un foulard clair noué autour du cou.

Derrière Lusia, la surplombant de deux têtes, Andrzej regarde devant lui, visage tendu, lèvres pincées. Son bras gauche entoure l'épaule de Pola qui penche sa tête vers lui, comme si elle voulait se caler sous son aisselle. À la droite de Pola, leur fils Adam tient ses bras croisés sur sa poitrine, sa frange s'abat en désordre sur son arcade sourcilière. Adam est presque aussi grand que son père. Serrée entre eux, Pola ressemble à une adolescente qui n'a pas fini de grandir.

À la droite de Maja, sa sœur Ewa affiche une moue

boudeuse, son regard fixe l'objectif comme si elle essayait de se donner une contenance, mais qu'elle n'arrivait pas à s'ajuster à la solennité du moment. À l'extrémité de la première rangée, son amie Monika porte des nattes parfaitement tressées sous son béret pâle.

Une main enserre la taille d'Ewa, l'angle laisse croire qu'elle prolonge le bras de sa mère, Nina, qui se tient juste derrière elle, dans la deuxième rangée. Nina a les yeux cernés, la bouche pleine et gourmande, ses cheveux noirs tombent sur ses épaules, libres, occidentaux.

Dans la troisième rangée, juste derrière elle, Marek est le seul du groupe à sourire sans retenue. Son bras gauche tient l'épaule de Basia, la seule des enfants à avoir déjà un pied dans l'âge adulte. Au-dessus de ses yeux soulignés à l'eye-liner, sa frange noire forme une ligne si droite qu'elle semble avoir été tracée à l'aide d'une règle. Son chemisier blanc est noué à la taille, elle porte sûrement ses bottillons à talons hauts, car elle émerge du groupe, sa tête dépassant celle de Marek. Mais ce n'est peut-être que la position de l'appareil qui crée cet effet de contre-plongée.

Quand on regarde bien, on voit que Basia a placé sa main sur celle de Marek, ce qui explique peut-être le sourire de celui-ci, cette main de jeune femme posée sur la sienne.

À l'extrême gauche de la première rangée, serrée contre Lusia, se tient *babcia* Freda : épaules droites, sourcils tracés au crayon noir, collier de perles au cou. Les deux grands-mères forment un duo contrasté. Le visage de Lusia est pâle et lisse, sous ses cheveux blancs gonflés comme une meringue. Les cheveux noirs de Freda font ressortir les plis qui strient son front et ses joues.

Enroulée dans son châle à carreaux, à la gauche de Basia, Sabina a les yeux mi-clos, une expression de douceur flotte sur son visage. Sur sa gauche, au bout de la troisième rangée, Teresa incline son corps, comme si elle voulait mettre la plus grande distance possible entre elle et Sabina, ou qu'elle voulait sortir du cadre de la photo. Assis en tailleur au centre de la photo, jambes croisées, les jumeaux Jacek et Maciek forment une avant-première rangée à eux seuls. Ils regardent devant eux d'un air ennuyé, on dirait qu'ils n'ont rien à faire dans cette image, qu'ils vont se lever pour aller jouer dehors, ou rouler à vélo sur le trottoir. Mais ils restent là, avec leurs oreilles saillantes et toute l'impatience qui palpite le long de leurs cous maigres.

Leur père, Heniek, ne figure pas sur la photo, c'est lui qui tient l'appareil pour capter cette image immortalisant la première d'une série de soirées d'adieu – celle-ci souligne le départ imminent de Pola et Andrzej, avec leur famille.

Ils sont quinze sur la photo, sept enfants, huit adultes, en plus du neuvième qui leur dit de se rapprocher ici, de se pencher là-bas, avant d'appuyer sur le déclencheur. Quatre familles liées par des enchevêtrements complexes, la guerre qui avait décimé l'arbre familial a fait pousser des greffons à la place des branches arrachées, et puisque la nature ne supporte pas le vide, des cousins germains ou de simples amis sont devenus des presque frères et sœurs, des cousins cousus, parce que c'était tout ce qui leur restait.

Cette photo, la dernière de leurs quatre familles réunies, a été prise au cinquième étage d'un immeuble résidentiel de la rue Dworkova, dans l'appartement de trois pièces qui avait vu grandir Basia et Adam, et qui se remplirait bientôt de cris, de rires et de conversations d'étrangers.

⁂

La photo porte en creux tout ce qu'elle ne montre pas : les canapés au jambon, les œufs durs et les cornichons qu'ils mangeront après la séance de pose, ultime pique-nique dans une forêt de sacs et de valises, dans un monde sur le point de disparaître.

On n'y voit pas non plus les documents de voyage bleu vert indiquant que leurs propriétaires ne sont plus des citoyens polonais, ni des citoyens de quelque autre pays – étranges documents qui les définissent par la négative, qui spécifient ce qu'ils ne sont plus sans dire ce qu'ils sont devenus, papiers d'apatrides portant le visa obligatoire d'un pays où ils n'ont aucune intention d'aller, Israël.

La photo ne montre pas les caisses de contreplaqué qui voyageront dans les wagons de fret, les boîtes de carton, la vaisselle dépareillée abandonnée sur une table, qui sera distribuée entre les voisins. Ni les kilims roulés, placés debout dans un coin de la cuisine, pliant sous leur poids, défiant la loi de la gravité.

Ces tapis traditionnels dans lesquels Pola et Andrzej ont investi en se disant qu'ils pourraient toujours les revendre là-bas, en Occident, si jamais les choses tournent mal, sont considérés comme des œuvres patrimoniales et ne peuvent sortir du pays à l'état neuf. Ils ont tous pris plaisir à les piétiner, ces précieux tapis, cette assurance contre l'indigence et aussi, un peu, contre l'oubli. Les enfants, surtout Jacek et Maciek, ont rebondi en riant sur l'étoffe tissée, leurs sandwichs ou leurs morceaux de saucisson en main, pour une fois qu'on ne leur enjoignait pas d'enlever leurs chaussures, ils n'allaient pas se priver.

La photo ne montre pas non plus Maja qui se précipite dans les bras de Basia, au milieu des verres et des plats vides. Ni Jacek qui surgit de la chambre d'Adam, les yeux brillants, muni d'un sac de toile contenant une collection entière de soldats de plomb.

On n'y voit pas Adam et Monika, assis par terre, après le repas, le dos contre le mur, parce que dans cet appartement presque vide il n'y a plus d'autre endroit où se poser, se tenant la main, silencieux, serrés l'un contre l'autre. Puis s'esquivant, vers la fin de la soirée, pour marcher le long de la Vistule en se tenant par la taille, sans parler, jusqu'à l'aube.

Elle ne montre pas Basia qui invite Ewa dans sa chambre, qui lui permet de prendre tout ce qui n'entre pas dans sa valise, tous ces trésors qu'Ewa devra abandonner à son tour, deux mois plus tard : ses livres de poésie, ses disques des Czerwone Gitary, de Niemen, de Skaldowie. Parmi eux, cet album des Beatles reçu d'un copain fils de pilote, *Help!*, avec cette chanson, *Ticket to ride*, qu'elles chantaient en faisant le tour de la patinoire de Torwar à peine six mois plus tôt, mais c'est déjà comme dans une autre vie.

C'est la chanson qui résonnera dans les oreilles d'Ewa huit jours plus tard, quand le soleil déversera ses rayons orangés sur la gare et que le train s'ébranlera, que Basia et Adam se pencheront par la fenêtre en agitant la main, que des amis d'université de Basia lèveront une bannière où sera inscrit « nous ne t'oublierons jamais », que Monika criera « écris-moi, Adam ! » depuis le quai, que Basia balaiera l'horizon du regard comme si elle cherchait quelque chose ou quelqu'un, puis que leur wagon disparaîtra et se confondra avec tous les autres.

She's got a ticket to ride
But she don't care
I think I'm gonna be sad
I think it's today, yeah
The girl that's driving me mad
Is going away, yeah

Cette photo en noir et blanc contient déjà, sans le montrer, tout ça : Monika qui court derrière le train en agitant un mouchoir et s'arrête, à bout de souffle, le sifflement de la locomotive qui s'éteint au loin, Marek allumant une cigarette sur le quai de la gare, Nina qui serre Ewa contre elle, un peu trop fort, au point de l'étouffer, et Lusia qui pleure d'une douleur bien plus grande que ce départ.

Là où nous sommes allés

30 septembre 1968, dans le train,
quelque part entre Varsovie et Vienne.

Ma chère Monika,

C'est la nuit, nous avons passé la frontière avec la Tchécoslovaquie il y a un peu plus d'une heure et, comment dire, nos derniers moments en Pologne ne m'ont pas fait regretter d'être parti. Je ne parle pas de toi, évidemment, toi sur le quai de la gare avec ton béret jaune qui est devenu un tout petit soleil avant de disparaître. Chaque fois que je revois dans mon esprit ces dernières images, toi qui m'envoies un baiser avec la main, toi qui cours derrière le train, puis toi qui restes loin derrière, mon cœur se serre à l'idée que nous ne nous reverrons pas avant plusieurs années… C'est tout simplement inconcevable.

Donc, après, il y a eu des villages dans le noir, puis plus rien, seulement des lumières qui clignotaient au loin. Et un dernier arrêt en Pologne, à la frontière de la Tchécoslovaquie.

C'est difficile d'écrire maintenant, à cause du mouvement du train. J'ai dû me réfugier aux toilettes, où je peux être tranquille, sans que ma sœur ou ma mère ou ma grand-mère me regardent avec ce drôle de sourire, comme si elles savaient ce que j'écris, et surtout à qui. Je n'arrête pas d'être projeté contre l'évier ou contre le mur, ça explique mes gribouillis.

Donc, à la frontière, les douaniers polonais ont fouillé nos bagages comme si on était des voleurs. La famille dans le compartiment voisin transportait tout un service d'ustensiles en argent. Les douaniers les ont saisis sous prétexte qu'il aurait fallu une autorisation écrite pour pouvoir sortir cette argenterie du pays. Un homme, musicien, s'est fait confisquer son violon : ça aussi, ça prenait un permis.

T'aurais dû le voir, il était dévasté.

Excuse-moi, je dois m'interrompre, quelqu'un frappe à la porte des toilettes à coups de poing…

[…] Bon, je reprends cette lettre, cette fois assis sur un strapontin au bout du wagon.

Ça brasse toujours autant.

Donc, les contrôleurs polonais fouillaient dans les poches de nos pantalons, dans nos valises avec leurs gros doigts sales, ils tournaient les pages des livres au cas où on y aurait caché Dieu sait quoi.

Et puis il y a eu ce moment où Basia s'est fait enlever un cahier qu'elle avait rangé dans son sac à main, un genre de journal intime, enfin, j'imagine, sous prétexte qu'il était interdit de partir avec des manuscrits.

Le contrôleur a tourné lentement les pages du cahier en souriant avec satisfaction, puis il l'a envoyé valser dans un grand sac où atterrissaient tous les objets interdits de sortie. Ma sœur a demandé : « Pourquoi? Mais pourquoi?» Son visage était tout rouge. Puis elle lui a tourné le dos, mais je voyais ses épaules tressauter, comme si elle essayait de ne pas pleurer ou de ne pas lui arracher la tête, probablement les deux. Le contrôleur n'a même pas pris la peine de lui répondre.

Bon, je dois arrêter, nous entrons dans la gare de Vienne. Il pleut, pas une averse, plutôt une sorte de crachin moche. Écris-moi à la poste restante, à Vienne. J'irai vérifier tous les jours. Et j'essaierai de t'écrire tous les jours aussi, promis.

Ton Adam.

Vienne, 7 octobre 1968.

Ma *Majusia* chérie,

Nous sommes arrivés à Vienne il y a une semaine. Dans le train, il y avait plein de gens qui sont partis pour les mêmes raisons que nous. À la gare, on nous a divisés en deux groupes. Ceux qui ont choisi d'aller en Israël, et les autres, qui partiront bientôt pour Rome. Nous sommes justement dans ce groupe, celui qui s'en va en Italie.

Dès le début du voyage, nous avons sympathisé avec deux filles, deux cousines, l'une est avec ses parents, l'autre seulement avec sa mère. Elles font partie du groupe qui va en Italie. Ça me rassure parce que ça nous fera deux amies, au moins, pour commencer notre vie en Occident.

Ceux-qui-ne-vont-pas-en-Israël-mais-à-Rome,

comme nous, ont été logés dans un petit hôtel à une vingtaine de minutes de la Hauptbahnhof, la gare centrale de Vienne. Il y a notre famille, celles des deux cousines, une vingtaine d'autres passagers du train, et quelques personnes arrivées avant nous. Quand on se promène dans l'hôtel, on a peine à croire qu'on n'est plus à Varsovie. Il y a des enfants qui jouent dans les escaliers, qui montent et descendent en courant, et ça ne parle que polonais. Ça met un peu de vie dans cet édifice qui est assez sombre, avec des rideaux de velours brun et des tapis gris.

Avec nos parents et *babcia* Freda, nous occupons une seule grande chambre. Papa et maman partagent un lit, Freda dort dans un deuxième lit, plus petit, et moi, je dois dormir sur un divan qui se déplie, tête-bêche avec Adam. Ce n'est pas idéal, surtout que ses pieds ne sont pas de la plus grande propreté.

Mais je me dis qu'il y a pire dans la vie que de partager son lit avec un frère qui pue des pieds, pourvu que ça ne dure pas trop longtemps, bien sûr.

Vienne est une jolie ville, tout ordonnée. Toi qui aimes les pâtisseries, tu serais comblée : il y en a plein ici, et des cafés où on peut s'asseoir et regarder passer les gens. Malheureusement, pour l'instant, nous n'avons pas les moyens de nous offrir les *Linzer Torte*, des tartes aux groseilles autrichiennes, qui me font saliver quand je les vois dans les vitrines. Tu peux m'écrire à l'adresse de notre hôtel, regarde au dos de l'enveloppe.

P.-S. – Je te mets au défi d'apprendre un poème de

Tuwim par cœur chaque semaine… Ceux du petit livre que je t'ai donné avant de partir. Tu me les réciteras quand on se reverra. J'espère que ce sera bientôt.

Mille bisous.

Basia.

Vienne, 8 octobre 1968.

Romek chéri,

J'essaie très fort de ne pas t'en vouloir de ne pas être venu à la gare pour me dire au revoir. Je sais bien que c'est ce que je t'avais demandé, de ne pas venir. Mais je me suis trompée. La réalité, c'est que j'avais besoin que tu sois là, besoin de mémoriser ton visage, de voir que mon départ signifie quelque chose d'important pour toi. Je sais, tu me l'as déjà dit, et je t'ai répondu que je préférais éviter les scènes d'adieux, tout ça. En vérité, quand je regardais par la fenêtre du train, je n'ai pas cessé de te chercher, avec ta tignasse de cheveux dépeignés, ta veste que tu ne prends jamais la peine d'attacher.

Je me rends compte qu'on ne sait pas toujours ce dont on a besoin, ni ce qu'on va ressentir, surtout dans des situations qu'on n'a encore jamais vécues. Comme partir pour toujours. Je ne suis encore jamais partie pour toujours, alors je ne pouvais pas savoir, pardonne-moi. Je pensais même, par moments, que je voulais partir, mais c'était faux, ça aussi.

La vérité, c'est que, depuis le jour où tu n'es pas venu à la gare, je ressens un tel vide, une telle tristesse. C'est comme si une partie de moi avait été anéantie.

Tu sais, à la frontière, les douaniers polonais m'ont confisqué mon journal, je n'ai pas compris pourquoi. Mon journal, celui où je notais tout, où je racontais notre rencontre, à la sortie de ce cours de botanique, tu te souviens ? Et les autres choses après… Eh bien, il n'a pas été autorisé à quitter la Pologne. Un douanier l'a lu en diagonale et c'était comme si j'avais été toute nue devant lui. Puis j'ai pensé qu'ils veulent vraiment tout nous enlever, même nos pensées les plus intimes. Dernier arrêt. Laissez tous vos souvenirs ici. Ils ne vous appartiennent pas. Pourtant, il y a à peine six mois, on était des Polonais comme les autres. C'est fou, la rapidité avec laquelle tout ce qu'on tenait pour acquis s'est écroulé.

Tu me manques déjà, je ne sais pas comment je vais faire avec tous ces jours devant moi, sans toi.

Je t'embrasse,

Ta *Baśka*

Varsovie, 20 octobre 1968.

Adam chéri,

Merci merci merci pour ta lettre, qui a mis presque trois semaines à arriver ici, je commençais à m'inquiéter, et merci de tout raconter en détail même si le récit de votre voyage est pas mal déprimant… Je veux savoir tout ce qui t'arrive.

J'imagine que tu as pu mieux découvrir Vienne,

maintenant. Est-ce qu'elle est très différente de Varsovie ? Est-ce que tu peux comprendre un peu l'allemand ? J'ai hâte que tu me racontes, Vienne, toi, les autres.

Ici, tout le monde s'en va, c'est comme des funérailles en série. La famille des Wajsman, des amis de maman, tu sais, le type chauve avec une sorte de bosse sur le front, tu les as rencontrés une fois chez nous… Eh bien, ils ont pris le train la semaine dernière. Deux jours avant, ils ont organisé une soirée d'adieu, la maison était pleine. Nous pouvions piocher dans tout ce qu'ils laissaient derrière eux. J'ai pris un tourne-disque ; comme ça, je peux écouter ma musique dans ma chambre. C'est bien. Mais ça me laisse un goût amer dans la bouche. Je sais bien que ce tourne-disque ne m'appartient pas. J'écoute la musique, surtout Ewa Demarczyk, tu sais bien pourquoi… et je me sens coupable.

Je dois être la seule à avoir ce genre de scrupules parce qu'après, des voisins ont débarqué, ils tournaient autour de *pani* Wajsman, ils se jetaient sur la vaisselle dépareillée, les oreillers, les verres à vodka, et ça, le prenez-vous ? Et ça aussi ? Et ça ? On aurait dit des vautours affamés qui s'arrachaient les restants de leur vie.

Teresa, Heniek et les jumeaux sont partis hier, en auto. Maman et moi sommes allées leur dire au revoir. Leur Peugeot était pleine à craquer, avec une malle sur le toit, Jacek et Maciek couraient autour en se donnant des coups de pied, Teresa les engueulait, tout le monde était énervé. Puis un gros nuage est passé au-dessus de nous juste au moment où Heniek a allumé le moteur. Il a baissé la vitre pour nous dire quelque chose et c'est là que le déluge nous est tombé dessus. Ça n'a pas empêché Heniek de faire des blagues, tu sais comment il est.

Puis l'auto a avancé, maman et moi sommes rentrées chez nous en courant. J'avais le sentiment que le pays entier pleurait leur départ. Qu'il pleurait tous les départs. Puis maman s'est enfermée dans sa chambre pendant une éternité et, quand elle en est sortie, elle avait le nez rouge et les yeux enflés. On a pelé des pommes de terre ensemble, sans parler.

C'est difficile d'exprimer par écrit ce que je ressens. Les mots sont en dessous de la réalité.

Je t'embrasse,

Ta Monika.

Varsovie, 22 octobre 1968.

Ma *Basienka* chérie,

Ta lettre a mis deux semaines avant d'arriver. Entretemps, je n'ai pas arrêté de me creuser les méninges afin de comprendre pourquoi je me suis enfui de la gare, le jour de ton départ. Parce que j'étais venu, malgré ce que tu m'avais demandé. Je voulais te voir une dernière fois. Voir tes yeux d'un bleu unique, ton sourire un peu triste, ou gentiment moqueur. Je t'ai aperçue de loin, tu étais déjà dans le train. Puis j'ai vu tout le monde, tout le groupe venu te faire ses adieux. Quelque chose en moi m'a poussé à m'éloigner, comme une force à laquelle je ne pouvais pas résister.

Peut-être que j'avais peur que ma présence te fâche. Peut-être que j'avais peur de pleurer. Ou peut-être que je n'avais pas envie de parler avec qui que ce soit. Que je voulais rester seul avec ma peine. Tu as raison sur ce point comme sur tant de choses : on ne comprend pas toujours pourquoi on agit comme on agit, pourquoi on dit ce qu'on dit.

Je pense à toi sans arrêt, j'attends avec impatience ta prochaine lettre. Je te serre dans mes bras.

Romek.

Berlin, 30 octobre 1968.

Hey hey, Adam !

Nous sommes arrivés à Berlin, maman dit que je peux t'écrire à l'adresse de cet hôtel à Vienne. Il y a exactement six cent quatre-vingts kilomètres entre Berlin et Vienne. C'est seulement deux fois plus que la distance entre Varsovie et Gdańsk. Tu pourrais peut-être venir me voir ici, hahaha.

Juste avant la frontière avec l'Allemagne de l'Est, nous nous sommes arrêtés dans une sorte d'auberge où on s'est empiffrés comme des cochons de pierogis, de *kopytka*, etc. Mon père a dit de ne pas nous gêner, parce que c'était notre dernière bouchée de Pologne, autant en profiter.

Sur une table, au milieu de la salle à manger, il y avait un étourneau parleur enfermé dans une cage. Maciek et moi, on a essayé de lui faire répéter des gros mots, mais tout ce qu'il disait, c'était : « Au revoir ! »

Maman a dit que c'était une drôle de coïncidence, vu qu'on s'en va, justement. Il ne disait que ça : au revoir, au revoir, au revoir. Puis, juste au moment où on s'en allait, il a crié super fort : « Au revoir, putain ! » Hahaha. On a ri comme des débiles.

Après, on a passé des contrôles à la frontière avec l'Allemagne de l'Est, il y avait des soldats avec des chiens qui avaient l'air de sortir tout droit de la Deuxième Guerre mondiale. Et justement, il faut que je te dise quelque chose.

Avant de partir, j'ai dû laisser tous mes jouets. Je n'ai pas pu prendre ta collection de soldats de plomb, celle que tu m'as donnée quand vous êtes partis. J'en ai choisi cinq, deux artilleurs, deux fantassins et un cavalier, que j'ai pu mettre dans mes poches. J'ai donné les autres à un copain à l'école, tu aurais dû voir comme il était content. Et je lui ai fait jurer qu'il les garderait toujours, au cas où l'un de nous, toi ou moi, revienne les chercher un jour. Peut-être qu'alors on sera des vieillards édentés et tout courbés avec une barbe blanche, hahaha.

J'étais très fâché de devoir laisser mon armée, mais maman a dit que nous avons tous dû abandonner quelque chose de précieux. En disant ça, elle fixait papa avec une drôle d'expression. Lui, il sifflotait en conduisant, il regardait droit devant lui, comme s'il ne l'entendait pas. J'espère que tu ne m'en veux pas, pour les soldats, je veux dire.

Auf Wiedersehen.

Jacek.

Berlin, 30 octobre 1968.

Sabina, je suis au courant pour Heniek et toi. Rien ne m'étonne vraiment de sa part à lui. Mais toi ? Comment as-tu pu me faire ça ? Dans mon dos ? Quelle hypocrisie, quelle malhonnêteté. Ta duplicité me dépasse.

Comment fais-tu pour te regarder dans le miroir ?

Je t'écris de Berlin-Ouest, où nous attendons notre visa américain. Heniek et moi avons longuement discuté de tout ça, de vous deux, et de nous deux aussi. J'ai été à un cheveu de partir toute seule, tu sais. Parce que d'une certaine façon, c'est le pire moment pour une histoire de ce genre : ce départ est déjà assez crève-cœur sans ça. Mais d'une autre manière, c'est peut-être aussi le meilleur moment. Nous commençons une nouvelle vie. Ensemble, lui et moi, et les garçons. Ce qu'il a pu y avoir entre vous n'existera plus. Et bientôt, c'est tout un océan qui nous séparera.

Je te demande de ne plus le contacter et de ne pas lui écrire. Ne réponds pas à cette lettre non plus. Que ce soit ton dernier geste d'amitié envers moi : disparaître de notre vie.

Teresa.

Le 20 novembre 1968, à Ris-Orangis,
en banlieue de Paris.

Salut Adam,

On est finalement partis, nous aussi. C'est étrange parce qu'à force de voir les gens s'en aller, toutes ces scènes d'adieux sont devenues banales – j'ai l'impression que j'ai vécu tant de départs que le mien n'a plus vraiment d'importance. Il y a ces deux mots – *pour toujours* – qui ouvrent une sorte de tunnel sans voie de retour – deux mots qui donnent le vertige.

À la gare, il y avait tous ces gens venus nous dire au revoir – Monika et Sabina étaient là, bien sûr, imagine-toi que même notre concierge est venue.

Et puis il y avait *babcia* Lusia, qui avait apporté un sac plein de nourriture pour la route, comme si on partait en pique-nique ou dans le désert, et aussi mon grand-père, *dziadziuś* Stefan. Mes grands-parents se tenaient côte à côte en nous regardant nous installer dans notre compartiment et je me suis rendu compte que je ne les avais presque jamais vus ensemble. J'ai pensé que je connaissais très peu mon grand-père, que je n'avais jamais trouvé le temps de parler vraiment avec lui – que je n'avais jamais pris la peine de lui demander de me raconter ce qu'il avait vécu là-bas, en Sibérie – son enfance aussi – et là, c'est trop tard.

Puis j'ai vu la ville disparaître derrière nous – après il y a eu les champs, les villages, les contrôles frontaliers. Je n'ai pas besoin de te raconter, tu connais déjà tout ça.

Nos parents ont choisi d'aller en France parce que la France a bien voulu nous accorder un visa, parce qu'on connaît déjà un peu le français et parce qu'une cousine de mon grand-père s'était établie dans ce pays avant la guerre. C'est elle qui nous a trouvé notre appartement dans une tour de onze étages, dans une banlieue de Paris, d'où je t'écris. Nous sommes au huitième étage – quatre-vingt-dix-sept marches, sans ascenseur. Par beau temps, on peut apercevoir la tour Eiffel. De loin on dirait un jouet ou un bougeoir. Maja et moi, on ne commencera l'école qu'en janvier, parce que Noël approche – ça ne vaut pas vraiment la peine de commencer tout de suite. Je t'avoue que ça me terrorise. Malgré nos trois années de cours, nous sommes loin de maîtriser le français. Mais bon. Pas le choix.

Bisous,

Ewa.

Ris-Orangis, près de Paris,
le 22 novembre 1968.

Salut Basia,

Ici, en France, tout est très moderne. Les magasins ont des portes qui s'ouvrent toutes seules, et des escaliers qui montent et descendent tout seuls, et ils sont remplis de nourriture. J'ai compté dix sortes d'huile différentes, huit sortes de jus, et même six sortes de beurre, il y a des fruits comme des oranges et des pamplemousses, des étals qui débordent de tomates – je n'ai jamais mangé autant de tomates de ma vie. Et il y a plein de sortes de chocolats qui sont trop chères pour nous, tant que nos parents n'auront pas trouvé un travail. Les fruits aussi sont chers, on a droit à un fruit par jour chacune.

J'ai hâte d'aller à l'école parce qu'ici on écrit dans de jolis cahiers avec des couvertures à carreaux et des lignes bleues, des stylos de différentes couleurs, et il y a des gommes qui représentent des personnages de bandes dessinées, comme Obélix, je ne sais pas si tu le connais ? Mais j'ai aussi un peu peur, parce que je me rends compte que lorsque j'entends des enfants parler entre eux je ne comprends presque rien. C'est bizarre de voir des tout-petits de trois ou quatre ans parler une langue dont je ne distingue que quelques mots. Et pourtant, moi, je viens d'avoir douze ans.

Je t'embrasse autant de fois qu'il y a de mots que je ne connais pas en français, et ça fait beaucoup !

Maja.

Rome, le 26 novembre 1968.

Ma Monika,

Nous sommes arrivés à Rome il y a dix jours. Il était temps, je n'en pouvais plus de Vienne, de son temps maussade, de ma sœur qui pleurait la nuit et faisait la gueule le jour, sauf quand le facteur lui apportait une lettre de tu sais qui. Même si on ne dormait plus sur le même canapé (notre famille a fini par obtenir une deuxième chambre), je l'entendais qui reniflait et soupirait dans son lit. À partir du moment où les deux cousines sont reparties, une en Suède, l'autre aux États-Unis, et c'est arrivé super vite, nous, on tournait en rond, on ne savait plus quoi faire de nos journées.

Donc, l'Italie. Ici, le ciel a une teinte rosée, la maison où ils nous ont casés a des murs violets, et elle est encastrée entre une maison jaune et une autre bleu ciel. Devant l'immeuble, il y a deux orangers couverts de fruits, leur odeur flotte dans l'air. Et puis, après deux mois à entendre de l'allemand autour de nous (*babcia* Freda regardait chaque Autrichien de plus de quarante-cinq ans comme s'il était personnellement responsable de la mort de ses proches pendant la guerre), l'italien, c'est comme une chanson. Basia est redevenue plus joyeuse. Avec sa connaissance de l'anglais, elle a trouvé un boulot dans l'organisation juive qui nous aide financièrement. Elle fait l'interprète polonais-anglais pour les nouveaux réfugiés qui n'arrêtent pas d'arriver.

Moi, pour l'instant, je me balade dans Rome. On habite sur la rive gauche du Tibre, à une quinzaine d'arrêts de bus du centre historique, là où il y a les ruines romaines, le Colisée, etc. Avec l'aide qu'on reçoit, on n'a pas trop de moyens, donc je ne prends pas le bus, je marche, je marche et je marche. Mes parents sont trop préoccupés par la suite des choses pour se soucier de ce que je fais de mes journées. C'est la première fois de ma vie que j'ai autant de temps et autant de liberté. Au début, ça me donnait le vertige. Mais on s'habitue vite…

Voici mes premières impressions de Rome : le Tibre est plus étroit que la Vistule, son eau est plus verte, un peu comme tes yeux, sous certains éclairages, à certains moments. Je t'imagine dire que je fais le romantique, mais ce n'est pas ça, ce ne sont que des observations purement scientifiques.

Aussi : il y a des autos et des motos partout et

elles roulent n'importe comment. Tout est chaotique, bruyant, mais aussi vivant. En plus de l'odeur d'orange, Rome sent les marrons grillés, le cuir, et le pipi de chat par endroits, etc., etc. C'est fascinant de voir comment les différentes époques se superposent ici : des colonnes antiques, un pan de mur médiéval, un bout de Renaissance, une annexe moderne. L'autre jour, devant un de ces amalgames d'époques, j'ai eu l'impression d'être connecté à tout ce passé, comme si j'avais été contemporain de Jules César, de Néron, de Michel-Ange et de Garibaldi aussi. Toi qui t'intéresses à l'histoire, tu adorerais cette ville, l'histoire est à tous les coins de rue.

Je te laisse avant de dire trop de conneries, quoique j'ai l'impression que le mal est déjà fait. Je te trimballe avec moi dans les ruelles de Rome. Écris-moi à l'adresse au verso de l'enveloppe.

Ton Adam.

Varsovie, le 12 décembre 1968.

Mon cher Adam,

Je suis heureuse d'apprendre que tu vis des moments exaltants. Ça fait rêver, vraiment. Mais une chose m'a frappée en lisant tes trois dernières lettres. Tu sais que tu ne m'as même pas demandé comment j'allais, moi ? Alors voici : moi aussi, je vis des moments exaltants. Ma dernière exaltation remonte à la semaine dernière. C'est quand j'ai réussi à mettre la main sur douze rouleaux de papier de toilette. J'en suis encore tout émue. Fini le papier journal ! Avec ça, maman et moi, on est bonnes pour deux mois.

À part ça, comme tu peux le voir, je suis d'une humeur massacrante. Les gens que j'aime le plus sont au bout du monde. Ewa est partie aussi, avec Maja et leurs parents. Encore un appartement vide, encore des adieux à la gare. Moi, je n'ai pas envie de vous suivre, pas envie de partir. Mais je n'ai pas envie de rester non plus. Parfois, j'aimerais juste être née ailleurs, à une autre époque, être quelqu'un d'autre. Tiens, une belle Italienne qui te ferait les yeux doux en te faisant découvrir Rome. Je suis certaine que ça ne manque pas.

Par la fenêtre, je vois les premiers flocons de neige tournoyer autour du lampadaire et j'aimerais les regarder avec toi et Ewa comme avant, en faisant nos devoirs, ou en écoutant de la musique. Mais plus rien ne sera comme avant.

Je t'embrasserai dans ma prochaine lettre.

Ta Monika fâchée contre la vie.

Varsovie, le 13 décembre 1968.

Adamek chéri, pardonne-moi ma lettre d'hier. Je ne peux pas t'en vouloir de profiter de l'Italie, ce n'est quand même pas ta faute si tu es parti ! Tu sais, je me rends compte que ceux qui partent perdent quelque chose, mais gagnent autre chose en contrepartie ; alors que ceux qui restent ne gagnent rien, ils ne font que perdre, il n'y a que le vide et rien en échange. Sauf l'attente du facteur, de son pas dans l'entrée de l'immeuble, du bruit métallique de la boîte aux lettres qui se referme. Ça crée une sorte d'inégalité entre nous et parfois je trouve ça frustrant. Je t'embrasse deux fois plus fort, pour hier et pour aujourd'hui.

Ta Monika.

Rome, le 18 décembre 1968.

Chère Nina,

Après notre séjour à Vienne, nous sommes ravis de nous trouver en Italie. Ici, la lumière est éclatante, pour la première fois depuis notre départ il m'arrive, par moments, de me sentir presque légère. On ne sait toujours pas ce qu'il adviendra de nous, mais on dirait que cette incertitude se prend mieux à Rome. L'appartement où on nous a logés est situé au quatrième étage d'un immeuble qui donne sur un grand boulevard, à deux coins de rue d'un hôpital, alors chaque nuit, on se fait réveiller par les sirènes des ambulances, surtout moi et Andrzej, vu que notre chambre donne sur la rue.

Mais on ne se plaint pas, cet appartement est meublé et les frais sont payés pour l'instant. On se débrouille grâce à l'aide d'une agence juive qui nous donne de quoi survivre. D'ailleurs, Basia a commencé à travailler pour cette agence. Et on dirait qu'Adam aussi a trouvé un boulot. À deux rues de chez nous, il y a une cantine tenue par une dame d'une soixantaine d'années, *nonna* Antonia, qui prépare des plats traditionnels à consommer sur place ou à emporter. Eh bien, *nonna* Antonia s'est prise d'affection pour Adam et elle lui a offert de travailler quelques jours par semaine pour elle. Il commencera par laver la vaisselle, nettoyer les tables, et quand il parlera mieux l'italien, il pourra même servir des clients. Ils apprennent tellement vite, les enfants !

Depuis notre arrivée à Rome, Basia ne passe plus son temps à guetter le facteur, et j'ai compris qu'elle reçoit plein de propositions de la part de jeunes Italiens tous prêts à lui faire visiter la ville.

Tous ceux qui sont arrivés à Rome après Vienne ont fait une demande de visa quelque part, au consulat américain, ou suédois, ou même australien.

De notre côté, nous visons les États-Unis. Andrzej a écrit à un lointain cousin de Chicago dans l'espoir qu'il nous soutiendra dans notre démarche. Pas de réponse. Peut-être que nous n'avions pas la bonne adresse. Ou peut-être que la perspective de voir débarquer un pauvre cousin polonais ne l'enchante pas vraiment. On peut le comprendre, mais ça reste décevant.

En attendant, une organisation juive, la Sohnut, essaie de nous convaincre d'aller en Israël. Ils nous disent tantôt que ce pays a besoin de nous, tantôt que nous avons besoin de ce pays, tantôt que c'est le seul pays qui veut vraiment de nous. J'ai beau leur dire qu'il est hors de question que mes enfants aient à faire leur service militaire dans un pays qui sort tout juste d'une guerre (et Dieu sait combien d'autres guerres l'attendent dans le futur), ça ne les empêche pas d'insister.

Je t'embrasse, bisous à Marek et aux filles.

Pola.

Rome, 3 janvier 1969.

Ma Très Chère Monika, Déesse de la Colère,

Je suis vraiment désolé, tu as raison, je ne parle que de moi dans mes lettres. C'est que chaque jour je découvre quelque chose de nouveau. Et donc j'ai envie de tout partager avec toi. Si je t'en parle, c'est que j'ai alors l'impression que tu es avec moi, que tu découvres Rome avec moi, que nous marchons ensemble dans ces ruelles étroites où les femmes accrochent la lessive sur des cordes le long des murs, etc., etc. Tu as raison de dire que nous qui sommes partis avons quelque chose en plus, mais toi, qui es restée, ta vie continue, tu vas à l'école, tu peux planifier ton avenir. Pour nous, tout est flou. Ceux qui restent ont cet avantage sur ceux qui partent.

Alors comment vas-tu? Comment ça va au lycée? Qu'est-ce que tu lis?

Qu'as-tu fait pour la Saint-Sylvestre? Ici, nous avons retrouvé d'autres jeunes devant la fontaine de Trevi. Il y a des fontaines partout à Rome, mais celle-là est la plus impressionnante.

Dans notre groupe, il y avait deux réfugiés hongrois qui habitent près de là, une Roumaine qui attend son fiancé depuis six mois (à mon avis, il aurait intérêt à se dépêcher, parce que les Italiens sont très entreprenants), et aussi quelques amis italiens, dont deux types qui tournent autour de Basia comme des guêpes.

Nous avons célébré le Nouvel An en buvant du prosecco, c'est un vin blanc pétillant, et nous avons lancé des pièces dans le bassin par-dessus notre épaule après avoir fait un vœu dans notre tête. Donc moi, j'ai lancé mes dernières pièces polonaises, je ne sais pas si ça marche aussi, ou bien si cette promesse ne s'achète qu'avec des lires. Et j'ai fait un vœu que je ne peux pas te révéler, car il risquerait de ne pas se réaliser.

Je me demande quand je pourrai te revoir. Si je compte un minimum de cinq ans avant de devenir citoyen d'un autre pays, et de pouvoir voyager avec un vrai passeport, donc de pouvoir te rendre visite en Pologne, si on me laisse entrer bien sûr, nous aurons alors plus de vingt ans. C'est fou.

D'ici là, je continuerai à attendre tes lettres avec impatience. Même bruit de pas du facteur, du papier de l'enveloppe déchirée, etc., etc. L'attente est la même pour ceux qui partent et ceux qui restent, là-dessus, nous sommes égaux !

Ti amo.

Ton Adam qui s'ennuie.

Ris-Orangis, le 15 janvier 1969.

Bonjour Basia,

Je viens de commencer l'école et j'ai toujours de la difficulté à comprendre ce que les gens disent. Je ne comprends pas trop non plus ce que les Français font. Par exemple, ici, pendant les récréations, les garçons courent après les filles pour lever leurs jupes. Les filles s'enferment aux toilettes pour les empêcher de lever leurs jupes. Et les adultes ne font presque rien pour empêcher ça.

À la récréation, les filles marchent par groupes de trois ou quatre, bras dessus bras dessous, elles font le tour de la cour de l'école en discutant et en chassant les garçons qui sont toujours obsédés par leurs jupes. Pour se protéger d'eux, les filles portent des culottes de gymnastique sous leurs jupes. Comme ça, on s'en fiche s'ils regardent dessous !

Mes premières amies sont une Russe et une Yougoslave, elles s'appellent toutes deux Svetlana et c'est avec elles, avec mes deux Svetlana, que je marche autour de la cour, et toutes les trois, on fait semblant d'être comme tout le monde, comme des Françaises qui se tiennent par le bras, mais on ne sait pas trop de quoi parler, ni dans quelle langue, et tout ça est très bizarre, alors on a hâte que la cloche sonne.

Je t'embrasse autant de fois qu'il y a de kilomètres entre Rome et Paris (mille quatre cent cinquante).

Maja.

Rome, le 20 mars 1969.

Chère Nina,

Je t'ai déjà raconté comment on essaie de nous convaincre d'aller en Israël. Ces pressions sont lourdes. Sauf que nos démarches pour nous établir aux États-Unis n'ont abouti à rien, pour l'instant. Là, ils ont trouvé une nouvelle stratégie : ils nous font miroiter des possibilités d'emploi pour moi, comme professeure de chimie à l'Université de Jérusalem, et pour Andrzej, comme chargé de projet dans une entreprise de construction publique. Israël se développe à grande vitesse, ils ont besoin d'ingénieurs, de chercheurs, d'architectes, de gens capables de planifier et gérer les travaux et d'autres qui peuvent tenir un marteau. Nous ne sommes toujours pas décidés. Mais on commence à y penser sérieusement.

Devant la perspective d'aller en Israël, je me sens un peu comme la jeune femme qui résiste aux manœuvres de séduction d'un garçon qui ne lui plaît pas trop, mais qui est si persévérant qu'elle pourrait finir par céder à ses avances. Ses sentiments à elle sont confus, elle ne se sent pas vraiment amoureuse, elle lui trouve plein de défauts, mais il n'y a pas d'autre prétendant en vue, et lui, il dit qu'il l'aime pour deux, avec une telle conviction qu'elle finit par succomber.

J'aimerais bien avoir une autre possibilité, mais en ce moment je n'en vois pas.

Je vous embrasse,

Pola.

Ris-Orangis, 2 avril 1969.

Chère Pola,

Une cousine de ma mère, Rivka, s'est établie à Haïfa, avec son fils Gabriel. Je t'envoie leur adresse, je leur écrirai aussi. Contacte-les, on ne sait jamais. De notre côté, les filles se débrouillent en français, et Marek et moi, on cherche désespérément du travail. À nous deux, on a déjà répondu à cent deux offres d'emploi. On ne reçoit rien, même pas d'accusé de réception. On dirait que toutes les portes sont verrouillées. On continue de chercher et on attend.

Moi, en plus de répondre à des offres d'emploi, je m'occupe de la maison, je cuisine, je répare les vêtements des filles. Mais Marek tourne en rond, tel un étron dans un trou de glace, comme on dit, et ça le rend de mauvaise humeur, nous nous sommes rarement autant disputés que maintenant. Des fois, on déplie la carte du monde sur la table, et on la regarde en nous demandant où aller, si ça ne marche pas en France. On peut passer tout un paquet de cigarettes à chercher comme ça d'éventuelles destinations.

Je t'embrasse, bises à Andrzej, aux enfants et à la famille,

Nina.

Quelque part dans les Pyrénées,
le 13 juillet 1969.

Oh, Monika.

Il y a des moments où je me sens si seule – tellement loin de mes vrais amis que j'en ai des crampes au ventre – et là, je vais m'éloigner encore plus puisqu'on va traverser l'océan pour aller au Canada. Papa et maman ont réussi à trouver du travail là-bas, au bout du monde. Au moins, c'est dans un coin du Canada où on parle français, comme ça nous ne serons pas obligées d'apprendre une nouvelle langue. Mais c'est quand même au bout du monde.

Je sais, je sais, il y a ce livre d'Arkady Fiedler, *Le Canada qui a un parfum de résine* – papa et maman n'arrêtent pas d'y faire référence, mais honnêtement, qui a envie de vivre dans un pays qui sent la résine ? Je m'en fous, moi, de la résine !

Maja et moi, nous séjournons actuellement dans une colonie de vacances dans les Pyrénées, c'est assez chouette, nous avons réussi à nous faire quelques amies, de vraies Françaises. Pendant ce temps nos parents préparent notre départ. Alors qu'on commence tout juste à être bien, ici.

Hier, après le repas, nos moniteurs ont installé une télé sur la véranda et tous les enfants se sont rassemblés autour, assis par terre sur des couvertures – on mangeait des tartines au sucre et au chocolat, et on regardait *Apollo 11* se poser sur la Lune. Quand Neil Armstrong a dit que c'était un tout petit pas pour l'homme, mais un bond de géant pour l'humanité, nous nous sommes tous mis à applaudir. Un moniteur a débouché une bouteille de champagne et il en a versé à tout le monde.

Nous pouvions distinguer le halo de la Lune derrière les nuages, et la simple pensée qu'un être humain marchait dessus exactement à ce moment précis m'a donné le vertige.

J'ai pensé à toi, je me suis demandé si tu avais pu voir les mêmes images, si ta mère a fini par acheter une télé, comme elle te le promet depuis longtemps.

Et c'est là – en regardant la Lune et en pensant qu'un astronaute était en train de marcher dessus, et en me rappelant la fois où nous avons regardé Valentina Terechkova ensemble – que je me suis rendu compte que désormais nous verrions les événements importants chacune de notre côté, que nous ne pourrions plus les partager, que nous ne pourrions donc plus nous dire «te souviens-tu quand...?» sauf pour les événements survenus avant mon départ. Puisque chacune de nous vivra autre chose – est-ce que nous serons encore capables de nous comprendre quand nous finirons par nous revoir?

Je me suis demandé si tu te poses toi aussi ce genre de questions ou bien si pour toi la vie continue simplement comme avant.

Je t'embrasse,

Ewa.

Zakopane, 1er août 1969.

Ewa, tu seras toujours ma meilleure amie ! N'oublie jamais ça. Je t'écris rapidement parce que je suis en vacances dans les montagnes avec des copains du lycée. Je ne crois pas que tu les connaisses, je me suis rapprochée d'eux depuis ton départ, je t'en parlerai une autre fois. Donc nous sommes neuf, nous habitons dans une sorte de cabane avec vue sur le mont Kasprowy. Officiellement la tante d'un des copains est censée veiller sur nous, mais en réalité elle se fiche pas mal de nous, alors on est libres, on fait des randonnées, le soir on joue à des jeux, on chante des chansons – et on boit aussi un peu. Là, je n'écrirai pas trop longtemps parce que j'ai un mal de crâne pas possible, on dirait que ma tête va exploser.

J'aurais tellement aimé que tu sois là avec moi.

Bisous,

Monika.

Rome, 5 août 1969.

Chère Lusia,

Ça fera bientôt un an que nous sommes tous partis. Rome est une ville magnifique, mais l'été y est étouffant. Je n'ai pas non plus le cœur au tourisme, toutes ces merveilles architecturales me glissent dessus sans m'atteindre. Par contre je suis fascinée par les arbres de Rome : les pins parasols, les platanes qui longent le Tibre.

Pola et Andrzej penchent de plus en plus en faveur

d'Israël. Et je dois dire que je les encourage dans ce choix. Pourtant, je n'ai jamais partagé les idées sionistes, même pas dans ma jeunesse. J'ai toujours pensé qu'il ne fallait pas nous définir par nos différences, que Juifs et non-Juifs devaient avoir les mêmes droits là où ils se trouvent, plutôt que de fuir pour s'installer dans le désert sous prétexte que nos ancêtres y ont vécu il y a deux mille ans, mais que veux-tu, nos origines nous rattrapent. Surtout quand on nous les rappelle sans cesse.

Il y a autre chose, aussi. Bien sûr, Basia et Adam seraient capables de s'intégrer n'importe où, même sur la lune. Mais pour moi, il est trop tard. Par contre, Israël est un pays où je pourrais me sentir moins étrangère qu'ailleurs. Mon polonais, mon russe et mon yiddish pourraient me servir, là-bas. J'ai une chance, à soixante-dix ans, pour le peu de temps qui me reste, de ne pas être condamnée à vivre complètement au crochet des enfants. Ce serait mieux pour moi. Et franchement, ce serait mieux pour eux aussi.

Freda.

23 août 1969, quelque part sur l'Atlantique.

Hey hey, Adam !

Je t'écris du *RS Stefan Batory*, je posterai la lettre une fois qu'on sera sur la terre ferme. Nous avons roulé de Berlin à Rotterdam avant de monter à bord du bateau, avec l'auto. On s'en va à Montréal, au Canada, mais nous n'y resterons pas longtemps : après, on va aller aux États-Unis.

J'adore la vie sur le bateau. Maciek et moi, on a exploré tous les recoins et, comme presque tous les adultes souffrent du mal de mer, on fait pas mal ce qu'on veut.

Avant de s'éloigner du quai, le bateau a émis un son de vieille trompette, puis j'ai observé comment les matelots détachaient les cordages, et nous avons commencé à pivoter vers le large. Il y avait plein de gens sur le quai qui agitaient leurs mouchoirs. Maciek et moi, on a agité des mouchoirs comme si nous disions adieu à notre famille. Puis on les a laissé tomber à l'eau et on a imaginé qu'un jour, quelqu'un ramasserait ces mouchoirs et se demanderait à qui ils avaient appartenu, autrefois. On a ri comme des cons à l'idée que nos mouchoirs allaient un jour essuyer la morve de purs inconnus.

L'autre fois, sur le pont, j'ai vu maman qui s'appuyait sur un banc et qui enfouissait son visage dans un sac de papier. Quand je me suis approché, elle m'a fait signe d'aller plus loin.

Hier, avec mon frère, on est entrés dans la grande salle où se tenait le bal du capitaine. Maman portait une robe noire et des boucles d'oreilles dorées, et le capitaine voulait absolument danser avec elle. Il la tenait par la taille, ils tournaient autour de la salle, elle lui souriait, papa avait l'air furieux, mais elle n'a pas dansé longtemps parce qu'encore une fois, elle a couru vers les toilettes, en plaquant sa main sur sa bouche.

Attention ! Attention ! Trois jours ont passé. Finalement, nous avons vu apparaître une forme plus sombre à l'horizon. D'abord j'ai cru que c'étaient des nuages, puis j'ai compris qu'on approchait de la côte canadienne. Il n'y avait que des montagnes, pas de villes, même pas de lumières, je me suis dit que ce pays était un désert.

Puis nous avons aperçu les premières lueurs qui scintillaient dans la nuit, comme des étoiles. Et hier soir, tout le monde s'est précipité vers le pont. Maciek et moi, on a couru nous aussi. Et là, j'ai eu le souffle coupé. C'était comme dans un film : un château tout illuminé se dressait devant nos yeux. Une femme à côté de moi s'est exclamée : « Regardez, regardez, c'est Québec ! »

C'était comme une explosion de lumières éblouissantes, mais bientôt le château était derrière nous et les lumières ont disparu.

Jacek.

Ris-Orangis, 25 août 1969.

Salut Basia,

J'ai reçu ta série de cartes postales de Rome.

Nous partons, nous aussi. Demain ! Au Canada. C'est la grande nouvelle. Nous habiterons dans une petite ville à mi-chemin entre deux grandes villes, Montréal et Québec. Papa a trouvé du travail dans une nouvelle université et maman va sûrement trouver aussi, peut-être pas comme psychologue, mais elle pourra sûrement enseigner, c'est ce que disent mes parents en tout cas.

Je suis triste de laisser mes deux Svetlana derrière moi. Ces derniers temps, je les voyais tous les jours, après l'école. On allait dévaliser les magasins de bonbons. Mes préférés, ce sont les Carambar, et des fois le vendeur m'en donnait trois ou quatre de plus, comme s'il savait que je n'avais pas assez d'argent pour les payer.

Je me demande s'il y a des Carambar au Canada, et si j'y trouverai des amies avec qui je m'entendrai aussi bien. Puis si je devrai encore les laisser, après.

Je t'embrasse autant de fois qu'il y a de gouttes d'eau dans l'océan Atlantique que nous allons bientôt survoler.

Maja.

Rome, 15 septembre 1969.

Mon cher Romek,

Nous partons dans deux semaines, en Israël. Pardonne-moi de ne pas t'avoir écrit depuis un moment. J'ai senti au ton de ta dernière lettre que tu étais fâché contre moi. Je te rassure : non, je n'ai rencontré personne d'autre. Mais je travaille beaucoup, et j'aide mes parents à préparer notre départ, je dois les soutenir dans toutes sortes de démarches parce qu'ils ne parlent pas vraiment italien, alors que moi, j'ai rapidement appris cette langue, assez pour me débrouiller. J'espère que ça se passe bien, ton service militaire. J'écris à l'adresse de tes parents, tu me liras quand tu seras en permission. C'est tellement injuste qu'ils t'aient obligé à interrompre tes études, mais c'est mieux que la prison, comme tant de gens qu'on connaît. Et puis tu vas les reprendre après, tes études. De mon côté, j'ai perdu au moins un an ; j'irai à l'université là-bas, en Israël, dès que j'aurai appris l'hébreu. Je joins ici une photo de moi, assise dans une gondole. On a réussi à faire une escapade à Venise, avec Adam, il y a dix jours. Un jour, nous irons ensemble à Venise, toi et moi.

Je t'embrasse,
Ta Basia.

Trois-Rivières, c'est-à-dire au bout du monde,
le 20 septembre 1969.

Salut Monika,

Imagine-toi que c'est Heniek qui est venu nous chercher à l'aéroport à Montréal. Ils sont encore au Canada, ils doivent partir bientôt aux États-Unis. Heniek nous a entassés dans sa Peugeot, puis il nous a conduits jusqu'à la ville où nous allons habiter maintenant. Je n'aime à peu près rien ici. Beaucoup de maisons en brique rouge, de trois ou quatre étages, avec des escaliers extérieurs, on dirait des tas de ferraille – d'ailleurs, Trois-Rivières ne sent pas du tout la résine, mais les usines de papier qui dégagent une odeur d'œufs pourris, surtout les jours de brume. Je ne peux pas m'imaginer vivre ici pour de bon. Avant de quitter la France, j'ai réussi à passer trois jours à Paris, avec une copine – on a été hébergées par son frère aîné, dans un minuscule appartement d'une pièce dans un grenier, près du boulevard Saint-Germain. Tant de beauté autour de nous ! Je suis en deuil de la France, en deuil de la beauté, en deuil de l'Europe, en deuil de la civilisation.

Bon, j'arrête de me plaindre, j'imagine que tu aimerais bien être à ma place, mais les choses ne sont pas toujours comme on les imagine.

Je t'embrasse,

Ewa.

Trois-Rivières, 1er octobre 1969.

Chère Basia,

Nous venons d'emménager dans une maison près d'une forêt. J'ai maintenant une chambre à moi. Je ne suis pas sûre d'aimer ça, être seule dans ma chambre. Pourtant, je croyais que c'était ce que je voulais. C'est différent de vouloir quelque chose et de l'avoir dans la réalité.

Les feuilles commencent à rougir, je les vois de ma fenêtre, c'est magnifique. Je te joins une feuille d'érable dans l'enveloppe. Je n'ai pas encore une seule amie. Je ne comprends rien à ce qu'on me dit, le français d'ici est différent de celui que j'ai appris. Dans mon école, il n'y a que des filles. Le premier jour, j'ai essayé de faire comme en France : prendre une autre élève par le bras pour faire le tour de la cour d'école. Mais elle a commencé à rire et elle a dit quelque chose que je n'ai pas compris. Ça arrive souvent que les autres filles me parlent et éclatent de rire, et je ne sais pas si je dois rire moi aussi ou pas, ou peut-être me fâcher parce qu'en réalité, je soupçonne qu'elles se moquent de moi. Mais je n'en suis pas certaine. Donc je préfère ne pas me fâcher parce que j'aurais peur de me tromper et d'avoir l'air encore plus idiote. Alors maintenant, pendant les récréations, je me cache aux toilettes pour qu'elles me laissent tranquille.

Je t'embrasse autant de fois qu'il y a de feuilles rouges dans les arbres au Canada.

Maja.

Trois-Rivières, 20 octobre 1969.

Chers Andrzej et Pola,

Nous avons commencé à enseigner, Nina dans un collège qui s'appelle « cégep », et moi à l'université. Pour l'instant, Nina donne un seul cours, sur le développement psychologique des enfants, et moi des cours de physique mécanique alors que je suis spécialisé en électrophysique, mais comme ce sont des cours de base, ça devrait aller. Enfin, j'espère.

Ni Nina ni moi n'avions imaginé enseigner un jour. Je dois dire que de voir vingt-trois paires d'yeux me fixer avec plus ou moins d'attention, ça me donne un trac fou. Mais bon, pas le choix, et l'université m'a offert des conditions incroyables, il faut le dire aussi. Nous avons eu beaucoup de chance. Donc je regarde ces étudiants, je leur parle, ça va, je leur pose des questions, ça va encore. Là où ça se gâte, c'est quand eux me posent leurs questions. Je ne comprends rien à ce qu'ils me disent. Nina a eu l'idée de demander à ses étudiants d'écrire leurs questions au tableau ; j'ai décidé de faire comme elle. Ça prend du temps dans un cours, mais au moins, on n'est plus là à essayer de deviner ce qu'ils veulent savoir au juste.

À part ça, il y a plusieurs professeurs étrangers ici qui viennent d'arriver au Canada comme nous, donc on ne détonne pas tant que ça, chacun a un accent différent et ils ont tous du mal avec le français québécois. Bref, on n'est pas seuls. Ce qui me plaît aussi, c'est de voir que les étudiants nous traitent presque comme des amis, plusieurs nous tutoient, ça n'a rien à voir avec toute cette hiérarchie coincée qu'on a connue en Pologne.

Nina me prie de vous dire combien vous nous manquez... On espère vous voir bientôt.

Marek, Nina et les filles.

1er novembre 1969.

Salut Monika,

Imagine-toi qu'il y a eu des manifestations ici, comme en Pologne en 1968 – mais pour des raisons très différentes. Je ne suis d'ailleurs pas sûre de vraiment les comprendre, ces raisons. Toujours est-il que des étudiants d'université – mais aussi de collèges et même d'écoles comme la mienne – ont défilé dans les rues pour protester contre une loi qu'ils appellent le « bill 63 ». En résumé : les gens dénoncent une loi qui menacerait, selon eux, la langue française, qui est majoritaire ici, surtout dans la ville où nous vivons. Mais il y a aussi au Québec des gens qui parlent anglais. Et partout ailleurs au Canada, c'est l'anglais, point. Alors ceux qui parlent français se sentent menacés, ils ont peur que leur langue disparaisse. D'où les manifestations.

Maja et moi, on a marché avec une élève de ma classe. Elle s'appelle Francine. Il y avait des dizaines et des dizaines de personnes qui criaient des slogans comme : « Le bill 63, on n'en veut pas. » Nous aussi, on criait, on se tenait par la main, Francine, Maja et moi. À un moment, Maja m'a demandé : « C'est qui, le débile 63 ? » et on a bien ri, avec Francine.

Les policiers surveillaient la manifestation, mais ne nous attaquaient pas. J'ai pensé que partout dans le monde la jeunesse proteste. Il y a eu mars 1968 en Pologne, mais aussi des manifestations en France, en Italie, aux États-Unis, et maintenant ici – je me dis que l'important, ce n'est peut-être pas tant ce contre quoi on proteste que le fait même de protester... À force de manifester, notre génération va peut-être réussir à changer le monde.

Deux jours après la manifestation, Francine m'a invitée à dormir chez elle, elle a un tourne-disque dans sa chambre et elle m'a fait écouter des 33-tours de chanteurs québécois comme Félix Leclerc et Gilles Vigneault, mais aussi de la musique rock, Janis Joplin et les Rolling Stones. On a passé presque toute la nuit à parler et à écouter de la musique – elle m'a aussi posé beaucoup de questions sur la Pologne. Généralement, on ne me demande rien à ce sujet. Mais Francine, elle, voulait tout savoir sur ma vie d'avant. Je lui ai même parlé de toi !

Le lendemain, je suis rentrée chez moi à pied, j'ai marché pendant plus d'une heure – l'air était frais et le soleil éclairait les arbres avec les dernières feuilles rouges. Je me suis rendu compte qu'il y a des jours où ça ne sent pas les usines de papier, mais autre chose – là, c'étaient des odeurs d'automne, de branches, de terre humide et de soleil.

Un jour, peut-être, je te montrerai tout ça.

Ewa.

Varsovie, 3 novembre 1969.

Adam chéri,

J'espère que tu vas bien, il y a trois semaines que je n'ai pas eu de lettre de toi. C'est la première fois que tu ne m'écris pas pendant aussi longtemps... Ou peut-être que ta lettre met plus de temps à arriver, ça se produit souvent, ces délais. D'ailleurs, je t'écris à ton adresse à Rome, j'espère que cette lettre arrivera avant votre départ pour Israël. N'oublie pas de m'envoyer ta nouvelle adresse.

Comme ils me manquent, ces moments où j'aperçois une enveloppe à travers la fente de la boîte aux lettres, où je la décachette en faisant attention pour ne pas la déchirer, où je déplie le papier mince où tu as écrit en toutes petites lettres.

Ici, la tempête des départs s'est calmée. Il y a encore des gens qui partent, mais pas comme avant. Récemment, il y a eu des procès, des gens arrêtés en mars 68 ont été condamnés à des peines de prison, ça va de six mois à plusieurs années. Certains manifestants de mars ont été exclus de l'Université de Varsovie et de la Polytechnique, d'autres ont été forcés de faire leur service militaire. Est-ce qu'il y a des articles à ce sujet dans les journaux, chez vous ?

Ta Monika qui s'ennuie.

Cincinnati, 25 novembre 1969.

Hey hey, Adam !

Nous venons enfin d'arriver à Cincinnati. En chemin, dans l'auto, nos parents nous ont expliqué que si maman vomissait tellement sur le bateau ce n'était pas seulement à cause du mal de mer, mais aussi parce qu'elle est enceinte. Elle a continué à vomir même sur la terre ferme, et elle continue encore maintenant.

Il paraît qu'il y avait un problème avec sa grossesse, il a donc fallu passer plus de temps que prévu à Montréal. Mais là, c'est fait, on est en Amérique !

Cincinnati est à très exactement mille trois cent vingt et un kilomètres de Montréal. C'est presque deux fois la distance entre Gdańsk et Zakopane !

À Montréal, on a habité chez monsieur Grunberg, qui est le frère d'un cousin de je ne sais pas qui et qui vit dans une grande maison dans un quartier riche de la ville. *Pan* Grunberg et sa femme sont partis de Pologne en 1956, leurs enfants, un garçon et une fille, sont nés ici. Ils parlent à peine polonais.

Nous avons occupé tout leur sous-sol, et les enfants Grunberg étaient mécontents parce qu'ils ont perdu la salle de jeu où ils avaient installé un train électrique. Ils ne nous l'ont pas dit directement, mais on les a entendus se plaindre à travers le mur. Notre anglais est déjà assez bon pour comprendre : *When are they going to leave ? We want the train back…*

On a d'ailleurs pu pratiquer notre anglais avec les enfants Grunberg, surtout nos insultes, hahaha. Ça nous a fait réaliser à quel point l'anglais de nos parents est mauvais, on dirait qu'ils parlent polonais avec des mots étrangers. À tout bout de champ, maintenant, ils nous demandent de donner des coups de fil pour eux, ou de corriger des lettres. C'est surtout Maciek qui s'en occupe, moi, je me contente d'avoir honte chaque fois que papa ouvre la bouche en public.

Ah oui, information importante. Nous avons décidé de changer nos prénoms. On n'a pas envie de devoir les épeler tout le temps.

Moi, j'ai choisi Jack, on n'a eu qu'à enlever une lettre. Maciek est devenu Mike, et nos parents, Henry et Tess.

Et toi ? As-tu changé de prénom ? Ou tu es resté Adam ?

Bye bye !

Jacek-Jack.

Jérusalem, 30 novembre 1969.

Chère Maja,

Nous avons commencé nos cours à l'école de langues, l'Oulpan.

Imagine-toi que nos profs ont changé nos prénoms en noms hébreux. Au début, c'était pour jouer. Adam a conservé le sien, qui est déjà un nom biblique. Papa et maman ont dit qu'ils étaient trop vieux pour changer de prénoms, tant pis. Moi, je m'appelle Batya, ça ressemble à Basia et en plus ça veut dire « fille de Dieu ». Alors la prochaine fois que tu m'écris, n'oublie pas que tu n'écris pas à n'importe qui ! Rien de moins que la fille de Dieu !

Basia.

Trois-Rivières, 2 décembre 1969.

Salut Andrzej,

Comment va la famille ? Chez nous, tout va bien. Les filles vont à l'école, elles n'ont pas encore réussi à se faire des amis, Nina s'inquiète un peu, mais tu la connais, elle s'inquiète toujours. Elle se plaint que c'est difficile de se faire de nouveaux amis pour elle aussi, elle se sent un peu seule, je crois. Moi, je me suis lié avec un de mes collègues qui m'a promis de m'amener à la chasse au lièvre ; il me faut juste obtenir un permis de port d'arme.

Tu sais, depuis que nous sommes arrivés ici, je fais souvent le même cauchemar. Je rêve que je suis allé en vacances en Pologne, seul, et que le jour de mon retour je me fais arrêter à l'aéroport, on me dit que la frontière est fermée, que je ne pourrai plus jamais repartir, on saisit mes documents et ma valise. J'essaie de faire valoir que ma famille est loin, au Canada, que je dois la rejoindre, que je dois travailler, rien à faire. Je me réveille en sueur et ça me prend un moment avant de me rappeler où je suis et qui je suis. Aucune idée de ce que ça peut bien vouloir dire. Probablement rien du tout. Juste un cauchemar. Je me demandais s'il t'arrivait de faire ce genre de rêve, toi aussi.

Salutations à tout le monde,

Marek.

Trois-Rivières, 10 décembre 1969.

Chère Monika,

Observation sociologique numéro trente-neuf.

Imagine-toi qu'au lieu de réparer les dents des enfants, ici, ils les arrachent et les remplacent par un dentier. Apparemment, c'est moins cher que de les soigner.

L'autre jour, un garçon de ma classe m'a invitée à une soirée organisée dans le sous-sol d'une église. On a bu des jus, mangé des chips, puis le garçon m'a demandé de m'asseoir à côté de lui, sur un petit banc de bois, il m'a pris la main et il a fait mine de m'embrasser. J'ai alors remarqué qu'il faisait quelque chose de bizarre avec ses dents, et quand j'ai compris qu'il ajustait son dentier (!!!!), je me suis levée et je suis partie en courant.

Fin de l'idylle.

Je suis rentrée à la maison en riant, je me suis précipitée dans ma chambre, j'ai ri pendant un moment, puis je ne sais pas trop ce qui m'a pris, j'ai éclaté en sanglots.

Ewa.

Post-scriptum. – J'ai relu cette lettre avant de la mettre dans l'enveloppe et j'ai failli la jeter. C'est tellement n'importe quoi. Je te décris souvent des incidents anecdotiques alors que ma réalité, la vraie, est ailleurs. Elle est dans le sentiment quasi permanent de ne pas être à ma place, d'essayer de correspondre à quelque chose qui n'est pas moi, dans l'impression que ma vraie vie se poursuit au loin, sans moi. Et tout ça pour quoi ? Pourquoi donc m'a-t-on chassée de chez moi ? Ça fait plus d'un an et je ne comprends toujours pas.

Tel-Aviv, 10 décembre 1969

Monika chérie,

Désolé de ne pas t'avoir écrit plus tôt, mais il s'est passé tant de choses depuis deux mois. Nous sommes arrivés en Israël début novembre et je me suis rendu compte que ce pays n'est pas du tout comme je l'avais imaginé.

À l'aéroport, nous avons été accueillis par des amis d'amis de Basia, trois gars et une fille qui sont arrivés en Israël dès la fin de 1968 : ils n'ont pas fait le détour par Rome. Ils nous attendaient avec d'immenses bouquets de roses. Basia et moi, on a pensé qu'ils avaient fait des folies, qui peut se permettre d'acheter des roses en plein désert? Mais ils se sont esclaffés: les roses, elles sont cultivées ici, dans des serres, comme plein d'autres plantes.

Après, on nous a conduits dans une pièce où une femme qui ne parlait qu'hébreu et russe nous a remis des papiers d'identité, notre numéro d'assurance médicale et notre nouvelle adresse – elle figurait au dos de l'enveloppe! Donc, avant même de quitter l'aéroport, nous étions devenus des citoyens israéliens, c'était presque trop beau pour être vrai. Je me demande si ça me permettrait d'aller te rendre visite plus tôt que je le pensais; mais encore faudrait-il que la Pologne me laisse entrer.

Je m'attendais à avoir très chaud, mais je me suis trompé: à notre arrivée, il faisait un temps frais et sec, très agréable. Puis, il y a quelques jours, le ciel nous est tombé dessus. La pluie est dense, on dirait qu'elle est plus mouillée que toutes les pluies que j'ai connues jusqu'à maintenant. L'appartement qu'on nous a attribué, à Holon, près de Tel-Aviv, est mal isolé, mal chauffé. Les murs de pierre absorbent l'humidité et les planchers en tuile restent froids. On nous dit que nous serons bien contents en été, parce que ça nous rafraîchira, mais là, on grelotte!

Nous avons commencé nos cours d'hébreu. Moi dans un internat à Tel-Aviv, où je passe la semaine, du dimanche au jeudi (ici, c'est le vendredi et le samedi qui sont fériés, à cause du shabbat). L'école de Basia est affiliée à l'Université de Jérusalem; elle vit dans une résidence pour étudiants là-bas. Papa et maman sont donc seuls à Holon, dans un quartier plutôt moche, mais pas trop loin de la mer, où vivent plusieurs autres Polonais arrivés en même temps que nous. Nos parents apprennent l'hébreu eux aussi, cinq jours par semaine, cinq heures par jour.

C'est étrange d'avoir fait tout ce chemin pour nous trouver soudainement tous éparpillés, moi, Basia, nos parents, chacun de son côté… Heureusement, les vendredis et samedis, nous nous retrouvons à la maison.

Je te serre très fort dans mes bras.

Adam.

Holon, 12 décembre 1969.

Cher Marek,

Content de voir que vous vous habituez à votre nouvelle vie. C'est aussi notre cas. D'ailleurs, nous nous préparons à fêter notre premier Noël sans neige. Et même à fêter notre premier Noël sans Noël, puisque c'est plutôt la Hanoukka qu'on célèbre ici, en Israël. Pola a déjà acheté notre menorah, nous serons prêts. Mais la neige va me manquer.

Tu me demandes si je fais le même cauchemar que toi. Non, moi j'en fais un autre, au moins une fois par semaine, et il se passe ici, en Israël. Je rêve que des avions survolent la maison, ce sont des bombardiers, il y a un boucan terrible, les bombes pleuvent autour de nous, et moi, je cherche les enfants pour leur dire d'aller à l'abri, mais leurs chambres sont vides. Quand je me réveille, je suis couvert de sueur. Je préfère ne pas en parler à Pola, pour ne pas la contaminer avec mes inquiétudes. Pourtant, depuis la guerre des Six Jours, le pays est en paix. Il y a bien quelques escarmouches aux frontières, mais rien pour justifier ces cauchemars. J'imagine que ça passera.

Embrasse tes femmes de ma part.

Andrzej.

Jérusalem, 15 décembre 1969.

Ma petite Majusia chérie,

Ou peut-être n'es-tu plus si petite que ça? Tu as dû grandir depuis la dernière fois que je t'ai vue.

Nous habitons à Holon, une ville en banlieue de Tel-Aviv, dans un appartement pas très loin de la mer. On ne la voit pas de la fenêtre, mais même à cinq kilomètres de distance, on sent son odeur salée, et pour se rendre à la plage, c'est une quinzaine de minutes en bus. Quand je dis *on*, je pense à mes parents parce qu'Adam et moi, nous étudions ailleurs et nous ne revenons à la maison que pendant nos jours de congé. En ce moment, il fait trop froid pour se baigner. Quoique tu connais papa et Adam: ils se sont jetés à l'eau le lendemain même de notre arrivée!

Nous nous sommes installés ici juste après les élections, et imagine-toi que le pays est dirigé par une femme, elle s'appelle Golda Meir, elle est première ministre. Elle m'impressionne.

J'ai l'âge de faire mon service militaire. En même

temps, les femmes qui arrivent en Israël alors qu'elles ont dépassé dix-sept ans n'y sont pas obligées. Elles ont le choix. Quand on aura fini notre école d'hébreu, je devrai décider. L'armée ou les études.

Ce que nous disent certains profs, c'est que c'est bien de faire le service militaire parce qu'on s'y fait un réseau d'amis pour la vie. En même temps, tu me vois dans l'armée ? Moi non plus.

Bisous,

Basia.

Cincinnati, 16 décembre 1969.

Ma chère Sabinka,

Après un long voyage et de nombreuses péripéties, nous sommes arrivés à Cincinnati, où je travaille dans une usine d'autos depuis deux semaines. J'espère que tu ne m'en veux pas pour mon très long silence. Tu peux m'écrire à l'adresse de l'usine, qui figure au dos de l'enveloppe. Je pense souvent à toi. Hier, tu es apparue dans mon rêve pour la première fois depuis longtemps, tu étais belle, ta peau était un peu rosée comme lorsque tu rougis, ta bouche me souriait et elle était si proche, je pouvais presque la toucher. Puis tu as disparu et je me suis réveillé.

J'aurai voulu pouvoir toucher cette joue, embrasser tes lèvres, mais ce n'était qu'un rêve.

Ton Heniek.

Varsovie, 15 janvier 1970.

Salut Ewa,

Je t'écris pour te donner en vrac quelques nouvelles de notre cour.

La plus incroyable : imagine-toi donc que samedi dernier quatre policiers ont traversé la cour et qu'ils se sont dirigés tout droit vers l'appartement de ceux qu'on appelait les « frères bandits ». Ils sont ressortis dix minutes plus tard, avec les frères menottés, et les ont escortés jusqu'au fourgon cellulaire. On n'a pas la moindre idée de ce qui leur est reproché. Ils ont laissé leurs capotes accrochées sur le balcon.

Il y a eu aussi un événement malheureux, survenu le jour même de Noël. Tu te souviens du mari de notre concierge, celui qui était toujours un peu soûl et qu'elle traitait de vieil ivrogne. Nous étions en train d'allumer les bougies dans le sapin, maman et moi, quand on a entendu un cri désespéré. C'était la concierge qui criait parce que son alcoolo de mari venait de s'écrouler dans l'entrée. Il est tombé raide mort. Comme ça, d'un coup, bang.

Et puis, une nouvelle plus joyeuse. Tu te souviens de Krysia, celle qui nous donnait toujours des bonbons et qui sortait avec cet Africain que sa mère lui avait interdit de fréquenter ? Imagine-toi qu'elle est enceinte, et tu sais qui est l'heureux papa ? Le même gars qu'elle avait laissé, à cause de ses parents, mais qu'elle a recommencé à fréquenter en secret par la suite. Sa mère est dans tous ses états. On l'a entendue crier et pleurer. On a tous super hâte de voir le bébé.

Et pour finir, une nouvelle qui t'intéressera sûrement : la semaine dernière, une nouvelle famille a emménagé dans votre ancien appartement. Ils sont trois : le père est un policier qui n'arrête pas de nettoyer sa matraque, puis de la faire sécher sur le balcon. La mère s'habille comme une paysanne avec ses jupes trop larges, ses fichus et ses grosses godasses. Leur fille apprend le violon et répète ses gammes pleines de fausses notes pendant des heures et des heures. Je ne peux pas croire que cette bande bruyante se soit installée dans vos chambres, votre cuisine, votre salle de bains.

Monika.

Cincinnati, 20 janvier 1970.

Hello Adam, my friend,

Ça y est, Maciek et moi, on a commencé l'école américaine. *Yes sir!* L'enseignante nous a fait entrer dans une classe, elle nous a placés debout devant les autres élèves, comme des cons, et elle nous a présentés comme les nouveaux « amis ». *These are your new friends, they come from Poland.* Je me sentais comme un singe dans un zoo, même que j'avais envie de faire des grimaces, mais je me suis retenu. Puis la prof, qu'on appelle Miss Jennifer, leur a demandé s'ils savaient où se trouvait la Pologne et un élève a levé la main pour dire : « *In Africa.* » Je ne sais pas s'il blaguait ou s'il était juste idiot. Tout le monde a ri.

Miss Jennifer a dit que ce n'était pas drôle du

tout, elle a donné un coup de poing sur son bureau, puis elle a demandé aux autres élèves de s'occuper de nous et là, ils se sont tous mis à fixer le plancher. Elle nous a placés aux deux extrémités de la classe, pour nous obliger à parler avec les autres. Pour une fois que j'aurais été content d'avoir Maciek à côté de moi !

Les cours ne sont pas trop difficiles pour l'instant, sauf qu'ils ont un système de mesures hyper-compliqué. Il y a douze pouces dans un pied, un certain nombre de pieds dans autre chose, puis un certain nombre de cette autre chose dans un mile. Pareil pour le poids. Puis pour la température.

Maciek a commencé à se faire des amis, mais moi, je ne sais pas de quoi leur parler, je reste dans mon coin à la récréation et mon frère passe à côté de moi avec ses nouveaux copains et il fait semblant de ne pas me connaître.

Good bye,

Jacek-Jack.

Trois-Rivières, 1er février 1970.

Chère Basia,

Je déteste cette école. Il n'y a que des filles, ici, et je n'ai AUCUNE amie. Il n'y a qu'une autre immigrante dans mon école, une Française, alors on est forcées de jouer ensemble, mais on ne sait pas trop quoi faire ni de quoi parler. Toutes les autres pensent qu'on se connaît déjà parce qu'on vient d'Europe. Pendant le cours de religion, je dois quitter la classe et on m'installe dans le bureau de la directrice où je n'ai rien à faire. Alors j'apporte des livres et je lis. L'autre jour, j'avais le recueil de Tuwim, celui que tu m'as donné, je le connais presque par cœur, alors des fois je m'amuse à traduire les poèmes en français. C'est très amusant parce que certains mots n'ont pas d'équivalent dans l'autre langue, et il y en a d'autres qui veulent dire autre chose, et malgré ça, on dirait que la traduction est parfaite.

Ça me fait passer le temps dans le bureau de la directrice. Mais l'autre jour, elle m'a enlevé le recueil sous prétexte que je ne pouvais pas lire devant elle un livre dans une langue qu'elle ne comprenait pas. Que c'était impoli.

Je t'embrasse autant de fois que... bof, je ne sais plus quoi inventer.

Maja

... ou plutôt Maya, c'est comme ça que j'écris mon nom ici. Et Ewa a décidé de changer son prénom pour Ève. L'idée, c'est de nous simplifier la vie parce qu'on en a déjà assez d'épeler notre nom de famille !

Tu te souviens quand on jouait à trouver la couleur qui va avec chaque prénom, autrefois ? Pour moi, *Ewa* est vert foncé et *Ève* est jaune. Quand les amies d'Ewa l'appellent Ève, j'ai l'impression qu'il s'agit de quelqu'un d'autre. Pour mon prénom à moi, ça ne change rien, il n'y a que l'écriture qui change. Je suis mauve dans les deux langues.

Nos parents aussi ont pris des noms français : c'est Marc pour papa, Janine pour maman, je te laisse deviner les couleurs. Je dois dire que Janine, c'est vraiment laid, je ne comprends pas pourquoi elle ne pouvait pas rester simplement Nina.

Trois-Rivières, 2 février 1970.

Chère *babcia* Lusia,

Comment vas-tu ? Tout va bien, ici. L'autre jour, il y a eu une grosse tempête de neige et, avec papa, on a construit un fort et un labyrinthe derrière la maison. À l'école tout se passe bien, je me suis fait une première amie et j'ai de bonnes notes. Ewa aussi s'est fait une amie, et on commence à comprendre l'accent d'ici, qui n'était pas évident au début.

Je t'embrasse autant de fois qu'il y a de formes de flocons de neige, et il paraît que c'est proche de l'infini…

Maja.

Jérusalem, 15 avril 1970.

Chère Maja,

Ne t'inquiète pas, je suis sûre que tu te feras bientôt plein de copines. Tu verras. Des fois, ça prend du temps, mais après c'est pour la vie. Sois patiente.

Tu sais, je t'avais parlé de mon dilemme. Eh bien, j'ai décidé de ne pas aller dans l'armée. De toute façon, aucune fille parmi celles qui sont arrivées en même temps que nous n'a l'intention de faire son service militaire. Jusqu'à maintenant, nous sommes toujours entre nous, les Polonais. J'ai hâte de fréquenter de vrais Israéliens !

Mon cours d'hébreu se termine dans deux semaines et je n'ai aucune idée de ce que je vais faire après. Je te l'écrirai dès que je saurai.

Embrasse Ewa et vos parents.

Basia.

Varsovie, le 15 avril 1970.

Salut Adam,

J'ai beaucoup réfléchi avant de te répondre. Ton départ me semble déjà si lointain. Et ton long silence l'a rendu encore plus ancien. Ce n'est pas facile de ne pas perdre le fil, je veux dire : entre nous deux. Ma réalité est tellement différente de la tienne.

Je dois déjà penser à ce que je ferai après le bac. Je n'ai pas encore décidé ce que je vais étudier. L'histoire, probablement.

D'ailleurs, tu te souviens de notre prof d'histoire à l'école primaire, *pani* Mazur ? Imagine-toi qu'elle vient de prendre sa retraite. En plein milieu de l'année. Je l'ai su par une amie dont la sœur est en cinquième année à notre ancienne école.

Pourtant, elle n'a que cinquante ans. Des gens disent qu'elle a été poussée vers la sortie. Il paraît d'ailleurs qu'elle est juive, même si elle va à l'église tous les dimanches et qu'elle porte une chaînette avec une croix.

Mais je ne pense pas que ce soit surtout pour ça,

pour ses origines cachées, qu'elle a dû partir. Tu te souviens comment elle nous avait grondés quand il avait été question du massacre des officiers polonais à Katyń, dans la classe ? Elle était furieuse, mais j'ai compris par la suite qu'en réalité, elle nous avait protégés. Peu importe la raison de son départ à la retraite, j'étais triste, elle a été l'une de mes enseignantes préférées. C'est d'ailleurs elle qui m'a donné envie d'étudier l'histoire. Et une partie de mon hésitation vient de là : je veux bien étudier l'histoire, mais quelle histoire au juste ? La vraie ? Ou celle qu'on nous raconte ? À suivre…

Bisous,

Monika.

Ein Karem, le 30 avril 1970.

Chère Monika,

Je t'écris de notre nouvelle maison, dans un village près de Jérusalem, Ein Karem. On l'a eue par l'entremise de l'université où maman travaille depuis janvier. C'est une maison de pierres, au milieu d'un jardin avec des orangers, un citronnier, un amandier. C'est un véritable îlot de verdure, et nous ne sommes plus entourés d'immigrants tout juste débarqués comme nous, mais dans un vrai quartier, avec de vrais voisins. J'habite toujours à l'internat où j'apprends l'hébreu, mais je retrouve mes parents pour le shabbat chaque semaine.

Bientôt, quand j'aurai fini l'Oulpan, je devrai commencer à me préparer pour mon service militaire. D'un côté, ça ne me dit rien. En plus, ça dure trois ans. Tu imagines ? Toi, tu penses déjà à tes études universitaires ; pour moi, c'est loin comme l'éternité.

Mais en même temps, c'est excitant de penser que je vais servir dans une armée qui a remporté une victoire incroyable, en tout juste six jours, contre ses ennemis arabes, en 1967. Quand tu parles avec les sabras, les gens qui sont nés ici, ils sont encore euphoriques.

Je t'embrasse,

Futur soldat Adam.

Cincinnati, le 1er mai 1970.

Chère Pola,

Après un séjour un peu turbulent dans un quartier difficile, où on était réveillés chaque nuit par le bruit des disputes, des bouteilles cassées, etc., nous avons fini par trouver un coin plus tranquille, avec des rues sans trottoirs bordées de saules et de sycomores, et des maisons décorées de platebandes fleuries. Pour l'instant, nous louons un appartement de trois chambres dans une maison jumelée à distance de marche de l'école où nous avons inscrit les garçons.

Nous y avons été bien accueillis et Cynthia, notre voisine d'en face, est même venue nous porter de petits gâteaux appelés « muffins ». Avec mon ventre sur le point d'exploser, je suscite beaucoup d'intérêt et les gens s'offrent pour m'aider à porter des paquets, tout ça. De vieilles dames m'arrêtent carrément dans la rue pour toucher mon ventre, et je ne sais pas trop comment réagir. Tout le monde est très très gentil.

Par contre, personne ne nous a encore invités à la maison, et c'est étrange de voir que toute cette gentillesse s'arrête à la porte des appartements, qu'elle n'entraîne pas de repas communs, comme on fait chez nous, en Pologne.

Les garçons s'adaptent à leur nouvelle vie, mais Jacek m'inquiète un peu, il est devenu renfermé et ses notes ne sont pas très bonnes non plus. De mon côté, quand le directeur du département où j'espérais travailler m'a entendu parler, avec toutes les fautes que je fais en anglais, et qu'il a vu mon énorme ventre, il a retiré son offre en disant : revenez nous voir après l'accouchement. Entre-temps, le poste qui m'était promis a été donné à quelqu'un d'autre.

Bises,

Teresa.

Varsovie, 1er mai 1970.

Ma Ninka chérie,

Je n'arrive pas à avoir une ligne téléphonique pour te parler, c'est compliqué en ce moment. Vous me manquez tous énormément.

En attendant, les nouvelles ne sont pas très bonnes ici. Il y a des mots plus difficiles à écrire qu'à dire, je crois. Ton père est malade, c'est assez grave, d'après ce que je comprends. Il a eu son diagnostic la semaine dernière : cancer du foie. Il a perdu beaucoup de poids, il a de la peine à se nourrir, son teint est très jaune. C'est une question de temps. Je l'ai eu au téléphone il y a quelques jours, il garde le moral, mais je ne lui ai pas encore rendu visite, parce que sa Tatiana trouve toujours des prétextes pour me tenir éloignée. Je compte passer la semaine prochaine.

C'est arrivé si soudainement. À mon avis, si tu veux le revoir, tu ne devrais pas trop tarder. Essaie d'obtenir ton visa, peut-être que dans ces circonstances exceptionnelles ils accepteront ?

Je t'embrasse très fort, embrasse les filles et Marek de ma part.

Ta maman.

Cincinnati, le 4 mai 1970.

Chers Marek et Nina,

C'est avec une immense joie que je vous annonce une heureuse nouvelle : Teresa a donné naissance il y a une semaine, trois jours après la date prévue, à une magnifique fille de trois kilos et cent grammes. L'accouchement s'est bien passé et, avec les produits anesthésiants qu'ils injectent ici, Teresa n'a pratiquement rien senti.

La petite dort beaucoup et semble heureuse d'avoir atterri sur notre planète. Elle a la forme du visage de sa maman et elle semble tenir son absence de cheveux de son père, qui en a de moins en moins, mais dans son cas à elle, nous ne doutons pas que son crâne va se garnir dans les mois à venir. Les garçons sont un peu déçus que ce soit une sœur, et non un frère, mais ils l'observent quand même avec beaucoup d'intérêt. Comme elle est née aux États-Unis, notre fille sera automatiquement américaine… la première de toute notre famille !

Après une longue réflexion, nous avons décidé de l'appeler Julia.

On vous embrasse de loin.

Heniek, Teresa et les trois enfants.

Ce que nous sommes devenus

Juste un bout de peau

Le jet glacial fouettait sa peau après une séance d'exercices qui l'avait laissé dégoulinant de sueur. Les yeux fermés, Adam laissait l'eau couler sur son visage, son dos, ses cuisses, se mettant au défi de supporter la sensation de froid le plus longtemps possible. Il devait être capable de faire abstraction de cet inconfort s'il voulait devenir un bon soldat !

C'est quand il a enfilé son maillot de bain, avant de se diriger vers la piscine, qu'il les a aperçus : trois garçons qui, bizarrement, avaient pris leur douche sans enlever leur slip et se tenaient immobiles, le dos voûté, devant l'entrée du vestiaire. En face d'eux, un type à la peau basanée, au crâne rasé, ricanait en pointant le doigt vers leur entrejambe. Il se tenait les jambes écartées et portait une serviette enroulée autour de la taille.

Adam a d'abord eu de la difficulté à distinguer ce qu'il disait, sa voix était couverte par les clapotis et les cris en provenance de la piscine. Quand il a vu

Adam s'approcher du groupe, le type l'a apostrophé en lui lançant :

— Tiens, tiens, un autre Polak ! Enlève donc ton maillot si tu veux nous montrer que t'es un vrai Juif...

Satisfait de sa bravade, le gars a gloussé et a défait sa serviette pour la lancer négligemment sur un banc, puis il a fait mine de se diriger vers les douches, exhibant un sexe foncé et épais, au gland découvert. Alignés le long du mur, six autres garçons ont scandé, tels des partisans d'un club sportif :

— Tout le monde tout nu, montrez-nous donc que vous êtes de vrais Juifs.

Comme ça lui était déjà arrivé dans le passé, quand il s'était opposé à son enseignante pendant le cours d'histoire au sujet de Katyń, Adam a senti une décharge électrique refluer le long de sa colonne vertébrale jusqu'à sa nuque, son visage brûlait, son cœur battait la chamade dans sa poitrine.

En observant le groupe de garçons en slip, Adam s'est rendu compte qu'il les avait déjà croisés à l'Oulpan, ils faisaient partie d'une classe un peu plus avancée que la sienne. Comme lui, ils avaient quitté la Pologne en 1968 et avaient fini par s'établir en Israël. Comme lui, ils avaient commencé leur pré-entraînement militaire, mais dans une autre unité que la sienne. Adam a dépassé le type au crâne rasé, adressé un clin d'œil aux garçons, puis a retiré son maillot, l'a plié avec une lenteur exagérée, l'a déposé sur un banc, avant de se redresser et de lancer, en polonais :

— On enlève nos slips, on va leur montrer, à ces connards !

Adam s'est retourné, serrant les poings et les lèvres, le corps tendu, les bras croisés sur la poitrine, comme si plus rien ne pouvait l'arrêter. Les trois garçons ont retiré leurs culottes et se sont placés derrière lui, le dos droit, la tête haute. On aurait dit qu'en quelques instants, ils avaient grandi de cinq centimètres.

— Le premier qui dit que nous ne sommes pas de vrais Juifs, je lui casse la gueule, a lancé Adam.

Le type au crâne rasé l'a toisé, perplexe, comme s'il essayait d'évaluer si le risque de prendre une raclée était supérieur à celui de perdre la face. Puis il s'est penché pour ramasser sa serviette et a commencé à se rhabiller en laissant un «pfff...» s'échapper de ses lèvres.

— On fout le camp, on lui fera la peau une autre fois, à ce goy, a-t-il lancé en prenant ses copains à témoin.

En s'éloignant, il a marmonné, à part lui :

— De toute façon, regardez-moi ces bites de minables...

Adam avait beau être sorti gagnant de cette escarmouche, il ne réussissait pas à en tirer de fierté, se sentait sali, honteux. Quand le souvenir de cet incident le tenait éveillé, la nuit, un goût ferreux remplissait sa bouche. Il se disait que tout le monde, désormais, savait qu'il n'avait pas été circoncis. Et que d'une certaine façon ça l'exposait. Comme si maintenant il se résumait à ça : tiens, voici Adam, il n'est pas circoncis, c'est un goy. Mais en quoi cela regardait-il les gens ? Et puis, n'avait-il pas été chassé de son pays natal à cause de ses origines juives ? Trop juif pour la Pologne, mais trop goy pour Israël ? Mais quelle absurdité.

Il y avait aussi le fait que le type au crâne rasé, qui s'appelait Ruben, et était un sabra de troisième génération dont les grands-parents, Juifs lituaniens, s'étaient établis en Palestine entre les deux guerres, avait laissé planer la menace d'une revanche. Quand ils se croisaient au gymnase ou à la piscine, Ruben se grattait l'entrejambe de manière ostentatoire et Adam était submergé par un cocktail de sentiments où, à la honte et à l'humiliation, se mêlait aussi, en filigrane, la peur. Dans son face-à-face avec Ruben, son attitude déterminée avait pu laisser croire qu'il était prêt à en venir aux poings. À dix-huit ans, Adam était presque aussi grand que son père et, quand il redressait ses épaules et levait la tête, sa stature pouvait le faire paraître intimidant. Pourtant, les affrontements physiques le terrifiaient. Sa seule manière de les gagner était de jouer le dur pour éviter qu'ils aient lieu.

Après l'incident de la piscine, Adam a tout fait pour tenir à distance les garçons polonais qui le traitaient en héros, alors qu'il n'avait pas envie de jouer ce rôle, et surtout pas pour ces gamins qui s'étaient laissé impressionner par ce crétin de Ruben qui avait plus de muscles que de plomb dans la tête.

Pendant les semaines qui ont suivi, Adam s'est senti plus isolé que jamais. Il n'y avait personne, autour de lui, avec qui partager ce qu'il venait de vivre. Son père ? Il ne ferait que glorifier son geste, se vanterait devant tout le monde du courage de son fils. Basia ? Sa mère ? Sa grand-mère, Freda ? Non, il ne se voyait pas raconter l'incident de la piscine aux femmes de sa famille. Trop intime, trop compliqué, il aurait fallu leur dire que, s'il avait agi aussi promptement, c'était parce qu'il avait déjà entendu des commentaires de ce genre, et il imaginait leurs visages soucieux. Finalement, il préférait ne pas en faire tout un plat, il ne s'agissait après tout que d'un bout de peau. Mais surtout, il n'avait pas envie de leur faire part de l'idée qui se frayait un chemin dans son esprit. S'il ne voulait plus revivre ce genre de situation, il n'avait qu'à se faire circoncire. Il serait alors comme tout le monde, point.

À un moment, il a pensé se confier à Monika. À l'époque, Adam pensait encore souvent à elle, même s'ils ne s'écrivaient plus qu'occasionnellement, à peine une fois par mois, parfois moins. Il a arraché une page d'un cahier, a retiré le capuchon de son stylo, a écrit *Chère Monika*, puis... plus rien. Il n'y arrivait pas. Pour raconter les pensées qui l'obsédaient depuis des semaines, Adam aurait dû surmonter sa pudeur, utiliser des termes qu'il n'avait jamais employés devant elle. Ensemble, ils avaient vécu un amour d'adolescents, leurs contacts charnels s'étaient limités à d'interminables baisers qui laissaient leurs lèvres brûlantes et leurs sens insatisfaits. La seule fois où il avait guidé la main de Monika vers l'endroit où était concentré son désir, elle l'avait retirée pour caresser sa joue, puis ratisser ses cheveux du bout des doigts. Le message était clair. Il n'allait quand même pas, deux ans plus tard, risquer de faire surgir dans son esprit l'image de son sexe, avec ou sans prépuce.

Non, il ne pouvait pas aborder avec elle ce dilemme dont la résolution allait, d'une certaine manière, et même si ça lui paraissait aberrant, l'ancrer dans son nouveau pays. Ce silence s'ajoutait à tous les autres silences qui les avaient peu à peu éloignés l'un de l'autre.

Quand il a finalement pris sa décision, Adam a choisi de ne pas faire appel à un mohel, qui aurait donné à son geste une signification rituelle, symbole du lien de Yahvé avec son peuple. Pour lui, il s'agissait d'un simple acte médical dépourvu de connotation religieuse. Il s'est plutôt adressé au médecin associé à l'internat où il vivait depuis qu'il avait commencé ses cours d'hébreu, un Polonais d'origine, discret et rassurant, qui en avait vu d'autres et ne posait pas de questions inutiles. La douleur a été intense, mais brève. En sortant du cabinet, Adam se sentait plus léger, malgré le pansement qui alourdissait sa démarche. C'était fait, il n'avait plus de questions à se poser. Il était devenu ce qu'il devait être, c'est tout.

⁂

Assise au piano, Ewa suivait la partition de la *Sonate au clair de lune* en essayant de synchroniser sa main droite et sa main gauche. C'était l'heure de la sieste et les deux fillettes dont elle avait la garde pendant l'été venaient de s'assoupir. Leurs parents étaient au travail, un silence engourdi enveloppait la maison, transpercé par les enchaînements répétitifs.

C'est Francine qui lui avait déniché ce boulot, grâce à une cousine qui étudiait la sociologie à l'Université de Toronto et qui avait épluché les journaux à la recherche d'offres d'emploi pour étudiants en vacances. Toutes les deux, Ewa et Francine, avaient réussi à se faire embaucher comme filles au pair dans le même quartier, celui de Downsview, à quelques rues l'une de l'autre. Quand il faisait assez beau pour sortir avec les enfants, elles se donnaient rendez-vous au parc voisin et poussaient ensemble les petits sur les balançoires. Pendant leurs jours de congé, elles exploraient la ville. Le reste du temps, elles changeaient des couches, donnaient des bains, passaient l'aspirateur, vidaient et remplissaient le lave-vaisselle, servaient des purées ou promenaient des bambins sur leur dos dans la salle de jeu, au sous-sol.

Leur salaire – vingt-cinq dollars par semaine – leur permettait de profiter de leurs congés pour s'acheter des babioles dans des magasins indiens de la rue Queen ou de passer des dimanches aux Beaches, au bord du lac Ontario, où elles finissaient immanquablement par se faire offrir un hamburger, des frites ou un joint par des barbus aux cheveux longs, qui insistaient pour qu'elles leur donnent leur numéro de téléphone en retour. Elles acceptaient leurs cadeaux, puis gribouillaient un numéro inventé de toutes pièces sur un bout de carton arraché à leur paquet de cigarettes avant de filer, hilares, jusqu'à l'arrêt de tram. À son arrivée chez Dora et Norman Friedman, fin juin, Ewa avait eu droit à un tour complet de la maison accompagné d'instructions précises : n'entre pas dans notre chambre à moins d'une urgence, n'hésite pas à t'essayer au piano, il est là pour ça, sens-toi libre de fouiller dans la bibliothèque, nous avons plus de quatre cents livres, *you know*, voici le produit pour laver la baignoire, il faut bien rincer après, les couches sales vont dans ce récipient de plastique, elles sont ramassées deux fois par semaine, Lana, mon aînée, elle a six ans, a l'habitude de piquer des crises de nerfs, quand ça se produit tu l'enfermes dans sa chambre et tu attends que ça passe.

Dans la cuisine, ça se corsait. Il y avait deux services de vaisselle : celui pour les aliments contenant de la viande et celui qui était destiné aux produits laitiers. Il ne fallait jamais, jamais les mélanger.

— Bon, si jamais ça arrive, il ne faut surtout pas que Norman le sache, avait pris la peine de nuancer Dora.

C'était la première fois qu'Ewa se faisait expliquer les règles de la cacherout, dont elle connaissait le principe général, mais pas les détails. Il y avait deux savons différents, deux types de linges à vaisselle, ceux avec une bordure rouge, ceux avec une bordure jaune. Pour montrer son sérieux, elle notait tout dans un calepin, mais ça ne pouvait pas être si compliqué que ça.

Un après-midi, alors que les fillettes dormaient dans leur chambre, après qu'elle eut rangé la cuisine en essuyant des casseroles qui avaient servi à faire cuire de la viande avec le linge à vaisselle destiné aux aliments contenant du lait – il était trop tard quand elle l'a réalisé –, Ewa s'est attablée au comptoir de la cuisine et a entrepris de feuilleter un livre posé près du téléphone. Le titre, *Le Manuel de la maîtresse de maison juive*, a capté son attention.

Elle y a appris avec consternation que les femmes juives étaient considérées comme impures pendant leurs règles et pendant les jours qui les suivent, qu'elles devaient prendre des bains rituels pour se purifier, elle a découvert toutes les exigences du shabbat et l'obligation pour les épouses de couper leurs cheveux et de les remplacer par une perruque.

Pour Ewa, c'était comme entrer dans un monde mystérieux et exotique, et qui, pourtant, quand elle y pensait, aurait bien pu être le sien.

Elle a aussi compris rapidement que l'observance de ces règles était à géométrie variable. Dora, par exemple, suivait rigoureusement les interdits du shabbat, mais elle avait gardé ses cheveux noirs et soyeux, et prenait plaisir à les brosser longuement chaque soir avant d'aller se coucher.

Vers la fin de l'été, alors que son séjour à Toronto tirait à sa fin, Ewa a pris l'habitude de bavarder avec Dora avant d'aller au lit. Dora avait vingt-six ans, à peine huit ans de plus qu'elle, et son mariage avec Norman battait de l'aile. Les soirs où ce dernier s'absentait, elles se retrouvaient au salon et discutaient pendant qu'Ewa sirotait son thé et que Dora lissait interminablement ses cheveux pour les rendre plus brillants.

— Je n'arrive pas à comprendre cette histoire de jours purs et impurs. Ce n'est pas notre faute si on a nos règles, quand même, a dit Ewa un de ces soirs.

— *You know*, Ewa, ce n'est pas que négatif, ça peut faire durer le désir. L'homme et la femme attendent le moment où ils pourront se rapprocher, ils ont hâte, ils comptent les jours, et quand ça arrive, bingo, c'est la fête, a dit Dora, avant d'ajouter, avec une pointe d'amertume : À moyen terme, ça ne garantit rien.

À la fin août, Ewa est rentrée à la maison pour sa dernière année de cégep avec une meilleure connaissance de l'anglais, particulièrement dans le domaine des tâches domestiques, et aussi avec la certitude qu'elle n'arriverait jamais à maîtriser la sonate de Beethoven, ni aucune autre pièce de quelque compositeur que ce soit. Le piano, ce n'était pas son truc, voilà tout, on ne pouvait pas forcer les choses, quand même.

Dans son sac à dos, en plus de deux tuniques indiennes qui ont déteint dès leur premier lavage, elle avait glissé le *Manuel de la maîtresse de maison juive* portant la dédicace amicale de Dora.

⁂

Il y avait des mois que Jacek n'avait pas écrit à Adam. C'est qu'il n'avait rien d'intéressant à raconter. À la maison, tout tournait autour de sa petite sœur : la première dent de Julia a percé, Julia s'est assise toute seule pour la première fois, elle a renversé son verre de lait, elle a souri. Regarde, regarde comme ses grands yeux noirs nous observent intensément, comme elle est habile, comme elle progresse vite.

Jacek avait beau essayer d'attirer son attention, Julia n'avait d'intérêt que pour Maciek, avec ses grimaces qui lui arrachaient des cascades de rire, Maciek qui sautait par-dessus sa tête, faisait le chien à quatre pattes, wouf wouf, se cachait derrière un rideau et ressurgissait en criant «coucou», et chaque fois elle s'esclaffait.

Mais pas avec Jacek. Quand il essayait de jouer avec sa sœur, quand il cachait derrière son dos les autos miniatures que leur père ramenait de l'usine, ou qu'il faisait marcher ses doigts sur ses jambes en disant «*idzie rak nieborak*» avant de la chatouiller, Jacek finissait inévitablement par la faire pleurer.

Il ne comprenait pas pourquoi son frère réussissait à faire rire Julia et pas lui. Quel était ce don qu'il possédait et qui lui avait été refusé? C'était pareil à l'école, où Maciek, qui s'était laissé pousser les cheveux de manière à cacher ses oreilles décollées, avait rapidement trouvé un groupe de copains, se contentant de sa compagnie seulement quand il n'avait pas le choix. Même ses professeurs avaient du mal à se souvenir de son nom.

— Ah, tu es le frère jumeau de Mike? C'est fou, tu ne lui ressembles pas du tout, s'étonnaient-ils parfois.

Après les classes, quand Maciek se rendait à son

entraînement de football, entouré d'un essaim de filles, Jacek traînait à la bibliothèque, faisait semblant de chercher un livre dans les rayons, feuilletait discrètement un dictionnaire ou un atlas ; sa présence ne dérangeait personne puisque personne ne le remarquait.

Puis il rentrait à la maison, où Teresa lui demandait de sortir les poubelles ou de ranger sa chambre, ou de trier ses vêtements encore chauds sur la sécheuse, ou encore de jouer avec Julia, ce qui aboutissait rapidement à des pleurs.

— Tu fais exprès ou quoi ? s'offusquait sa mère, et ce n'était pas une question, plutôt un constat.

Elle prenait alors Julia dans ses bras, lui tapotait le dos pour la consoler, en jetant un regard soucieux à Jacek avant de le sommer d'aller faire ses devoirs dans sa chambre.

À la maison comme à l'école, Jacek parlait peu, oui, non, peut-être, merci. Son frère Maciek avait adhéré à leur nouvelle vie avec tant d'enthousiasme, et Jacek ne pouvait s'empêcher de penser qu'il en faisait trop, qu'il essayait d'avoir l'air plus américain que les Américains, et que tout le monde s'en rendait compte, c'était franchement gênant.

Quant à ses parents, ils lui faisaient toujours honte, leur anglais ne s'améliorait pas, son père s'entêtait à dire « *a nice grill* » au lieu de « *a nice girl* », quand il ne s'enfonçait pas dans des blagues interminables qui tombaient à plat. Lorsqu'il regardait ses parents et son frère, avec toute cette soif de réussir qui leur sortait par les oreilles, Jacek avait l'impression de vivre avec des acteurs qui se démenaient pour tenir leurs rôles dans un mauvais film où il n'avait rien à faire.

Jacek passait de plus en plus de temps dans sa chambre, couché sur son tapis brun à poils longs, roulé en boule, ou alors les yeux rivés au plafond. Pour se donner l'impression de faire quelque chose, il écoutait de la musique ; *In-A-Gadda-Da-Vida* d'Iron Butterfly l'apaisait étrangement, il faisait jouer ce morceau de dix-sept minutes en boucle, il montait le volume à chaque écoute, ses parents levaient les yeux au ciel, mais n'osaient rien dire, il l'écoutait jusqu'à ce que Maciek, tout juste rentré d'un match ou d'une sortie avec les gars ou d'un rendez-vous avec Jane, ou Joyce, ou Maddie, lui hurle à travers le mur :

— C'est insupportable, ton truc, baisse le son ou éteins le magnéto !

Si Jacek avait su décrire comment il se sentait, il aurait dit : inexistant. S'il avait été capable de décrire la texture de ses journées, il aurait dit : brumeuse. Parfois, il extirpait du fond d'un tiroir, tapies entre les slips et les chaussettes, cinq figurines de soldats, deux artilleurs, deux fantassins et un cavalier, qui refusaient de se tenir debout sur son tapis *shag*. Et alors, un nœud lui serrait la gorge et lui faisait monter des larmes aux yeux. Mais il n'arrivait pas à nommer ce sentiment-là non plus et il ravalait ses larmes. Irrité devant ces soldats qui n'arrêtaient pas de s'accrocher les pieds dans les poils du tapis, il les replaçait dans son tiroir, rebranchait son magnétophone et appuyait sur *play*.

Non, vraiment, s'il avait écrit à Adam, ses histoires auraient à peine rempli une carte postale.

*

La cloche a sonné et la voix aiguë de la directrice a surgi de l'interphone.

— Écoutez-moi, les filles, à votre âge, il faut faire attention aux odeurs, vous savez, il faut se laver là-bas, en bas, mais aussi les dessous-de-bras, et surtout, surtout, les filles, il faut utiliser le dé-o-do-rant.

Puis la voix s'est noyée dans des grésillements métalliques et l'interphone s'est tu. Maja fixait le cahier où elle avait décliné les verbes *pouvoir* et *savoir* à tous les temps, du passé simple au plus-que-parfait du subjonctif.

Que j'eusse pu, que tu eusses pu, qu'il/elle/on eût pu, que nous eussions pu, que vous eussiez pu, qu'ils/elles eussent pu.

Elle s'accrochait à cet enchaînement de mots pendant que son enseignante titulaire de neuvième année, mademoiselle Robitaille, détaillait la stratégie de lutte contre les odeurs corporelles qui serait dorénavant déployée dans leur classe. La guerre était lancée, les élèves de mademoiselle Robitaille iraient au front.

— Viens ici, Josée, a dit mademoiselle Robitaille en pointant du doigt une élève assise dans la dernière rangée, dont les formes arrondies la faisaient paraître plus vieille que son âge.

Josée serait chargée de recruter deux autres élèves avec qui elle formerait le trio de choc qui identifierait les filles dégageant des odeurs désagréables. Les coupables seraient informées de leur offense et auraient une amende à payer. L'argent recueilli serait versé dans un fonds qui permettrait de financer une fête de fin d'année.

Que je pusse, que tu pusses, qu'il/elle/on pût, que nous pussions, que vous pussiez, qu'ils/elles pussent, psalmodiait mentalement Maja pendant que la brigade anti-odeurs se formait à l'avant de la classe. Trois filles – pas des premières de classe, mais toutes habillées à la dernière mode, de celles qui se mettaient du rouge à lèvres carmin et roulaient leurs jupes jusqu'au ras des fesses dès qu'elles quittaient la cour d'école – auraient désormais la responsabilité de veiller à ce que la classe sente bon. La sueur ruisselait aux creux des aisselles de Maja et formait de grands cercles foncés sous les manches de son chemisier de coton. Ça se produisait presque tous les jours et elle ne savait pas trop comment prévenir ce phénomène. Chez elle, dans la salle de bains, il n'y avait pas de déodorant. Et contrairement aux filles de sa classe, qu'elle avait vues sous les douches quand son école allait à la piscine, ni sa mère ni sa sœur ne se rasaient les aisselles. Tout en déclinant le verbe *pouvoir* à l'imparfait du subjonctif, tout en se laissant bercer par des règles grammaticales rassurantes parce qu'immuables, Maja pressentait que l'annonce de mademoiselle Robitaille la concernait personnellement.

Le lendemain, dès que la cloche a sonné la fin des classes, Josée et ses deux assistantes ont foncé vers la seule autre étrangère de leur groupe, une Française prénommée Aurélie.

— Tu pues, Aurélie, a lancé Josée avec l'air grave d'un policier sur le point d'arrêter un braqueur de banque. Tu nous dois deux piastres…

Maja s'est sentie à la fois soulagée – elle n'était pas visée par l'accusation – et outrée de constater que le trio ait ciblé précisément Aurélie, son unique amie dans la classe. Elle s'est précipitée en essayant de lui trouver des circonstances atténuantes, mais avant qu'elle puisse défendre Aurélie, Josée s'est tournée vers elle en disant :

— Toi, Maya, fouille dans ta tirelire, t'es la prochaine sur la liste.

Pétrifiée, Maja voyait les filles de la brigade des odeurs bouger leurs lèvres, mais c'était comme si on avait coupé le son, elle ne les entendait plus. Dans cette école pour filles où seules les deux étrangères avaient été jugées coupables du crime de mauvaise odeur, ce qui ne pouvait quand même pas être un pur hasard, elle venait d'être désignée comme une brebis galeuse, une intruse. Son amitié avec Aurélie n'était qu'un pis-aller, elles se fréquentaient parce qu'elles n'avaient pas le choix et étaient parfaitement lucides sur ce point. Quand elles les voyaient se diriger vers leurs casiers, avec leurs vêtements de gamines et leurs anoraks épais, alors que la mode était aux manteaux maxi plastifiés et sans doublure, les autres élèves pouffaient de rire pour des raisons qui échappaient à Maja et Aurélie. Elles étaient les dernières sélectionnées dans les équipes de ballon-chasseur ou de handball, les dernières invitées aux soirées dansantes dans quelque sous-sol de bungalow, quand elles étaient invitées tout court. Et maintenant, il y avait cette condamnation publique, ce regard qui les refoulait au rang de parias, de filles mal lavées.

Elle a bien essayé d'écrire tout ça à Basia, mais c'était trop honteux, trop humiliant, trop tout. Ce qu'elle venait de vivre ne se racontait pas.

À partir de ce jour-là, Maja a dépensé tout son argent de poche en produits d'hygiène personnelle : des crèmes dépilatoires ou des rasoirs pour femmes, des rince-bouche, des déodorants en talc, en bâton ou en aérosol, fleurant le lilas, la pomme verte ou le muguet, appliqués sur les aisselles ou dans l'entre-jambe. Malgré tous ses efforts, elle était convaincue que son odeur la suivait partout, qu'elle lui collait dessus comme une seconde peau impossible à arracher.

⁂

Sur la scène, Alice Cooper balançait une montre en assurant qu'il allait ainsi pouvoir hypnotiser la foule. Jacek et Maciek étaient allés ensemble voir ce spectacle de musique rock au stade Crosley Field. Les groupes s'enchaînaient : Grand Funk Railroad, The Stooges. Autour d'eux, la foule hurlait : *We are an American band.* Dans l'assistance, beaucoup de robes fleuries, des barbes, des tuniques indiennes et des sandales en cuir.

Au début, Jacek sautait et chantait comme les autres, comme Maciek et ses copains, comme les filles qui les avaient accompagnés. Jacek était particulièrement content parce que Frances, une adolescente aux seins discrets et au regard doux, lui avait demandé s'il allait au concert ce jour-là. Et elle avait souri quand il avait dit oui. Ça indiquait forcément qu'elle s'intéressait à lui ! Tout en se laissant emporter par la musique, Jacek ne pouvait pas s'empêcher de balayer la foule du regard, dans l'espoir d'apercevoir la silhouette gracieuse de Frances.

Le temps passait, les chansons se succédaient, Frances était introuvable, la foule était compacte, les vapeurs de marijuana flottaient au-dessus de leurs têtes. Puis, un gars que Jacek connaissait vaguement, il l'avait déjà vu dans l'entourage de son frère, lui a tendu un comprimé rond de couleur jaune.

— Tiens, Jack, essaie ça…

Juste au moment où il venait de dire non, merci, Jacek a aperçu son frère se frayer un chemin au milieu de la foule pour s'éloigner de la scène, en tirant une fille par la main. Elle portait une minijupe en jean et des sandales à plateforme. Elle marchait en ondulant, sans lâcher Maciek des yeux. C'était Frances.

Jacek a frappé l'épaule de son voisin. Il a fait des signes indiquant qu'il avait changé d'idée, pour le comprimé. Le gars a ri, tiens, tiens, tu n'es pas aussi sage que je l'avais cru. Il a hurlé :

— Ouvre la bouche, Jack !

Jacek a eu de la peine à le comprendre, a pointé

son index sur son oreille, puis il a écarté ses lèvres et laissé le comprimé fondre sur sa langue. Quelques minutes plus tard, tout s'est embrouillé. La musique l'agressait soudainement, tout était trop intense : les sons, les couleurs. Il fallait qu'il parte, qu'il sorte de là, il n'arrivait plus à respirer, il allait mourir.

Quand il a repris conscience, il était couché sur son lit, ses parents penchés au-dessus de lui, l'air soucieux, il avait la bouche sèche et ses tempes battaient comme si sa tête allait exploser. Pendant un moment, il a eu de la peine à se souvenir de son nom.

Perdre ses clés

C'était comme si ses clés s'étaient évaporées. Ewa a fouillé dans les poches de son jean, dans sa veste en daim bordée d'une longue frange, dans tous les recoins du fourre-tout qui lui servait de sac à main, les clés ne se trouvaient nulle part.

Peut-être étaient-elles tombées entre les sièges du cinéma où elle venait de voir, avec son amie Francine, le film *Red* de Gilles Carle – l'histoire bouleversante d'un Métis injustement accusé du meurtre de sa demi-sœur. Plus tard, elles avaient été prendre un verre dans une ancienne taverne transformée en bar, au centre-ville : peut-être Ewa avait-elle égaré ses clés là-bas, en allant aux toilettes, par exemple ? Ou alors, et c'était le pire scénario, peut-être que le trousseau était resté sur la banquette de la décapotable qui s'était arrêtée pour les embarquer quand elles avaient levé le pouce, après avoir quitté le bar.

Elles avaient attendu une demi-heure, et commençaient à désespérer quand une auto avait freiné bruyamment, puis reculé vers elles en soulevant un nuage de poussière.

Le conducteur était seul, il devait avoir une trentaine d'années, peut-être plus. Il avait accéléré brutalement, et les deux amies, serrées l'une contre l'autre sur la banquette avant, avaient été repoussées vers le dossier de skaï.

Dès qu'Ewa avait donné son adresse, les questions avaient fusé, comme toujours. T'as un drôle d'accent, tu viens d'où ? Tu t'appelles comment ? Et ton nom de famille ? Répète donc ça ? T'aimes-tu ça, le Canada ?

Cette curiosité avait beau être bienveillante, elle l'irritait. Ewa n'avait pas l'impression que sa manière de s'exprimer était très différente de celle de Francine, et pourtant, dès qu'elle ouvrait la bouche, tout le monde entendait qu'elle venait de loin.

Cette fois, le gars, qui s'appelait Sylvain, avait enfoncé une cassette dans le lecteur, et la voix de Steve Fiset avait rempli l'habitacle de l'auto. *Dans ma Camaro, je t'emmènerai sur tous les chemins d'été…* Puis il avait appuyé sur une commande, la toile du toit s'était dégagée, ils avaient quitté le centre-ville pour rouler sous un ciel d'encre, en grelottant.

Rue Royale, rue Saint-Georges, rue Sainte-Marguerite, côte Richelieu. Sylvain jetait de brefs coups d'œil vers ses passagères, Ewa ne pouvait pas s'empêcher de fredonner le tube envahissant, sa main droite était agrippée à la poignée de la portière, au cas où.

— Invitez-moi chez vous, les filles, la soirée est encore jeune et j'ai été pas mal fin, j'ai fait un détour pour vous, avait plaidé Sylvain quand l'auto s'était arrêtée devant le cottage de brique blanche.

— Pas possible, mes parents sont là, avait répliqué Ewa.

Sylvain avait insisté un peu, puis il avait disparu en faisant crachoter son moteur.

Ewa avait été soulagée de le voir repartir, mais si jamais il devait tomber sur ses clés, il pouvait toujours revenir, maintenant qu'il connaissait son adresse. Non, ça ne se pouvait pas, elle retournerait au cinéma le lendemain et elle les retrouverait, ses fichues clés.

Ses parents dormaient sûrement, elle ne voulait pas les réveiller en activant la sonnette. La dernière fois où c'était arrivé, elle avait eu droit à tout un sermon, à son âge, elle devait être responsable, respecter les autres, tout ça. Elle a fait le tour de la maison, testant les fenêtres, toutes fermées, puis, résignée à faire face à la colère de ses parents, à tout hasard, elle a sondé la poignée de la porte d'entrée. À sa grande surprise, elle n'était pas verrouillée. En refermant derrière Francine, qu'elle avait invitée à dormir à la maison, elle a entendu du bruit dans le salon. Ewa a pensé que ses parents avaient oublié d'éteindre la télé avant de se coucher – ils pouvaient bien lui faire la morale, lui reprocher sa distraction.

— Viens, je vais nous faire des *grilled cheese*, a proposé Ewa.

Un désordre inhabituel régnait dans la cuisine : la porte du lave-vaisselle était grande ouverte, des restants du souper traînaient sur la table de formica, une bouteille de 7UP sans bouchon finissait de s'éventer sur le comptoir brun. Mais que s'était-il donc passé ici?

Ewa a refermé le lave-vaisselle, a coupé d'épaisses tranches d'emmenthal, en a recouvert quatre morceaux de pain de seigle qu'elle a glissés dans le four allumé à *broil.*

— Surveille les *grilled cheese* pour qu'ils ne brûlent pas, a-t-elle lancé à Francine avant de se diriger vers le salon.

À sa grande surprise, Nina et Marek étaient là, ils se tenaient assis sur le divan vert forêt, les yeux rivés à l'écran, le corps penché vers l'avant, immobiles, comme hypnotisés. Devant eux, une lumière blafarde, des images de gyrophares, des policiers, une auto au coffre grand ouvert, des gens qui parlent les uns par-dessus les autres et une impression de fin du monde – ensuite les mêmes images de nouveau, en boucle.

Ewa voulait prévenir ses parents que Francine passerait la nuit à la maison, mais c'est à peine s'ils la voyaient.

— Oui, oui, c'est bon, a dit Nina en lui faisant signe de parler moins fort pour ne pas enterrer la télé.

Sa mère, qui venait pourtant d'arrêter de fumer, a pris une cigarette dans le paquet de Gitanes de Marek et, après avoir aspiré de toutes ses forces, elle a secoué la cendre directement sur la table basse, à côté du cendrier, puis elle s'est tournée vers son mari:

— Et toi qui disais qu'il ne se passait jamais rien au

Canada. Toi qui as insisté pour qu'on vienne ici parce que c'est un pays qui ne fait jamais parler de lui...

— Désolé, mais je ne suis pas un oracle, a rétorqué Marek, avant d'ajouter qu'il ne pouvait pas prévoir ce qui allait arriver, qu'il fallait dédramatiser, que les choses allaient s'arranger.

Nina a écrasé sa cigarette dans le cendrier métallique, puis elle a enfoncé un bouton et le mégot a tourné avant de disparaître. Elle s'est levée, s'est approchée de la fenêtre, a arraché les feuilles brunies d'une violette africaine posée sur une boîte renversée servant de support à plantes, avant de se tourner vers Marek.

— Comment ça, dédramatiser? Ils ont fait exploser des bombes, ils viennent de tuer un homme, un ministre, pour absolument rien, il ne leur a rien fait, je pense que c'est dramatique, qu'on a le droit de se demander ce qu'ils vont faire après!

Elle a poursuivi sa pensée après une pause durant laquelle elle a allumé une autre cigarette:

— Et s'ils se mettaient à tuer des immigrants, maintenant?

Marek a levé les yeux au ciel, puis il s'est dirigé vers la télé en disant:

— C'est assez, allons nous coucher.

— Mais qu'est-ce qui se passe? a demandé Ewa.

— C'est le FLQ. Ils ont tué ce ministre qu'ils avaient kidnappé. Mais ne t'inquiète pas, tout va s'arranger.

Les deux amies ont monté en titubant l'escalier

menant à l'étage. Un léger ronflement s'échappait de la chambre de Maja.

— J'ai besoin d'air, a dit Francine en ouvrant la fenêtre de la chambre d'Ewa.

Ewa a aspiré la brise fraîche, laissant son regard flotter sur la rue sans trottoirs bordée de maisons semblables à la sienne, avec leurs murs de brique blanche, leurs garages et leurs *bay-windows.* Puis elle s'est rendu compte que les téléviseurs clignotaient de leurs lueurs froides chez tous leurs voisins.

Les deux amies se sont assises sur le tapis crème, Ewa a fouillé à tâtons dans le tiroir de sa table de chevet, d'où elle a tiré des bougies et des allumettes.

Les mots de Marek ont mis du temps à se frayer un chemin dans leur esprit. Quoi? Un ministre avait été assassiné? Et pendant ce temps, elles avaient passé leur samedi soir à boire de la bière avec deux gars qui se disputaient pour savoir si Jacques Brel était meilleur que Léo Ferré, ou encore si Félix Leclerc valait mieux que Gilles Vigneault. Décidément, elles avaient le don pour passer à côté des grands événements historiques.

Ewa et Francine sont restées longtemps silencieuses, assises par terre à la lueur diffuse des bougies, incertaines de la signification de ce qui venait de se produire. Francine a brisé le silence en racontant que son tout premier amoureux, qu'elle avait connu au début de l'école secondaire, frayait maintenant dans les cercles du FLQ, du moins c'est ce qu'elle avait cru comprendre, elle n'était plus vraiment en contact avec lui. Saisie par un spasme de nausée, Ewa a couru vomir aux toilettes. Puis elles se sont étendues tout habillées sur son lit en essayant de chasser de leur esprit les images angoissantes de la télévision.

Avant de s'endormir, Ewa a promené ses doigts sur le tissage de paille accroché au-dessus de sa tête – identique à celui qui surplombait son lit à Varsovie. Elle a pensé que même si elle voulait raconter tout ça à Monika, ne serait-ce que cette seule soirée d'octobre, elle ne saurait quels mots employer. Il lui faudrait remplir des pages et des pages pour expliquer toutes les couches de sa nouvelle réalité, qui lui faisait penser à un oignon qu'on épluche, une pelure à la fois. Au début, c'était facile d'écrire des lettres remplies de premières impressions et d'anecdotes cocasses. Mais après les premières tempêtes de neige, la première Halloween et la première cabane à sucre, après les premières rencontres, forcément superficielles, après ça, il y avait la vraie vie, avec toutes ses nuances, ses pelures superposées.

Elle a regardé Francine, son visage large constellé de taches de rousseur, qui lui a souhaité bonne nuit avant de se tourner vers le mur. Ce soir-là, avant qu'elles ne soient interrompues par monsieur Brel et monsieur Ferré, inspirée sans doute par le film qu'elles venaient de voir, son amie lui avait raconté que sa grand-mère maternelle était une Attikamek qui habitait la réserve de Manouane. Francine avait baissé la voix comme si elle était gênée ou qu'elle lui confiait un secret.

— Je ne vais pas la voir souvent, mais si tu veux, Ève, un jour tu pourrais venir avec moi.

Bien sûr qu'elle voulait !

Avant de s'assoupir, Ewa a pensé à tout ce qu'elle avait partagé avec Francine au cours des derniers mois. Le séjour à Toronto. La sortie en raquette derrière la maison au milieu d'une tempête de neige. Un voyage sur le pouce jusqu'à Québec. Les samedis soir au bar. Des heures à écouter de la musique dans la chambre de l'une ou de l'autre. Et maintenant, cette crise politique incompréhensible. Elle avait dix-huit ans, était sur le point de prendre des décisions qui influenceraient le reste de sa vie, et Monika, sa vieille amie, son âme sœur, celle qui la connaissait depuis toujours, n'était pas là pour avancer à ses côtés. Monika lui manquait, bien sûr. Mais en même temps, deux années avaient suffi pour qu'Ewa ait parfois l'impression d'avoir plus en commun avec Francine. Elle s'est demandé si ça la rendait triste, mais elle s'est endormie avant de trouver la réponse.

L’odeur du romarin

La première fois où elle avait visité le kibboutz, au printemps suivant leur arrivée en Israël, Basia avait été emballée à la perspective de construire quelque chose de ses mains. Elle qui avait toujours vécu le nez dans les livres – c’est à peine si elle savait enfiler une aiguille ou planter un clou – avait découvert le plaisir de labourer, creuser, planter, transporter des caisses d’olives, d’oranges ou d’avocats. Et elle avait eu cette image d’elle-même : en salopette ample, les bras hâlés, les ongles noircis, le front maculé de la terre qu’elle aurait remuée pendant des heures.

Elle venait de terminer ses cours d’hébreu et n’avait aucun plan pour la suite. Depuis son départ de Pologne, elle avait toujours eu des obligations, un horaire : elle devait apprendre l’italien, travailler, faire les valises, défaire les valises, apprendre l’hébreu, cinq heures par jour, cinq jours par semaine.

Et là, le temps s’étalait devant elle, vide de toute contrainte. Elle ne se voyait ni faire son service militaire ni reprendre ses études interrompues depuis presque deux ans. Elle avait vingt ans et son avenir était une page vierge.

Quelques semaines après leur arrivée en Israël, sa mère avait écrit à Rivka, la parente éloignée de Nina qui avait émigré en Israël au milieu des années 50 avec son fils Gabriel, et qui s'était depuis établie à Haïfa, dans le nord du pays.

Quand elle a trouvé le temps de leur rendre visite, à la fin de l'hiver, Rivka était seule, sans Gabriel qui habitait un kibboutz, en Galilée.

— Basia devrait aller visiter le kibboutz au printemps, après l'Oulpan, avait suggéré Rivka. Je vais en glisser un mot à Gabriel.

Basia a repensé à cette proposition un soir d'avril, alors que Pola et Andrzej n'en finissaient plus d'insister pour qu'elle s'inscrive à l'université, en biologie, comme avant, ou dans n'importe quel domaine, n'importe quoi plutôt que de flotter sans direction, telle une feuille au vent.

— C'est tout réfléchi, je vais aller au kibboutz, leur a-t-elle lancé, en partie parce qu'elle en avait vraiment envie, en partie pour mettre fin à leurs pressions.

Trois semaines plus tard, elle a pris le bus jusqu'à Tel-Aviv, où Gabriel l'attendait dans une gargote près de la gare. Il lui a offert un café noir et dense, parfumé à la cardamome, puis l'a fait monter dans un *pick-up* rouillé et ils ont longé la mer avant de bifurquer sur une route plus étroite, tranchant à travers la vallée.

Ils ont mis un moment avant de démêler les liens entre Gabriel et la famille d'Ewa et Maja.

— En fait, ma mère est la cousine de leur grand-mère, Lusia, a fini par préciser Gabriel.

— Donc, en fait, tu es de la génération de leur mère, Nina, mais beaucoup plus jeune qu'elle, c'est ça ?

— Oui, c'est ça. On peut dire cousin au deuxième degré ? Ou troisième ? En tout cas, je n'ai aucun lien de parenté avec toi !

Gabriel avait vingt-neuf ans, il avait quitté la Pologne quand il était encore un gamin, son polonais était truffé d'expressions enfantines et de termes hébreux. Basia s'exprimait encore difficilement en hébreu, trébuchant sur ses phrases dès qu'elle abordait un sujet un tant soit peu compliqué. Ils sont passés d'une langue à l'autre, hésitant, cherchant leurs mots, puis ils ont cessé de parler et se sont contentés de rouler les vitres baissées à travers les prés piqués de coquelicots. *California Dreamin* des Mamas and the Papas jouait à plein volume, ils chantaient par-dessus l'enregistrement et, quand le morceau était terminé, Gabriel rembobinait la cassette et relançait la chanson. Penchée par la fenêtre, Basia laissait le vent fouetter son visage. Il charriait des odeurs de romarin, de fleurs d'amandier et de terre chauffée par le soleil. Gabriel portait un pendentif en forme d'étoile de David et une camisole blanche qui découvrait ses biceps, et il était impossible de ne pas remarquer à quel point ils étaient parfaitement galbés.

Après une descente en pente douce, ils ont aperçu le lac de Tibériade, dont la surface plane scintillait d'un bleu intense, plus dense que le bleu du ciel. Ils ont longé le lac pendant une quinzaine de minutes, puis Gabriel a donné un coup de volant à droite, roulé sur un chemin de terre avant de garer le *pick-up* derrière un bosquet. Il a attrapé un sac de toile sur la banquette arrière puis s'est avancé sur un sentier menant vers la berge, en faisant signe à Basia de le suivre. Ils se sont installés sur une grande pierre plate, Gabriel a sorti des œufs durs, des saucissons, des cornichons et des tranches de fromage de son sac. Pendant une fraction de seconde, Basia a eu l'impression de reculer dans le temps, jusqu'à l'époque des pique-niques de son enfance dans les forêts tapissées de champignons.

— On se baigne ? a lancé Gabriel, et c'était moins une question qu'une affirmation.

Il s'est caché derrière un arbuste avant de réapparaître vêtu d'un maillot noir moulant. Basia a fouillé dans son sac à dos, s'est rendu compte qu'elle avait oublié son bikini, puis elle s'est résolue à plonger dans le lac vêtue de son t-shirt et d'une culotte. L'eau était fraîche, soyeuse, translucide.

Ils sont remontés dans la camionnette après s'être séchés sur la pierre chauffée par le soleil, puis ils ont emprunté une route sinueuse piquant à travers les collines recouvertes d'une forêt de conifères de plus en plus dense.

— Tu vois ces arbres ? Ce sont des pins de Jérusalem, a indiqué Gabriel, et Basia a pensé qu'il prenait son rôle de guide vraiment au sérieux.

Après un virage en épingle, Gabriel a remis le magnétophone en marche, ils ont chanté ensemble encore une fois, cette fois avec douceur, sans essayer d'enterrer The Mamas and the Papas. Basia a fermé les yeux, elle n'avait plus besoin de regarder, c'était comme si sa peau avait absorbé le paysage.

Après avoir manœuvré avec précaution dans la descente abrupte menant au bâtiment d'un étage où logeait le centre administratif du kibboutz, Gabriel a posé sa main sur le genou de Basia en disant :

— Tu sais, je suis marié.

Elle a pensé que cette déclaration était fondée sur une présomption – celle qu'il lui plaisait – et elle l'a trouvé sûr de lui, à la limite de l'arrogance. Mais qu'est-ce qu'il s'imaginait, franchement ? Elle n'a rien répondu, mais a eu le réflexe de placer sa main sur celle de Gabriel. Ils sont restés comme ça pendant une trentaine de secondes, peut-être plus, ils regardaient devant eux sans rien dire, puis leurs mains se sont séparées et Gabriel a éteint le moteur.

⁂

Quand Basia est retournée au kibboutz, six mois plus tard, cette fois avec l'intention de s'y installer, Gabriel est venu la chercher à l'arrêt de bus, au village, mais il s'est montré distant, à la limite de la froideur.

— Tu vas dormir dans le dortoir des visiteurs,

comme au printemps, jusqu'à ce qu'on t'aménage une chambre dans la maison des célibataires, lui a-t-il dit en la laissant porter sa valise.

Puis il a précisé que le dîner serait servi à la cantine à l'heure habituelle et qu'ils se verraient plus tard, au repas.

Le dortoir comptait huit lits, dont deux étaient visiblement occupés : leurs draps avaient été défaits, des serviettes séchaient sur des crochets fixés au mur.

Basia a choisi un lit libre longeant le mur du fond, a rangé ses vêtements dans une commode de deux tiroirs qui allait aussi lui servir de table de chevet. Elle a laissé ses livres dans la valise qu'elle a repoussée sous le lit. Puis elle a regardé autour d'elle : elle avait beau avoir passé trois semaines dans cette même pièce, six mois plus tôt, rien ne lui semblait familier. Le plâtre pelait sur les murs, l'air était gorgé d'une humidité froide, la pluie de novembre s'abattait bruyamment sur le toit de tôle.

Elle a attendu que la pluie s'apaise avant de se diriger vers la cantine. En la voyant, Gabriel lui a fait signe d'approcher, il l'a saluée en hébreu et lui a présenté sa femme, Orly, une brunette au visage vif et aux traits pointus.

Ils ont mangé de la soupe au poulet accompagnée de pain pita. Pendant le repas, Orly lui a expliqué qu'elle était une descendante de Juifs hongrois immigrés en Palestine avant la guerre. Elle lui a aussi posé des questions sur sa famille. Pendant ce temps, Gabriel s'entretenait à voix basse avec son voisin de table, qu'il n'a pas pris la peine de présenter à Basia.

— Il y a une assemblée générale ce soir, dans le bâtiment administratif, a-t-il fini par lui dire. Viens, tu verras comment ça marche.

La pluie avait repris avec force, Basia est retournée vers la maison des visiteurs en courant, et cette fois, ses voisines l'y avaient précédée. C'étaient deux Allemandes, qui avaient l'air de deux adolescentes et qui s'appelaient Hannah et Katrin. Elles baragouinaient l'anglais et parlaient à peine hébreu. Elles ont fini par expliquer qu'elles faisaient partie de la jeune génération d'Allemands qui voulaient contribuer à la construction d'Israël, un peu par esprit d'aventure, mais aussi pour couper avec le sombre passé de leur pays.

En soirée, Katrin et Hannah lui ont prêté un parapluie et elles ont couru toutes les trois vers le bâtiment de brique rouge où la réunion venait de commencer. Une quarantaine de kibboutzniks étaient assis sur des bancs en bois. Premier sujet à l'ordre du jour : décider quelle formation suivrait Gabriel quand le kibboutz l'enverrait faire des études, en janvier.

Tout le monde parlait vite et Basia a eu de la difficulté à suivre la discussion. Elle a saisi que Gabriel souhaitait étudier en agronomie, mais que l'homme et la femme assis au pupitre à l'avant de la salle préféraient qu'il apprenne les bases de la gestion. Le kibboutz avait assez d'agronomes et pas assez d'administrateurs, surtout s'il voulait commercialiser ses produits, a-t-elle compris.

Pendant tout le débat, Orly tricotait nerveusement

et, au moment du vote, elle a été la seule à s'opposer aux deux propositions.

— Je pense que Gabriel est plus utile en restant au kibboutz, a-t-elle protesté.

Mais l'assemblée a fait la sourde oreille et la majorité a tranché en faveur d'études en gestion. En apprenant que Gabriel quitterait le kibboutz début janvier pour fréquenter une école commerciale de Tel-Aviv, Basia a ressenti un pincement de déception qu'elle a trouvé étonnant : après tout, elle n'avait pas pensé à lui depuis six mois, son absence ne changerait rien pour elle.

Au fil des jours, Basia n'arrivait pas à retrouver l'enthousiasme de son premier séjour. Tout était sombre et gris, des nuages lourds plombaient le ciel, l'humidité suintait des murs dans les maisonnettes de béton ocre ou gris, avec leurs toits plats et leurs appentis en tôle.

Le kibboutz était en train d'agrandir sa plantation d'avocatiers, et Basia avait espéré rejoindre l'équipe qui enfouissait les nouveaux plants dans le sol, veillerait à ce qu'ils s'enracinent bien, surveillerait leur irrigation. Mais trois jours après son arrivée, on lui a assigné sa première tâche : elle assurerait le quart de fin de journée à la maison des enfants, autrement dit, elle serait une éducatrice, une *metapelet*. Le matin, elle nourrirait les poules et ramasserait les œufs qu'elle rapporterait à la cuisine collective, pour le petit-déjeuner.

Au début, tout l'irritait : le travail qu'on lui avait confié, le temps maussade, les cris des enfants qu'elle peinait à comprendre, puis l'absence de Gabriel, mais ça, elle osait à peine se l'avouer. De toute façon, il était beaucoup plus vieux qu'elle, il était marié, elle n'allait quand même pas s'amouracher de lui !

Avec le temps, Basia a fini par se mouler dans les deux rôles qui lui avaient été attribués. Au moins, elle n'avait pas été nommée à la salle des vêtements, où elle aurait dû rapiécer des montagnes de chemisiers et de shorts beiges taillés dans du coton rugueux. Ou à la cuisine, où elle se serait esquintée à accomplir des corvées ennuyeuses et répétitives, comme couper les tomates, les concombres et les oignons en cubes minuscules pour la salade quotidienne.

Elle s'est surprise à savourer ces matins où, alors que les collines s'éclairaient peu à peu et que la rosée s'évaporait sous les premiers rayons du soleil, elle était seule au milieu de *ses* poules. Elle les observait avec fascination, constatait combien elles étaient différentes les unes des autres, par leur apparence, mais aussi par leur comportement et leur personnalité. Basia s'est prise d'affection pour une poule au plumage roux et blanc, au cou dégarni, ce qui, a-t-elle appris en fouillant dans un livre de la bibliothèque du kibboutz, lui permettait de mieux résister aux canicules estivales. Cette poule était la première à accourir vers elle en caquetant dès qu'elle la voyait franchir la clôture du poulailler, comme si elle avait attendu ce moment toute la nuit.

Le soir, quand les enfants dont elle avait la charge – huit gamins âgés de quatre et cinq ans qui formaient le groupe des *Ariyot*, les Lions – rentraient de leur rencontre quotidienne avec leurs parents, certains joyeux, d'autres en pleurnichant, Basia les asseyait en cercle dans le dortoir et leur racontait les aventures de sa poule favorite, qu'elle avait surnommée Maja, et de ses copines du poulailler. Elle leur inventait une vie qui ressemblait à celle des enfants du kibboutz, avec leurs jeux et leurs rivalités. Peu à peu, ses histoires se sont complexifiées. Maja avait fugué, les autres poules étaient parties à sa recherche, elles ont trottiné jusqu'à la Méditerranée où elles ont pris le bateau pour l'Italie, une autre poule avait pondu un œuf magique qui permettait de transformer la boue en chocolat et le sable en meringues. Après l'histoire, les huit lions allaient se laver les mains et se brosser les dents, puis elle les bordait dans leurs lits, s'asseyait sur une chaise au bout du dortoir et se laissait bercer par le concert de reniflements jusqu'à l'arrivée de la *metapelet* de nuit.

Six mois après son arrivée, Basia était parfaitement rompue à la vie du kibboutz. Elle y avait célébré sa première fête de Hanoukka, passé des heures à jouer au jeu de *sevivon*, où le gagnant remporte une mise de friandises et de chocolats dans une explosion de cris de joie. *Sevivon sov sov sov*, tourne-tourne-tourne, chantaient-ils en chœur avant de lancer la toupie à quatre côtés. Puis ils se croisaient les doigts pour qu'elle tombe du côté de la lettre *guimmel*, celle qui permet de ramasser le magot.

Elle se délectait des repas du vendredi soir, quand tout le monde se rassemblait autour d'un plat de poulet. Après, ils allumaient un feu sur un terrain vague derrière le centre administratif, les étoiles scintillaient au-dessus des collines, et ils chantaient *Yeroshalaim pays d'or, de cuivre et de lumière.* Elle aimait tout autant les samedis matin paresseux où la vie se déroulait au ralenti, si bien qu'on pouvait prendre le temps de se resservir des crêpes au sucre ou des œufs brouillés accompagnés de grands plats de fruits frais.

Pour la fête de Pourim, le kibboutz avait organisé un spectacle où les enfants étaient déguisés en fonction du nom donné à leur groupe. Basia avait aidé ses lionceaux à fabriquer leurs masques, leurs queues et leurs crinières. Avant la Pessah, tout le kibboutz s'était lancé dans le nettoyage des étagères et des planchers, partout on secouait les tapis, on changeait les draps, pour chasser le moindre grain de blé. Cet élan de ménage collectif était étrangement libérateur.

Basia découvrait des coutumes dont elle ignorait tout, et pourtant, c'étaient celles dans lesquelles avaient grandi ses ancêtres. Elle savait que ses grands-parents s'étaient libérés du carcan de la religion et avaient jeté ces rituels par-dessus bord. Mais au kibboutz, ces traditions n'avaient rien de contraignant. Au contraire, elles étaient joyeuses, comme un jeu ou une danse. Pour Basia, tout était nouveau, mystérieux, envoûtant. D'une fête à l'autre, elle avait le sentiment de renouer un fil cassé, comme si elle avait retrouvé une valise égarée depuis deux générations et qu'elle y puisait des trésors oubliés.

Au mois de mai, Basia a pleuré de joie quand

l'assemblée plénière a voté son admission à titre de membre en règle du kibboutz. Avec les chaleurs qui s'accentuaient, elle profitait de ses temps libres pour plonger dans la piscine toute neuve, avant d'arracher quelques feuilles de menthe dans une platebande pour les faire infuser dans l'eau qu'elle faisait bouillir sur un réchaud. Installée sous un parasol, elle savourait son infusion de *nana* en fixant l'horizon, par-dessus l'eau bleue de la piscine, au-delà des couronnes délicates des avocatiers, plus loin que les collines ondoyantes. Tout son corps, des papilles gustatives jusqu'au bout des orteils, lui disait qu'elle était chez elle, ici, maintenant, qu'elle appartenait à ce décor, à ce paysage.

Quand Gabriel est rentré au kibboutz, à la fin juin, avec son diplôme en poche, il a été frappé de voir combien Basia avait changé. Elle s'était légèrement arrondie, son corps avait pris de la vigueur; elle qui avait l'habitude de couper ses cheveux plutôt courts les laissait maintenant descendre jusqu'à ses épaules, mollement retenus par un bandeau blanc. Sa peau avait hâlé au soleil, ce qui faisait ressortir ses yeux bleus qu'elle ne maquillait plus.

Un jour de canicule, alors qu'elle poussait un gamin sur la balançoire en chantonnant en hébreu, Basia a surpris Gabriel qui l'observait, depuis le banc qui faisait face à la maison des enfants. Quand leurs regards se sont croisés, elle a baissé les yeux, replacé ses cheveux derrière ses oreilles. Quand elle a relevé la tête, Gabriel la regardait toujours, avec un sourire timide qu'elle ne lui avait jamais vu.

Quelques jours plus tard, à l'aube, alors qu'elle passait devant la maison de Gabriel et Orly en rentrant du poulailler, elle l'a aperçu à la fenêtre qui la saluait de la main.

Il l'a rattrapée deux minutes plus tard. Elle a sursauté quand il a effleuré son bras. Il a saisi le panier rempli d'œufs tout frais en disant: «Donne, je vais t'aider à le porter.»

Échos du passé

Ils avançaient doucement sur le tapis de feuilles qui bruissait sous leurs pas. L'air était saturé de brume matinale, les gouttes de rosée perlaient sur les aiguilles des sapins et des épinettes. Marek sentait l'humidité s'infiltrer sous sa chemise de chasse, descendre entre ses omoplates, ruisseler dans son dos.

C'était un de ses collègues, Jean-Claude, professeur de statistique, qui lui avait proposé de l'initier à la chasse. Il ouvrait la marche, écartant les branches, s'arrêtant parfois à l'affût d'un mouvement furtif, d'un frémissement de l'air. Deux autres chasseurs les suivaient, avec leurs fusils, leurs ceintures remplies de munitions et leurs brassards orange vif.

Ils se sont arrêtés au bout du sentier étroit : à partir de là, ils feraient une battue à travers la forêt touffue, marcheraient à une cinquantaine de mètres les uns des autres. Marek a vu les trois autres chasseurs disparaître entre les arbres. Il a pris une grande inspiration, replacé son fusil de calibre 12 sur son épaule et s'est enfoncé dans la forêt.

Le temps avait disparu, il n'y avait plus que lui, les arbres et les perdrix qui se terraient dans des enchevêtrements de racines ou au creux des branches sans qu'il les voie. Il a sursauté quand il a entendu le vrombissement d'ailes caractéristique, suivi de deux coups de feu qui semblaient provenir de la portion du terrain couvert par Jean-Claude. Puis l'écho des tirs s'est estompé et le silence est retombé sur la forêt.

Il avait l'impression de marcher depuis toujours, s'arrêtant tous les vingt pas pour observer autour de lui. La veille, il avait crâné, annoncé à Nina qu'il rapporterait le souper, elle n'avait pas à se soucier du menu, juste à trouver de bonnes recettes de gibier. Mais là, il marchait depuis une éternité, et le seul animal qu'il avait aperçu était un tamia qui s'était enfoncé dans les ronces en le voyant.

Puis il a levé la tête et la perdrix était là, juste devant lui, perchée sur le tronc d'un arbre mort, volatile dodu à la poitrine striée de gris et de brun qui le fixait avec défi, comme s'il lui disait : vas-y, tire, tue-moi si tu en es capable.

Bien sûr qu'il en était capable, c'est pour ça qu'il était venu, ce n'était qu'un animal, un simple oiseau de la forêt. Marek a armé son fusil, il l'a pointé sur la perdrix qui se tenait immobile sur son tronc, comme si tout ça ne la concernait pas.

Il s'est déplacé légèrement vers la gauche, pour mieux la viser, l'oiseau le fixait toujours, imperturbable.

Et là, dans les yeux de la perdrix, il a vu, vraiment vu, le regard de sa mère. Il tenait toujours la crosse du fusil appuyée contre son épaule, il respirait fort, un goût amer est remonté dans sa gorge, puis une image a ressurgi dans sa mémoire. Celle de sa mère quand elle l'avait conduit chez des gens qu'il ne connaissait pas, il avait tout juste dix ans, ils lui ont dit d'avancer dans le couloir, lui ont tendu la main, il s'est retourné, sa mère a essuyé le bout de son nez avec sa paume, elle lui a dit que tout irait bien, qu'elle reviendrait le chercher un jour, bientôt, que dorénavant il devait se souvenir qu'il ne s'appelait plus Jakub, mais Marek, c'était mieux comme ça. Elle le regardait comme elle ne l'avait jamais regardé auparavant. Puis elle a répété qu'elle reviendrait, elle s'est retournée brusquement, et il ne l'a plus jamais revue.

Qu'est-ce que cette perdrix avait à le regarder comme ça, avec les yeux noirs de sa mère ? Marek s'est adossé contre un arbre, il a essayé de calmer les battements de son cœur, il a déposé son fusil, l'a braqué à nouveau, ses mains tremblaient, il n'y arriverait pas.

Puis il a levé son fusil vers le ciel, il a tiré et la perdrix s'est envolée.

— J'en ai vu une, perdrix, mais je l'ai ratée, a-t-il dit quand il a retrouvé ses amis, de retour sur le sentier.

Puis il a ajouté :

— La prochaine fois, je viserai mieux.

⁂

Assis en face de Nina, le consul adjoint de la République populaire de Pologne triturait des papiers tandis que sa cigarette se consumait dans le cendrier rempli de mégots. Elle avait fini par obtenir ce rendez-vous après plusieurs essais infructueux. Elle s'était levée à cinq heures du matin, alors qu'il faisait encore nuit, avait fait chauffer les rouleaux pour faire vaguer sa coiffure, repassé sa chemise de soie bleue, lissé son veston blanc, mis du cache-cernes sous ses yeux et du rouge à lèvres rose, coordonné avec la couleur de son vernis à ongles.

Elle avait roulé jusqu'à Montréal seule, s'agrippant au volant chaque fois qu'elle devait changer de voie sur l'autoroute. Elle s'était trompée de sortie sur la Métropolitaine, avait failli emboutir une Mercedes noire en se garant devant le consulat. Énervée, Nina avait pris un moment pour replacer ses cheveux et remettre du rouge à lèvres, en se regardant dans le rétroviseur. Puis elle avait patienté pendant plus de deux heures dans la salle d'attente aux murs lambrissés. Un portrait du nouveau dirigeant de la Pologne, Edward Gierek, trônait sur le mur en face de la porte, surplombant une série de photos de la troupe folklorique Mazowsze.

Des formulaires de demande de visa étaient disposés sur un bureau, au milieu de la salle d'attente, et trois jeunes adultes, des Québécois, d'après leur accent, les remplissaient en se consultant pour s'assurer qu'ils donnaient les mêmes réponses.

Une employée pendue au téléphone depuis une éternité a finalement raccroché, elle a fait glisser le panneau de son guichet et fait signe à Nina d'approcher.

— Suivez-moi, a-t-elle lancé sur un ton abrupt avant de se diriger vers l'escalier qui menait aux bureaux du consul et de son adjoint.

L'homme assis devant Nina devait avoir dans la mi-cinquantaine, ses doigts étaient jaunis par le tabac, il avait les joues flasques, le teint gris et les paupières tombantes.

Il la dévisageait, et ses lèvres étaient relevées dans un sourire ironique.

— Donc, vous nous demandez un visa pour aller en Pologne.

— Oui, monsieur le consul adjoint, a dit Nina, qui essayait de camoufler sa nervosité en s'exprimant lentement, d'une voix inhabituellement basse. Comme je viens de vous l'expliquer, mon père est très malade, j'aimerais le revoir avant qu'il meure.

— Hum... Vous savez, *pani* Gutkowska, dans votre cas, je n'ai pas le pouvoir de décider. Pour les gens partis avec le document de voyage, comme vous, c'est Varsovie qui tranche. Je leur enverrai une demande par télex, vous devrez être patiente.

Nina s'est levée de sa chaise, s'est rassise, elle a parlé vite, enchaînant les mots sur un ton trop aigu, regrettant immédiatement de s'être montrée aussi émotive.

— Mais voyons, je croyais que vous l'aviez déjà envoyée, cette demande. C'est ce que votre secrétaire m'a dit au téléphone, il y a déjà deux semaines !

Mais le consul adjoint était inflexible. Nina avait l'impression d'être assise en face d'un chat qui se jouait d'elle comme d'un moineau tombé entre ses griffes. Comme ce chat dans la cour, autrefois. Tout sonnait faux chez lui, tout indiquait qu'il s'en fichait, de sa demande de visa. Pire : qu'il se délectait de la voir quémander ce privilège, celui d'aller voir son père mourant dans son pays natal.

Nina a senti une bouffée de colère se répandre dans sa poitrine, des coups assourdissants résonnaient à ses tempes, elle avait une furieuse envie de saisir le cendrier de verre noir et de le projeter sur un mur ou sur la tête du diplomate, ou alors sur l'aigle polonais suspendu au-dessus de son bureau.

Elle a continué à argumenter, supplier, quémander, encore et encore. De temps en temps, elle baissait le regard et examinait ses ongles roses, comme si elle pouvait y puiser du courage. Puis elle relevait la tête et reprenait son plaidoyer.

Mais rien à faire. Le consul adjoint a mis un terme à la rencontre en lui disant :

— Je vous téléphonerai personnellement quand j'aurai reçu la réponse de Varsovie, vous pouvez compter sur moi.

Son expression indiquait au contraire que Nina ne pouvait compter sur personne.

Puis le consul s'est levé pour l'escorter jusqu'à la porte, lui tendant une main moite qu'elle a serrée en réprimant un haut-le-cœur.

Dix jours plus tard, Nina a reçu un télégramme

de sa mère, lui annonçant que son père était au plus mal. Quand elle a réussi à la joindre au téléphone, le surlendemain, c'était fini. Stefan, ce père qui s'était volatilisé alors qu'elle était toute petite, qui avait été enfermé dans sa prison de Sibérie, ce père qu'elle avait rarement vu seul, depuis son retour, qui était toujours accompagné de sa femme russe que Nina n'a jamais su apprécier, ce père à qui elle n'avait jamais osé demander de le rencontrer en tête-à-tête, juste elle et lui, venait de partir pour de bon, emportant avec lui toutes leurs occasions ratées. Et elle n'avait même pas pu lui dire au revoir.

Pourquoi l'en avait-on empêchée ? Mais qu'est-ce qu'elle *leur* avait donc fait ? Jamais elle ne pourrait le comprendre. Ni le pardonner.

Choisir

L'odeur des biscuits aux pépites de chocolat s'échappait de la cuisine. La petite Julia rebondissait dans son Jolly Jumper en lançant des cris aigus, le soleil propulsait ses éclats à travers le rideau ajouré du salon. Teresa était assise, le dos appuyé contre le dossier du divan, et tout en écoutant Heniek elle se disait que les bordures du rideau s'étaient effilochées, qu'il faudrait bien qu'elle les répare.

Calé dans un fauteuil à bascule en cuir brun, Heniek ponctuait ses phrases de raclements de gorge.

— Tu pourrais venir travailler avec moi, à la Cincinnati Brake Pads, ils ont besoin de quelqu'un de bien organisé pour s'occuper du suivi des commandes, des comptes à payer, de la paie. Tu serais parfaite et le patron a prévu un bon salaire, environ dix mille dollars par an. Si on mettait seulement la moitié de tes revenus de côté, dans deux ans, maximum trois, on pourrait acheter une maison.

Teresa s'est levée pour sortir les biscuits du four –

elle avait eu la recette de sa voisine Cynthia, qui lui donnait des cours d'anglais deux après-midi par semaine. La dernière fois, elles avaient parlé de cuisine *(roast, fry, bake, cake, cook, boil, stir, spread, shake...)* et c'est là que la conversation avait bifurqué vers les différentes techniques de préparation de biscuits.

Au fil des mois, Teresa avait fini par comprendre qu'elle ne devait pas s'attendre à ce qu'elle et Heniek soient invités chez leurs voisins – pourtant, ils les avaient bien accueillis chez eux, leur avaient servi un copieux repas de choucroute et de pierogis aux champignons ou aux pommes de terre. En Pologne, l'absence d'une invitation en retour serait interprétée comme un rejet. C'est ce qu'elle s'était dit, au début, que ses voisins américains ne les appréciaient pas vraiment. Comment feraient-ils pour se faire des amis, dans ce pays ?

Mais peu à peu, Teresa s'était intégrée à un réseau de voisines qui s'échangeaient des informations utiles à leurs tâches domestiques et éducatives, et parfois aussi des confidences plus intimes, autour d'un café ou d'un gin tonic. Cette ségrégation des sexes lui était étrangère, mais c'était mieux que rien, mieux que de passer de longues journées toute seule avec Julia.

Teresa a laissé les biscuits refroidir sur le comptoir et a repris sa place sur le divan. Elle a fait « hmmm, hmmm » en réponse à la suggestion de Heniek. C'était tentant : elle sortirait de la maison, gagnerait un salaire, deviendrait moins dépendante de son mari, ne ressemblerait plus à ses voisines dont la vie tournait autour de leurs bébés, du menu de leur prochain repas et de leurs problèmes de couple. Mais en même temps, elle se disait qu'elle n'y connaissait rien, à l'administration, et ne s'y était jamais intéressée.

Sa spécialité à elle, c'étaient les fourmis, plus particulièrement les moyens qui leur permettent de communiquer entre elles, d'informer leur communauté de la maladie de la reine, par exemple, ou d'un autre danger, en émettant des odeurs caractéristiques. Quand elle avait fait son stage aux États-Unis, au début des années 60, elle avait participé à une recherche sur ce sujet fascinant, et avait poursuivi cette exploration à son retour à l'Académie des sciences, à Varsovie.

Mais depuis, elle avait quitté la Pologne, elle était devenue enceinte vers la fin de leur séjour à Berlin et, une fois aux États-Unis, sa grossesse impossible à camoufler l'avait fait passer à côté d'un poste universitaire. Sa vie avait changé du tout au tout. Autant elle était heureuse d'avoir du temps pour s'occuper de sa maison et de la petite Julia, autant elle devait admettre que, souvent, elle s'ennuyait.

En acceptant l'offre de Heniek, elle dirait adieu à sa carrière scientifique, mais elle sortirait aussi de son isolement. Elle a pensé qu'elle y trouverait un autre avantage : elle pourrait garder un œil sur son mari, vérifier s'il recevait toujours des lettres de Sabina. Puis elle a eu honte de cette pensée et l'a chassée de son esprit.

Julia a commencé à pleurnicher et Teresa s'est levée pour l'extirper de son siège rebondissant. Sa fille allait bientôt célébrer son premier anniversaire, elle pouvait embaucher une gardienne à domicile, on lui avait parlé d'une jeune Polonaise qui cherchait du boulot – comme ça, Julia ne perdrait pas sa langue natale. Sa petite fille si volontaire, avec ses yeux tellement noirs que sa pupille se confondait avec son iris, avec son regard qui semblait vouloir avaler le monde, ne souffrirait pas de passer quelques heures par jour avec une *babysitter.*

— Prends le temps d'y penser, a dit Heniek en se levant de son fauteuil, qui a continué à se balancer derrière lui. Tu sais, tu pourras toujours retourner à tes fourmis plus tard.

— Plus tard, ce sera trop tard, a répondu Teresa, irritée par son ton condescendant.

Elle a regardé dehors, comme si elle cherchait une réponse dans les rues bordées de sycomores dont les grappes de fleurs jaunes ombrageaient les maisons aux jardinières fournies.

— C'est bon, j'accepte. Mais pas tout de suite. Après l'été. Je veux encore passer un peu de temps avec Julia.

⁂

Elle venait de se rhabiller, avait enfilé sa culotte et ses collants, calé ses pieds dans ses bottillons à talon plat. Le verdict de la gynécologue était sans appel : elle était bel et bien enceinte.

— Vous êtes vraiment sûre ? Il n'y a pas de possibilité d'erreur ?

— Non, pas vraiment, pas à ce stade-ci.

Monika fixait la femme en sarrau blanc avec incrédulité. Des mots se bousculaient dans sa tête telles des chauves-souris se cognant au plafond d'une grange. Ils disaient : pas maintenant, pas déjà, je ne peux pas, je ne veux pas.

Voilà que la gynécologue la félicitait, sans avoir pris la peine de vérifier s'il s'agissait vraiment d'une bonne nouvelle. Pourtant, cette grossesse ne pouvait pas tomber plus mal. Monika venait de commencer sa troisième année d'université, où elle était inscrite au programme d'histoire, elle n'avait que vingt et un ans, habitait toujours avec sa mère et, surtout, elle ne fréquentait Jurek que depuis six mois.

Ils s'aimaient, c'était sûr. Ils avaient des tas de projets : une randonnée dans les Carpates, une escapade en canot en Mazurie, une vague idée de la comédie musicale qu'ils écriraient ensemble, elle le texte, lui la partition, ils avaient déjà commencé à en ébaucher la structure. Mais fonder une famille, s'occuper d'un bébé, devenir des adultes sérieux et responsables, ça ne faisait pas partie de leurs plans.

Elle a quitté le cabinet de la gynécologue dans un état second, pestant contre Jurek qui lui avait promis de faire attention, cette nuit-là. Puis elle a pensé que, si chaque homme qui avait juré de faire attention avait tenu sa promesse, l'humanité se serait éteinte depuis longtemps. Mais ce constat n'apaisait pas sa colère. Jurek n'avait pas pu ou su ou voulu faire les choses comme il faut, et c'était elle, Monika, qui en payait le prix. C'était sa vie à elle qui risquait de changer du tout au tout.

Peu de femmes de son entourage avaient déjà donné naissance. Il y avait Krysia, la voisine de l'entrée C, son petit Tristan était mignon comme tout, avec ses cheveux frisés et son teint chocolat au lait ; à deux ans, il était la coqueluche de la cour. Krysia éclatait de fierté quand elle le faisait marcher autour du pommier, la petite menotte de Tristan accrochée aux doigts longs et fins de sa maman. La jeune famille avait vécu pendant un an avec les parents de Krysia. Leurs tensions étaient impossibles à cacher : les disputes résonnaient à travers toute la cour. Le père de Tristan avait fini par rentrer chez lui, au Sénégal, quand le garçon avait eu un an. Krysia élevait son enfant seule, avec l'aide de ses parents. Le petit Tristan grandissait sans papa, comme l'avait fait Monika. Elle s'était toujours juré que, si elle devait avoir un enfant un jour, elle lui donnerait une vraie famille, avec des parents unis, un frère ou une sœur.

Une autre amie de la cour, Justyna, avait eu un « accident » elle aussi, ce qui l'avait forcée à se marier en vitesse puis à interrompre ses études pour gagner sa vie comme secrétaire dans une école primaire. Quand elle avait appris que Justyna était enceinte, Monika l'avait regardée de haut en se disant que, franchement, cette fille avait l'art de se mettre dans le pétrin. Et maintenant, Monika se retrouvait dans la même situation.

Pendant un moment, elle a pensé écrire à Ewa, peut-être qu'elle la comprendrait. Autrefois, elles se disaient tout. Mais là, Ewa était au bout du monde, elles ne s'étaient pas écrit depuis six mois, elle ne lui avait même pas parlé de Jurek, alors non, lui annoncer *ça*, ce cataclysme, ce serait trop brutal. De toute façon, le temps que la lettre arrive au Canada et qu'Ewa lui réponde, il serait déjà trop tard pour changer quoi que ce soit.

Surtout, Monika ne voyait pas comment annoncer la nouvelle à Jurek. Ils se connaissaient depuis si peu de temps... Peut-être ne devait-elle pas lui en parler du tout ? Il y avait des années que l'avortement était légal et gratuit en Pologne, elle n'avait qu'à prendre rendez-vous, elle n'avait besoin ni de sa permission ni de son opinion. Voilà. Chaque soir, elle se disait qu'elle appellerait la clinique le lendemain. Et chaque matin, elle remettait la démarche à plus tard.

Ils s'étaient rencontrés de la manière la plus banale qui soit : une soirée chez des amis. Jurek étudiait en mathématiques, mais il était également musicien, il jouait du piano, de la guitare. Il composait, aussi. Les mathématiques et la musique sont régies par des règles semblables, d'une certaine façon, elles se répondent, avait-il l'habitude de dire à ceux qui le questionnaient sur cette double passion.

Quand sa sœur Renata, inscrite à l'École d'art dramatique, lui avait demandé de créer l'habillage sonore de sa création de fin d'année, Jurek s'était pris au jeu, avait assisté aux répétitions, s'était imprégné de l'atmosphère surréaliste de la pièce. Une amie de Monika, Marta, était responsable des décors.

Marta avait la chance de disposer d'un appartement à elle seule, ses parents étant partis passer quelques mois à l'étranger. Après la représentation à l'auditorium de l'école, Renata, son frère Jurek, les comédiens et d'autres membres de la troupe avaient été invités chez Marta, avec quelques amis périphériques, dont Monika.

Elle avait eu un peu peur de détoner dans ce groupe d'artistes, ils l'intimidaient par leur exubérance, semblaient avoir tout vu et tout lu. En quittant l'école de théâtre, Monika avait commencé par se diriger vers chez elle, puis elle avait rebroussé chemin : elle n'allait quand même pas fuir chaque fois qu'elle avait une occasion de rencontrer des gens. Autant entrer tout de suite au couvent.

À son arrivée, la fête était déjà bien amorcée. Les haut-parleurs crachaient des chansons d'Ewa Demarczyk, un couple dansait au son de la *Valse brillante*, l'air était chargé de fumée, la flamme des bougies éclairait les bouteilles de bière et de brandy géorgien. Perchée sur un tabouret qui laissait ses pieds ballotter dans le vide, Monika a descendu une bière, en a décapsulé une deuxième, la buvait à petites lampées, pour se donner une contenance. Elle a balayé du regard la grande pièce qui servait de salon : à part Marta, elle n'y connaissait personne.

Puis elle s'est penchée vers une table basse pour saisir un canapé. En se relevant, elle a perdu l'équilibre, faisant basculer une assiette de harengs et de champignons marinés qui se sont éparpillés à ses pieds, parmi les éclats de porcelaine fracassée.

Elle s'est baissée pour ramasser les dégâts, mais Jurek, qui l'observait depuis un moment, a été plus rapide qu'elle. Leurs fronts se sont entrechoqués quand ils ont relevé la tête, presque simultanément. Il avait les cheveux aux épaules et un restant d'acné au-dessus de ses sourcils fournis, qui lui valaient le surnom de Brejnev et juraient avec ses traits par ailleurs délicats. Après avoir poussé les morceaux épars dans un porte-poussière, Jurek a pioché un bout de saucisson, s'est contenté de l'essuyer avec la manche de son pull et l'a enfoncé dans sa bouche.

Quand elle l'a vu faire, Monika lui a lancé :

— Belle méthode pour faire du ménage.

Ils ont ri et poursuivi la conversation sur deux chaises de bois, puis appuyés sur la table de la cuisine, calés au fond d'un divan de velours élimé, sur le balcon et enfin dans la rue, où ils ont marché jusqu'au petit matin, n'en finissant plus de se reconduire mutuellement jusqu'à leurs maisons respectives qui n'étaient situées qu'à une quinzaine de minutes l'une de l'autre. Comment ne s'étaient-ils jamais remarqués auparavant ?

Il faisait déjà jour quand Monika a gravi en courant l'escalier vers l'appartement où Sabina l'attendait en sirotant son café, enveloppée dans un peignoir de velours bordeaux. Ignorant son regard lourd de reproches, Monika a couru vers sa chambre, dont la fenêtre donnait sur la rue. Elle a eu le temps d'apercevoir Jurek qui se retournait pour lui envoyer un baiser avec la main. Elle a fermé les yeux pour mieux savourer cette évidence : elle et Jurek allaient se revoir.

Avant de se mettre au lit, Monika a ouvert la boîte de carton dans laquelle elle gardait les lettres d'Adam. Dans la dernière, qu'elle avait reçue deux mois plus tôt, il avait inséré une photo où il posait dans l'uniforme kaki de Tsahal, la main appuyée sur la crosse de son fusil-mitrailleur. L'image était en couleurs, Adam y apparaissait avec la peau plus basanée et les épaules plus massives qu'autrefois.

Campé solidement sur ses jambes devant ce qu'il décrivait, au dos de la photo, comme une baraque militaire, il irradiait une puissance physique que Monika ne lui connaissait pas. Ce n'était plus un garçon, ce n'était plus un ado efflanqué, mais un homme sûr de sa force, dont le sourire semblait défier la caméra. Comme s'il disait en la narguant : « Tu vois ? Ce type en uniforme, c'est moi. »

Monika avait senti son cœur se serrer quand elle avait constaté que « ce type » était devenu remarquablement beau. Ses yeux bleu clair contrastaient avec sa peau hâlée. Son ancienne nonchalance s'était transformée en aplomb. Monika avait devant elle la photo d'un homme franchement plus séduisant que Jurek. Mais ce n'était pas le garçon dont elle se souvenait. C'était, d'une certaine manière, un étranger. Elle avait remis la lettre dans la boîte en se disant qu'elle y répondrait bientôt. Mais chaque fois qu'elle s'installait à la table de la cuisine, mâchouillant son stylo, cherchant la bonne manière de commencer, les deux images, celle d'un garçon dégingandé et maladroit, et celle d'un militaire à la charpente athlétique, se superposaient, si bien qu'elle ne savait plus au juste auquel des deux elle s'adressait.

Quand elle a fini par lui écrire, elle se savait déjà enceinte, mais n'en avait encore parlé à personne. *Cher Adam, quelle photo, quelle mitraillette, incroyable, j'ai de la difficulté à te reconnaître. Quand vas-tu terminer ton service militaire? As-tu décidé ce que tu feras ensuite?*

Avant de refermer l'enveloppe, Monika y a inséré une photo d'elle-même, captée pendant une de ses soirées avec les amis comédiens de Jurek. Elle y apparaissait dans une robe noire moulante, avec de grands anneaux plaqués or en guise de boucles d'oreilles. Elle qui se maquillait rarement avait tracé un trait d'eye-liner sur ses paupières et recouvert ses cils de deux couches de mascara noir. Monika a scellé l'enveloppe en se disant qu'elle la posterait le lendemain. Puis elle a composé le numéro de Jurek. Ils se sont retrouvés en fin d'après-midi dans un café de la rue Nowy Świat. Elle a commandé un gâteau aux pommes et un thé au citron. Mais après une bouchée, elle a été saisie par la nausée. Elle a repoussé l'assiette, a inspiré profondément, puis elle a longuement tourné la cuillère dans sa tasse pour faire fondre le sucre. Jurek disait quelque chose, elle voyait ses lèvres bouger, mais les sons qui en sortaient étaient indistincts. Elle cherchait le bon moment pour lui annoncer la nouvelle, dire qu'elle était enceinte et qu'il fallait qu'elle se décide, ce qu'elle n'avait toujours pas fait. D'ailleurs, depuis quelques jours, elle ressentait un besoin nouveau, impérieux, surgi d'elle ne savait où: celui de serrer un bébé dans ses bras. Comme si cet être humain en formation, atterri par hasard ou par négligence dans son utérus, lui disait : je m'accroche, je veux vivre. Elle se sentait de plus en plus incapable de lui dire non.

— Si tu es enceinte, gardons le bébé, on s'organisera.

C'était comme si Jurek l'avait entendue penser. Il avait réagi exactement comme elle le souhaitait, sans oser se l'avouer. Monika a ressenti un élan de tendresse pour cet homme qui, elle en était sûre maintenant, serait exactement le père qu'elle espérait pour son futur enfant.

D'ailleurs, pensait-elle, il y avait de l'espoir en Pologne, le gouvernement avait investi dans la construction d'usines, de nouveaux immeubles. Son enfant, *leur* enfant, viendrait au monde au bon moment, ils pourraient peut-être même emménager dans leur propre appartement dans un avenir pas trop lointain. Quand Jurek a caressé sa joue de sa grande main à la peau douce et chaude, Monika a éclaté en sanglots. Elle a saisi une serviette de papier, s'est mouchée bruyamment, a pris une autre serviette, a tiré un stylo de son sac à main et a écrit : *Merci.* Puis elle a fait glisser le bout de papier vers Jurek.

⁂

Trois semaines plus tard, Adam a ouvert une enveloppe en provenance de Varsovie contenant la photo de Monika. En la voyant, il a ressenti une pointe de jalousie, comme s'il avait compris que le sourire de Monika s'adressait à la personne qui tenait l'appareil. Il y avait, dans ce sourire, quelque chose qu'il aurait aimé garder pour lui seul. En même temps, la jeune femme élégante de la photo ne correspondait pas au souvenir qu'il avait de l'adolescente aux manières brusques, avec son air d'écolière sage qui contrastait avec son côté garçon manqué, cette fillette qui camouflait sa fragilité sous ses bravades et qu'il avait un jour tenue par la main en faisant le tour de la patinoire de Torwar.

Il la regardait avec fascination, cette lumière au coin des yeux, d'où lui venait-elle ? Monika était radieuse, mais était-ce toujours *sa* Monika ? Ce n'était pas si important, de toute façon, ils avaient tous changé, il n'allait quand même pas vivre sa vie les yeux rivés sur le rétroviseur.

D'ailleurs, Adam venait de rencontrer Pnina, qui avait commencé son service militaire un an après lui ; une sabra aux yeux bruns avec des reflets verts, dotée d'un rire puissant et d'une vitalité débordante. Il suffisait de l'entendre s'esclaffer pour en tomber amoureux, se disait Adam. C'était d'ailleurs précisément ce qui lui était arrivé. *Pnina* signifie « perle » en hébreu, mais Adam trouvait qu'elle ressemblait plutôt à un diamant aux arêtes acérées, scintillant de tous ses feux. Adam avait trouvé la lettre de Monika en rentrant chez ses parents pour le shabbat. Son ton un peu sec l'a d'abord déçu, mais au fond l'a aussi libéré. Il a rangé la photo dans un coffret qui contenait toutes les lettres reçues depuis son départ de Pologne, quatre ans plus tôt. Le coffret débordait, il a dû l'entourer d'un élastique pour retenir le couvercle, avant de ranger la boîte dans un tiroir.

⁂

Quand, les deux yeux fermés, en un soir chaud d'automne,
Je respire l'odeur de ton sein chaleureux,
Je vois se dérouler des rivages heureux
Qu'éblouissent les feux d'un soleil monotone

Maja marchait vers l'arrêt de bus en répétant mentalement les vers de Baudelaire, se laissant porter par la mélodie des mots. *Qu'éblouissent-les-feux-d'un-soleil-monotone…*

La phrase coulait de source, telle une barque ballottée par la vague, tout était parfait : les sonorités, la texture des mots, le rythme des syllabes. Maja les savourait en marchant, les répéterait plus tard, la tête appuyée contre la fenêtre poussiéreuse du véhicule.

Ses parents lui avaient offert *Les Fleurs du mal* pour son seizième anniversaire, le recueil avait traîné sur sa table de chevet pendant plusieurs semaines, puis elle avait commencé à le feuilleter et ça avait été une révélation. Désormais, dans l'autobus qui la conduisait vers sa nouvelle école, dans le labyrinthe des casiers, dans l'atrium bruyant, pendant les cours qui l'ennuyaient, le livre la suivait partout, tel un abri ou une bouée.

Après avoir passé sa première année au Québec à subir les récréations comme des séances de torture et à se réfugier aux toilettes pour pleurer, Maja s'était inscrite, dès la rentrée 1970, à un cours de guitare offert par le professeur de musique, monsieur Bergeron, à l'heure du midi. Ça lui donnait accès à un local où étaient gardés les instruments et où elle pouvait reprendre *Les Immortelles* de Jean-Pierre Ferland autant de fois qu'elle le voulait sans se faire embêter. Les accords étaient faciles : *la, mi, ré*. Pour le reste, elle comptait les jours avant son transfert à la polyvalente de béton aux fenêtres minimalistes qui allait accueillir ses premiers élèves l'automne suivant.

Là-bas, imaginait Maja, elle pourrait disparaître parmi des centaines d'élèves, personne ne se souviendrait qu'elle avait été ciblée par la brigade des odeurs de mademoiselle Robitaille, que ses parents l'avaient affublée d'un affreux manteau de fourrure synthétique pour la protéger contre les rigueurs de l'hiver canadien, ou qu'elle avait l'habitude de garder ses shorts de gymnastique sous sa jupe – elle avait un jour surpris des filles de sa classe pouffer alors qu'elle montait l'escalier.

Non, là-bas, elle ne serait plus la pauvre immigrante qui ne comprend rien à rien, elle porterait un jean à franges et une veste en skaï, peut-être finirait-elle par se faire de vraies amies, sinon, au moins, elle passerait inaperçue.

En attendant, ses parents l'avaient inscrite à un cours de ski alpin où elle se rendait chaque dimanche, en autobus, en compagnie d'Aurélie, son amie française.

Aurélie passait son temps à répéter qu'elle détestait le Canada en général, et le Québec en particulier.

— Mais pourquoi? lui demandait Maja.

— Tu ne vois pas comment ils nous regardent? Tu n'entends pas ce qu'ils disent dans notre dos? Tu ne les as pas entendus rire en regardant sous nos jupes?

— Franchement, tu exagères, lui répondait Maja, tout en pensant qu'Aurélie avait quand même un peu raison.

Quand elles avaient froid, entre deux descentes, elles allaient se réchauffer à la cafétéria, où Maja dévorait des casseaux de frites et des tablettes de chocolat Oh Henry! Peu à peu, elle a senti ses vêtements serrer son ventre et ses cuisses. Elle enflait de partout, son soutien-gorge avait de la peine à contenir ses seins qui n'arrêtaient pas de pousser, des boutons d'acné étaient apparus sur ses joues et sur son front.

— Tu devrais perdre du poids, tu manges trop, lui avait un jour lancé Ewa après l'avoir surprise couchée sur son lit, s'échinant à attacher le bouton de son jean.

Une autre fois, Maja et Ewa avaient voulu savoir si elles pouvaient se permettre de ne pas porter de soutien-gorge, en passant le test proposé par leur magazine favori, *Mademoiselle Âge Tendre*. L'exercice était simple: il suffisait de placer un crayon sous son sein nu. Si le crayon tombait, pas besoin de soutien-gorge sous leur t-shirt. S'il restait coincé, le soutien-gorge était obligatoire. Ewa avait passé le test sans problème. Pas

Maja, qui ne supportait plus sa silhouette et avait pris l'habitude de détourner le regard chaque fois qu'elle passait devant un miroir.

À la fin de sa deuxième année scolaire au Québec, Maja avait perdu son unique amie, Aurélie, qui était rentrée en France avec ses parents.

À la polyvalente, elle a continué à traîner sa solitude et ses kilos en trop de classe en classe, évitant la cafétéria où elle ne savait pas où s'asseoir, et surtout avec qui, puisque personne ne semblait vouloir lui faire une place quand elle s'approchait avec son assiette de spaghetti ou de *hot chicken.* Elle se sentait d'autant plus seule que sa sœur Ewa était partie étudier à Montréal et ne revenait que les week-ends, souvent accompagnée de ses nouveaux amis que Maja ne connaissait pas. Ils parlaient fort, critiquaient leurs profs ou leurs cours, s'extasiaient sur leurs dernières lectures, les chanteurs qu'ils écoutaient ou les films qu'ils avaient vus. Mais ils ne la remarquaient pas, elle. Maja était devenue invisible et, d'une certaine façon, c'était tant mieux.

— Est-ce que tu t'es fait de nouvelles amies? lui demandait Nina avec une sollicitude que Maja trouvait insupportable. Elle répondait que oui, bien sûr, elle les inviterait bientôt à la maison.

— Tu sais que notre maison est ouverte pour tout le monde, avait l'habitude de lui rappeler Nina.

— Oui, *mamusiu*, je le sais, répondait Maja avant de plonger sa main dans la boîte à biscuits, sur le comptoir de la cuisine.

Ce n'est qu'au début de sa deuxième année à la polyvalente que Maja a fini par se lier avec deux élèves de sa classe de français, Michelle et Denise. Elles ont commencé par se préparer ensemble pour leurs examens, puis elles ont fait équipe pour la présentation d'un extrait d'une pièce de théâtre devant la classe. Parmi les choix offerts, elles ont opté pour *Manon Lastcall* de Jean Barbeau. C'est Denise qui interprétait le rôle principal, avec un aplomb remarquable – elle ne jouait pas Manon, elle la *devenait*, et le dialogue en joual coulait de sa bouche comme un torrent.

Maja, elle, devait interpréter Maurice, le conservateur de musée snob et hautain, qui avait fait monter la jeune auto-stoppeuse dans son auto et se voyait forcé de lui offrir un emploi de guide. Maja a passé des heures à tester son personnage masculin, s'exerçant à se faire un nœud de cravate, essayant un chapeau noir, puis un chapeau gris, fixant sous son nez une moustache qui s'entêtait à décoller. Michelle, qui assurait la mise en scène, jugeait qu'elle était la seule à pouvoir tenir le rôle de Maurice, à cause de son accent pointu.

— Comment ça, un accent pointu?

— Mais tu sais bien, ton accent français.

— J'ai pas un accent français, protestait Maja.

Puis elle se disait qu'au moins, dans cette pièce, son accent avait une utilité. Et c'est ainsi que devant une Denise-Manon délurée qui la traitait de *vieux snoro* et lui lançait: «Bonyeu que c'est swell iciitedans», Maja-Maurice rétorquait, en articulant avec exagération chaque syllabe : « On ne vous a pas appris à frapper à la porte avant d'entrer chez quelqu'un ? »

Quatre ans après leur arrivée au Québec, les Gutkowski ont pu quitter le bungalow loué en brique blanche pour acheter un *cottage* situé dans un nouveau quartier, débouchant sur un boisé. Le salon aux murs recouverts d'un papier peint aux couleurs de feuilles d'automne se prolongeait vers la salle à manger, formant une pièce double au fond de laquelle des étagères ployaient sous les livres. Vingt volumes de l'encyclopédie *Britannica*, achetés à un vendeur ambulant à raison d'un par mois, se dressaient comme une barricade sur l'étagère du bas.

Dans la nouvelle maison, Nina a pu agrandir sa collection de plantes, et des violettes africaines roses, blanches ou mauves fleurissaient sous la fenêtre du salon où les parents de Maja recevaient régulièrement leurs nouveaux amis. En plus de Jean-Claude et d'autres compagnons de chasse de Marek, il y avait aussi des collègues de Nina, dont Petra, une professeure de biologie d'origine hongroise qui avait fui son pays après l'invasion soviétique de 1956. Nina la considérait comme sa meilleure amie au Québec.

Un jour, alors qu'elle fouillait dans le réfrigérateur, Maja a entendu sa mère discuter avec Petra, qui l'aidait à ranger la cuisine.

— Toi qui vis ici depuis longtemps, explique-moi pourquoi les Québécois nous invitent si rarement chez eux.

— Tu sais, il ne faut pas t'en offusquer, a répondu

Petra. Leurs familles sont si grandes qu'ils n'en ont tout simplement plus le temps, une fois qu'ils ont invité leurs frères, leurs sœurs et leurs cousins.

— C'est tout à fait le contraire de nos familles à nous, a commenté Nina après un moment de silence. Nous, nos familles sont si petites... on a beaucoup de place pour les nouveaux amis.

Maja a demandé que les murs et le plafond de sa nouvelle chambre soient peints en orange vif, elle a rangé ses vieux livres polonais dans une boîte et a aligné sur des étagères de bois fixées à des rails métalliques ses livres français, qu'elle a classés par noms d'auteurs.

À l'été 1973, Marek et Nina ont proposé à leurs filles de découvrir les provinces atlantiques, mais Ewa ne voulait pas laisser tomber son boulot de serveuse dans un bar de la rue Saint-Denis, et puis, à vingt et un ans, elle n'allait quand même pas voyager avec ses parents. De ces vacances de camping à trois, Maja a gardé le souvenir des plages de l'Île-du-Prince-Édouard, surplombées par des parois de terre rouge, et du musée d'*Anne... La maison aux pignons verts*, cette saga qu'elle avait dévorée enfant, sans se douter qu'elle vivrait un jour dans le même pays que l'héroïne aux tresses rousses.

⁂

Au début de leur dernière année de secondaire, Maja, Denise et Michelle formaient un trio inséparable. Denise, qui se targuait d'avoir des contacts, a aidé Michelle et Maja à obtenir de fausses cartes d'identité qui les vieillissaient de trois ans et leur permettaient de passer des soirées dans une nouvelle brasserie, à dix minutes de l'école. Elles ont pris l'habitude de s'y retrouver les vendredis soir, pour siroter pendant des heures l'unique bière qu'elles avaient les moyens de s'offrir.

Des deux, Maja préférait Denise, qui avait l'art de raconter des histoires absurdes où elle tenait le premier rôle en enchaînant des gaffes hilarantes. La fois où elle avait dit à son père qu'elle s'en allait jouer au tennis, mais avait changé par inadvertance le *T* pour un *P.* La fois où elle s'apprêtait à embrasser un gars, mais avait roté bruyamment juste comme il approchait son visage du sien, et c'en était fini du baiser. La fois où elle avait surpris le prof de maths en train de *frencher* avec la prof de français dans le boisé de l'université, et comment les deux avaient sursauté quand ils l'avaient aperçue. Elles se répétaient ces anecdotes à l'infini en s'étouffant de rire.

Mais Denise n'était pas que drôle. Il y avait aussi chez elle quelque chose de dur que Maja ne parvenait pas à nommer, qui la fascinait et l'intimidait à la fois. Quand des hommes venaient les importuner au bar, son visage se transformait, il devenait sévère et des sillons se creusaient entre ses sourcils. Son expression concentrée la faisait ressembler à un coureur automobile sur le point d'enfoncer l'accélérateur. Puis elle leur lançait, d'une voix devenue basse, presque rauque :

«Enwoye, décrisse.» Et son attitude faisait en sorte que les gars repartaient sans discuter. Il n'y avait rien à faire avec ces filles. Avec cette fille.

Une fois, elles ont passé la nuit à traîner au bout de la terrasse Turcotte, elles voulaient absolument voir le soleil quand il émergerait des eaux noires du fleuve avant de s'élever dans le ciel. Une nuit blanche à guetter l'arrivée du jour: Maja trouvait l'idée fabuleuse et a décidé de ne pas avertir ses parents, qui se coucheraient sûrement avant qu'elle ne rentre à la maison.

Ce soir-là, Michelle a apporté sa flûte à bec, elle ne connaissait qu'un morceau, *La Manic* de Georges Dor, qu'elle jouait en boucle. Denise finissait de rouler un joint – Maja n'en avait encore jamais fumé, elle avait hâte d'essayer. Elles étaient assises, jambes croisées, sur le sol humide, quand trois hommes visiblement éméchés les ont entourées d'un peu trop près. Ils s'approchaient encore, Maja pouvait sentir leur haleine chargée d'alcool quand Denise a bondi et s'est dressée devant le plus costaud des trois, à deux pouces de son visage, en lui lançant:

— Toi, décrisse, et vous autres avec.

Après un moment à la regarder droit dans les yeux, le gars lui a tourné le dos et est reparti, suivi par ses deux comparses. Maja n'en revenait pas. Comment Denise avait-elle donc réussi à les faire déguerpir? De quelle force secrète jouissait-elle? Maja réussirait-elle à l'imiter, si c'était nécessaire? Probablement pas, parce qu'une fois les gars partis, elle tremblait de tout son corps, tellement elle avait eu peur.

Denise habitait avec ses parents et ses trois frères dans un appartement logé au demi-sous-sol d'un immeuble de brique rouge, en bas de la côte qui reliait la polyvalente au centre-ville. La seule fois où elle a invité Maja chez elle, sa mère fumait dans la cuisine, elle ne portait pas de soutien-gorge et ses seins dégonflés pendaient jusqu'à sa taille.

— Qu'est-ce que tu regardes ? a-t-elle lancé brusquement à Maja, qui avait laissé ses yeux s'attarder sur sa poitrine sans s'en rendre compte.

Confuse, Maja s'est abondamment excusée, puis Denise a sorti deux bouteilles de 7UP du réfrigérateur, a préparé des toasts au beurre d'arachides et a invité Maja à la suivre au salon. Le père de Denise était barbier et recevait ses clients dans un cagibi aménagé derrière un rideau, au fond de la pièce. Quand elles sont allées le saluer, il était en train de balayer le plancher recouvert de cheveux gris.

— C'est toi, la Polonaise ? a-t-il lancé en observant Maja avec un sourire. Tu savais que les Polonais ont chargé les tanks allemands montés sur leurs chevaux ? Sont courageux, ce peuple-là.

Elle a dit « merci », tout en pensant que c'était bête de remercier quelqu'un pour ce genre de commentaire, elle n'y était pour rien dans cet acte de bravoure survenu bien avant sa naissance.

Maja avait l'impression qu'une couche de poussière recouvrait tout chez Denise : la table du salon, la télé, le tapis foncé d'une couleur indéterminée, les fenêtres qui portaient des marques de doigts. En regardant autour d'elle, elle a compris ce qui lui semblait le plus étrange, dans cet appartement : à part l'annuaire téléphonique, posé près de l'appareil à roulette, dans le couloir, il n'y avait pas d'étagères, pas de bibliothèque, pas un seul livre, rien.

Quelques semaines plus tard, Maja a appris qu'un professeur de français cherchait des élèves pour son club de poésie qui se réunirait tous les mercredis après les classes, dans un petit local au fond de la bibliothèque. Elle a voulu convaincre ses amies de s'y joindre.

— Je vais essayer, a dit Michelle.

Denise a rejeté la proposition en deux mots : Oublie ça.

C'est avant de se rendre à la première réunion du club de poésie que Maja a commencé à feuilleter les *Fleurs du mal*. Elle a mémorisé *Parfum exotique*, puis *Invitation au voyage*. Les poèmes de Tuwim qu'elle apprenait autrefois pour impressionner Basia racontaient des histoires amusantes avec des rimes. Ils lui paraissaient tout à coup lointains, sans rapport avec sa vie. Ici, elle avait l'impression d'accéder à quelque chose de profond et d'universel, parfois sombre, souvent lumineux, comme si elle découvrait un nouveau pays, mieux, une nouvelle planète. Et sur cette planète, il y avait tant d'autres poètes à découvrir. Rimbaud, Verlaine, Éluard, Apollinaire, Desnos, Prévert…

Elle les apprenait par cœur, les répétait en marchant, ou sous la douche, les recopiait de mémoire quand elle s'ennuyait dans ses cours.

Il y avait celui d'Apollinaire :

Le pré est vénéneux, mais joli en automne
Les vaches y paissant
Lentement s'empoisonnent
Le colchique couleur de cerne et de lilas
Y fleurit tes yeux sont comme cette fleur-là
Violâtres comme leur cerne et comme cet automne
Et ma vie pour tes yeux lentement s'empoisonne

Ou encore celui, tragique, de Desnos, déporté par les nazis :

J'ai tant rêvé de toi que tu perds ta réalité.

Est-il encore temps d'atteindre ce corps vivant et de baiser sur cette bouche la naissance de la voix qui m'est chère ?

J'ai tant rêvé de toi que mes bras habitués, en étreignant ton ombre, à se croiser sur ma poitrine ne se plieraient pas au contour de ton corps, peut-être.

Et Prévert, évidemment :

Rappelle-toi Barbara
Il pleuvait sans cesse sur Brest ce jour-là
Et tu marchais souriante
Épanouie ravie ruisselante
Sous la pluie

Tous ces sons dansaient dans sa tête, elle les savourait, ces trois petits mots, *épanouie-ravie-ruisselante*, et voilà que cette femme, Barbara, apparaissait devant elle, courant sous une averse, avant qu'une autre pluie, *de-feu-d'acier-de-sang*, ne lui tombe dessus, avec toute la connerie de la guerre.

Il y avait longtemps, maintenant, que Maja n'était

plus la petite immigrante en culottes de gymnastique bouffantes et en manteau épais. Quand elle lisait ses livres, dans un autobus ou en classe, quand Denise et Michelle la retrouvaient à la sortie de l'école ou l'accompagnaient jusque chez elle, pour écouter de la musique entre ses murs d'un orange flamboyant, elle se sentait gonfler de bonheur, elle flottait haut dans le ciel, comme Valentina Terechkova dans son vaisseau spatial, autrefois.

Un jour, en écrivant une lettre à *babcia* Lusia, Maja s'est rendu compte que les mots lui venaient naturellement en français, qu'elle devait les traduire vers le polonais dans sa tête et qu'il lui arrivait de trébucher sur le choix d'un verbe ou sur une déclinaison. C'était une érosion sournoise, une hésitation à la fois.

Elle a cherché le recueil de Tuwim sur l'étagère, les poèmes étaient toujours là, bien ficelés, amusants, géniaux, mais elle n'arrivait plus à entrer à l'intérieur des mots. Cinq ans avaient suffi pour que son centre de gravité se déplace du polonais vers le français, comme si elle était devenue une touriste dans sa langue natale.

⁂

Cet automne-là, les yeux perpétuellement rivés à un recueil de poésie, Maja s'est à peine aperçue que Denise ne venait presque plus à l'école. Et quand elle s'y pointait, elle quittait la classe avant la cloche, sans parler à personne.

Leur dernière rencontre ne s'était pas très bien passée. Maja s'était éclipsée de l'école avant le cours de physique, matière qu'elle détestait, pour aller lire dans le boisé du cimetière, de l'autre côté de la rue. Elle aimait ces moments de solitude durant lesquels elle se calait contre le tronc d'un pin, les jambes repliées, le livre ouvert sur ses cuisses. À cette époque, le club de poésie analysait l'œuvre d'Émile Nelligan, qu'elle ne pouvait s'empêcher de trouver un peu pompeux, avec sa cyprine d'amour aux cheveux épars et aux chairs nues. Mais peut-être que la beauté de ces vers lui échappait. Puis elle a lu *Ah comme la neige a neigé*, plus simple, douloureux. Elle a refermé le livre de Nelligan, a levé les yeux et, dans le cimetière désert, a aperçu une silhouette familière dressée devant une tombe. C'était Denise. Maja s'est approchée, elle s'est raclé la gorge pour signaler sa présence, mais Denise ne bronchait pas. Alors elle a prononcé le nom de son amie, en lisant par-dessus son épaule l'inscription sur la pierre. C'était la tombe d'une enfant morte cinq ans plus tôt, à l'âge de sept ans, qui portait le nom de famille de Denise.

Quand Denise s'est retournée vers Maja, ses joues étaient encore barbouillées de larmes. Elle les a essuyées d'un geste brusque.

— C'est ma sœur, a dit Denise en essayant de reprendre le contrôle de sa voix tremblotante.

Les deux amies ont marché en silence vers la sortie du cimetière. Maja trottinait derrière Denise, elle avait de la difficulté à la suivre tellement elle marchait vite.

— Je vais te lire un poème, a dit doucement Maja quand elles se sont accoudées au bar de la brasserie, après avoir brandi leurs fausses cartes.

Denise l'a regardée comme si elle ne l'avait encore jamais vue.

— Lâche-moi donc avec tes poèmes, a-t-elle sifflé. Toi, Maya, t'es une bonne petite fille, tu viens d'une bonne petite famille, avec un bon petit papa, une bonne petite maman et une gentille grande sœur. T'as aucune idée de ce que je vis, tu pourrais même pas l'imaginer, mes frères, mes parents, tu les connais pas, a-t-elle lancé avant de caler son gin tonic en regardant devant elle, les yeux fixés sur le mur.

Puis elle s'est tournée vers Maja, les larmes sont remontées dans ses yeux et elle a ajouté :

— Je l'aimais tellement, ma sœur.

Maja aurait voulu la consoler, mais elle ne savait pas par où commencer, quoi dire. Elle n'arrivait pas non plus à poser la question qui lui brûlait les lèvres : qu'est-ce qui lui est arrivé, à ta sœur ? Elle a marmonné « Je crois que je vais y aller, j'ai des devoirs pour demain », a déposé de l'argent sur le comptoir pour payer le bock de bière qu'elle avait à peine entamé.

Une semaine plus tard, la police est venue à l'école pour arrêter le frère aîné de Denise qui, à dix-huit ans, peinait à terminer sa cinquième secondaire. Selon la rumeur qui s'est répandue entre les casiers, il était accusé de trafic de mescaline. Tandis que Denise, également recherchée, avait filé à Vancouver sur le pouce.

Prendre racine

Après le départ des déménageurs, Teresa a passé un dernier coup de balai dans l'appartement désert, ramassant les moutons de poussière, les résidus de nourriture et les emballages vides. C'était étrange comme ces pièces paraissaient exiguës, étouffantes, une fois débarrassées de leurs meubles. Comment avaient-ils réussi à y entasser leurs lits, leurs commodes, leurs bureaux?

Teresa a regardé autour d'elle en se demandant combien d'autres maisons elle devrait encore laisser derrière avant de se trouver vraiment chez elle, pour de bon. Était-ce même envisageable, était-ce possible de se sentir vraiment chez soi, de façon définitive, immuable, dans quelque maison que ce soit?

Elle a posé le balai contre le mur du vestibule, a traversé la rue pour sonner chez sa voisine Cynthia, qui est tombée dans ses bras en pleurant. Pourtant, Teresa ne partait pas au bout du monde, un trajet d'à peine une vingtaine de minutes en auto les séparerait désormais. Elle s'est dégagée doucement et a remercié Cynthia pour tout, l'amitié, les cours d'anglais, les recettes, et cet ultime cadeau: une boîte de biscuits soigneusement emballée dans du papier de soie doré, ornée d'une boucle rouge.

De retour dans la cuisine vide où elle attendait que Heniek vienne la chercher, Teresa se disait que, s'il avait fallu qu'elle pleure chaque fois qu'elle avait quitté une maison, un quartier, un pays, il y a longtemps qu'elle aurait épuisé toutes ses larmes! De toute façon, cet appartement de deux chambres où ils avaient vécu pendant trois ans, depuis leur arrivée aux États-Unis, n'avait été pour eux qu'une piste d'atterrissage. Ils allaient maintenant louer une maison plus vaste où chaque enfant aurait sa propre chambre, et qu'ils abandonneraient dès qu'ils auraient assez d'argent pour acheter la maison de leurs rêves, avec un foyer à bois, un garage et une piscine.

Ils avaient fait tous leurs calculs, ce plan pouvait se réaliser en deux ans. Puis les neuf mille ouvriers de la Norwood Assembly, une usine de General Motors dont les installations s'étalaient en périphérie de Cincinnati, ont déclenché une grève qui a paralysé toute l'industrie automobile de l'Ohio.

À la Cincinnati Brake Pads, qui employait Heniek et Teresa, le carnet de commandes s'est vidé. Teresa ne travaillait plus que deux jours par semaine, Heniek a vu son salaire réduit de vingt, puis trente pour cent. Il pestait contre ces syndicalistes à la con qui les empêchaient de réaliser leurs rêves, non mais, pour qui ils se prenaient donc, ceux-là.

— Ces Travailleurs unis de l'automobile, ce sont de vrais communistes, ils se battent contre les lois du marché, bougonnait-il, en ajoutant qu'ils n'avaient qu'à aller vivre en Pologne, ils verraient bien comment ça fonctionne, ces régimes-là.

Le conflit a duré six mois. Quand il s'est terminé, l'industrie s'est emballée, les carnets de commandes se sont remplis, Heniek et Teresa ont vu leurs revenus bondir au-delà de ce qu'ils gagnaient avant la grève.

— Avec nos salaires actuels, on pourrait se permettre un loyer plus élevé que ce qu'on paie maintenant, a estimé Teresa.

— Et malgré ça, on pourrait devenir propriétaires dans deux ans, a enchaîné Heniek. Tu te rends compte ?

Ils ont sillonné la ville à la recherche d'un meilleur endroit où s'installer, pas trop chic, mais quand même mieux que le coin où ils habitaient, avec de bonnes écoles pour les enfants, plus de verdure. Finalement, ils ont opté pour un *cottage* en bordure de Mount Lookout, un quartier animé avec une place centrale bordée de cafés et de petits commerces, situé à proximité d'un immense parc.

La nouvelle maison comptait deux étages, il y avait quatre chambres en haut et les espaces communs étaient au rez-de-chaussée. La cuisine était munie d'un lave-vaisselle, d'un évier double pourvu d'un broyeur et d'un réfrigérateur d'une dimension impressionnante.

La cour encerclée d'une clôture de bois peinte en blanc avait été joliment aménagée par les locataires précédents. Les premières tulipes commençaient déjà à ouvrir leurs boutons et les bourgeons enflaient sur les branches des lilas qui formaient une haie au fond de la cour.

Une voisine a sonné à la porte une semaine après le déménagement, alors qu'ils vivaient encore dans un fouillis de sacs et de boîtes. Elle s'appelait Elizabeth, les a invités à l'appeler Liz, c'était une cuisinière accomplie et elle a pris l'habitude de leur apporter régulièrement des muffins et des pains aux bananes – ça lui faisait plaisir, les déménagements, elle connaissait ça, elle savait comme ça pouvait être épuisant.

— À quelle église allez-vous? a demandé Liz une fois où ils l'avaient invitée à prendre le thé pour la remercier.

Teresa détestait se faire poser cette question, à laquelle elle répliquait invariablement: «Aucune, nous ne sommes pas croyants», ce qui plongeait ses interlocuteurs dans la perplexité, comme si dans leur formulaire mental il n'y avait pas de case pour cette éventualité.

Avec Liz, c'était différent. Elle a demandé:

— Êtes-vous juifs?

Elle prononçait le mot *juifs* avec légèreté, comme s'il s'agissait d'un adjectif parmi d'autres, pas d'une grenade prête à être dégoupillée. Juste ça: *juifs.*

Teresa a expliqué qu'ils étaient juifs, en effet, mais qu'ils n'étaient ni croyants ni pratiquants. Combien de fois encore devrait-elle s'expliquer ainsi ? Liz a avalé une gorgée de thé, a pigé une noisette au chocolat dans un panier, sur la table basse, s'est essuyé les lèvres avec sa serviette de papier.

— Pas grave. Il y a une synagogue qui pratique un rite réformé à dix minutes d'ici, notre voisine Debbie, elle habite la maison au toit vert, là-bas, n'est pas vraiment croyante elle non plus, mais c'est là qu'elle va. Elle adore le rabbin, vous devriez lui parler…

Liz a précisé qu'elle-même n'était pas vraiment croyante, mais qu'étant une descendante des Allemands qui avaient fondé le quartier d'Over-the-Rhine, au siècle dernier, un coin du bas de la ville où il valait mieux ne pas mettre les pieds aujourd'hui, elle était rattachée à une Église luthérienne, moins par sa foi comme par fidélité à ses racines.

La première fois où Teresa et Heniek se sont rendus à la synagogue, ce n'était pas pour un office religieux, mais pour assister à une des conférences portant sur différents aspects de l'histoire juive, comme il y en avait chaque jeudi, dans la salle communautaire attenante.

Cette fois-là, une survivante du ghetto de Vilnius était venue témoigner de son expérience. Elle s'appelait Esther, elle avait une dizaine d'années de plus que Teresa et Heniek. Des photos d'avant-guerre, représentant des scènes du ghetto, mais aussi des membres de sa famille qui avaient péri et de quelques rares survivants, montées en diapositives, étaient projetées sur un écran derrière le pupitre de la conférencière.

Heniek ne parlait jamais de ce qu'il avait vécu pendant la guerre, même pas à Teresa. Elle savait qu'il avait fui Vilnius quand l'Allemagne avait attaqué l'URSS, en juin 1941, elle savait aussi qu'il était le seul, de toute sa famille immédiate, à avoir survécu. Quand elle s'aventurait à lui poser des questions sur ce passé, son visage se fermait, il changeait de sujet ou quittait carrément la pièce en disant: «Le passé est derrière moi. Moi, je regarde devant.»

La conférencière citait des noms, égrenait des dates. À un moment, Teresa a senti le corps de Heniek se raidir contre son bras. Quand elle s'est tournée vers lui, elle a vu que des larmes coulaient sur ses joues. Elle a pris sa main, il l'a retirée d'un geste sec.

Plus tard, à la maison, Heniek s'est versé un verre de whiskey, puis un autre. Il a observé les reflets des glaçons dans le liquide ambré, puis il a tourné la tête vers Teresa.

— Tu sais, sur une des photos du ghetto, je pense que c'était Fela, ma sœur, mais elle était si maigre, je n'en suis pas certain.

— Tu veux qu'on téléphone à la conférencière, pour savoir si elle l'a connue? a suggéré Teresa.

— Non, je ne peux pas, a répondu Heniek.

Puis il a changé d'idée:

— D'accord, mais c'est toi qui appelles.

La jeune fille émaciée de la photo n'avait aucun lien avec la famille de Heniek, c'était une nièce de la conférencière, mais quelque chose s'était produit, ce jour où Teresa l'avait vu pleurer pour la première fois.

Ils ont continué à fréquenter la synagogue, se sont rapidement sentis chez eux dans ce temple où la religion n'avait rien d'étouffant. Ils ont fini par assister à une cérémonie du shabbat selon un rite largement assoupli, où les fidèles, hommes et femmes, priaient et chantaient dans la même pièce.

Le centre culturel affilié à la synagogue organisait des activités pour les jeunes et un camp de jour pour les plus petits, où ils ont inscrit Julia. À bientôt trois ans, il était temps pour elle de sortir un peu du cocon familial. Et d'apprendre l'anglais, elle qui ne s'exprimait encore qu'en polonais.

Après deux rencontres d'un club de discussion sur le judaïsme, Maciek a mis un terme à l'expérience. Déjà qu'il manquait de temps pour toutes les activités qu'il menait de front, il n'allait pas s'en rajouter. Mais Jacek, lui, s'est soudainement découvert un intérêt pour la Torah, qu'il lisait en version anglaise, en prenant des notes. Quelque chose en lui s'était posé, apaisé. Finalement, il atterrit, lui aussi, se disait Teresa avec soulagement.

À travers la synagogue et son centre communautaire, Teresa et Heniek ont noué de nouvelles amitiés. Ils recevaient des invitations à des *bar-mitsva* ou des repas de shabbat, ou simplement à des concerts ou des pique-niques. Jusque-là, Teresa s'était félicitée d'avoir trouvé un pays où élever sa famille. Mais là, il y avait quelque chose de plus : c'était comme si elle avait trouvé une maison. Pas dans le sens physique du terme, pas une maison avec des murs, un toit et des fenêtres. Celles-là, elle savait bien qu'elles n'étaient pas faites pour durer. Non, une vraie maison, un foyer, un chez-soi. Comme on dit en anglais : *a home*.

⁂

Depuis plusieurs semaines, les alertes quotidiennes les précipitaient vers leurs blindés comme s'ils devaient partir au front. Cours, monte dans le char, ajuste la tourelle, pointe une cible imaginaire, désarme, éteins, hisse-toi vers l'écoutille, sors du blindé, reviens au campement. Entre deux exercices, Adam comptait les jours qui le séparaient de la fin de son service militaire. En ce début d'octobre, il en restait exactement quatre-vingt-sept. Et demi.

Il s'était porté volontaire pour rester dans le Sinaï pendant le Yom Kippour parce que cette fête n'avait pas vraiment de signification pour lui, sa famille ne l'avait jamais célébrée, ce n'était pour Adam qu'un jour férié parmi d'autres. Pola et Andrzej auraient été contents qu'il vienne les retrouver à la maison, bien sûr. Eux-mêmes profitaient d'un congé, le bureau de génie où travaillait Andrzej et l'Université de Jérusalem où Pola enseignait la chimie étaient fermés pour le jour du Grand Pardon.

Mais bon, ils se reverraient bientôt, car en acceptant de travailler ce jour-là, Adam avait obtenu une permission d'une semaine pour la mi-novembre. Ça tombait bien, Pnina devait être libre cette semaine-là, elle aussi, et ils avaient l'intention d'en profiter pour se présenter mutuellement à leurs familles.

« Il est temps », lui avait dit Pnina pendant qu'ils se rhabillaient à la hâte dans une chambre de résidence universitaire prêtée par une amie. Le cœur d'Adam avait bondi dans sa poitrine en entendant cette phrase laconique, mais pleine d'avenir.

Il avait déjà parlé de Pnina à ses parents, leur avait montré sa photo avec sa tête entourée d'une couronne de cheveux frisés, sa tête de lionne, comme il avait l'habitude de dire, et les lunettes à monture dorée qui faisaient ressortir le vert de ses yeux. Mais ils n'avaient encore jamais eu l'occasion de la rencontrer en chair et en os. Et ça changeait tout, Adam pouvait en témoigner.

La perspective de cette première rencontre le plongeait dans une fébrilité anxieuse. Il se demandait si Pnina plairait à ses parents et à sa grand-mère, Freda, qui vivait toujours avec eux, dans leur maison de pierres entourée d'orangers et de citronniers, leur paradis niché au cœur des collines entourant Jérusalem.

Adam se demandait aussi si Pnina s'entendrait bien avec sa sœur, à supposer que Basia daigne s'arracher à son kibboutz pour venir passer un week-end à la maison.

Ses visites se faisaient de plus en plus rares. Leurs parents étaient convaincus qu'elle avait rencontré *quelqu'un* là-bas, en Galilée, mais chaque fois qu'ils l'interrogeaient à ce sujet, elle esquivait la question pour parler de son livre sur les aventures de la poule Maja qui serait bientôt publié au kibboutz, lequel avait récemment aménagé un atelier d'impression, et il serait illustré par les enfants eux-mêmes, vous imaginez ?

Ou alors elle les noyait de descriptions détaillées de la toute nouvelle fromagerie qui allait bientôt commercialiser des produits à base de lait de chèvre.

Adam craignait surtout le jugement de sa mère, qui risquait de trouver Pnina exubérante, survoltée. Pola n'appréciait pas les gens qui prenaient trop de place. Saurait-elle aimer Pnina avec tout son éclat, toute sa pétulance ?

Dans son unité de blindés campée au cœur du Sinaï, ils étaient une douzaine à être restés pour garder le fort pendant la fête du Grand Pardon. Parmi eux, en plus d'Adam, il y avait Noam, un garçon de dix-neuf ans, un maigrichon affublé de lunettes à monture large qui, entre deux exercices militaires, passait son temps le nez enfoui dans des romans russes qu'il lisait en version originale. Ils étaient arrivés le même jour dans cette base militaire plantée au milieu du désert. De deux ans son aîné, Adam avait pris le garçon sous son aile, un peu à la manière d'un grand frère, comme il l'avait fait autrefois avec Jacek.

Quelques jours après leur déploiement dans le Sinaï, en se rendant vers la tente aménagée en réfectoire, Adam a croisé un visage qu'il n'a pas reconnu immédiatement, mais dont l'apparition a fait monter une vague d'anxiété dans sa poitrine. Il s'est arrêté, a regardé derrière lui, le gars n'avait pas bougé et le lorgnait par-dessus son épaule. Adam a senti son cœur s'accélérer : c'était Ruben, son ancien tortionnaire des vestiaires, le gars qui l'avait autrefois sommé de montrer qu'il était un « vrai Juif ».

Tout ce que ce type représentait lui répugnait : son arrogance, sa vulgarité, son besoin de se donner de l'importance en écrasant les gens autour de lui. Comment ferait-il pour vivre à ses côtés, dans la promiscuité d'une base militaire ?

Plus tard, en observant Ruben pendant qu'il engloutissait sa ration de ragoût, Adam a eu l'impression que le garçon avait changé depuis leur rencontre, trois ans plus tôt. Amaigri, il s'était replié sur lui-même tel un ballon à moitié dégonflé.

En passant près d'Adam alors qu'il ramenait son gobelet vers la cuisine, Ruben a laissé tomber :

— Tiens, tiens, le goy.

Adam a serré les poings. Mais Ruben avait lancé ça sans agressivité, avec une sorte de sourire mélancolique, comme s'il éprouvait de la nostalgie pour une époque glorieuse révolue. Puis il a tourné le dos à Adam pour se diriger vers sa tente. Adam n'avait jamais remarqué, jusque-là, à quel point les yeux de Ruben dégageaient de la tristesse. Mais peut-être que son regard avait changé, comme le reste. Peut-être était-il triste *maintenant*.

En ce jour d'automne, l'air du désert était compact et brûlant, la chaleur émanait du sol autant qu'elle tombait du ciel. Noam et Adam se sont installés dehors à la recherche d'une brise. Ruben s'est assis à l'écart, il mâchouillait un bout de pain pita qu'il avait gardé depuis leur collation du midi. D'autres soldats roupillaient sur des bâches étendues sur le sol.

Adam et Noam avaient déjà accompli leurs exercices du matin – cours, monte, saute, vise, allume, éteins –, démonté et réassemblé leurs Uzi, et savouraient le moment de pause, jambes étendues, pieds nus sur une couverture, protégés du soleil par une toile tendue entre quatre piquets. Noam ne levait pas la tête du premier tome des *Frères Karamazov*. Adam a arraché une page d'un calepin pour écrire à Pnina à l'aide d'un stylo qu'il devait secouer sans cesse parce qu'il arrivait au bout de son encre. Ruben a ouvert un canif pour essayer de se couper les ongles d'orteils. En le voyant s'échiner, Adam a haussé les épaules puis fouillé dans son sac, posé devant la tente. Il en a extirpé un coupe-ongles qu'il a tendu à Ruben en disant :

— Tiens donc.

Le « merci » qui s'est échappé des lèvres de Ruben était à peine audible. Puis il s'est attaqué à un ongle incarné qu'il ne parvenait pas à extraire de son repli de peau.

— T'écris à qui ? a demandé Ruben plus tard, en remettant le coupe-ongles à Adam.

— À elle, Pnina, regarde, a répondu Adam en exhibant fièrement une photo toute froissée qu'il avait tirée de la poche arrière de son pantalon.

Ruben a contemplé l'image d'une femme au visage

rayé d'un large sourire, encadré par une cascade de cheveux qui occupaient la moitié de la photo.

— T'en as, de la chance, a-t-il dit en rendant la photo à Adam.

Après ce bref échange, le silence est retombé sur la base. Noam était plongé dans sa lecture, Adam observait Ruben en se demandant ce qui avait pu le faire changer de la sorte. Comment le bouledogue s'était-il transformé en caniche, que s'était-il donc passé dans sa vie depuis trois ans? Ignorant son regard, Ruben était absorbé dans la contemplation de ses ongles d'orteils fraîchement taillés. Autour d'eux, il n'y avait que l'air torride et le silence.

Puis le signal d'alerte a retenti pour la deuxième fois de la journée. Leur commandant a surgi devant eux, l'air hagard comme s'il était le premier surpris par cet appel aux armes.

— Cette fois, ça y est, allez, grouillez-vous, à vos positions, vite, *yalla*!

À peine ont-ils eu le temps de se rendre compte que c'était vrai, que ce n'était pas une fausse alerte. L'air s'était déjà rempli d'un bourdonnement sourd, le grondement s'intensifiait, puis ils ont entendu les premières déflagrations.

Les premiers jours qui ont suivi la double attaque égyptienne et syrienne ont été catastrophiques pour Israël. Les chars égyptiens ont facilement franchi le canal de Suez, les positions israéliennes sont tombées les unes après les autres comme une rangée de dominos. Puis Israël s'est ressaisi, a rappelé ses réservistes, ramené ses conscrits dans les bases. Des colonnes de chars ont affronté des colonnes de chars dans le Sinaï, dans des batailles épiques.

Le soleil qui tapait fort, en ce sixième jour de combats, avait transformé l'habitacle du blindé d'Adam en fournaise. Ils étaient quatre dans le véhicule qui fonçait vers l'ouest dans l'espoir de refouler les Égyptiens derrière le canal de Suez, qu'ils avaient réussi à traverser au premier jour du conflit.

Noam avait retiré le haut de son uniforme, pour se rafraîchir. Assis torse nu dans l'habitacle étroit, il faisait le clown pour se donner du courage, tout en mordillant ses lèvres avec nervosité. Un autre soldat de leur unité, Yuval, l'a imité et même fait mine d'enlever son pantalon, avant de se raviser. Le conducteur du blindé, Ariel, les regardait en soupirant. En observant ces deux ados dont les côtes saillaient sur leurs poitrines maigres, Adam a pensé que ce n'étaient encore que des enfants, deux gamins envoyés au front.

Leur tank était le premier d'une colonne de cinq et Adam avait la responsabilité de l'armement du canon. Le blindé de Ruben suivait en troisième place. La matinée avait été relativement calme, ils entendaient de temps en temps des pétarades de tirs, des colonnes de fumée s'élevaient au loin, mais ils avaient l'impression d'avancer dans une bulle épargnée par la guerre.

À midi, le ciel s'est déchaîné. Un éclair a zébré l'air, il y a eu une explosion, une forte secousse les a soulevés de leurs sièges, les propulsant jusqu'au plafond, puis les premières flammes ont léché les parois du blindé, la fumée a envahi l'habitacle pour se propager dans leurs yeux, leurs oreilles et leurs bronches. Les hurlements inhumains, le moteur qui gronde et s'éteint, le blindé qui bascule sur le côté dans un couinement de métal tordu, encore plus de fumée et de flammes. Puis un trou noir.

Adam a eu beau, plus tard, fouiller dans sa mémoire, il n'a jamais pu reconstituer entièrement le fil des événements. Il ne retrouvait qu'une succession d'images désorganisée, un film sans début ni fin. À un moment, il est couché par terre, on le roule dans une couverture. Puis on le hisse à bord d'un hélicoptère qui le conduit au point de service médical le plus proche. Il sent qu'une odeur de roussi le suit partout et comprend que c'est normal parce qu'elle émane de son propre corps. Il prend conscience de la douleur insoutenable dont il ne parvient pas à situer la source, et finit par comprendre que ça aussi, c'est normal, puisque la douleur n'a pas de limite, qu'elle est partout, tout le temps, sur chaque parcelle de sa peau. À un moment, une figure blanche, on dirait un ange, insère une aiguille dans son avant-bras. La douleur s'apaise et tout s'obscurcit.

Quand il est revenu à lui, trois jours plus tard, Adam avait un tube dans le nez, un soluté au bras et des bandages sur une grande partie du corps. Où était-il? Que s'était-il passé? Peu à peu, des images plus précises ont émergé, pièces éparses d'un casse-tête qu'il peinait à compléter. Il s'est revu demandant à l'infirmière de l'hôpital de campagne: «Où est Noam?

Où est Noam ?» Il s'est souvenu avoir suivi des yeux une main gantée qui lui indiquait le lit de camp voisin d'où provenaient des gémissements si poignants qu'il avait dû couvrir sa tête avec un oreiller pour ne pas les entendre.

Il a retrouvé l'image du médecin qui rabattait un drap blanc sur le visage du blessé. Noam venait de mourir, il n'aurait jamais le temps de terminer les *Frères Karamazov*, pas même le premier tome. Un autre souvenir a remonté à la surface au milieu d'une nuit agitée : le médecin lui annonçant que Yuval était mort, lui aussi. Les deux jeunes soldats avaient subi des brûlures de troisième degré sur toute la partie dénudée de leur corps, leur poitrine nue les exposant directement aux flammes, sans protection. Par contre, Ariel, leur conducteur, le premier à avoir quitté le blindé, s'en était tiré presque sans une égratignure.

Il avait beau chercher, Adam ne parvenait pas à se souvenir de ce qui s'était passé entre le moment où son blindé avait basculé et celui où il s'était retrouvé sur le sol, gisant à l'extérieur du char. Comment donc avait-il réussi à s'extraire du véhicule avant l'explosion ? Cet instant critique où s'étaient joué la vie et la mort lui échappait. Ce n'est qu'après avoir été transféré à l'hôpital où étaient soignés la plupart des grands brûlés du Sinaï qu'il a su ce qui s'était passé.

— J'étais dans le troisième char de notre colonne, avec Ruben, lui a dit un soldat dont Adam ne réussissait pas à retrouver le nom et qui était soigné dans le lit voisin du sien.

Il avait subi des brûlures graves, lui aussi. Il a poursuivi :

— Quand ton blindé a été touché, toute notre colonne s'est arrêtée. J'ai dit à Ruben de ne pas bouger. D'attendre. Mais ce connard, cet idiot est sorti du char pour courir vers le tien.

— Quoi ?

Adam n'en revenait pas. Ruben, le type qui s'amusait à intimider des garçons parce qu'ils n'étaient pas circoncis, le gars qui roulait des mécaniques pour faire peur à des enfants plus faibles que lui, avait risqué sa vie pour venir à sa rescousse. Adam devait absolument le remercier et, surtout, lui dire qu'il lui avait pardonné. Que cette histoire de vestiaires n'avait été qu'une dispute de cour d'école, qu'elle n'avait plus d'importance, aujourd'hui. Mais où était-il donc ? Avait-il été blessé ?

— Il a grimpé à l'intérieur du blindé, il a dû forcer pour t'éjecter, de loin on aurait dit que t'étais coincé, racontait le soldat témoin de son sauvetage.

Adam ne se souvenait toujours de rien.

— Et puis ?

— Ben... Dès que t'es tombé sur le sol et qu'on t'a roulé un peu plus loin, le char a explosé.

— Ruben est donc... ?

— Oui. Il est mort.

⁂

La lettre de Pola était calligraphiée avec soin sur une feuille ornée d'une bordure fleurie. Attablée dans la cuisine, son manteau de laine beige encore sur le dos, Nina la relisait pour la troisième fois, espérant avoir mal compris. Mais où donc Pola avait-elle trouvé la force de tracer des phrases aussi droites, sans ratures ni débordements ? Et pourquoi avoir choisi ce papier printanier qui aurait mieux convenu à des souhaits d'anniversaire ou de Pâques ?

Les mots s'étalaient dans toute leur brutalité : *Adam a été blessé à la guerre, brûlé surtout du côté droit, il a souffert le martyre, il a subi plusieurs greffes de peau, au torse et aux jambes, mais aussi au visage, ça a été très dur, très douloureux, mais ça devrait aller avec le temps, au moins il a survécu. Avec toute mon affection, Pola.*

Nina avait trouvé l'enveloppe dans la boîte aux lettres, glissée entre deux factures et des prospectus publicitaires. Comme tous les mercredis, Marek était passé la chercher au cégep, après son cours. Dès qu'il avait mis les pieds dans le vestibule, il s'était précipité vers le sous-sol.

— Il faut que je nettoie mon fusil, on va chasser samedi.

Une demi-heure plus tard, Marek est apparu dans la cuisine en sifflotant. Nina a levé la tête vers lui et, à son air atterré, il a compris qu'il s'était passé quelque chose de grave.

— C'est Adam, lis, a dit Nina en lui tendant la lettre.

Nina et Marek avaient suivi de loin, dans les journaux et les bulletins de nouvelles, le conflit qui s'était terminé six semaines plus tôt par une victoire israélienne. Ils savaient bien qu'Adam n'avait pas encore terminé son service militaire. Mais ces deux réalités, celle de la guerre et celle d'Adam soldat, ne se croisaient pas dans leur esprit. Et là, elles étaient entrées brutalement en collision. Pauvre garçon. Pauvres Pola et Andrzej.

— N'en parlons pas tout de suite aux filles, attendons qu'Ewa rentre à la maison pour les vacances de Noël, a suggéré Nina.

Elle a replié la lettre, enlevé son manteau, l'a suspendu dans la garde-robe de l'entrée, puis elle a rempli l'arrosoir et donné de l'eau à ses violettes africaines, ses fougères et ses pothos. Marek s'est occupé du repas ce soir-là, comme chaque fois qu'ils mangeaient des steaks. Il a fait revenir la viande avec des oignons, des champignons et des poivrons. Nina a mis trois couverts sur la table, puis elle s'est souvenue que Maja avait prévu aller au Ciné-Campus avec son amie Michelle, alors elle a remis une assiette dans l'armoire.

Ils se sont attablés tous les deux, dans la cuisine aux murs jaunes qui sentait la friture, mais le repas ne passait pas. Nina mâchouillait la viande, qu'elle a fini par recracher dans la poubelle. Ils auraient aimé téléphoner à Pola et Andrzej, mais ils n'ont pas osé, avec le décalage horaire, il était probablement trop tard. Ils essaieraient le lendemain.

Une fois au lit, Nina a posé sa tête sur l'épaule de Marek, ils sont restés enlacés pendant quelque temps, à fixer le plafond. Nina s'est souvenue de ce jour où elle avait vu Adam emmitouflé dans ses langes, dans les bras de Pola, vingt et un an plus tôt. Un beau poupon au visage rond, parfait. À quoi ressemblait-il maintenant ?

Puis Marek a soupiré :

— Qu'est-ce qu'on a bien fait de ne pas aller en Israël.

— Ne dis pas ça, a protesté Nina, mais elle pensait exactement la même chose, au même moment.

⁂

Les flammes avaient ravagé le côté droit d'Adam, qui avait été expulsé hors du blindé à temps pour épargner son côté gauche. Selon les médecins, il avait été brûlé sur plus du tiers de son corps, de haut en bas : cou, torse, dos, jambes, bras. Le feu avait aussi atteint son visage, flambant sa joue droite jusqu'au front, mais laissant intacts par miracle son œil et son oreille.

Pendant les premières semaines aux soins intensifs, alors qu'on débridait ses plaies, qu'on l'hydratait, qu'on changeait ses bandages, puis qu'on lui prélevait des bandes d'épiderme sain pour les greffer sur les parties brûlées, Adam alternait entre un sommeil profond induit par la morphine et des moments de semi-conscience brumeuse durant lesquels il revoyait mentalement l'image de Ruben, elle flottait dans son esprit tel un fantôme qui refuse de disparaître. Ce n'était pas l'image du mec arrogant qui faisait le coq dans le vestiaire d'une piscine, mais plutôt celle du Ruben triste à l'allure de chien battu, vidé de sa hargne, suintant la solitude.

Puis il revoyait Noam, son torse maigre avec les côtes saillantes, son visage concentré sur son livre. Adam devait la vie à Ruben, mais lui-même n'avait rien fait pour Noam, son protégé, son petit frère de guerre. Pourquoi ne lui avait-il pas dit de remettre son uniforme ? Pourquoi ne pas l'avoir mis en garde ? Cette double réalité lui donnait le vertige. Quel genre d'homme était-il au juste ? Sûrement pas le héros du livre qu'il avait lu, enfant, un jour où il était malade.

Et puis, la question se posait : sa vie avait-elle plus de valeur que celles de Ruben, Noam et Yuva ? Était-ce pour cela qu'il avait survécu et pas eux ? Pourquoi eux et pas moi, pourquoi moi et pas eux ? se demandait-il quand l'effet de la morphine se dissipait.

Ses chirurgies successives étaient effectuées selon la technique de greffe en résille, où un morceau de peau prélevé sur une partie intacte du corps du blessé (dans son cas, une partie du dos et de la fesse gauche) était plaqué sur une bande de gaze pour former un treillis que l'on étirait au maximum afin de recouvrir la plus grande surface brûlée possible. Avec le temps, ces greffons finiraient par former des tranches d'épiderme durci et rigide, laissant transparaître la texture de la gaze. Les plasticiens évitaient de recourir à cette technique pour les plaies au visage afin de ne pas trop défigurer les victimes des flammes. La peau qui avait été prélevée sur le crâne d'Adam pour être directement greffée sur sa joue finirait par former une surface dure qui foncerait en se cicatrisant, figeant ses lèvres du côté droit dans une expression sévère, et transformant son sourire en un rictus asymétrique.

Même si on l'avait averti qu'il aurait un choc, la première fois où il a vu son visage sans le masque de contention, dans le miroir de la salle de bains de l'hôpital, Adam s'est retourné pour voir s'il n'y avait pas quelqu'un derrière lui. Puis il a lancé un cri venu du tréfonds de son ventre, un gémissement douloureux et animal.

Ce visage tordu, cette peau tendue, épaisse comme une peau de reptile, ne pouvait être la sienne. Ça ne pouvait être lui. Il voulait arracher cette peau, retrouver son vrai corps. Il a frappé le mur avec ses poings en criant : « Je ne veux pas, je ne peux pas. »

Une infirmière a accouru pour lui administrer un calmant.

⁂

— *Which one do you want?*

Le commis de la poissonnerie Waldman venait de vider son caisson et cinq carpes gigotaient sur un lit de glace. Ewa les considérait avec dégoût. Sa mère lui avait commandé deux poissons de taille moyenne, mais elle n'avait aucune idée de ce qu'était une taille moyenne chez les carpes. Par contre, elle savait qu'elle ne voulait pas être servie en anglais dans *sa* ville, Montréal, et dans *sa* province, le Québec.

— Je ne comprends pas, vous pouvez parler français ? a-t-elle lancé avec défi.

— Quel poisson vous voulez ? a répondu le vendeur avec un lourd accent anglais.

Elle a pointé deux spécimens qui ne lui paraissaient ni trop gros ni trop petits. Le commis les a enveloppés dans du papier d'emballage brun et les a placés dans un sac de plastique, avec une pelletée de glaçons. La poissonnerie sentait le fond de mer, le sel et les algues, et Ewa se disait que cette odeur écœurante lui collerait à la peau tout le reste de la journée. Elle est repartie avec les poissons en marmonnant tout bas qu'elle détestait le *gefilte fish* tout autant que la carpe farcie, et qu'elle serait heureuse de manger autre chose à Noël, pour une fois. Pas de carpe, pas de *barszcz*, pas de *pierożkis*, quelque chose de normal, une dinde ou une tourtière, comme tout le monde.

Il y avait deux ans qu'elle vivait à Montréal, où elle partageait un sept et demie au troisième étage d'un édifice de la rue Berri avec Francine et une autre amie, Hélène. Ewa avait adopté les habitudes culinaires de ses colocataires qui, compte tenu de leurs moyens limités – elles étaient étudiantes, après tout – étaient plutôt sommaires. Le dimanche après-midi, elles avaient l'habitude de faire mijoter une grande casserole de sauce à spaghetti ou de préparer un pâté chinois qui leur permettait de tenir toute la semaine.

Quand l'argent commençait à manquer, généralement dès le milieu du mois, elles se contentaient de manger du riz aux oignons et aux carottes, puis, à la fin du mois, des pâtes à l'ail. Ewa n'en demandait pas plus, pour elle, ce menu était parfait.

— Je vais remplir la baignoire, a-t-elle lancé après avoir enlevé ses bottes boueuses dans l'entrée de l'appartement.

— Tu vas prendre un bain maintenant? s'est étonnée Francine.

— Non, c'est pour les carpes.

— Les quoi?

— Les poissons.

Francine et Hélène auraient pu rechigner à l'idée de voir la baignoire monopolisée par deux poissons au regard vitreux qu'il fallait garder vivants jusqu'aux Fêtes. Elles ont plutôt pris le parti d'en rire, surnommant les carpes Aline et Jocelyne, et leur souhaitant bonne nuit quand elles allaient se brosser les dents, le soir, et bonne journée en se levant le matin.

Trois jours plus tard, Ewa est montée à bord d'un autobus Voyageur chargée d'une valise à laquelle elle avait accroché un sac en plastique contenant les deux carpes. Par la fenêtre, elle a vu défiler les paysages familiers: les raffineries de l'est de Montréal, les stations de péage, les champs picotés par les premières plaques de neige, l'horizon vaste et gris du lac Saint-Pierre.

Son père l'attendait à la gare, au centre-ville. Lui qui n'était pas trop porté sur les effusions l'a serrée plus longuement et plus fort que d'habitude.

— Qu'est-ce qui est arrivé? Maman va bien? a demandé Ewa en se dégageant doucement.

— Oui, oui, tout va bien, l'a rassurée Marek, avant de saisir la valise et le sac de carpes qui venait avec.

Nina aurait préféré attendre un peu avant de parler d'Adam à ses filles. Comme si, en les tenant dans l'ignorance, elle avait pu prolonger le temps d'avant, celui où Adam était encore intact.

Mais c'était sans compter Maja qui s'est pointée au repas du soir en brandissant la lettre de Pola.

— C'est quoi, ça ? Pourquoi vous ne nous avez rien dit ?

— Où as-tu trouvé ça ? s'est offusquée sa mère. Tu as fouillé dans notre chambre, c'est ça ? Tu sais bien que tu n'as pas le droit…

— Vous n'avez pas vu la tête que vous faisiez, ces derniers temps, a répliqué Maja. Je sentais bien que ça ne tournait pas rond, je voulais savoir, c'est normal.

Le regard d'Ewa allait de Maja à leurs parents. Mais que se passait-il, au juste ?

En voyant sa sœur surgir dans la cuisine, Ewa a été frappée de constater combien elle avait changé depuis leur dernière rencontre, un mois plus tôt, juste avant les examens de fin de session. Maja avait fait couper ses cheveux noirs très court, à la garçonne, elle paraissait plus longue, comme si elle avait retiré l'excédent de gras qui recouvrait son corps. Elle portait des vêtements qu'Ewa ne lui connaissait pas : un pantalon à pattes d'éléphant, un t-shirt qui découvrait son nombril sous une veste à carreaux rouges et mauves. Ewa aurait voulu la complimenter, lui dire que sa coupe de cheveux lui allait drôlement bien, mais là, il se passait quelque chose d'inouï. Les yeux sombres de Maja projetaient des éclairs. Dans sa main, elle brandissait une lettre calligraphiée soigneusement sur du papier à bordure fleurie.

— Ça fait plus de deux mois qu'Adam a été blessé, et vous ne m'avez rien dit, vous ne *nous* avez rien dit ! Mais comment avez-vous pu faire ça ? a hurlé Maja avant de courir s'enfermer dans sa chambre, suivie par Ewa.

La soupe aux cornichons refroidissait dans leurs assiettes quand Nina et Marek ont retrouvé leurs filles en pleurs, dans la chambre de Maja. Ils se sont assis par terre avec elles. Ils se sont enlacés tous les quatre et sont restés comme ça pendant quelques minutes. Ewa a été la première à se lever. Elle a lissé sa tunique parsemée de fils dorés et elle a dit :

— Tu sais, Maja, c'était mieux comme ça, ça aurait été difficile de me concentrer sur mes examens si j'avais été au courant, pour Adam.

Puis elle a ajouté :

— Au moins, il est vivant.

⁂

Une semaine avant qu'Adam soit miraculeusement arraché d'un tank en flammes, Monika a donné naissance à une petite fille qu'elle a d'abord voulu appeler Sara.

— Regardez bien, elle a un visage de Sara, disait-elle à Jurek et à Sabina.

Mais leur réaction a été unanime : ce n'était pas un prénom qui convenait à une enfant, surtout pas en Pologne, surtout pas à cette époque, et peut-être pas non plus à quelque autre époque et dans quelque pays que ce soit, parce qu'on ne savait jamais quand *ça* pouvait recommencer, quand un tel prénom pouvait devenir à nouveau l'équivalent d'une condamnation.

Après une semaine de tergiversations, Jurek et Monika se sont entendus sur un prénom qu'ils trouvaient à la fois joli, universel et court. Anna. Ils appelleraient leur fille par son diminutif, Ania.

Jurek avait attendu la naissance du bébé avant de s'installer chez Sabina, dans l'appartement de deux chambres au quatrième étage du bloc B où Monika vivait depuis toujours. Les jeunes parents ne voulaient pas interrompre leurs études, il leur restait quelques mois de cours avant les examens finaux. Et de toute façon, ils n'avaient nulle part ailleurs où habiter.

Sabina leur a promis de les aider avec le bébé, puis elle a proposé d'échanger leurs chambres : la sienne était plus vaste que celle de Monika, il y aurait de la place pour un berceau, à côté de leur lit.

Avec les mastites qui rendaient ses seins douloureux comme s'ils avaient été piqués par des aiguilles, entre les coliques d'Ania et les prises de bec avec Sabina, qui trouvait qu'il fallait laisser pleurer le bébé et ne pas l'allaiter trop souvent, la vie de Monika s'est remplie à ras bord. Tout ce qui se produisait au-delà de ce cercle de préoccupations immédiates lui apparaissait flou, irréel, inaccessible.

Ania avait déjà trois mois quand Monika a reçu la lettre d'Ewa lui annonçant qu'Adam avait été blessé à la guerre. Elle l'a relue plusieurs fois, cette réalité n'arrivait pas à pénétrer son esprit encombré.

Adam blessé au combat. Ces mots ont fini par clignoter tel un néon rouge dans sa tête. Mon Dieu, non, pas Adam ! Elle a mis sa main sur sa poitrine et, pendant quelques minutes, a respiré profondément pour reprendre son souffle. Mais pourquoi personne ne le lui avait dit plus tôt ? Pourquoi avoir attendu si longtemps ? Et pourquoi avait-il fallu que ce soit Ewa qui l'en informe, pourquoi pas les parents d'Adam ? Ou Adam lui-même ? Il était certainement capable d'écrire, maintenant...

C'était comme si elle n'existait plus pour eux, comme si elle n'avait jamais fait partie de leur vie, de la vie de leur fils.

Puis Ania s'est remise à pleurnicher, les seins de Monika ont recommencé à couler, elle a déposé la lettre sur la table de la cuisine, a sorti le bébé de son berceau, a remarqué que sa couche était pleine, l'engrenage s'est remis en marche, elle a enchaîné mécaniquement tous les gestes qu'elle devait accomplir tout en se répétant mentalement : Adam est blessé, Adam est blessé, Adam est blessé.

Plus tard, après avoir couché Ania, après avoir vérifié l'heure en se demandant pourquoi Jurek n'était pas encore rentré, après avoir fumé sa cigarette quotidienne, la seule qu'elle s'autorisait, Monika a ressorti la photo qu'Adam lui avait envoyée à la fin de l'été.

Le soldat au visage bronzé vêtu d'un uniforme kaki la regardait d'un air confiant. Comment était-il maintenant, comment était son visage ? Devait-elle lui écrire, et si oui, comment, sur quel ton ? Et surtout, pour dire quoi ? Sûrement pas pour lui raconter sa vie à elle, lui dire qu'elle venait d'avoir un bébé, qu'elle et Jurek se marieraient bientôt. Elle ne pouvait pas non plus lui écrire en taisant ces événements importants. Le mieux était de ne pas écrire du tout. Pas tout de suite.

Mais il fallait bien raconter à quelqu'un la naissance de la plus belle fille au monde : Ania. Elle a fouillé partout, dans les tiroirs de la commode, dans ceux de la cuisine, sur l'étagère près du téléphone, a fini par trouver un stylo à bille bleu au fond du sac de couches, s'est demandé comment il avait bien pu atterrir là, puis elle a arraché la page centrale d'un cahier d'écolier et elle a tracé : « Chère Ewa… »

⁂

Ewa lisait et relisait la lettre de Monika avec le sentiment d'avoir été abandonnée par les deux personnes qui lui étaient les plus chères au monde, à l'extérieur de sa famille immédiate. Naturellement, leurs liens s'étaient effilochés avec les années, mais Adam et Monika restaient les deux piliers qui la définissaient depuis toujours, et même si elle ne leur écrivait plus aussi souvent, presque plus en fait, elle leur parlait régulièrement dans sa tête. D'une certaine manière, ils faisaient partie de ce qu'elle était, ils étaient *elle*, comme s'ils avaient été tatoués dans son code génétique.

Et là, Adam s'était transformé en grand blessé, il avait terriblement souffert, elle n'osait même pas s'imaginer combien. Mais malgré toute sa compassion, malgré toute la douleur qu'elle partageait de loin avec lui, elle n'en éprouvait pas moins un sentiment de perte personnelle, comme si elle était une victime collatérale de cette guerre qui s'était déroulée à des milliers de kilomètres de chez elle.

Adam, celui qui, enfant, l'embêtait avec ses armées de soldats de plomb, lui qui s'était tenu debout dans une classe d'histoire pour rétablir la vérité sur le massacre de Katyń, puis qui avait été emporté par un train un jour d'automne brumeux, cet Adam, son Adam, venait maintenant, littéralement, de changer de peau. Et Monika, sa quasi-jumelle de la cour, la personne qui l'avait vue cracher dans le sable pour faire apparaître des vers de terre, celle qui l'avait persuadée qu'elle pouvait faire vivre des objets inanimés par la seule force de sa conviction – cette enfant fantasque qui n'avait peur de personne s'était volontairement cloîtrée dans ce qui, pour Ewa, s'apparentait à une cage.

Ewa s'était d'abord réjouie de la naissance de la petite Ania. Mais elle ne pouvait s'empêcher de penser que, en devenant mère, Monika avait aussi renoncé à sa liberté et, donc, à une part d'elle-même.

Ses deux amis étaient entrés brutalement dans l'âge

adulte, la laissant derrière, dans son sept et demie partagé à trois, avec des cintres repliés servant de grille-pain et des bouteilles de bière vides converties en bougeoirs, avec des abat-jour en laine marron et des jardinières en macramé, dans sa vie d'étudiante insouciante aux antipodes de leur vie à eux.

Ewa étudiait moitié en histoire, moitié en sociologie. Tous les jours, elle se rendait au pavillon Read de l'UQAM, elle y croisait les militants des groupes d'extrême gauche comme En Lutte ! ou la Ligue communiste, qui distribuaient leurs tracts dans l'entrée de l'immeuble. Sans partager leurs convictions, elle aimait leur fougue et leur indignation, parfois elle discutait avec eux, finissait toujours par dire que le communisme, elle l'avait vécu sur sa propre peau, elle savait bien ce que ça pouvait donner, et quand ils la traitaient de réactionnaire, elle regardait sa montre pour se rendre compte qu'elle était déjà en retard à son cours. Alors elle courait dans l'escalier, entrait dans la classe tout essoufflée, sa pile de journaux dans les bras.

Ewa n'avait pas la moindre idée de ce qu'elle voulait faire plus tard. Ses colocataires étaient inscrites dans des programmes dont la finalité n'était pas toujours claire : animation culturelle pour Hélène, communication pour Francine. Elles lisaient compulsivement Betty Friedan, Gloria Steinem, Sylvia Plath, Simone de Beauvoir. Elles passaient des nuits à bûcher devant un cendrier débordant de mégots, ou à discuter jusqu'à l'aube, elles étaient à la fois graves et légères, elles s'indignaient et riaient fort, elles n'avaient ni chien, ni chat, ni enfant, à peine quelques plantes d'intérieur, une sansevière et deux fougères qu'elles n'arrosaient pas assez souvent et qui survivaient de peine et de misère. Il n'y avait autour d'elles aucun être vivant sur qui elles auraient dû veiller, qui imposerait des limites à leur liberté.

C'était pour Ewa une époque d'exploration intense, y compris sur le plan sentimental. Un premier amoureux, Vincent, qu'elle avait fréquenté pendant onze mois, l'avait laissée du jour au lendemain, elle n'a jamais compris pourquoi. Elle avait cru qu'elle ne s'en remettrait jamais. Puis elle s'en était remise. Depuis, ses histoires d'amour ne duraient jamais assez longtemps pour qu'elle ait le temps de présenter ses copains à ses parents.

Avoir un enfant à son âge ? À ses yeux, ça relevait de la folie.

— Vous imaginez ? À vingt et un ans, ma mère avait déjà deux enfants et était sur le point de tomber enceinte de mon frère, le troisième, répétait Francine en levant les yeux au ciel. Elle a passé sa vie à cuisiner, à faire le ménage et à se plaindre.

Francine préférait se pelotonner au fond du divan du salon, en pyjama et en pantoufles de Phentex, le volume des *Mémoires d'une jeune fille rangée* bien calé contre un oreiller, un cendrier et un café à portée de la main.

Comme ses deux colocs, Ewa estimait que la libération des femmes passait par le rejet du carcan amoureux et domestique. Parce qu'elle voyait bien que, même chez elle, même si sa mère poursuivait sa carrière – tout en enseignant au cégep, elle venait de faire valider ses qualifications de psychologue –, c'était encore Nina qui préparait les repas, pliait le linge sorti de la sécheuse et portait sur ses épaules la plupart des responsabilités domestiques. Pendant ce temps, ses recherches, les cours que son père donnait, puis son engagement au sein du syndicat des enseignants de l'université ne l'empêchaient pas de les amener, elle et Maja, faire du ski ou du canot, ou encore de disparaître dans le bois, son fusil sur l'épaule, avec une insouciance qui n'était pas alourdie par l'anticipation du prochain repas ou de la prochaine brassée de lavage. Sa marge de liberté était infiniment plus vaste que celle de Nina, qui avait pris l'habitude de noyer Marek de reproches sans rien faire pour changer l'ordre des choses.

Ewa refusait de devenir une femme amère et plaignarde. Il y avait une bataille à mener, et au lieu de pousser des soupirs de découragement, comme sa mère, comme toutes les mères, Ewa et ses amies avaient choisi de se battre. Comment Monika la rebelle avait-elle pu ainsi abdiquer devant ce combat fondamental ?

Les parents d'Ewa réglaient ses droits de scolarité, mais elle devait se débrouiller pour le reste. Elle avait déniché un emploi de serveuse dans un bar de la rue Saint-Denis fréquenté par des artistes et des journalistes. Ce boulot lui permettait à peine de payer son loyer et sa facture d'épicerie. Mais un soir, un client inhabituel qui, avec sa cravate rayée et son veston marine cintré, semblait s'être trompé d'adresse, a gratifié Ewa d'un pourboire équivalant à une semaine de salaire, après avoir calé coup sur coup cinq verres de scotch.

— C'est fou comme tu m'as aidé, lui a-t-il lancé.

Ah bon, a pensé Ewa. Elle n'avait aucune idée de ce qu'elle avait bien pu faire pour mériter cette somme mirobolante. Mais elle en profiterait pour téléphoner à ses vieux amis Adam et Monika, les conversations téléphoniques coûtaient une fortune et elle n'avait pas entendu le son de leurs voix depuis le départ de la Pologne, cinq ans plus tôt.

Elle a composé l'indicatif 972 suivi du numéro des parents d'Adam qu'elle avait noté dans un ancien carnet d'adresses. Après quelques essais infructueux, alors que la sonnerie débouchait sur un long grésillement suivi d'un message dans une langue incompréhensible, probablement de l'hébreu, c'est Adam lui-même qui a finalement pris le combiné.

Son «allô» sonnait rauque, ce n'était ni le «halo» ouvert polonais ni le «allô» pointu français. Elle n'était pas sûre d'avoir composé le bon numéro.

— Adam? C'est toi? a-t-elle demandé en polonais.

— Oui, c'est moi. Qui est à l'appareil?

Il y avait de la friture sur la ligne, recouvrant la voix d'Adam qui semblait venir de très loin, incitant Ewa à parler plus fort.

— C'est moi, c'est Ewa.

— Qui?

— Ewa!

— Salut, Ewa, a dit Adam après un moment de silence.

Elle lui a demandé comment il allait, il a dit «bien merci, et toi?», elle a dit «très bien, j'étudie à Montréal, et toi, comment vont tes blessures?»

— Ça va, a dit Adam.

— Est-ce que ça fait mal?

— Non, plus maintenant. Pas trop. Mais ce n'est pas beau à voir. Et je ne peux pas m'exposer au soleil… et en Israël, ce n'est pas évident.

— Et tes parents, ils vont bien? Et Basia?

— Tout le monde va bien. Mes parents travaillent, ma sœur est au kibboutz, et moi, je viens de finir mon séjour en réadaptation et de rentrer à la maison chez mes parents, comme un gamin.

C'est à peu près tout ce qu'elle a réussi à tirer de cette conversation où Adam ne lui a pas posé une seule question sur sa vie à elle, et durant laquelle il ne lui a pas non plus fourni d'informations non sollicitées. Seulement cette dernière phrase, où pointait l'amertume.

Pour remplir les silences embarrassants, Ewa a parlé vite, trop, elle a raconté sa vie à elle, elle a parlé de Nina qui espérait bientôt recevoir ses premiers patients, de Marek qui s'était laissé pousser la barbe et avait l'air d'un véritable coureur des bois, de Maja qui prévoyait de la retrouver à Montréal, dans un peu plus d'un an, quand elle entrerait à l'université – elle voulait étudier la linguistique, va donc savoir où ça pouvait la mener, puis bon, elle espérait que sa sœur partagerait un appartement avec ses amis à elle, qu'elle ne collerait pas trop à ses basques.

— Et tu sais, a poursuivi Ewa, *babcia* Lusia va peut-être venir vivre au Canada, en tout cas elle doit y passer six mois bientôt, on verra ce que ça va donner. Parce qu'elle et papa, c'est pas le grand amour, tu sais...

En raccrochant, Ewa s'en est voulu pour son babillage, et elle a eu l'impression qu'Adam n'avait pas été particulièrement content de lui parler. Ni content ni mécontent, en fait. Plutôt indifférent. Après, Ewa n'a pas eu le courage de téléphoner à Monika. Elle a ramassé ses vêtements éparpillés à côté de son lit, les a fourrés dans un sac-poubelle, puis est descendue à la buanderie au coin de la rue. Après avoir amorcé le cycle de lavage, elle a marché jusqu'au dépanneur pour acheter un paquet de Du Maurier King Size, puis elle a regardé ses draps et ses serviettes tourner derrière le hublot de la laveuse en secouant sa cendre dans le papier d'aluminium qui lui servait de cendrier.

Ses chaussettes, ses t-shirts et ses culottes tourbillonnaient dans l'eau savonneuse comme les souvenirs qu'elle ne pouvait plus partager avec personne.

⁂

Au fond du jardin, derrière la maison de pierres que l'Université de Jérusalem avait attribuée à Pola quand elle avait été embauchée comme professeure de chimie, huit mois après leur arrivée en Israël, se dressait un hangar recouvert de lierre qu'ils utilisaient pour entreposer des bêches, des brouettes, ou encore des sacs de terre et d'engrais.

Andrzej rêvait de transformer cet appentis en atelier où il mènerait des projets de bricolage dès que son travail lui en laisserait le temps. Mais sa firme d'ingénieurs croulait sous les contrats publics. En ce moment, il planchait sur la construction d'une nouvelle bretelle de l'autoroute 1. Et récemment, ses patrons l'avaient convoqué pour lui dire que, quand viendrait le temps de rénover ou d'agrandir l'aéroport Ben Gourion – et cela ne saurait tarder –, leur firme devait être prête à foncer. Mieux valait se préparer dès maintenant.

Clairement, l'atelier de bricolage attendrait. Par contre, l'appentis serait réaménagé pour accueillir Adam, récemment rentré du centre de réadaptation. Dans une maisonnette à lui, leur grand garçon pourrait avoir son intimité tout en restant près de ses parents. Pola a passé des heures à fouiller dans le barda de malles et d'étagères, à trier les clous rouillés, les écrous, les pompes à vélo, les tronçons de boyaux, les livres qui n'avaient pas trouvé de place dans la bibliothèque, mais qu'ils ne se décidaient pas à jeter. Il fallait dégager les murs pour percer deux fenêtres et brancher le hangar au réseau électrique et à l'eau courante. Après des jours de gros ménage, le bâtiment était presque vide, à l'exception d'une commode de bois, haute d'un mètre, fixée dans le ciment, contre le mur du fond.

Le meuble était là depuis leur arrivée, ses tiroirs refusaient de glisser sur leurs rails métalliques usés, si bien qu'ils ne s'en étaient jamais servis. Il faisait simplement partie du décor.

Pola a tiré sur le tiroir du haut pour le dégager, en vain, puis elle a frappé les côtés à l'aide d'un marteau, a tenté de détacher le meuble du mur à l'aide d'une scie, puis d'un couteau, de retirer les panneaux frontaux des tiroirs pour voir ce qui bloquait à l'intérieur. «Ce meuble n'est pas démontable», a pensé Pola, se disant qu'elle le laisserait aux ouvriers qui devaient commencer leurs travaux une semaine plus tard. Ils n'auraient qu'à le démolir.

Puis elle a fait un dernier essai, avec le tiroir du bas. Il a cédé du premier coup, projetant Pola vers l'arrière, sur le sol de béton. Elle s'est relevée, a essuyé ses mains poussiéreuses et elle l'a vu: un carnet jaune à la couverture cartonnée bordée d'un bandeau de fleurs dessinées et coloriées à la main. Au milieu de la page, un cœur avait été soigneusement tracé au crayon rouge.

Le cahier reposait au milieu d'un fatras de brosses, de mouchoirs, d'élastiques et de pinces. Des cheveux ternis, d'une couleur indéterminée, s'emmêlaient sur un peigne de plastique. Pola a sorti le carnet du tiroir et a soulevé la couverture tapissée d'une épaisse couche de poussière: le texte était écrit à la main, en arabe, dans une calligraphie appliquée, et il courait jusqu'aux dernières pages du cahier.

Des dessins représentant des personnages qui se

tenaient la main, ou un ciel et des nuages, ou des arbres en pleine floraison, ou encore un chien aux oreilles rabattues ornaient le bas des pages. Quelque chose dans le coup de crayon animait ces croquis, ils n'étaient pas statiques, les personnages semblaient presque respirer, les nuages se mouvaient dans le ciel. La dernière page montrait une fillette soulevant un chien plus gros qu'elle dans ses bras. Des larmes couvraient ses joues colorées de rose. Le dessin était si évocateur qu'on entendait presque la gamine renifler.

Pola s'est calée contre le mur, le cahier posé sur ses genoux repliés. Que racontaient exactement ces lignes et ces dessins ? Qui était la fillette en larmes ? Était-ce elle qui avait noté ses pensées dans ce cahier ? Quel âge avait-elle ? Que lui était-il arrivé ? Et ce chien ? Qu'était-il advenu de ce chien ? S'agissait-il d'un journal intime ? Et surtout : la personne qui avait écrit ces lignes, inscrit ces dates, avait-elle jadis vécu ici ?

Pola a frissonné. Il y avait quatre ans qu'ils vivaient à Ein Karem, dans cette maison de pierres incrustée au milieu des collines blondes qui entourent Jérusalem. Et ils ne s'étaient jamais demandé qui y avait habité avant eux. L'université disposait d'une banque de maisons, ses employés les obtenaient à prix avantageux, il n'y avait qu'à s'y installer ; pourquoi se poser des questions ?

L'image du contrôleur qui lançait le journal intime de sa fille, parmi les autres objets saisis à la frontière avec la Tchécoslovaquie a surgi dans la mémoire de Pola. Puis l'expression de rage et d'impuissance sur le visage de Basia. Elle s'est levée, a secoué la tête comme si elle avait voulu chasser ce souvenir.

Pola avait bien appris quelques mots d'arabe depuis son arrivée en Israël. Un jour, elle avait demandé à son collègue Youssef, un Arabe chrétien spécialiste de chimie organique, s'il pouvait lui donner des cours plus sérieux, mais ils n'en avaient jamais trouvé le temps. Peut-être pourrait-elle lui demander de traduire ce cahier ? Peut-être même l'aiderait-il à trouver sa propriétaire ?

Mais le souhaitait-elle vraiment ? À quoi bon ? Oui, elle le ferait sûrement un jour, mais pas tout de suite. Pour l'instant, il fallait aménager une maisonnette pour son fils, grièvement blessé dans une guerre qu'il n'avait pas cherchée. Pola a traversé la cour, pénétré dans la cuisine et grimpé sur l'escabeau qui lui permettait d'atteindre le haut des armoires. Elle en a retiré une boîte métallique où elle rangeait de vieilles photos qu'elle se promettait de classer un jour, puis elle y a enfoui le cahier à la bordure fleurie orné d'un cœur rouge et elle a refermé le couvercle.

Une occasion de célébrer

Entre deux joints tu pourrais faire que'qu' chose
Entre deux joints tu pourrais t'grouiller l'cul

Charlebois sautillait sur la scène, avec sa chemise brodée qui brillait sous les projecteurs. La journée avait été douce, mais en cette nuit de début août, une brise fraîche charriait des effluves d'automne et de marijuana. Quelqu'un avait eu l'idée de faire passer un énorme joint à travers la foule, jusqu'à la scène, jusqu'à Charlebois.

Maja et son amie Michelle se trouvaient sur le chemin de ce cadeau improvisé. Elles l'ont pris à quatre mains, comme s'il pesait une tonne, avant de le passer à un spectateur qui détonnait avec son veston chic et sa cravate. Les deux amies se tortillaient, dansaient, chantaient, comme toute la foule rassemblée sur les plaines d'Abraham pour la Superfrancofête qui avait débuté en lion, c'était le cas de le dire, avec le spectacle *J'ai vu le loup, le renard, le lion* réunissant sur scène Robert Charlebois, Gilles Vigneault et Félix Leclerc.

Maja et Michelle venaient de boucler leur tour de la Gaspésie sur le pouce, voyage soulignant la fin de leur première année au cégep de Trois-Rivières. Il y avait des mois qu'elles planifiaient cette escapade qu'elles imaginaient initiatique, ne serait-ce que parce que toutes les deux espéraient en profiter pour se débarrasser d'une virginité qu'elles trouvaient de plus en plus encombrante. Michelle, la plus délurée des deux, avait acheté deux boîtes de capotes à la pharmacie la veille de leur départ, et avait rougi devant le commis, à la caisse.

Le plan avait fonctionné pour elle, par une nuit de pleine lune, sur la plage de Trois-Pistoles.

Maja, elle, s'était défilée chaque fois qu'une occasion s'était présentée. Elle avait envie de dire oui. Puis elle disait non. Peut-être n'avait-elle simplement rencontré personne qui lui avait donné envie de faire le saut. Ou peut-être avait-elle peur que des relents de mauvaise odeur, son odeur d'immigrante d'Europe de l'Est tout juste débarquée de l'avion, ne remontent à la surface, chassant les arômes de l'eau de Cologne au muguet et de l'huile au patchouli dont elle avait pris l'habitude de s'asperger.

Y t'reste un boute à faire, faut qu't'apprennes à marcher
Si tu fais comme ton père, tu vas t'faire fourrer
J'sais qu't'es en ostie pis qu't'en as jusque-là
Mais tu peux changer ça, vite, ça presse en maudit

Les dizaines de milliers de spectateurs s'époumonaient, s'arrachant les cordes vocales à force de concurrencer les haut-parleurs qui crachaient la musique à plein volume depuis la scène, où Charlebois serait bientôt suivi par Gilles Vigneault et Félix Leclerc. À la fin, quand tous les trois, le loup, le renard et le lion, ont entonné *Quand les hommes vivront d'amour*, Maja et Michelle se balançaient au rythme lent de la chanson, qu'elles ressentaient presque douloureusement dans leurs muscles, sur leur peau. L'émotion était exacerbée par les joints qu'elles avaient fini par partager avec deux gars qui regardaient le show à leurs côtés. L'un d'eux s'appelait Jean-Paul. Il avait les hanches étroites, un visage juvénile dépourvu de barbe, et portait une chemise de toile écrue qui ressemblait à celle de Félix. Quand la foule a commencé à se disperser, se dirigeant vers les feux d'artifice qui explosaient de l'autre côté des plaines, Maja s'est attardée aux côtés de Jean-Paul pendant que Michelle prenait de l'avance avec son copain. Le visage pâle du garçon se colorait en rose, jaune, vert sous l'éclat de la chorégraphie pyrotechnique. Quand il lui a proposé de rentrer avec lui, à sa maison de Sainte-Foy, où il était seul pendant que ses parents et sa sœur cadette passaient une semaine à Ogunquit, Maja n'a pas hésité.

— C'est bon si je te retrouve demain? a-t-elle demandé à Michelle, qui devait passer la nuit chez une tante à Sillery.

— Vas-y, c'est bon, c'est à ton tour, a répondu Michelle avec un clin d'œil.

Beaucoup plus tard, alors que le ciel commençait à s'éclaircir derrière le rideau à motifs géométriques,

Jean-Paul, qui avait enfoui son nez dans le cou de Maja, lui a dit qu'elle sentait bon.

— Tu veux dire le parfum au muguet ?

— Non, je veux dire ta peau. Toi.

Ils ont refait l'amour, puis ils sont allés déjeuner dans un café aux banquettes de skaï rouge, en arrière du cégep Garneau. Maja a tâté l'argent qui lui restait au fond de sa poche : trois pièces de vingt-cinq cents pour finir le voyage.

Comme Jean-Paul n'avait pas précisé s'il lui offrait le repas, elle a prétendu qu'elle n'avait pas faim, a demandé un café pendant qu'il commandait ses œufs tournés-toasts-bacon-patates. Elle a piqué une tranche de bacon dans l'assiette de Jean-Paul, mais a refusé quand il lui en a offert une deuxième. Puis elle a tourné la cuillère dans son café pour dissoudre la poudre de Coffee Mate.

— Tu sais, Maya, tu pourrais rester à Québec si tu voulais, un de mes amis travaille pour le Village des Arts, là où on vend de l'artisanat international. Ils ont besoin de personnel, il pourrait te trouver une job.

La proposition était tentante, ne serait-ce qu'en raison de l'état de ses finances, mais pas seulement. Elle a regardé Jean-Paul avec perplexité : avait-elle envie de le revoir ? Ils avaient passé moins de vingt-quatre heures ensemble et, déjà, elle tiquait devant sa manière de s'exprimer, trop appuyée. Il manquait d'humour, de finesse. En même temps, il l'enveloppait d'une tendresse à laquelle elle n'avait pas envie de s'arracher.

Tout en mangeant, Jean-Paul faisait tourner la

roulette du juke-box, puis il y a glissé une pièce de monnaie et la voix de Diane Dufresne a envahi le casse-croûte.

Au-au-au-au-aujourd'hui, j'ai rencontré l'homme de ma vie...

Ça, c'est trop, a pensé Maja. Et de toute façon, même si elle décidait de rester, elle devait d'abord avertir ses parents, qui l'attendaient à Trois-Rivières le soir même. Elle s'est dirigée vers le téléphone public, dans l'entrée du restaurant, a composé le zéro et a demandé un appel à frais virés.

— *Mamusiu*, je m'amuse super bien avec Michelle. On pourrait rester quelques jours de plus, jusqu'à la fin du festival ? On nous a offert un boulot, ça me donnerait de l'expérience, tu sais.

Au bout du fil, il y a eu un silence, puis un soupir.

— Mauvaise idée, mon chaton, a dit Nina. Tu sais que ta grand-mère est arrivée hier. Ça fait presque six ans que tu ne l'as pas vue. Ewa est là. Et pas toi. Tu ne peux pas rester là-bas plus longtemps. Rentre.

Dans le tourbillon de son voyage, Maja avait complètement oublié la visite de *babcia* Lusia. Quand sa mère l'a sommée de rentrer à la maison, elle s'est sentie soulagée. Après avoir raccroché, elle est retournée s'attabler devant Jean-Paul, a avalé une gorgée de café froid, a gribouillé son numéro de téléphone sur une serviette de table et embrassé le garçon sur sa joue lisse en lui disant :

— Merci pour la belle soirée, mais je dois rentrer chez moi.

Elle est partie avant qu'il n'ait eu le temps d'essayer de la retenir.

— Puis? Contente de ta nuit? a lancé Michelle avec un sourire entendu quand Maja l'a retrouvée chez sa tante, à Sillery, dans une maison de bois offrant une vue saisissante sur le fleuve.

— Pas mal, a répondu Maja en rougissant, avant d'ajouter: On part?

La tante de Michelle a eu la gentillesse de les conduire jusqu'à une bretelle d'accès de la route 138, où elles ont attendu une heure avant qu'un couple dans une Volvo verte n'accepte de les embarquer. La Volvo les a déposées devant le centre commercial Les Rivières, d'où elles ont marché, Michelle vers son quartier de Saint-François-d'Assise, Maja vers sa maison de la Terrasse-Duvernay.

Les sangles de son sac à dos lui lacéraient les épaules quand Maja a vu apparaître le saule pleureur dont les branches pendaient au-dessus de la pelouse de leurs voisins.

Devant la maison, une femme avec un chapeau de paille sarclait la platebande longeant le salon, où fleurissaient des anémones et des hydrangées.

La femme s'est levée et s'est tournée vers Maja, comme si elle l'avait entendue arriver. C'était *babcia* Lusia.

Maja s'est délestée de son sac à dos et a couru prendre sa grand-mère dans ses bras.

— Laisse-moi te regarder, a dit Lusia en repoussant doucement sa petite-fille pour mieux l'observer, à travers la brume qui lui montait aux yeux. Comme tu as grandi, tu es une femme maintenant !

Après toutes ces années, on dirait qu'elle lit dans mes pensées, a songé Maja alors que des images de sa nuit avec Jean-Paul lui revenaient à la mémoire. Finalement, elle aurait bien aimé rester quelques jours de plus auprès de lui.

⁂

Ils étaient rassemblés dans la cuisine autour d'un plat de choucroute : Ewa, Maja, Marek, Nina et Lusia. Maja a pensé que, pour la première fois depuis longtemps, ils formaient une famille complète.

— Tu as fait un beau voyage ? lui a demandé Ewa. Vous avez vu Percé ? Et Bonaventure ? Et la Superfrancofête, c'était comment ?

Nina commençait à ramasser les assiettes vides quand Marek s'est levé, avec l'air de celui qui s'apprête à faire un discours. Il a versé de généreux verres de Żubrówka à tout le monde : Lusia en avait rapporté deux bouteilles dans ses bagages.

Puis il a extirpé une feuille froissée de sa poche et l'a brandie devant lui. Il s'est éclairci la gorge :

— Vous voyez ce papier ? C'est une invitation à participer à la cérémonie d'attribution de citoyenneté qui aura lieu dans deux mois, à la mi-octobre. À partir de ce jour, nous serons tous citoyens canadiens. Il y a de quoi trinquer. *Na zdrowie !*

— On aura un passeport canadien, alors ? a demandé Maja.

— On pourra aller en Pologne ? a renchéri Ewa.

Oui, ils auraient droit à leur passeport canadien, ils n'auraient qu'à en faire la demande, a expliqué Nina. Pour ce qui était d'un éventuel voyage dans leur pays natal, ce n'était pas si sûr. Théoriquement, oui, c'était désormais possible. Ils n'étaient plus des apatrides. Mais comme ils seraient des citoyens canadiens, ils auraient besoin d'un visa pour entrer sur le territoire de ce pays qui leur était devenu étranger. Et aux yeux des autorités polonaises, ils ne seraient quand même pas tout à fait des Canadiens comme les autres, alors il faudrait voir.

Peut-être bien qu'on leur accorderait le visa. Et peut-être pas. Une amie qui avait quitté le pays dans les mêmes circonstances qu'eux pour s'établir en Suède l'avait obtenu. Mais pas une autre, qui avait atterri au Danemark. Pourquoi ? On n'en savait rien puisque les raisons de la bureaucratie communiste étaient insondables.

— Il y a beaucoup d'incertitudes dans la vie, mais ce qui est sûr, a tranché Marek en esquissant un sourire espiègle, c'est qu'en attendant, on peut se verser un autre verre.

⁂

— Tu ne manges pas la viande ?

— Non, c'est du porc.

— Et alors ?

— C'est pas casher.

— Mais voyons donc, depuis quand tu manges casher ?

— Depuis aujourd'hui, mais c'est pas grave, de toute façon j'ai pas faim.

Jacek a fait glisser le contenu de son assiette dans la cocotte tout juste sortie du four, l'a rincée et l'a placée dans le lave-vaisselle. Il a regardé Teresa et Heniek avec cet air supérieur qu'il affichait depuis quelque temps, puis il a ajouté qu'il sortait et rentrerait sans doute très tard. Ils n'ont même pas eu le temps de lui demander où il allait qu'il était déjà parti.

Un mois plus tôt, le tintement de la sonnette les avait tirés du sommeil au milieu de la nuit. « J'y vais », avait soufflé Heniek en nouant la ceinture de son peignoir en velours vert bouteille. Quand il a ouvert la porte, il s'est retrouvé face à deux policiers qui escortaient Jacek. Il a mis un moment avant de se rendre compte que le garçon était menotté.

— Mais voyons, tu dormais quand on est allés se coucher, ta mère et moi, a marmonné Heniek. Puis il a ajouté, s'adressant aux agents : Mais qu'est-ce qu'il a donc fait de si terrible pour que vous lui mettiez les… comment on dit déjà en anglais… ah oui, *handcuffs* ?

Jacek avait été intercepté dans un terrain vague derrière un stationnement de centre commercial où il buvait du gin à la bouteille avec d'autres garçons. Non seulement ils buvaient dans un lieu public, mais surtout, à dix-neuf ans, Jacek n'avait pas le droit de consommer de l'alcool, point. Ses copains avaient passé le seuil des vingt et un ans, l'âge minimal dans l'État de l'Ohio, mais pas lui.

— Cette fois, comme c'est une première infraction, on va se contenter d'un avertissement, a dit l'un des policiers.

— Mais si ça se reproduit, Jack sera poursuivi, a menacé l'autre.

Puis ils sont repartis après avoir libéré les mains de Jacek, qui a couru s'enfermer dans sa chambre sans dire un mot. Heniek et Teresa se sont versé des verres de brandy, les ont descendus en deux gorgées. Puis Heniek a dit :

— Au moins, il a des amis…

— Peut-être pas les bons, a commenté Teresa.

Ce réveil brutal s'ajoutait à une série d'autres incidents. Un jour, le directeur du collège avait convoqué Heniek et Teresa pour une histoire de bataille de cour d'école qui avait dégénéré, Jacek avait perdu les pédales, la sécurité était intervenue pour le calmer.

— Vous devriez peut-être lui faire consulter un psychologue, avait suggéré le directeur l'air soucieux, il y a quelque chose qui ne va pas.

Quand ils avaient voulu en parler avec lui, Jacek avait marmonné que le garçon qu'il avait tabassé l'avait bien cherché, il n'avait qu'à ne pas le provoquer, puis il était remonté s'enfermer dans sa chambre en faisant claquer la porte.

Le lendemain, Jacek avait décrété que l'école, ce

n'était pas pour lui, qu'à dix-neuf ans, il était capable d'apprendre seul tout ce dont il avait besoin.

Et il n'y avait pas que ça. Jacek n'était jamais tout à fait avec eux, même quand il était physiquement là ; il répondait toujours « bien, et toi ? » quand on lui demandait comment il allait, mais ils savaient bien que c'était une réponse machinale, qu'il ne voulait tout simplement pas poursuivre la conversation.

Il y avait ces moments, de plus en plus nombreux, où leur garçon affichait une expression sombre, avec ses yeux cernés, parfois étrangement brillants. Plus récemment, ils l'avaient surpris alors qu'il était plongé dans la lecture de la Torah. Et maintenant, il leur donnait des leçons de cacherout. C'était vraiment le comble de tout.

Ne trouvant pas de briquet, Teresa s'est penchée pour allumer sa cigarette sur un rond du poêle en retenant ses cheveux, puis elle a aspiré. Quand le papier a rougi, elle s'est relevée et a éteint la cuisinière.

— Je ne comprends rien, a-t-elle soupiré. Ce garçon nous coule entre les doigts comme de l'eau.

— Moi non plus, je ne comprends pas, mais il ne faut pas trop s'inquiéter, c'est normal, il a dix-neuf ans, a tempéré Heniek.

— Je te signale que son frère a aussi dix-neuf ans et qu'il vient d'être admis à l'université. Lui, il sait où il veut aller.

Seule la sœur de Jacek, Julia, réussissait encore à le faire sourire. Sauf qu'un samedi matin, la fillette de cinq ans est apparue dans le salon en pleurant.

— Pourquoi es-tu triste, ma grenouille ? lui a demandé Teresa.

— C'est Jacek, maman. Il m'a dit que je ne peux pas rester dans sa chambre parce que je le dérange dans ses prières...

Plus tard ce jour-là, Heniek a suggéré d'en parler avec *rabbi* Goldberg. Il connaissait bien Jacek, il saurait peut-être quoi faire.

Le rabbin Goldberg n'avait pas vu Jacek depuis plusieurs mois. Il n'avait pas la moindre idée de ce qui pouvait bien lui arriver.

— Si vous voulez, je peux essayer de lui parler, mais encore faut-il qu'il le veuille bien, a dit *rabbi* Goldberg.

— On vous a confié notre enfant et vous ne savez rien, a soupiré Teresa avec dépit.

— Jacek n'est plus un enfant, c'est presque un adulte. Et puis je ne vois pas ce qu'il y a d'inquiétant dans le fait de prier.

— C'est sa façon de prier, c'est trop intense, il se coupe de nous, a fait valoir Heniek.

— Vous savez, il y a différentes manières de prier. Peut-être qu'il a trouvé celle qui lui convient.

Tous les soirs, Heniek et Teresa demandaient à Jacek quand exactement il avait l'intention de faire quelque chose de sérieux, comme retourner à l'école. Chaque fois, la conversation finissait dans les cris et les pleurs.

Deux mois après que Jacek eut abandonné l'école, Heniek a eu l'idée de le faire embaucher à l'usine, sur une chaîne de montage. Là, il n'aurait pas le choix, il ferait quelque chose de ses journées, et peut-être qu'il comprendrait qu'il avait intérêt à étudier s'il ne voulait pas passer sa vie à visser des boulons!

Heniek et Teresa ont été soulagés quand Jacek a accepté la proposition. Pendant quatre jours, tout a semblé bien aller. Le garçon se levait à l'heure, arrivait au travail avec eux, mangeait ses sandwichs pendant la pause du lunch en discutant avec les autres ouvriers. Il avait l'air *normal*. Ils commençaient à respirer quand, au milieu de la cinquième journée, Jacek a retiré sa combinaison de travail bleu foncé, l'a lancée sur le plancher, l'a piétinée et a franchi la porte arrière de l'usine. Ce matin-là, au petit-déjeuner, il les avait accusés d'exploiter les employés. C'était vraiment n'importe quoi!

Quand Teresa et Heniek sont rentrés à la maison, avec la petite Julia qu'ils avaient récupérée à la garderie, ils ont entendu des bruits de meubles qu'on déplaçait et de la musique qui s'échappait de la chambre du garçon.

— Va donc voir ce qu'il fait, a dit Heniek à sa fille.

— Je ne veux pas, j'ai peur.

— Mais voyons, de quoi as-tu peur?

— J'ai peur qu'il me regarde avec ses gros yeux.

— N'y va pas, ma grenouille, a dit Teresa en jetant un regard consterné à son mari. Elle n'a que cinq ans, Heniek, ce n'est pas à elle de régler nos problèmes avec son grand frère!

Ce soir-là, après le souper, Heniek s'est versé son

verre de brandy quotidien, dans lequel il a noyé de la glace concassée, puis il s'est laissé tomber dans son fauteuil de cuir face à Teresa.

— Ce n'est quand même pas normal que notre fille ait peur de son frère, a-t-il lâché d'une voix défaite.

— Peut-être que le directeur de l'école avait raison, après tout, on pourrait faire appel à un psychologue.

Après un moment de silence, Heniek a dit :

— J'ai une meilleure idée.

Ruptures

— Viens, mon fils, on va se balader.

Andrzej a roulé les stores et un soleil aveuglant a inondé le lit d'Adam qui s'est frotté les yeux, a enfoui sa tête sous le gros oreiller de plumes en grognant, mais son père ne lâchait pas.

— On va prendre l'auto, on va rouler jusqu'à Modiin, puis on ira marcher dans la forêt de Bet Shemesh, on prendra un sandwich aux falafels en chemin. C'est bon ?

Huit mois après être rentré du centre de réadaptation, Adam passait presque tout son temps dans la chambre que ses parents lui avaient aménagée dans la maisonnette au fond de la cour. Il se levait tard, ne s'intéressait à rien. Les comprimés qu'il devait prendre chaque jour pour atténuer la douleur y étaient sûrement pour quelque chose, se disait Andrzej en regardant le drap qui recouvrait son fils frémir au rythme de sa respiration.

Au début, une physiothérapeute venait le voir deux

fois par jour, pour masser et assouplir ses greffons rigides. Pnina, qui lui rendait visite à chacune de ses permissions, avait proposé de prendre le relais de la physiothérapeute les jours où elle était là. Adam avait rejeté son offre en expliquant que ce n'était pas sa responsabilité à elle, de le masser, qu'elle devait plutôt profiter de la vie.

— Mais je profite de la vie *avec toi*, insistait-elle.

— Tu vois pas la gueule que j'ai ? Tu mérites mieux qu'un monstre.

— Mais voyons, tes cicatrices vont s'estomper ! Ça ne me dérange pas. Si tu utilises ça comme prétexte pour te débarrasser de moi, tu fais fausse route.

Mais les cicatrices d'Adam ne s'estompaient pas. Quand il avait commencé à sortir de la maison, il avait vu les gens détourner les yeux ou le dévisager avec horreur. Et franchement, il les comprenait, il aurait réagi de la même façon à leur place. Le côté droit de son visage paraissait encore plus repoussant à côté de la beauté pétillante de Pnina, du moins c'est ce qu'Adam imaginait. Il la voyait faire tous les efforts du monde pour lui injecter un peu de son optimisme, il l'entendait parler sur un ton faussement joyeux avec sa mère, son père ou Basia quand sa sœur était de passage à la maison. Avec le temps, il s'était rendu compte qu'il préférait être seul : au moins, dans ces moments-là, il pouvait oublier son apparence de lézard. Dans les yeux de Pnina, il se voyait comme dans un miroir et son reflet l'horrifiait.

— Tu sais, ce n'est pas comme ça que j'avais imaginé ta rencontre avec ma famille, a dit amèrement Adam un jour où Pnina essayait de le faire sourire avec des anecdotes de l'armée.

Pnina a planté sur lui son regard qui, autrefois, lui donnait des frissons.

— Moi non plus.

Pnina a fini par espacer ses visites, puis par les écourter. Ce n'était plus à chaque permission, mais une fois sur deux. Ce n'était plus deux heures, mais une heure, puis trente minutes, ou juste un quart d'heure en passant.

Elle l'aimait toujours, mais sentait qu'il faisait tout pour la repousser. Comme s'il ne voulait lui infliger ni sa tristesse ni son apparence difforme. D'ailleurs, elle devait bien s'avouer que cette peau épaisse et enflée sur le visage d'Adam, ces greffons qui dessinaient une étrange topographie de creux et de bosses sur sa poitrine lui répugnaient. L'unique fois où il l'avait laissée apercevoir son torse nu, elle avait détourné le regard en espérant qu'il ne s'en rendrait pas compte.

Arriverait-elle un jour à éprouver à nouveau du désir pour lui ? La question ne se posait pas vraiment, en tout cas pas avec urgence, puisque Adam ne l'embrassait même pas, ne la touchait pas non plus. Eux qui, autrefois, profitaient de la moindre occasion pour se caresser ne se frôlaient plus que par inadvertance. Elle aurait voulu lui en parler, tenter de changer les choses, mais elle ne parvenait pas à percer la carapace d'Adam. Il ne lui laissait aucune ouverture, aucune prise.

Un jour, Pnina avait éclaté en sanglots en quittant la maisonnette d'Adam, où elle avait une fois de plus essayé de faire revivre quelque chose qui s'entêtait à agoniser. Elle était arrivée en face de Freda, la grand-mère d'Adam, qui prenait soin de lui pendant que ses parents étaient au travail.

— Sois patiente, lui avait soufflé Freda, en la serrant dans ses bras.

Mais la patience ne faisait pas partie de la longue liste des qualités de Pnina. Alors elle avait cessé de venir, point.

⁂

Andrzej s'est assis au bord du lit d'Adam, il a lissé son pantalon et il a attendu. Adam a fini par se relever en remontant le drap sous son menton de manière à cacher les cicatrices qui quadrillaient sa poitrine de plaques mauves et blanches. Il ressentait toujours un choc en voyant son reflet dans le miroir. Était-ce vraiment lui? Allait-il finir par se réveiller de ce cauchemar? par sortir de ce déguisement de crocodile? Mais non, c'était bel et bien lui, Adam, ce soldat qui, contrairement à ses compagnons, avait eu la chance de survivre à ses brûlures. Il aurait dû s'en réjouir. Il n'y arrivait pas. Tout comme il n'arrivait pas à reprendre le cours de sa vie, à entreprendre des études en médecine, comme il en avait rêvé, avant.

— Allez, allez, fais un effort, tu ne peux pas te

laisser aller comme un enfant, tu es un homme, a insisté Andrzej.

Adam a suivi son père en maugréant et en se traînant les pieds. La Susita blanche qu'Andrzej et Pola avaient achetée un an après leur arrivée en Israël a mis un moment avant de démarrer. Adam s'est installé dans le siège du passager. Il avait dû se couvrir des pieds à la tête pour protéger sa peau des rayons ultraviolets : manches longues, pantalon, casquette. C'est d'ailleurs pour ça qu'Andrzej lui avait proposé d'aller marcher en forêt plutôt qu'à la plage, comme ils avaient l'habitude de le faire autrefois.

Ils ont roulé pendant trente minutes. À un croisement, ils sont passés devant une bicoque qui servait des falafels et des shawarmas. Andrzej a éteint le moteur et une odeur d'agneau, de cumin et d'aubergines grillées s'est répandue autour d'eux. Ils ont commandé deux sandwichs aux falafels, le tahini dégoulinait sur les mains d'Andrzej. Il les a essuyées avec une serviette de papier, puis il s'est tourné vers Adam.

— Tu te souviens de Jacek ?

Adam a fait oui avec la tête. Bien sûr qu'il se souvenait de Jacek.

— Le garçon ne va pas très bien. Il a abandonné les études, il fait n'importe quoi, ses parents sont très inquiets.

Adam a jeté le papier ciré imbibé de gras dans un panier, il a essuyé sa joue intacte avec sa main, a rabattu ses cheveux sur la joue brûlée. Où est-ce que son père voulait en venir, au juste ?

Jacek, donc, avait clairement besoin d'un changement de vie. Ce n'est pas qu'il faisait quelque chose de grave, non, c'est plutôt qu'à dix-neuf ans il ne faisait rien du tout, il ne menait rien à terme, il était perdu, poursuivait Andrzej.

Teresa et Heniek avaient eu cette idée d'envoyer Jacek en Israël pour quelques mois. Il pourrait passer un peu de temps à la maison, avec eux, on l'installerait dans l'ancienne chambre d'Adam. Puis en janvier, il pourrait aller travailler au kibboutz.

Là-bas, Jacek n'aurait d'autre choix que de bosser dur, il apprendrait à cultiver la terre, à parler hébreu, il se ferait de nouveaux amis, relèverait de nouveaux défis. Ce changement de vie radical lui donnerait un cadre, des racines, un ancrage. Du moins, c'est ce que ses parents espéraient.

— Je sais que vous avez été proches autrefois, Jacek et toi. Peut-être que tu pourrais aller au kibboutz avec lui, peut-être que ça vous ferait du bien à tous les deux ? En tout cas, Basia a déjà tout arrangé, deux chambres vous attendront là-bas après le Nouvel An.

Adam a répondu qu'il y penserait. Il détestait l'idée que son père cherche des solutions qui lui « feraient du bien ». Il n'avait pas besoin de ça, il n'avait besoin de rien, ni de personne, il était adulte, il s'arrangeait très bien tout seul, merci.

Par contre, s'il pouvait aider Jacek, pourquoi pas ? Il s'est souvenu de la fois où le gamin s'était pointé chez lui, à Varsovie, presque en larmes, à la veille du défilé du 1er mai. Ce garçon était d'une fragilité émouvante.

Adam a attendu trois semaines avant d'écrire à Jacek pour lui dire qu'il l'attendait et qu'il avait hâte de le retrouver. Il a ajouté un avertissement en post-scriptum : « J'ai été blessé à la guerre, j'ai une sale gueule, tu auras un choc en me voyant. »

Un jour de décembre 1974, Jacek a débarqué dans le hall de l'aéroport Ben Gourion, ses cheveux gras tombant sur le sac à dos de toile dans lequel il avait roulé en boule quelques vêtements. À la dernière minute, avant de quitter la maison familiale, alors que ses parents lui disaient de se dépêcher parce qu'il risquait de rater son vol, parce qu'avec Israël il y avait toujours des contrôles de sécurité interminables, il était remonté en courant dans sa chambre, avait fouillé dans un tiroir rempli de vieux cahiers d'école, de papier à rouler, de décapsuleurs et de briquets au gaz sans gaz. Il avait cherché à tâtons jusqu'à ce que ses mains reconnaissent la forme des cinq soldats de plomb qu'il avait enfouis au fond de sa poche un jour de pluie et d'adieux à Varsovie.

⁂

C'était une nuit dense, sans lune, Basia a sifflé deux fois comme convenu, et Gabriel est apparu à la porte de la maison des célibataires en regardant autour de lui, pour s'assurer que personne ne l'avait aperçu.

— Tout le monde dort, l'a rassuré Basia.

Il s'est approché, l'a prise par la main, attirée contre lui. Tous ces gestes familiers, ceux de leur rituel amoureux, se déroulaient selon le scénario habituel. Bientôt, ils se laisseraient tomber sur le lit, il passerait la main dans son cou, se pencherait sur son visage, l'embrasserait avec impatience, lui dirait qu'elle était belle, qu'il l'aimait, *kocham cię, ani ohev otakh*, il caresserait ses cheveux et ses seins, puis sa main s'aventurerait plus loin, ils s'étendraient, feraient l'amour et, juste avant qu'elle jouisse, il mettrait sa main sur sa bouche pour étouffer son cri. Il repartirait une heure ou deux plus tard et elle regarderait sa silhouette se dissoudre dans l'obscurité, avant d'être envahie par le vide qu'il laisserait derrière lui. Non, ce soir, ça ne se passerait pas comme ça.

— Il faut qu'on parle, a dit Basia en se dégageant.

— Je t'écoute, a répondu Gabriel avec un agacement à peine perceptible.

Un chien a aboyé au loin, des pleurs se sont échappés de la maison des enfants, les avocatiers bruissaient sous le vent. Basia a pris une grande respiration, elle allait parler, juste là, maintenant, mais les mots restaient bloqués dans sa gorge. Ça faisait des mois que Gabriel lui promettait de tout révéler à Orly, il allait la quitter, de toute façon il n'y avait plus rien entre eux, ils ne se touchaient même plus, bientôt Basia et lui n'auraient plus à se cacher, ils vivraient comme un couple, au grand jour, elle pourrait jouir aussi fort qu'il lui plairait, il n'aurait plus à entrer chez elle comme un voleur, après avoir entendu ses sifflements annonçant que la voie était libre. Et maintenant, il y avait ça, a pensé Basia en touchant son ventre.

— Écoute… as-tu pris une décision, pour Orly ? Parce que là, moi, j'attends un enfant.

Elle a parlé vite, avant de ravaler ces mots qui rendaient sa grossesse bien réelle.

— Il me semblait qu'on faisait attention. Comment est-ce que ça a pu arriver ?

— Peu importe comment c'est arrivé, je suis enceinte, c'est tout.

Un nuage a voilé le regard de Gabriel.

— Tu as fait exprès, pour me forcer à quitter ma femme, c'est ça ? Sauf qu'il y a un problème, elle est enceinte elle aussi, je viens de l'apprendre, je voulais justement t'en parler.

— Je croyais qu'il n'y avait plus rien entre vous !

— Disons que j'ai eu un moment de faiblesse.

C'était un mauvais film, un drame de catégorie B. Gabriel s'est laissé tomber sur une chaise, l'air défait, comme si c'était lui qui était à plaindre. Et maintenant, il l'accusait d'avoir essayé de le manipuler – la technique classique du coupable qui contre-attaque pour se défendre.

Depuis qu'il avait obtenu son diplôme de gestion, Gabriel était devenu, implicitement, le numéro un du kibboutz. Les décisions étaient toujours prises collectivement, mais Basia voyait bien qu'il lui suffisait de se prononcer en faveur d'un nouveau projet ou d'un changement de politique pour que tout le monde se range derrière lui.

Basia comprenait jusqu'à un certain point les hésitations de Gabriel. S'il abandonnait Orly, les gens le critiqueraient, son aura s'effriterait. En même temps, il ne serait pas le premier homme à laisser une femme pour une autre par amour, ces choses-là arrivent, et c'était ce qu'il lui avait promis. Orly était enceinte, d'accord, mais Basia aussi, et ce n'était quand même pas par l'opération du Saint-Esprit.

— Tu sais, je peux trouver un médecin, a chuchoté Gabriel.

Basia l'a regardé comme si elle ne l'avait encore jamais vu. Le regard de Gabriel était froid, et sa voix, sèche. Elle s'est approchée de la fenêtre, cette fenêtre d'où elle avait l'habitude de l'inviter en sifflant. Elle avait l'impression qu'elle n'avait encore jamais vécu de nuit aussi noire, aussi opaque.

Puis elle s'est tournée vers Gabriel.

— Je veux que tu partes, maintenant.

Gabriel n'a pas protesté, il paraissait même soulagé. Basia a claqué la porte de toutes ses forces, elle s'en fichait maintenant, que les gens les entendent ! Et elle s'est jetée sur son lit en sanglotant. Puis, du fond de sa détresse, elle s'est souvenue qu'Adam devait venir au kibboutz quelques jours plus tard avec ce gamin, Jacek. Pourquoi fallait-il que ça arrive maintenant ? Comment ferait-elle pour s'occuper d'eux alors qu'elle-même était en lambeaux, qu'elle n'arrivait même pas à imaginer comment survivre jusqu'au lendemain matin ? C'était le pire moment pour ce genre de visite, c'était peut-être même le pire moment de sa vie.

Elle a pleuré longtemps. Ses draps, son oreiller étaient trempés de larmes et de morve. Puis elle s'est ressaisie, s'est essuyé le visage : l'horizon pâlissait, elle avait ses poules à nourrir, des œufs à porter aux cuisines. Et elle a pensé que peut-être, au contraire, cette visite arrivait au meilleur moment possible, ils seraient ensemble, un adolescent fragile, un blessé de guerre et elle, avec sa grossesse et sa peine infinie comme l'univers, ils seraient trois éclopés qui se serreraient les coudes. Ils s'arrangeraient, c'est tout.

⁂

Au moment où Jacek s'installait avec Adam dans le *sherout* qui les mènerait vers la Galilée, ses parents étaient assis dans le bureau de Frank Monroe, directeur d'une usine d'alternateurs située à vingt minutes de Cincinnati, sur une bretelle d'autoroute en forme de fer à cheval débouchant sur l'Interstate 71.

Heniek et Teresa exultaient à l'idée de s'associer à cette entreprise dont le propriétaire s'apprêtait à prendre sa retraite et cherchait un partenaire à qui il céderait progressivement les rênes. Après avoir appris leur métier à l'usine de plaquettes de frein, ils avaient maintenant une chance de devenir leurs propres patrons.

— Tu te rends compte ? Si ça marche, on sera de véritables entrepreneurs américains, avait dit Heniek à Teresa quand le patron de la fabrique Monroe Alternators avait accepté de les rencontrer pour recevoir leur offre. Il n'y a pas de raison que ça ne marche pas, avait-il ajouté.

Heniek transpirait à grosses gouttes en relisant une dernière fois le contrat qu'ils avaient pris soin de soumettre à un avocat. Ils avaient dû emprunter cinquante mille dollars à la banque pour leur mise de fonds. La dette s'ajouterait à l'hypothèque de la maison et à leurs cartes de crédit surchargées. Mais l'usine de Frank Monroe enregistrait un bon chiffre d'affaires, ce qui leur permettrait de rembourser rapidement leurs dettes et même d'engranger des profits.

Oui, tout irait comme ils le souhaitaient, Heniek et Teresa en étaient convaincus. Maciek travaillerait avec eux pendant ses vacances. Leur garçon était si solide, si appliqué. Et peut-être même que Jacek reviendrait un jour, une fois remis sur pied au kibboutz, pour les aider dans cette entreprise qu'ils finiraient par léguer à leurs enfants. Julia n'avait encore que cinq ans, mais c'était une fillette volontaire et enjouée, et elle aussi, un jour, se joindrait à eux.

Teresa aimait l'imaginer adulte, dans une grande pièce vitrée, régnant sur l'empire construit par ses parents, répondant en alternance à l'un des cinq téléphones posés sur son bureau, dont les nombreuses lignes clignoteraient simultanément, signe de son importance et de sa réussite. De leur réussite à eux tous. Ils avaient déjà imaginé le nom qu'ils donneraient à leur future entreprise et l'enseigne qui clignoterait sur le mur de l'usine, la nuit : Alternators Rotfeld and Family.

Frank, leur futur associé, les regardait en souriant. Il dégageait une sérénité propre à ceux qui ont atteint l'âge où l'on veut tirer le meilleur parti du temps qui nous reste. Sur le mur derrière son bureau, il avait suspendu un calendrier, une photo de noces représentant une femme blonde accrochée au bras du jeune marié comme à une bouée de sauvetage, et deux autres photos de bambins, sans doute ses petits-enfants.

— Ma femme est malade, elle souffre d'un cancer du côlon, leur avait-il expliqué.

Cette impudeur typique des Américains n'avait de cesse d'étonner Heniek et Teresa. Avait-il vraiment besoin de leur parler du système digestif de sa femme souffrante ?

Frank voulait avoir le temps de s'occuper d'elle, profiter de la vie pendant qu'il était encore lui-même en bonne santé. Il jurait qu'il ne se mêlerait pas trop des affaires de l'entreprise en attendant de se retirer définitivement. Il voulait surtout aider ceux qu'il appelait par leurs prénoms, Henry et Tess, à se familiariser avec les opérations.

Frank Monroe avait les mains usées d'un homme qui n'a jamais eu peur de travailler, littéralement, dans le cambouis. Il a signé le document en tenant le stylo entre ses doigts crevassés, puis l'a passé à Heniek, qui a signé à son tour avant de lancer à Teresa un regard de conquérant.

Ils avaient vaincu. Ils étaient arrivés là où ils rêvaient d'arriver, sans oser croire que c'était vraiment possible, à peine cinq ans plus tôt. Heniek avait le sentiment d'être devenu celui qu'il avait toujours voulu être. Il avait une maison, trois enfants, une piscine, un foyer au bois, deux autos, un chien, un chat, un bateau à moteur amarré dans une marina du lac Érié, un jardin sur lequel veillerait dorénavant un jardinier, puisqu'à partir du moment où il occuperait les fonctions de chef d'entreprise, il n'aurait plus le temps de le faire lui-même. Il imaginait le jardinier tondant *sa* pelouse et *sa* haie de cèdres, ramassant *ses* feuilles mortes, désherbant *son* potager. Le rêve américain, c'était lui.

Deux mois plus tard, Teresa a fait le dernier tour de son ancien bureau à la Cincinnati Brake Pads pour ramasser ses affaires : une calculatrice, une machine à écrire Underwood, cadeau d'anniversaire de Heniek, ses cahiers de comptabilité, son manuel de gestion qu'elle avait lu deux fois, le soir, pour maîtriser son nouveau métier, deux cendriers sur pied, une lampe à intensité variable. Elle avait déjà rempli cinq boîtes avec leurs effets quand elle a eu le réflexe de vérifier si Heniek n'avait rien oublié dans son bureau.

Machinalement, elle a ouvert les tiroirs d'un meuble bas jouxtant un imposant bureau en bois massif. Et là, sous une boîte de mouchoirs et un paquet de cigarettes vide, elle a vu une pile d'enveloppes attachée par un élastique.

« Je dois t'informer que ma vie vient de prendre un nouveau tournant », écrivait Sabina dans la lettre placée au sommet de la pile, que Teresa a lue après l'avoir retirée de l'enveloppe.

« J'ai rencontré quelqu'un, poursuivait Sabina. Il

est veuf, il s'appelle Włodek. C'est sérieux entre nous. Mieux vaut cesser de nous écrire, pour quelque temps du moins, tu comprendras, je pense.»

Teresa a regardé la lettre écrite sur du papier quadrillé, à l'encre bleue, a lu la date – à peine un mois plus tôt. Ils s'écrivaient donc encore aussi récemment? Comment était-ce possible? Pourquoi n'avait-elle jamais vu ces lettres dans la pile de courrier déposée par le facteur?

Elle était frappée par la phrase «mieux vaut cesser de nous écrire», qui laissait entendre qu'ils s'écrivaient régulièrement, depuis presque sept ans. Elle a aussi bien remarqué les mots «pour quelque temps du moins».

Son cœur battait fort dans sa poitrine, elle a eu envie de lire toutes les lettres, il y en avait une bonne trentaine, elle voulait tout savoir sur leur histoire qu'elle avait cru terminée – et qui ne l'était manifestement pas, puisque Heniek avait jugé bon de cacher cette correspondance, et que Sabina lui écrivait à l'adresse de l'usine.

Cette relation était-elle devenue simplement amicale, avec les années, ou s'écrivaient-ils toujours en amoureux? Se confiaient-ils leur regret de ne plus pouvoir se voir ou leurs plans pour des rencontres futures? Depuis que Teresa et Heniek avaient obtenu leur passeport américain, rien ne les empêchait de voyager. Les lettres disaient sans doute un peu de tout ça. Qu'est-ce que ça lui donnerait de les lire? Qu'est-ce que ça lui apporterait de voir cette vérité s'étaler devant ses yeux? de la recevoir en pleine figure?

Elle est restée comme ça, en équilibre précaire, le regard suspendu au-dessus de ce tiroir où gisait une grenade dont l'explosion pouvait détruire tout ce qu'elle avait construit, tout ce qu'elle possédait. Elle avait le choix : la laisser dormir ou la dégoupiller. Et ce choix lui donnait le vertige.

Teresa a pris une grande respiration, a refermé doucement le tiroir, a placé les cinq boîtes de fournitures de bureau sur un chariot qu'elle a poussé jusqu'au hall de l'usine. Heniek l'attendait devant la porte vitrée, au volant de leur Chevrolet Monte Carlo flambant neuve.

Irait-il récupérer les lettres de Sabina plus tard ce jour-là, ou le lendemain ? Teresa préférait ne pas le savoir. Maintenant qu'ils commençaient leur vraie vie d'entrepreneurs, le passé n'avait plus de poids, n'était qu'une bulle sans densité, une illusion, face à l'avenir fabuleux qui les attendait.

⁂

— Et si on allait se balader, un de ces jours, avec le *pick-up* du kibboutz ?

Adam et Jacek avaient fini de traire les chèvres et de nettoyer l'enclos, l'air était encore frais, mais on sentait monter la chaleur compacte qui s'abattrait sur eux bien avant midi.

Ils vivaient au kibboutz depuis cinq mois et s'étaient laissés rapidement absorber par le rythme du travail et la vie de groupe. Dans une lettre à Teresa et Heniek, Adam racontait que Jacek s'était bien acclimaté, qu'il se débrouillait déjà pas mal en hébreu, qu'il semblait aimer son travail et s'était même lié d'amitié avec une chèvre qu'il avait surnommée Margot, allez donc savoir pourquoi. L'histoire de la chèvre était entièrement inventée, en fait, il l'avait copiée sur celle de la poule Maja dont les aventures fascinaient les enfants, mais Adam se disait que cette fantaisie était bien anodine et qu'elle rassurerait sûrement les parents du garçon.

Lui-même se sentait mieux, surtout auprès des animaux de ferme qui le regardaient d'un air apathique, ignorant ses cicatrices. L'infirmière qui l'avait accueilli à son arrivée au kibboutz l'avait dirigé vers un psychologue spécialisé en soins aux blessés de guerre, qui était disposé à rencontrer Adam une fois par semaine. Il avait d'abord refusé, mais avait fini par accepter. Et maintenant, il devait admettre que ça lui faisait du bien, que, vingt mois après ce jour fatidique où tout avait déraillé, il commençait à renouer avec l'homme qu'il avait été et à accepter celui qu'il était devenu.

Il avait aussi appris à détourner le regard chaque fois qu'il passait devant un miroir : c'était devenu comme une seconde nature.

Étrangement, depuis qu'il avait été blessé, Adam avait perdu tout désir d'étudier en médecine, comme si son envie de soigner les gens avait fondu sous les flammes. Aucune autre voie ne se dessinait devant lui. Le séjour au kibboutz lui permettait de reporter les décisions à plus tard.

— Le meilleur moyen de soigner sa déprime, c'est encore d'aider les autres, lui avait dit Pola pour l'encourager à s'occuper de Jacek.

À l'époque, il avait trouvé que c'était un cliché, une de ces vérités tout emballées dont sa mère avait le secret. Mais en regardant Jacek se resservir trois fois de la soupe et du poulet au dîner, en le voyant rigoler avec son voisin de table, sourire de satisfaction devant un seau de lait plein à ras bord, ou encore s'asseoir au bord de la piscine, une bière à la main, après une journée de travail, il éprouvait le sentiment du devoir accompli. Finalement, il n'avait peut-être pas survécu pour rien.

Basia aussi semblait aller mieux, même si Adam entendait les gens la critiquer dans son dos, la traiter de voleuse de mari ou, pire, de pute, à la vue de son ventre rebondi qu'elle ne parvenait plus à camoufler. Mais elle faisait la sourde oreille à ces remarques, comme si sa grossesse lui avait donné une carapace, infusant à son visage une sérénité empreinte de douceur.

Ses traits ne se tendaient que lorsqu'elle apercevait Orly, dont le ventre avait grossi plus rapidement que le sien, et plus encore quand il lui arrivait de croiser Gabriel, ce qu'elle évitait autant que possible.

— Allons nous balader, a insisté Jacek. Tu sais, il y a cette ville, pas très loin d'ici, Safed, j'aimerais bien la visiter.

— Bonne idée, c'est une ville pleine de jeunes, d'artistes, tu vas adorer, a renchéri Adam.

Il a réfléchi un peu, puis il a ajouté :

— C'est aussi la ville de la kabbale.

— Je sais, a répondu Jacek.

Le vendredi suivant, Adam et Jacek ont grimpé à bord du *pick-up*, dont ils avaient reçu la clé à la condition de profiter de leur virée en ville pour faire quelques courses. L'école du kibboutz était à court de cahiers, de crayons de couleur, de gommes à effacer, de rapporteurs d'angle… La responsable du secrétariat leur avait remis une longue liste d'effets scolaires manquants.

Le *pick-up* a dévalé la route qui menait jusqu'au village arabe, en contrebas, puis en a remonté une autre qui serpentait à travers les collines.

— C'est ici que l'aide-cuisinier vient chercher ses steaks blancs ? a demandé Jacek pendant qu'ils traversaient un quartier habité par des Arabes chrétiens.

— De quoi tu parles ?

— Tu ne savais pas qu'il faisait cuire des brochettes de porc en cachette, sur le feu de camp ? Ils appellent ça des « steaks blancs ». S'il y avait un rabbin au kibboutz, ça n'arriverait pas.

Adam n'avait jamais entendu parler de cette histoire de steaks blancs et il s'en fichait royalement. Il a détaché son regard de la route pour jeter un coup d'œil à Jacek : le garçon avait froncé les sourcils, ses lèvres étaient pincées en une expression rude. Ça a duré une fraction de seconde, puis ses traits se sont détendus à nouveau.

Ils ont roulé pendant une trentaine de minutes

avant d'entreprendre la longue montée vers Safed. Ils ont progressé avec précaution dans les virages en épingle, ont dépassé le grand marché à l'entrée de la ville, puis ont avancé lentement dans les rues bordées de maisons de pierre percées de portes bleues, à la recherche d'un endroit où garer la camionnette.

Adam a fini par arrêter le *pick-up* près d'une allée de galeries et de boutiques de matériel d'art. Ils avaient faim. Ils ont marché jusqu'à une terrasse d'où ils apercevaient le mont Méron et ses flancs bleutés.

— C'est là qu'on peut voir la tombe de Rashbi ? a demandé Jacek en se tournant vers la montagne.

Adam avait vaguement entendu parler de ce Juif mystique du IIe siècle dont la tombe attirait des pèlerins chaque année, au printemps. Mais c'était tout ce qu'il savait.

Pendant qu'ils attendaient leurs sandwichs aux falafels, Jacek a sorti de sa poche un bout de papier chiffonné et l'a tendu à Adam en lui demandant s'il connaissait cette adresse. Non, il ne la connaissait pas.

— Tu veux qu'on demande à quelqu'un ?

— Non, peut-être plus tard, quand on aura fini nos emplettes.

Après avoir rangé leurs achats dans la camionnette, ils ont entrepris de visiter la ville, grimpé et dévalé les rues en pente abrupte jusqu'à ce que leurs chemises soient trempées de sueur. À chaque croisement, Jacek jetait un coup d'œil furtif sur les panneaux indiquant le nom des rues, les comparait à l'adresse inscrite sur le papier.

Puis ils sont passés devant un groupe de jeunes *haredim* qui discutaient devant un bâtiment bas jouxtant une synagogue. Ils étaient une dizaine avec leurs chapeaux, leurs *tsitsit* et leurs papillotes. Jacek s'est approché d'eux, les a salués, leur a tendu son bout de papier. Ils lui ont dit quelque chose, ont pointé du doigt le bâtiment derrière eux, lui ont remis un carton qui ressemblait à une carte de visite. Il a opiné, satisfait. L'échange a été très rapide. Adam qui, à ce moment précis, cherchait des yeux un endroit où il pourrait uriner discrètement – les trois grands verres de limonade qu'il avait engloutis au dîner faisant leur effet –, n'a même pas remarqué que la conversation avait eu lieu.

Sur le chemin du retour, Jacek, habituellement peu bavard, a posé quelques questions à Adam sur ses plans d'avenir : allait-il s'inscrire à l'université comme il le prévoyait autrefois, aspirait-il toujours à faire médecine, avait-il des chances de renouer avec Pnina ? Adam ne le savait pas. Mais il a dit qu'il pensait souvent à elle, qu'elle lui manquait. Il est resté tout étonné d'entendre ces mots sortir de sa bouche. Il n'avait jamais formulé cette pensée aussi clairement, jusque-là.

— Et toi, Jacek, que vas-tu faire ? Veux-tu rester au kibboutz ? Ou rentrer chez tes parents ?

À la mention de ses parents, le visage de Jacek s'est rembruni.

— Pas question, j'ai horreur de leur style de vie.

— Qu'est-ce qu'il a donc, leur style de vie ?

— Ils sont trop matérialistes, ils ne pensent qu'à l'argent, ils sont devenus plus américains que les Américains.

— Alors le kibboutz te convient, non ?

— Oui et non, a répondu Jacek avec son air sévère.

C'était fascinant de voir comment l'expression du garçon était changeante, comment il pouvait passer de la colère à la joie en quelques secondes. Après, ils ont roulé en silence pendant que la nuit s'étendait sur les collines.

Trois jours plus tard, Jacek ne s'est pas présenté à la traite des chèvres, ni au petit-déjeuner. Inquiet, Adam a frappé à la porte de sa chambre. Pas de réponse. Il a attendu un peu avant d'entrer. À l'intérieur, il a trouvé un lit fait à la perfection, les draps bien repliés sous le matelas. Le sac à dos de Jacek avait disparu. Avant de partir, il avait posé une feuille sur l'oreiller plat. Il y avait écrit, au stylo bleu, en hébreu : *Ne me cherchez pas, je vais très bien, que Dieu vous protège.*

Adam s'est assis, stupéfait, il a regardé autour de lui à la recherche d'un signe, d'une explication. En inspectant une dernière fois la chambre du garçon, il a vu cinq soldats de plomb, deux artilleurs, deux fantassins et un cavalier, dressés en position de garde-à-vous derrière la lampe, sur la table de chevet.

⁂

Il fallait qu'elle parte, mais pas toute seule, il fallait emmener Rafael, son amour, son bébé, avec elle.

Assise sur une balançoire bricolée à l'aide d'une corde et d'une planche, Basia attendait que la *metapelet* de nuit aille griller sa cigarette derrière la maison des enfants comme elle en avait l'habitude, pour aller faire son tour de reconnaissance. C'était une nuit douce, les grillons faisaient vibrer l'air avec leur chant étourdissant, les avocatiers balançaient avec lenteur leurs branches chargées de fruits.

Il y avait presque six ans qu'elle était arrivée au kibboutz, par un soir pluvieux de novembre : elle se revoyait récolter les œufs, à l'aube, planter les fines herbes dans la platebande bordant la piscine, raconter les aventures de la poule Maja, chanter *Yeroshalaim pays d'or, de cuivre et de lumière*, faire tourner la toupie de la Hanoukka, *sov sov sov*, donner un coup de main à la fromagerie ou à l'imprimerie et, surtout, deviner la silhouette de Gabriel dans le noir, siffler deux fois pour le faire entrer, puis se dissoudre dans ses bras.

Tout ça, c'était fini, maintenant. Quelques mois après Jacek, Adam avait quitté le kibboutz à son tour, et Basia n'avait plus personne sur qui s'appuyer. Elle était encore enceinte quand le kibboutz avait organisé un concours pour donner un logo à la nouvelle fromagerie. Adam avait passé beaucoup de temps à griffonner dans un calepin, il dessinait, effaçait, dessinait encore. Quelque chose s'était éveillé en lui, un courant nouveau guidait son regard et ses doigts. Il avait soumis ses croquis au concours et, à sa grande surprise, c'est son projet qui avait été retenu.

Sans en parler à personne, même pas à Basia, Adam avait fait une demande d'admission au programme d'études en arts de l'Université de Tel-Aviv, et sa candidature avait été acceptée. En le regardant monter dans le *pick-up* qui allait le déposer à l'arrêt de bus, au village, Basia avait remarqué que son frère marchait avec une légèreté qu'elle ne lui avait pas vue depuis longtemps. Puis Adam s'était retourné et il lui avait fait signe d'approcher. Le moteur du camion était déjà en marche quand il lui avait glissé :

— Tu sais, tu peux partir, toi aussi.

Elle avait longtemps écarté cette idée. Après tout, Rafael avait un père, Gabriel, qui l'accueillait chez lui deux fois par semaine, pour la rencontre parents-enfants. Les autres jours, Rafael retrouvait Basia, qui le reconduisait ensuite, le cœur en miettes, jusqu'à la maison des enfants où il passait la nuit.

Basia n'y travaillait plus depuis que l'assemblée plénière du kibboutz l'avait réaffectée aux cuisines. Finies les poules, finis ses petits lions agglutinés autour des *Aventures de Maja*, ils avaient été remplacés par la chaleur étouffante des cuisinières au gaz, l'odeur persistante de la friture et le sentiment d'être mise subtilement au ban de la communauté.

Un matin, après une de ses nuits d'insomnie, Basia était en train de couper un oignon dans la paume de sa main quand le couteau avait glissé pour s'enfoncer dans la chair de son poignet. Le sang avait giclé, éclaboussant le comptoir. Tamar, la cuisinière-chef, était accourue vers elle, avait nettoyé sa plaie, l'avait enveloppée dans un morceau de gaze. Comme Basia allait la remercier, Tamar l'avait fixée droit dans les yeux :

— Tu vois, *Batya*, ce que ça donne de fricoter avec les maris des autres.

La phrase avait pénétré dans l'esprit de Basia, plus tranchante que la lame du couteau. Mais qu'est-ce qu'ils avaient donc, tous ? Elle ne comprenait pas pourquoi tout le monde semblait lui en vouloir à elle, pourquoi Gabriel n'était pas blâmé pour son infidélité. Puis elle se disait que c'était peut-être normal, après tout, parce que c'était elle, le corps étranger au kibboutz. La greffe qui avait semblé prendre à la perfection, au début, avait fini par être rejetée.

Dans sa solitude, l'idée de laisser son enfant dormir loin d'elle lui était devenue insupportable. Pourquoi donc s'entêter à arracher les enfants à leurs parents ? Les autres mères semblaient trouver ça normal, mais pas elle. La nuit, l'absence de Rafael la tenait éveillée, le sentiment de manque était physique, presque douloureux. C'est vrai que les autres mères avaient des compagnons, contrairement à Basia, toujours confinée à la maison des célibataires. Non, vraiment, Adam avait raison. Si elle ne voulait pas devenir folle, elle devait partir. Et le plus tôt serait le mieux.

Basia a entendu la porte de la maison des enfants se refermer, une ombre s'est glissée dans la cour jonchée de jouets, puis elle a vu l'éclat incandescent au bout d'une cigarette. Le dortoir du groupe des bambins d'un à deux ans était le deuxième à droite.

La pièce était faiblement éclairée par la lune presque pleine. Basia n'a pas eu de difficulté à trouver Rafael : il était dans le troisième lit, contre le mur. L'enfant était couché sur le dos, les bras en croix, sa couverture entortillée autour de ses pieds, ses cheveux pâles et fins collés sur son front moite. Elle n'a pas pu s'empêcher de l'effleurer du bout des lèvres. Il a gémi, s'est retourné sur le côté. Quand il s'est immobilisé, elle l'a enroulé dans sa couverture.

L'unique fois où Basia avait évoqué avec Gabriel la possibilité de son départ, il lui avait répondu qu'elle était libre de faire ce qu'elle voulait, mais qu'à son avis, il valait mieux que leur fils reste au kibboutz.

— Tu sais, il s'entend très bien avec Mariam, sa demi-sœur, tu ne peux pas le priver d'elle ni de moi, son père. Mais surtout, s'il reste ici, il fera partie de toute la communauté. Avec toi, il sera seul.

Puis il avait ajouté :

— C'est ta décision. Si tu crois que Rafael doit aller avec toi, fais comme tu veux. Tu pourras toujours l'envoyer au kibboutz pour les vacances, en été.

Ça, c'est du Gabriel tout craché, avait pensé Basia. C'était comme dans les réunions du kibboutz, il n'avait pas à ordonner ou à interdire, il n'avait qu'à exposer ses arguments, avec son petit sourire en coin si caractéristique, si confiant, pour persuader l'assemblée de faire, en toute liberté, le choix qui était précisément le sien.

Gabriel était têtu, il savait manipuler en douceur pour parvenir à ses fins. Comment avait-elle donc fait pour l'aimer ? À vingt-six ans, Basia traînait son amertume comme un boulet. Elle était déçue de Gabriel, déçue du kibboutz, déçue de ce pays qui avait laissé son frère marqué pour toujours. Et surtout, déçue d'elle-même, de s'être laissée entraîner dans un amour sans lendemain comme une midinette.

Elle voulait fuir, le plus vite, le plus loin possible. Mais même si Gabriel l'avait, en principe, laissée libre de partir avec leur enfant, elle préférait s'éclipser discrètement, éviter les regards, les médisances qui ne manqueraient pas de fuser dans son dos. Éviter, surtout, qu'il ne change d'avis, qu'à la dernière minute il ne lui arrache Rafael – ça, elle n'y survivrait pas.

Basia a regardé sa montre : il était une heure du matin. Elle a marché d'un pas rapide vers la maison des célibataires, a ramassé quelques vêtements, a fait une pile avec ses exemplaires des *Aventures de Maja*, les a enfouis dans un sac de toile qu'elle a accroché en bandoulière sur son épaule avant de reprendre sa place sur la balançoire. Dans une heure, la *metapelet* dormirait d'un sommeil de plomb sur son matelas. Adam garerait la vieille Susita de leurs parents sur un chemin de terre en contrebas, derrière la rangée d'avocatiers. Elle traverserait à nouveau le dortoir, se pencherait au-dessus du troisième lit, près du mur, soulèverait doucement Rafael qui couinerait dans ses bras, elle lui chuchoterait « ne fais pas de bruit, mon trésor » et tous deux se glisseraient dans la nuit pour rejoindre Adam.

Puis il tournerait la clé, le moteur crachoterait avant de s'allumer, et le kibboutz se dissoudrait derrière eux, comme un mauvais rêve.

Recommencements

Il y a eu un bruit de verre cassé, un halètement suivi d'un cri aigu, d'un bruit de pas et d'une porte qui claque.

Ewa lisait dans son lit, à la lueur tamisée de sa toute dernière création : un abat-jour en laine bleu marin avec des bandes jaunes. Elle a jeté un coup d'œil à sa montre : il était presque trois heures du matin.

Elle a enfilé son peignoir, noué la ceinture en courant vers le salon. Hélène s'appuyait contre le cadre de la fenêtre, les cheveux en bataille, nue à l'exception d'une camisole blanche déchirée. Une éraflure striait sa cuisse gauche. Son visage était couvert de sueur, son mascara avait coulé, laissant des traînées noires sous ses yeux, là où se trouvait un autre hématome.

— Tu ne dors pas ? a demandé Hélène, puis elle a éclaté en sanglots.

— Mais qu'est-ce qui t'est arrivé ? Qui donc t'a fait ça ?

Hélène s'est précipitée vers la salle de bains, pliée

en deux, elle s'est penchée au-dessus de la cuvette. Ewa l'a suivie, s'est assise sur le sol couvert d'une céramique noir et blanc, et a tenu la main d'Hélène en attendant que ses spasmes s'apaisent.

Hélène n'arrêtait pas de pleurer. Entre deux sanglots, elle répétait: «Oh, Ève, j'ai tellement honte...» Ce n'est que beaucoup plus tard, après qu'Ewa eut rempli la baignoire d'eau brûlante, après qu'elle l'eut convaincue de s'y plonger, de caler une bière, puis un verre de rhum, et après qu'elle eut recouvert ses yeux d'un linge imbibé d'eau glacée qu'Hélène a raconté ce qui s'était passé.

— C'est un étudiant de mon cours de cinéma. Ça fait un moment qu'il me tourne autour. Il m'a donné un coup de main avec le montage de mon dernier film, mon projet de fin de session, tu sais, j'avais de la difficulté avec ma synchronisation... Je l'ai invité pour le remercier. Il n'y avait rien entre nous, rien qui annonçait *ça*. Moi, il ne me plaît pas. Pas vraiment. Puis là, je lui ai dit de s'asseoir sur mon lit. J'ai ouvert un sac de chips, je lui ai offert une bière et il m'a sauté dessus comme un sauvage.

— Il t'a...?

— Oui, il est très lourd, je n'ai pas été capable de me défendre, j'ai fini par le laisser faire. En fait, c'est ma faute, tout ça.

Hélène parlait à travers ses sanglots, sa voix s'étranglait.

— Chut, chut, a dit Ewa, respire, tu n'es pas obligée de parler.

Elle s'est rapprochée de la baignoire, a saisi la main d'Hélène dans sa main, et elles sont restées un moment comme ça, dans le silence interrompu seulement par des pleurs de plus en plus espacés, puis des reniflements.

En regardant Hélène, Ewa s'est souvenue de sa voisine de banc à l'école, Urszula. Elle aussi pensait que, si son père la battait, c'était parce qu'elle l'avait mérité…

— Je ne comprends pas, a-t-elle dit plus tard, quand Hélène sirotait une camomille dans la cuisine. Tu as honte de quoi exactement ? Ce n'est quand même pas toi qui viens de violer quelqu'un.

— Je lui ai dit de s'asseoir sur mon lit. Il a pensé que c'était une invitation. C'est ma faute. Peut-être que j'en avais même un peu envie. Mais pas comme ça. Pas aussi brutalement.

Dans les jours qui ont suivi, Ewa a compris qu'Hélène ne dénoncerait pas celui qu'elles avaient surnommé « la brute ». Qu'elle ferait comme si rien ne s'était passé quand elle le croiserait dans leur cours de cinéma, en comptant les jours qui restaient avant la fin de la session. Et qu'elle continuerait aussi à se blâmer de l'avoir invité dans sa chambre, sur son lit.

— De toute façon, qui croira que je n'étais pas d'accord ? Dans la chambre, il n'y avait que lui et moi.

Ewa a avancé qu'elle pouvait témoigner, raconter le tintamarre qui l'avait tirée du lit, l'allure de son amie quand elle l'avait trouvée dans le salon, le bleu sur sa cuisse gauche, tout ça. Mais elle n'a pas réussi à convaincre Hélène de porter plainte. Deux étudiantes qui ont l'habitude de sortir, qui trinquent fort et mènent une vie sexuelle, disons, libre : quel juge allait prendre leurs témoignages au sérieux ? Au fond d'elle, Ewa savait bien qu'Hélène avait raison.

Une semaine après ce qu'elles ont appelé l'*incident*, Hélène s'est ressaisie. Ce qui était arrivé n'était pas si grave, finalement, disait-elle. Après tout, elle *aurait pu* avoir envie de coucher avec ce gars. Ça n'avait pas été le cas, mais ça aurait pu. Le résultat aurait été le même. Enfin, presque.

Ewa écoutait son amie qui essayait de banaliser son agression en songeant que ça, c'était pire que tout. Finalement, à quoi ça pouvait bien servir de parler de l'égalité entre les sexes, de lire Simone de Beauvoir ou Gloria Steinem ou Betty Friedan à la lumière d'une lampe en macramé si un homme pouvait violer une femme et s'en tirer sans conséquences ? Si la justice le croyait, lui, plutôt que la victime ? À quoi donc servaient tous ces mots si elles étaient impuissantes à agir ?

Soudainement, tout est devenu limpide, son avenir clignotait en lettres majuscules dans son esprit : elle qui se cherchait, qui était en train de finir un certificat en sociologie après son bac en histoire, elle qui ne savait pas quoi faire après les études, à un âge où il était franchement temps de se brancher – ses parents ne rataient pas une occasion de le lui rappeler, en tout cas –, a décidé de faire une demande d'admission à la faculté de droit.

⁂

Deux semaines plus tard, Denis, un jeune professeur de sciences politiques qu'Ewa fréquentait depuis six mois, lui a téléphoné pour l'inviter à le retrouver pour la soirée des élections du 15 novembre. Il avait l'intention de la passer au centre Paul-Sauvé, où se réunissaient les militants du Parti québécois.

— Viens, tu vas voir, il y aura de l'ambiance, peu importe les résultats. Tu sais, avec les derniers sondages, le PQ pourrait bien gagner, ce serait historique !

Dès le début, avec Denis, ça avait été différent. Ils s'étaient connus par des amis communs à un moment où ni l'un ni l'autre n'était libre. Ils avaient passé des heures à discuter, s'étaient découvert des intérêts similaires, mais aussi les mêmes doutes et interrogations. Avec Denis, Ewa était souvent surprise, il avait une façon unique de remettre en question ce que tout le monde tenait pour acquis.

Ils s'étaient perdus de vue pendant deux ans, puis s'étaient recroisés par hasard dans un supermarché, un samedi où ils se sentaient tous les deux un peu seuls. Et depuis ne se quittaient plus. Ewa aimait le contraste entre la gravité de Denis et son humour déjanté. Elle aimait sa force de conviction, sa façon de croire en son rêve, celui d'un Québec indépendant. Une fois, elle l'avait suivi alors qu'il faisait du porte-à-porte dans les rues du Plateau-Mont-Royal, et elle avait perçu chez lui une énergie contagieuse à laquelle elle avait eu envie d'adhérer.

Denis ne se résumait pas à ses convictions politiques, bien sûr. Avec lui, c'était le canot-camping dans le parc de la Mauricie, les après-midi au cinéma qui se prolongeaient en soirée, puisqu'ils pouvaient enchaîner trois films de suite. Après, ils en discutaient jusqu'à l'aube, serrés l'un contre l'autre, tantôt chez lui, tantôt chez elle. Denis, c'était aussi le premier homme avec qui Ewa était capable de passer une journée entière au lit sans se demander quelle heure il pouvait bien être.

Autour d'eux, leurs amis se stabilisaient les uns après les autres. Leurs vies prenaient une direction plus claire, ils se posaient, jetaient l'ancre. Ewa venait d'apprendre que Francine, sa première amie au Québec, attendait un enfant. Contrairement à sa réaction devant la maternité de Monika, cette fois, elle partageait pleinement son enthousiasme. Francine lui avait d'ailleurs promis que si c'était une fille elle lui demanderait de devenir sa marraine. Les choses changeaient, ils vieillissaient, ils n'allaient pas flotter dans la vie jusqu'à la fin des temps.

Quand Denis l'a invitée à le retrouver pour la soirée électorale, Ewa a pourtant dit merci, c'est gentil, mais non. Après avoir voté, elle rentrerait à l'appartement de la rue Berri, elle veillerait sur Hélène qui souffrait de crises de panique récurrentes qu'elle refusait d'associer à son viol. Elles suivraient les résultats des élections ensemble, à la télévision, en pantoufles et en pyjama, avec du vin chaud à la cannelle et un immense bol de pop-corn. Elle avait aussi invité Maja, qui étudiait en linguistique à l'Université de Montréal depuis un an et venait d'emménager avec son amoureux, Yves, dans un quatre et demie de la rue Dézéry.

Ewa ne comprenait pas pourquoi Maja était si pressée de commencer sa vie de couple. Après tout, elle venait tout juste de passer le cap des vingt ans. Et elle avait été soulagée d'apprendre que sa sœur viendrait seule à leur soirée électorale : Yves avait réussi à se faire embaucher comme scrutateur, ce jour-là.

À l'annonce de la victoire du PQ, Ewa, Hélène et Maja ont lancé leur pop-corn dans les airs et les boules de maïs sont retombées sur elles comme des confettis. Puis René Lévesque est apparu au micro, aux côtés de Lise Payette. Il a toisé l'assistance au sein de laquelle Ewa tentait de distinguer le visage de Denis.

« On n'est pas un petit peuple, on est peut-être quelque chose comme un grand peuple », a déclaré René Lévesque. Dans la foule, certains riaient, d'autres s'embrassaient ou essuyaient une larme.

Puis : « Je n'ai jamais pensé que je pouvais être aussi fier d'être Québécois que ce soir. »

Ewa a regardé Hélène et Maja qui s'étaient mises à danser autour du divan en agitant les bras. Des larmes lui sont montées aux yeux. Et elle a pensé que ce peuple dont parlait René Lévesque était devenu le sien, que cette fierté coulait désormais dans ses veines, comme son sang.

⁂

Quand on a déjà dû tout quitter une fois, il se peut que l'on ne veuille plus jamais partir, que l'on s'accroche à ce qu'on a reconstruit pour ne plus revivre la douleur du déracinement. Mais ceux qui ont tout laissé une fois peuvent aussi, à l'inverse, être toujours prêts à refaire leurs valises. Leurs racines ne sont plus jamais aussi profondes, elles sont faciles à arracher.

Même si ses parents ont tout fait pour l'en dissuader, Basia a décidé de quitter Israël, et la destination la plus évidente pour elle, c'étaient les États-Unis. D'abord parce qu'elle se débrouillait déjà en anglais. Puis parce qu'une des deux Allemandes qu'elle avait rencontrées au début de son séjour au kibboutz, Katrin, s'était depuis établie à New York. Elle habitait un petit appartement dans le Lower East Side et, justement, sa coloc venait de partir, elle disposait d'une chambre libre. L'arrivée de Basia ne pouvait pas tomber mieux.

Après avoir quitté le kibboutz, son petit Rafael dans les bras, Basia s'était installée chez ses parents, dans l'appentis transformé en maisonnette où son frère avait vécu pendant sa convalescence.

— Tu devrais reprendre tes études, insistaient Pola et Andrzej, tu sais, il n'est pas trop tard, et tout ce que tu as appris jusqu'à maintenant pourrait te servir. Tu pourrais par exemple étudier en horticulture. Ou en agronomie.

Mais Basia ne se voyait pas s'asseoir dans une classe où tout le monde serait plus jeune qu'elle. Elle aurait l'impression de retourner en arrière, de jouer à l'étudiante alors qu'elle était une adulte, et même une mère de famille. D'ailleurs, qui allait s'occuper de Rafael pendant qu'elle serait à l'université ? Pas sa mère, quand même : Pola travaillait, elle n'en avait pas le temps. Pas sa grand-mère Freda non plus. Elle l'avait bien offert, mais Freda allait bientôt avoir quatre-vingts ans, ce n'était plus de son âge, franchement. Basia voyait bien qu'après une demi-heure à jouer avec son bouillant arrière-petit-fils, elle était à bout de forces.

La vérité, c'est que Basia n'imaginait plus d'avenir pour elle en Israël. Tout ce qu'elle y avait aimé – le parfum des fleurs d'amandier et celui du romarin, les avocatiers avec leurs fruits lourds, le thé à la *nana* fraîchement cueillie, le café à la cardamome, la sensation de la terre entre ses mains –, tout lui rappelait Gabriel, désormais.

Elle lui avait écrit pour l'informer qu'elle partait aux États-Unis, mais que Rafael pourrait passer ses étés au kibboutz dès qu'il serait assez grand.

« C'est comme tu veux, de toute façon, tu as toujours fait à ta tête », lui avait-il répondu.

Le soir précédant son départ, Basia s'est assise entre ses deux parents, sur le banc aménagé sous leur citronnier.

— Je n'aurais jamais dû vous emmener ici, a soupiré Andrzej.

— D'abord, c'était une décision commune, et puis on ne refait pas le passé, arrête ça, l'a rabroué Pola.

Basia a observé son père, surprise de constater combien il avait vieilli : son crâne était maintenant presque entièrement dégarni, ses paupières s'étaient affaissées. Pourtant, il n'avait pas encore cinquante ans. Puis, Andrzej a annoncé qu'il allait se coucher, et Basia a tiré la lettre de Gabriel de la poche de sa jupe.

— Regarde, maman, ce qu'il m'a écrit, on dirait qu'il m'en veut parce que je ne me suis pas fait avorter.

Pola a lu la lettre et a haussé les épaules.

— Ce que j'en comprends, c'est qu'il ne tient pas vraiment à ce que Rafael reste avec lui. Il ne proteste pas contre votre départ, tu vois ? Alors tu peux t'en aller en paix. C'est le plus important.

Elle a ajouté :

— Ton père et moi, nous aurions préféré que tu restes en Israël, avec nous, que tu retournes aux études, on te l'a souvent dit. Mais si tu choisis de partir, fais-le sans regret, c'est ça que je comprends de la lettre de Gabriel.

Trois mois après avoir quitté le kibboutz, et sans avoir d'autre plan que celui de mettre la plus grande distance possible entre Gabriel et elle, Basia est donc montée à bord d'un avion d'El Al, le petit Rafael bien calé dans ses bras.

⁂

Katrin avait préparé leur chambre, elle avait même trouvé un berceau d'occasion pour Rafael, mais durant ses premières semaines à New York, Basia le gardait à côté d'elle, dans son lit étroit recouvert d'une courtepointe. Il lui arrivait de se réveiller en sursaut au milieu de la nuit, le souffle court, le cœur battant, à cause d'un cauchemar, toujours le même : Gabriel s'était débrouillé pour entrer chez elle et était reparti avec leur garçon. Soulagée de constater que Rafael respirait paisiblement à ses côtés, que sa chaleur se propageait sous la couverture trop mince pour l'appartement mal chauffé, elle se recouchait en se demandant comment elle avait fait pour passer tant de nuits loin de lui, au kibboutz.

En débarquant à New York, elle avait eu un choc : le bruit, le mouvement perpétuel, les sirènes des ambulances, le hurlement des klaxons – toute cette agitation était aux antipodes de l'univers feutré du kibboutz.

Puis, peu à peu, son corps avait absorbé ce rythme effervescent. Elle avait même fini par s'y sentir étrangement en sécurité : à part Katrin, elle ne connaissait personne, et cet anonymat avait tissé une coquille de protection autour d'elle et Rafael.

Ses parents l'aidaient financièrement durant les premiers mois, mais Basia avait rapidement trouvé un boulot chez une fleuriste, à trois rues de chez elle. Elle avait gardé, de son séjour au kibboutz, une familiarité avec l'univers des plantes, comme si elle comprenait leur langage.

Puis elle a eu l'idée d'arrondir ses fins de mois en offrant des cours particuliers d'hébreu alliant grammaire et conversation. Elle a passé une journée à épingler ses annonces dans les cafés, à la buanderie et dans l'entrée de son immeuble.

Ses premiers clients étaient un couple de Juifs new-yorkais dans la vingtaine en voie de faire leur *alyah*. La suivante était une chrétienne sioniste qui voulait déménager en Israël pour y attendre le retour du Christ. Puis, Basia a reçu un coup de fil d'un homme à la voix basse et vibrante. Il a dit s'appeler Nathan, a expliqué qu'il était envoyé à Tel-Aviv par une compagnie d'ordinateurs pour y ouvrir une filiale et qu'il souhaitait s'y préparer en prenant quelques leçons d'hébreu avant de partir.

— Je pourrais bien sûr me contenter de parler anglais, on m'a dit que je n'aurais pas de problèmes, mais moi, je veux communiquer avec mes clients dans leur langue maternelle, c'est une question de respect, lui a-t-il expliqué lors de la première leçon.

— C'est aussi une manière de mieux les convaincre, de mieux vendre, non ? a avancé Basia avec un sourire ironique.

— Bien sûr.

Il n'était pas très grand, mais athlétique, il portait toujours un jean noir, un veston ajusté et une Rolex rutilante. Il marchait avec légèreté, comme s'il échappait à la force gravitationnelle. Quand elle le regardait se déplacer à travers la cuisine où ils s'installaient pour leurs cours, Basia ne pouvait s'empêcher de penser qu'il devait être un bon danseur.

Dès le troisième cours, il l'a invitée au restaurant sous prétexte qu'il voulait mettre rapidement en pratique ce qu'elle lui avait enseigné. Katrin a accepté de veiller sur Rafael ce soir-là. Nathan a commandé des huîtres et du champagne, Basia lui a fait répéter les noms hébreux des aliments et les verbes nécessaires pour les commander. Quelques semaines plus tard, ils ont poursuivi les exercices pratiques avec les différentes parties du corps… À l'aube, quand ils ont été rassasiés, Nathan a expliqué qu'il était programmeur informatique, métier dont Basia avait vaguement entendu parler, et que sa compagnie, IBM, venait de lancer un premier modèle d'ordinateur personnel.

— Tu sais, nous sommes à la veille d'une révolution. Bientôt, il y aura un ordinateur dans chaque maison.

— Tu es un rêveur, a dit Basia, mais elle était prête à le croire.

Nathan était aux antipodes de Gabriel : il était moderne et direct, pouvait passer beaucoup de temps à expliquer l'impact de ces boîtes carrées qui s'apprêtaient à faire une entrée massive dans les foyers, mais il ne la noyait pas non plus de discours, il se montrait attentif, prévenant, changeait de sujet quand il voyait qu'elle ne l'écoutait pas vraiment ou qu'elle voulait parler d'autre chose.

Il assumait pleinement son statut social, il aimait les beaux objets, les cravates de soie, les pierres précieuses, les bijoux en or. Et surtout, il s'intéressait à elle, lui demandait des nouvelles de sa famille, lui posait des questions sur son enfance, son passé en Pologne et en Israël. Et il n'oubliait jamais d'apporter des cadeaux pour Rafael.

Plus elle passait de temps avec Nathan, plus Basia se rendait compte de l'égocentrisme de Gabriel. Elle avait été là pour lui, et pas l'inverse : ce rapport à sens unique avait été établi dès le début. Il ne s'était jamais intéressé à son passé, comme si la vie de Basia avait commencé au moment précis où Gabriel avait posé sa main sur sa cuisse, ce geste de propriétaire qui l'avait tant troublée, devant le bâtiment administratif du kibboutz.

Et puis Basia ne pouvait pas faire abstraction du fait qu'avec Nathan, elle jouirait d'une sécurité financière, tout comme Rafael – cet avantage n'était pas négligeable. Il lui promettait ce qu'il appelait *a nice life* – une vie agréable. Il était enfant unique et ses parents vieillissants venaient de s'installer dans un petit appartement de Manhattan, laissant à sa disposition une maison trop grande pour lui seul. Il avait envisagé de la vendre, mais ce serait parfait pour eux trois. Et comme il gagnait assez d'argent pour toute la famille – il avait bien dit « famille » ! –, Basia serait libre de reprendre des études dans le domaine de son choix ou même de ne rien faire du tout, de profiter simplement de la vie.

C'était presque trop beau pour être vrai. Basia avait pris la peine de l'avertir que, pour elle, il n'était pas question de retourner vivre en Israël. Il avait répondu qu'il n'avait pas l'intention de s'y établir, qu'il y passerait deux ou trois mois, le temps de monter une équipe qu'il pourrait ensuite gérer de loin, avec des allers-retours occasionnels.

Moins d'un an après avoir débarqué à New York avec à peine de quoi se payer quelques hamburgers et des frites, Basia et Rafael emménageaient à Long Island, dans une maison avec quatre chambres, de grandes fenêtres, des planchers de chêne, un foyer, un jardin, une piscine. Basia commençait une nouvelle vie, encore une fois, mais celle-ci, se disait-elle, serait la bonne.

⁂

— Maman, arrête la musique, s'il te plaît !

— Oui, oui, mais viens voir ce que j'ai trouvé, c'est un collier que tu avais fait pour ma fête avec des boutons, quand tu étais toute petite, viens voir.

— Non, maman, je t'en prie, laisse-moi travailler !

Attablée dans la cuisine, Monika contemplait les documents qu'elle avait classés par ordre chronologique et thématique, et qui formaient des monticules épars devant elle. Il lui restait deux semaines pour finir la préparation du cours d'histoire du Moyen Âge qu'elle allait donner à l'Université de Varsovie à compter de l'automne. Et là, sa mère faisait jouer la radio à tue-tête. À croire que la perspective de quitter l'appartement qu'elle habitait depuis trente ans pour vivre avec son compagnon, Włodek, avait fait retomber Sabina en adolescence.

Malgré les boules d'ouate qu'elle avait enfoncées dans ses oreilles, Monika percevait nettement le remue-ménage de sa mère qui parlait toute seule pendant qu'elle finissait de vider une armoire surmontée de bacs de rangement s'élevant jusqu'au plafond.

Elle déplaçait l'escabeau, grognait parce qu'il n'était pas assez haut, jurait quand un objet lui tombait des mains pour s'écraser au sol. «Les filles polonaises sont bourrées de vitamines», hurlait Andrzej Rosiewicz à la radio.

«Décidément, je n'y arriverai jamais», a pensé Monika en enlevant les boules d'ouate de ses oreilles.

Après son baccalauréat, Monika avait enseigné l'histoire dans deux écoles primaires, tout en poursuivant sa maîtrise et en s'occupant de sa fille, Ania.

Et maintenant, ces années de journées doubles où elle travaillait le jour et étudiait le soir une fois que la petite était couchée étaient terminées. Dès la rentrée, elle ferait face à des étudiants qui avaient *choisi* de se spécialiser en histoire. Ce serait tout autre chose que d'enseigner à des élèves de dix ou onze ans qui étaient forcés de suivre ses cours et la fixaient avec un regard vide, se disait Monika, qui avait hâte de commencer sa nouvelle vie, tout en craignant de ne pas être à la hauteur.

En ce jour tiède du mois d'août, Jurek était parti en tournée comme sonorisateur pour un groupe de jazz. Ania, qui entrerait en première année à l'automne, passait les dernières semaines de vacances à la campagne avec la mère de Jurek. Monika disposait de tout son temps pour préparer son cours. Mais c'était sans compter sa mère qui l'appelait au moindre objet trouvé au fond d'un tiroir qu'elle n'avait pas ouvert depuis des siècles.

Il y avait longtemps que Włodek proposait à Sabina

d'emménager avec lui. Elle avait finalement acquiescé quand elle avait appris que Monika attendait son deuxième enfant. La cohabitation à quatre, avec Monika, Jurek et la petite Ania, était pénible. À cinq, avec un bébé, ce serait invivable.

Sabina a fini par éteindre la radio, mais Monika n'arrivait plus à se concentrer. Tant pis, elle travaillerait plus tard, pendant la nuit, comme elle en avait l'habitude.

— As-tu besoin d'aide, *mamusiu*?

Ensemble, Sabina et Monika ont fini par aligner les derniers sacs et valises dans le couloir, près de la porte. À un moment, Sabina s'est arrêtée devant la photo où on la voyait jeune femme, vêtue d'une robe pâle sans manches, enlaçant celui qui allait devenir le père de Monika. Quand elle a avancé la main pour décrocher le cadre du mur, sa fille a retenu son bras.

— S'il te plaît, maman, cette photo est ici depuis toujours.

Sabina s'est tournée vers sa fille, a essuyé son front où perlait la sueur, puis elle a souri en disant: «Bon, d'accord, garde-la si tu veux.»

Elle a jeté un coup d'œil à sa montre: Włodek aurait dû être déjà arrivé, avec l'auto prêtée par un ami, mais il était rarement à l'heure. Pour patienter, elle a préparé du thé, en a offert une tasse à sa fille, qui a tassé ses documents pour dégager un espace sur la table.

— Tu as vu? Les ouvriers des chantiers navals à Gdańsk continuent à faire la grève. Maintenant ils réclament le droit de fonder leur propre syndicat, c'est incroyable, ce qui se passe, a dit Monika.

Sabina a tempéré son enthousiasme.

— J'espère qu'ils ne vont pas les écraser, comme en 1970 et en 1976.

Mais Monika n'en démordait pas : la Pologne était à un tournant. Depuis que le gouvernement avait haussé les prix de la viande, en juillet, les grèves se multipliaient, et pour une fois, ouvriers et intellectuels ramaient dans la même direction, la même barque. Ce n'était pas comme les autres fois. Elle qui s'apprêtait à enseigner l'histoire du Moyen Âge se trouvait rattrapée par l'actualité. L'histoire, la vraie, se jouait ici, maintenant. Et c'était comme un film projeté en accéléré. Dès que Jurek serait rentré, elle irait à Gdańsk, c'était sûr.

Plus tard, Monika a aidé sa mère et Włodek à descendre les dernières valises et à les empiler dans la Fiat garée dans la cour, devant le pommier qui ne portait qu'une poignée de fruits piqués de vers.

La voiture débordait, ils n'ont pas réussi à refermer le coffre et l'ont fixé à l'aide d'une corde en espérant qu'elle tiendrait le coup.

Juste avant de se laisser tomber dans le siège du passager, Sabina a levé les yeux vers le balcon du quatrième étage du bloc B. Pendant un instant, elle a cru apercevoir derrière le rideau de tulle blanc la silhouette d'un homme lui faisant un signe de la main. Elle a cligné des yeux et l'image s'est dissipée.

Le fil conducteur

Julia ne savait pas exactement ce qu'elle cherchait. Un filon, une image, un déclic peut-être. Vêtue d'une salopette en jean trop courte d'où dépassaient des chaussettes dépareillées, elle était assise par terre, jambes allongées, sur le tapis brun du sous-sol, et tournait les pages d'albums de photos qu'elle connaissait déjà par cœur.

Le premier s'ouvrait sur de rares images de l'enfance de ses parents, quelques clichés écornés, rescapés de la guerre. Suivait une photo de Teresa enceinte jusqu'aux oreilles, puis tenant deux bébés à peine plus grands que des poupées dans ses bras.

Les frères de Julia grandissaient de page en page, tantôt en bottines et culottes bouffantes, tantôt alignant des petites autos sur une table ou agrippant le guidon d'un vélo à quatre roues, ou caressant un chat, ou alors la tête renversée pour boire une orangeade au goulot.

Les albums se suivaient en ordre chronologique.

Les deux premiers rassemblaient des images de leur époque égyptienne, parfois les pyramides, parfois le désert ou la mer Rouge. Maciek et Jacek posaient sur fond de paysages exotiques, puis réapparaissaient dans le troisième album, réunissant des images de leur vie en Pologne.

Julia n'apparaissait qu'au milieu du cinquième album, alors que sa famille était déjà établie aux États-Unis, après avoir traversé l'océan en bateau – voyage immortalisé par des images de ciel qui se noie dans la mer, au-delà du bastingage. Teresa se savait déjà enceinte, mais ça ne se voyait pas encore. Sur les rares photos du bateau, elle paraissait abattue, comme écrasée par un fardeau invisible.

Sur sa première photo, Julia était entourée de ses parents et de ses deux frères, mais on ne voyait qu'elle, avec ses yeux grands ouverts, comme s'ils voulaient avaler l'univers. Suivaient les photos de leur deuxième appartement, avec le jardin où Julia était photographiée chaque année à côté d'un hosta géant qu'elle avait fini par dépasser.

Plus loin, il y avait les images de leur dernière maison, avec le panier de basketball au-dessus du garage, la piscine et leur labrador noir, Rex.

On voyait peu Jacek, sauf sur des photos de groupe ou en train de souffler les bougies sur un gâteau d'anniversaire. Une photo le montrait en combinaison de travail, devant une chaîne d'assemblage, un sourire timide aux lèvres.

Sur sa photo la plus récente, Jacek était en train

de traire une chèvre, il était vêtu d'un maillot sans manches et tenait un seau en métal coincé entre ses pieds. Au dos de la photo, quelqu'un avait inscrit au crayon de plomb, en polonais : *Voici Jacek, le meilleur trayeur du kibboutz.*

À l'orée de ses treize ans, Julia se souvenait peu de ce grand frère qui avait disparu de sa vie alors qu'elle n'en avait que six. Elle avait gardé de lui des images joyeuses (quand elle le faisait rire aux éclats) et plus sévères, presque hostiles (quand il la chassait de sa chambre pour pouvoir écouter de la musique ou prier en paix).

Puis, un après-midi, elle était rentrée de l'école et il n'était plus là. Sa mère lui avait dit qu'il était parti rejoindre des amis en Israël, que là-bas ils l'aideraient à réparer ce qui était brisé chez lui.

— C'est Adam, le fils des Ulman, qui s'occupera de lui, ils étaient très proches, en Pologne, avait précisé Teresa. Tu te souviens ? Je t'ai sûrement parlé d'eux.

Julia, qui était habituée à passer du temps à l'usine avec ses parents, avait eu en tête l'image d'une pièce d'automobile, peut-être un frein ou un volant ou une poignée de porte, qui ne fonctionnait pas bien et qu'il fallait remplacer par une neuve.

Quand Julia avait eu sept ans, ses parents lui avaient proposé d'emménager dans la chambre de Jacek, plus grande et plus lumineuse que la sienne, car tout indiquait que son frère ne rentrerait pas de sitôt. Il n'était jamais revenu. Il ne se manifestait plus que sporadiquement, par des cartes de souhaits d'anniversaire laconiques. Et, plus récemment, par l'annonce de son mariage, auquel ses parents n'avaient pas été invités, et de la naissance de son premier enfant.

Jacek avait toujours été là et, du jour au lendemain, il n'y avait plus que le vide. Personne n'avait jamais expliqué à Julia la vraie raison de sa disparition. Tout ce qu'elle savait, c'est qu'il avait rejoint une communauté de Juifs très pratiquants, dans une ville du nord d'Israël, Safed.

— Ce sont des hassidim, comme ceux qu'on a vus quand on a visité New York, l'an dernier, lui avait expliqué Heniek.

— Quand est-ce qu'il va revenir? avait alors demandé Julia.

— Je ne sais pas.

Depuis qu'elle était toute petite, Julia fréquentait le centre communautaire attenant à la synagogue, et c'est là qu'elle avait entendu parler de la cérémonie de la bat-mitsva, l'équivalent féminin de la bar-mitsva des garçons, ce rite qui marquait la sortie de l'enfance.

Seulement, si les filles de son groupe voulaient donner un sens à ce rituel – et c'était justement ça l'idée, trouver un sens –, chacune devait réaliser un projet qui la rattacherait à ses origines, leur avait expliqué l'un des moniteurs du centre. En se couchant ce soir-là dans l'ancien lit de son frère, Julia avait pensé à Jacek. Puis elle avait eu cette idée: son projet de bat-mitsva, ce serait de comprendre ce qui lui était arrivé. Elle allait se *rattacher* à ce frère disparu. Pourquoi avait-il pris la décision de tout laisser derrière lui ? Qu'est-ce qu'il avait donc trouvé, là-bas ?

Rien dans les albums qui s'empoussiéraient au sous-sol ne lui permettait de répondre à ces questions. Le sujet était douloureux pour ses parents. Chaque fois qu'elle prononçait le nom de Jacek, son père se dirigeait immédiatement vers le bahut pour se verser un verre de scotch et sa mère avait les larmes aux yeux. Julia avait fini par ne plus en parler du tout.

Et là, ses recherches n'aboutissaient nulle part, elle était dans un cul-de-sac.

— Vous n'auriez pas d'autres photos, pour ma batmitsva ? a-t-elle demandé un soir à ses parents.

— Il y a une boîte de carton dans le garage, par terre, derrière les vélos, je l'ai ouverte l'autre jour par erreur en cherchant des outils, s'est souvenu Heniek.

La boîte contenait des centaines de clichés en couleur et en noir et blanc, certains imprimés à plusieurs exemplaires, plusieurs époques se mélangeant dans un désordre absolu. Julia a transporté la boîte dans sa chambre et a passé deux week-ends à trier les photos, plaçant les clichés en piles sur le plancher, les classant selon les époques, ceux qui dataient d'avant le départ de Pologne et ceux qui avaient été pris après, ceux avec des gens qu'elle connaissait et les photos d'inconnus.

Puis une image en noir et blanc, tout au fond de la boîte, a attiré son attention. Jacek et Maciek y étaient assis par terre, à l'avant-plan. On apercevait aussi leur mère, le genou relevé, dans un coin du cadre, comme si elle cherchait à en sortir.

Douze autres personnes regardaient devant elles. Certains des visages lui étaient familiers, elle les avait déjà croisés dans l'un ou l'autre des albums, avait toujours présumé qu'il s'agissait de personnages sans véritable intérêt. Ses parents lui avaient vaguement parlé de leurs amis Nina et Marek, partis au Canada avec leurs filles Ewa et Maja, et de Pola et Andrzej, émigrés en Israël avec leurs enfants Basia et Adam, mais elle n'avait jamais associé de visages à ces noms. Qui étaient ces gens ? Que faisaient-ils sur cette photo ?

Julia a sorti le cliché de la boîte, en a lissé la surface chiffonnée, l'a observé comme s'il recelait une histoire cachée, ce *sens* qu'elle recherchait pour son projet de bat-mitsva.

— Regardez ce que j'ai trouvé, a-t-elle dit plus tard, après s'être calée entre ses parents sur le divan du salon. Je reconnais Maciek et Jacek. Ça, maman, c'est toi. Mais où est papa ? Et qui sont les autres ? Cette femme, par exemple, on dirait qu'elle sourit au photographe, elle est vraiment belle.

— Elle s'appelle Sabina et elle a sûrement vieilli depuis, a tranché Teresa en jetant un regard en biais à Heniek, qui a entrepris de replier le *Cincinnati Enquirer* pour le poser sur la table basse.

Puis Teresa a pris la photo, l'a examinée longuement, et a identifié tous les personnages en les effleurant du doigt.

— Lui, c'est Marek, et là, c'est Ewa, puis sa petite sœur Maja... Là, tu vois, c'est leur grand-mère Lusia.

Et là, c'est Pola, entre Andrzej et Adam, celui que ton frère Jacek est allé retrouver en Israël.

Julia s'est glissée en bas du divan, en tirant sur sa salopette qui remontait sur ses mollets qu'elle trouvait trop maigres et trop blancs. Puis elle s'est retournée vers ses parents :

— Je sais ce que j'aimerais recevoir comme cadeau pour ma bat-mitsva.

Heniek et Teresa n'ont rien dit, attendaient la suite.

— Ce que je voudrais, c'est un appareil photo, pas un appareil instantané, non, un vrai.

⁂

Freda avait fermé ses paupières, son teint était pâle comme de la craie, sa peau aussi fine que du papier de soie. Adam s'est assis au chevet de sa grand-mère, il a pris sa main, qu'il a sentie brûlante. Son père lui avait téléphoné un peu plus tôt, en lui disant que sa grand-mère n'en avait plus pour longtemps. Il a précisé :

— C'est le cœur, il est fini.

Pola et Andrzej, qui la veillaient depuis trois jours, étaient partis manger une bouchée. Adam était seul avec sa grand-mère qui respirait lourdement, ses bronches sifflaient et râlaient. Il caressait sa main quand elle a ouvert les yeux.

— C'est moi, *babciu*, c'est Adam, tu me reconnais ?

— Bien sûr, a répondu Freda et son visage s'est éclairé d'un faible sourire.

Ils se sont regardés sans parler pendant un moment,

Adam a attendu que la respiration de Freda s'apaise, il a passé un linge humide sur son front. Puis il a dit :

— Tu sais, *babciu*, un jour, quand j'étais petit, tu m'as donné un conseil. Tu m'as dit que mon premier devoir était de survivre. J'y ai souvent pensé. Et j'ai suivi ton conseil. Vraiment. J'ai survécu, malgré tout.

— Tu peins toujours ? a réussi à demander Freda avec ce qui lui restait de souffle.

— Oui, j'organise ma première exposition solo, le vernissage aura lieu dans un mois.

Freda a eu une expression qui semblait dire : dommage, je ne la verrai pas. Elle a serré la main d'Adam, puis elle s'est rendormie pour ne plus se réveiller.

Le jour du vernissage, Adam pensait justement à sa grand-mère quand il a senti une silhouette lui faire de l'ombre, à la galerie où avait lieu l'exposition. Il a levé les yeux et a vu un visage auréolé d'une couronne de cheveux noirs et frisés. Les cheveux de Pnina.

Elle souriait avec défi, en se mordillant les lèvres, comme si elle le narguait ou qu'elle disait : « Tu ne pensais quand même pas que j'allais disparaître comme ça, pour toujours. »

— C'est toi ? a demandé Adam.

— C'est moi, a répondu Pnina.

Ce bref échange disait tout, il n'y avait rien à ajouter.

⁂

L'arôme du sucre caramélisé se répandait dans l'air et se mêlait à l'odeur âcre de la fumée que le vent poussait toujours vers eux, exactement là où ils venaient de s'asseoir.

Ils avaient beau dire aux enfants d'y aller doucement avec leurs guimauves, de ne pas trop les approcher du feu, elles finissaient toujours par s'enflammer et se recouvrir d'une croûte noire qui collait aux dents.

— Non, Agathe, jette cette guimauve, elle vient de tomber par terre, elle est pleine de sable, a crié Ewa en tirant un autre cube spongieux du sac posé à ses pieds. Elle a attiré sa fille vers elle, a essuyé son visage avec un mouchoir, a posé un baiser sur sa joue collante avant de l'aider à placer la guimauve au bout d'un bâton.

Ils avaient loué ce chalet au bord lac Sacacomie pour tout le mois de juillet et ils avaient invité Laurent, le frère de Denis, sa blonde Marie-Josée et leurs deux enfants à passer une semaine avec eux. Avec sa plage qui s'enfonçait dans l'eau en pente douce, son pédalo et ses deux canots, le quai où on pouvait se faire bronzer ou lire en surveillant les enfants du coin de l'œil, l'endroit était idéal pour des vacances familiales.

À trois ans, Agathe passait ses journées à ramasser des cailloux et des bouts de bois sur la plage. Ses deux cousins, Pierre-Luc et Charles-Antoine, âgés de six et sept ans, préféraient explorer les ronces à l'extrémité de la plage, à la recherche de têtards qu'ils attrapaient pour les enfermer dans un bocal de verre.

Au coucher du soleil, quand tout s'apaisait, quand les moustiques finissaient par prendre congé, les adultes partageaient un apéro sur le quai en comparant les derniers exploits des enfants, en discutant des livres qu'ils étaient en train de lire ou encore en jouant à *Quelques arpents de pièges*, jeu auquel Ewa finissait toujours par perdre, car même après dix-sept ans au Québec, il lui manquait plusieurs références culturelles, surtout dans le domaine de la télévision et du sport.

Le temps s'écoulait avec lenteur, entre les cris des enfants, les baignades et les tentatives de pêche à l'aube, dans un étranglement du lac. C'est un été parfait, a songé Ewa en regardant comment Denis faisait sauter leur fille dans l'eau, en admirant l'enthousiasme avec lequel il organisait des jeux pour les enfants et leur enseignait le nom des plantes ou celui des oiseaux, les hérons, les geais bleus, les urubus qui tournoyaient dans le ciel.

Oui, tout est parfait, se disait Ewa, sa vie était parfaite. Bien sûr, avec Denis, ils avaient leurs difficultés, l'organisation de la vie domestique reposait entièrement sur ses épaules à elle, même si son travail de conseillère juridique dans un centre pour femmes en difficulté l'occupait à temps plus que plein. Ewa avait beau essayer de rétablir l'équilibre, la balance des tâches penchait toujours de son côté. Elle trouvait ça injuste, ils se disputaient souvent à ce sujet, mais c'était comme ça dans tous les couples de leur entourage. Et là, pendant ces vacances qui s'étiraient, les couchers de soleil sur le lac apaisaient leurs tensions.

Ma vie est exactement comme je la voulais, se disait Ewa. Mais alors, pourquoi se sentait-elle aussi insatisfaite ? Peut-être parce qu'au travail, pour chaque femme qu'elle avait aidée à se relever, il y en avait dix qui rechutaient, alors forcément, il lui arrivait de se sentir impuissante. Mais il n'y a pas que ça, pensait Ewa, elle devait bien s'avouer qu'elle étouffait face à un horizon trop étroit, qu'elle avait besoin de faire plus, d'aller plus loin.

Un soir, alors que Denis et Laurent mettaient les enfants au lit, Ewa a fouillé dans les braises à la recherche d'une poignée de pommes de terre qu'elle y avait enfouies, trente minutes plus tôt. Elle a poussé sur un tubercule à l'aide d'un bâton, s'est brûlée en le prenant dans sa main, a attendu qu'il refroidisse en chantonnant un air qui lui semblait familier. Ah oui, *comme la vie passe vite, le temps coule comme un torrent…* Cette chanson mélancolique était remontée du fond de sa mémoire.

Tous ces souvenirs, elle pouvait bien les raconter à Denis, ou à Laurent et sa copine. Mais elle ne pouvait pas les partager avec eux. Alors qu'elle ne pensait presque jamais à Monika, elle a senti tout à coup combien son amie lui manquait.

Ewa farfouillait encore dans les braises quand la voix étouffée de Laurent a percé sa rêverie.

— On a quelque chose à vous dire, a annoncé Laurent. On va se séparer.

Il a dit ça tellement vite qu'Ewa et Denis ont mis un moment avant de comprendre. Quoi? Laurent et Marie-Josée, se séparer? Mais voyons, ils ne se disputaient jamais, pourquoi? Comment était-ce possible? Et les enfants? Avaient-ils pensé aux enfants?

— Ça fait longtemps qu'on y pense, a poursuivi Laurent, alors que Marie-Josée ajoutait des bouts de branches pour raviver le feu. Vous savez, on n'est pas un couple si harmonieux que ça, c'est juste l'impression qu'on donne.

Marie-Josée a appuyé le pied sur une branche pour la fendre en deux, puis a ajouté, une trace d'amertume dans la voix :

— Il y a au moins deux ans qu'on ne s'est pas touchés.

Au cours des mois précédents, Ewa et Denis avaient vu plusieurs autres couples éclater autour d'eux, avec plus ou moins de fracas. Leur vie se transformait en des casse-tête de garde partagée, de vêtements oubliés chez l'un ou l'autre des « ex » et de conflits sur la manière d'éduquer les enfants.

Plus tard, cette nuit-là, alors qu'il n'arrivait pas à s'endormir, se tournant d'un bord et de l'autre sur le matelas aux ressorts saillants, Denis s'est collé dans le dos d'Ewa, a caressé ses cheveux, l'a embrassée dans le cou, puis il a dit :

— Tu me promets que ça ne nous arrivera pas, à nous ?

Ewa s'est retournée, a caressé sa joue et, après un moment de silence durant lequel il n'entendait que sa respiration, elle a soufflé :

— Oui, je te le promets.

⁂

Depuis le balcon réservé aux femmes, Julia avait les yeux rivés sur le spectacle qui se déployait plus bas. Une trentaine d'hommes vêtus de noir, avec leurs barbes et leurs papillotes, chantaient et dansaient en serrant contre leur poitrine les rouleaux de la Torah. Par moments, ils bougeaient en rangées, se tenant par les épaules, joyeux et souriants. À d'autres moments, chacun sautillait de son côté. Parfois, ils s'arrêtaient près d'un pupitre où des verres étaient disposés autour d'une bouteille. Ils remplissaient un verre, le vidaient et reprenaient leur ronde. Leurs chants et leurs mouvements créaient un effet hypnotique, envoûtant.

Julia aurait bien aimé pouvoir photographier la cérémonie, mais Jacek lui avait ordonné de laisser son appareil à la maison. Le moment qu'elle était en train de vivre ne se fixerait donc que dans sa mémoire. Elle se laissait porter par la célébration, cherchait son frère parmi les fidèles, mais ne le trouvait pas, elle avait l'impression qu'ils se ressemblaient tous, qu'ils formaient une masse soudée, indistincte.

Les femmes autour de Julia attrapaient les enfants qui couraient entre elles pour leur essuyer le nez, rattacher leurs lacets. Parfois, elles la regardaient avec curiosité ou elles lui adressaient un petit sourire timide. Elles s'exprimaient en yiddish et Julia avait l'impression d'avoir fait un voyage dans le temps pour atterrir cent ans plus tôt, dans quelque shtetl de Biélorussie ou de Pologne.

C'était le dernier jour de leur séjour en Israël, au cours duquel ses parents avaient espéré convaincre

Jacek de rentrer aux États-Unis, avec sa femme et leurs trois enfants.

— Viens avec nous, l'avait suppliée Heniek, avant leur départ, tu es la seule qui sache comment parler à Jacek.

— Mais voyons, je ne l'ai pas vu depuis des années, avait protesté Julia. La dernière fois, j'avais six ans. Pourquoi vous ne demandez pas à Maciek?

— Maciek doit rester à Cincinnati pour s'occuper de l'usine, a tranché Heniek.

Julia a compris qu'elle ne pouvait pas refuser. Le premier jour, ils avaient partagé un repas sur une terrasse de Safed. Jacek s'était montré poli, mais distant. Il avait posé des questions sur l'usine, sur leur chien Rex, sur son frère Maciek, avait demandé à Julia ce qu'elle comptait étudier, quand elle terminerait l'école. Ils avaient l'air d'une famille normale qui se retrouve après une longue séparation.

Mais en même temps, il y avait quelque chose de mécanique dans la manière dont Jacek posait ses questions. Et il écoutait les réponses distraitement, en laissant son regard se promener par-dessus la tête de ses parents et de sa sœur. C'était comme s'il avait mis un costume, celui du bon fils, du gentil frère.

Julia avait été surprise de voir combien Jacek avait grossi au fil des ans. Sur les dernières photos qu'elle avait vues de lui, celle où il était en train de traire une chèvre par exemple, son frère était maigre, presque chétif. Et là, son ventre dépassait de son pantalon, tandis que sa barbe le vieillissait et lui donnait un air négligé.

Jacek était venu seul, avait laissé ses enfants et sa femme, Dvora, à la maison. C'est Heniek qui avait rompu la glace en déposant la fourchette sur laquelle il avait piqué un falafel, avant de lancer:

— Bon, Jacek, combien de temps ça va durer, cette comédie? Quand est-ce que tu vas rentrer aux États-Unis et commencer ta vraie vie?

Jacek s'était raidi, avait froncé les sourcils, reculé sur sa chaise et croisé ses bras sur sa poitrine. Julia avait senti une onde froide, presque hostile, couler de ses yeux, comme autrefois quand il la chassait de sa chambre pour prier en paix.

— C'est ce que tu penses, que c'est une histoire passagère? Désolé, mais ce n'est pas le cas. Tu n'as rien compris, papa. Ma vie est ici.

Teresa avait lancé un regard furieux à Heniek. Ses yeux disaient: qu'est-ce que tu peux être maladroit, brutal. Pendant tout le reste du repas, ils avaient cherché d'autres sujets de conversation, Teresa avait dit qu'elle avait hâte de rencontrer ses petits-enfants, qu'ils avaient apporté des cadeaux pour eux, mais tout sonnait faux, emprunté, et ils voyaient bien que Jacek n'attendait qu'une chose: que cette rencontre se termine.

Le lendemain, Jacek les avait invités à la maison pour prendre un thé et du gâteau, en après-midi. Dvora les avait accueillis d'un sourire trop appuyé pour être naturel. Leurs enfants – un garçon de cinq ans, et deux filles de quatre et deux ans – les scrutaient avec curiosité et les avaient remerciés par un baiser sur la joue pour leurs cadeaux. Un nouvel enfant était prévu dans quatre mois, mais ça ne paraissait pas encore, Dvora portait une robe ample qui camouflait ses formes.

Heniek et Teresa s'adressaient à leurs petits-enfants en anglais ou en polonais, mais ils communiquaient avec eux surtout par signes. En observant l'appartement, Julia avait vite compris que son frère ne roulait pas sur l'or. Sa famille habitait le deuxième étage de la maison étroite qui appartenait à ses beaux-parents. Son beau-père exploitait un petit supermarché dans le quartier, où Jacek travaillait quelques jours par semaine.

Comme la veille, Jacek affichait une expression polie. Mais en voyant ses paupières tressauter, ses pieds bouger sous la table, Julia avait compris que son frère bouillonnait intérieurement. Ni Heniek ni Teresa n'avaient osé aborder une nouvelle fois ce pour quoi ils avaient fait ce voyage tous les trois : ramener leur garçon à la maison, le convaincre de quitter ce qu'ils voyaient comme une secte.

L'avant-dernier soir, alors que Julia et ses parents cherchaient un café où souper légèrement, Teresa avait pris la main de sa fille et lui avait demandé d'aller voir son frère toute seule, le lendemain.

— Tu es la seule qui puisse lui parler, s'il te plaît, fais-le, retourne le voir demain, une dernière tentative, peut-être que tu y arriveras.

Julia ne le croyait pas, mais elle était incapable de dire non à sa mère, qui peinait à retenir ses larmes. Le lendemain matin, elle s'était pointée chez Jacek. Quand il l'avait fait entrer dans le vestibule, Julia avait mis un moment avant de distinguer les formes dans la pénombre. L'appartement était étroit, les enfants se chamaillaient en courant autour de la table qui occupait toute la place dans le salon, Dvora les disputait, l'air excédé, son sourire de la veille s'était évaporé.

En voyant sa sœur, qui ne l'avait pas prévenu de sa visite, Jacek avait soupiré, puis il l'avait toisée en se grattant la tête. C'était comme s'il avait oublié de mettre son masque de gentil frère, de garçon bien élevé. Pendant un instant, Julia avait eu peur qu'il lui demande de sortir de sa maison et de sa vie. Mais après un moment de silence, Jacek avait dit :

— Aujourd'hui, c'est la *Sim'hat Torah*, la fête de la Torah. On s'en va à la synagogue. Viens avec nous, on ira prendre un thé après.

C'est là, voyant qu'elle enlevait le capuchon de l'objectif, qu'il l'avait sommée de laisser son appareil sur la table. Plus tard, peut-être, quelques photos de famille, il voulait bien. Mais pas de photos de la synagogue, ça, il n'en était pas question.

Après la cérémonie, quand Julia a retrouvé son frère devant la synagogue, Jacek titubait légèrement. Puis, au café où ils ont commandé un thé à la menthe, elle lui a demandé ce que les hommes buvaient en dansant.

— Du whisky, a répondu Jacek en souriant avec défi. Aujourd'hui est un jour de grande joie.

— Écoute… j'aimerais vraiment comprendre ce que tu as trouvé dans cette vie, pourquoi tu as fait le choix de te joindre à cette communauté hassidique, a dit Julia.

Jacek l'a examinée attentivement et, pour la première fois, elle a eu l'impression de retrouver un peu de son grand frère d'autrefois. Il a regardé la montagne qui se profilait au loin, a souri, pris une respiration comme s'il s'apprêtait à plonger dans une piscine ou dans la mer.

— Disons que j'ai trouvé ici les réponses à mes questions.

— Quelles questions?

— Toutes. Des réponses à toutes mes questions.

Julia cherchait comment poursuivre cette conversation dans laquelle son frère s'était livré un tout petit peu, même si ce n'était que de manière microscopique, même s'il parlait en énigmes. Pour la première fois, elle avait le sentiment d'effleurer le *vrai* Jacek, ou plutôt le vrai Joshua puisqu'il se faisait appeler ainsi, désormais. Mais elle n'a pas eu à réfléchir longtemps, car c'est lui-même qui a repris le fil de la conversation.

— Tu vois, la religion me guide, elle m'indique comment je dois me sentir et donne un sens spirituel à ces sentiments. La *Sim'hat Torah* est une fête joyeuse, et je ressens de la joie, nous éprouvons tous de la joie, ensemble, c'est une sensation extraordinaire. Tu l'as bien senti, tout à l'heure, non? Il y a aussi les moments de tristesse. Durant le mois de Av, par exemple, en été, on commémore la destruction du Temple, et c'est le temps d'être malheureux. Mais nous ne sommes pas seuls, tu comprends? Tout le monde est malheureux en même temps.

Pour la première fois, Jacek a regardé sa sœur dans les yeux, laissant ses mots pénétrer dans son esprit, pendant que la menthe infusait dans le thé. Puis il a ajouté:

— Depuis que je vis ici, je ne me sens jamais seul.

Quand ils se sont dit au revoir, Jacek a serré Julia très fort dans ses bras. Il lui a glissé à l'oreille :

— Dis à nos parents de me laisser tranquille et prends soin de toi, ma sœur.

Puis il est reparti et, en le regardant évoluer mollement dans les rues de Safed, Julia a pensé que, à trente et un ans, Jacek traînait son corps comme un vieil homme.

— Et alors ? lui a demandé sa mère le lendemain, pendant qu'ils bouclaient leurs valises.

Teresa avait les paupières enflées, elle avait mal dormi, passé une partie de la nuit à pleurer, ou alors à réveiller Heniek pour lui dire qu'il avait été trop direct, pas assez subtil, qu'il avait tout gâché, comme d'habitude.

— Il ne reviendra pas, ça ne sert à rien d'insister, a répondu doucement Julia.

Puis elle a ajouté :

— Je pense qu'il est heureux, Jacek, en tout cas heureux à sa manière, plus heureux qu'avant.

Tombent les murs

Ce n'était plus tout à fait le pays dont Maja se souvenait. Et pourtant, c'était précisément le pays dont elle se souvenait. C'était comme si rien n'avait bougé et qu'en même temps plus rien n'était pareil. Le tramway grinçait en freinant, comme autrefois. Les autos n'avaient pas changé non plus : les mêmes Syrenka, les mêmes Trabant en carton, les mêmes Warszawa noires entre lesquelles elle se faufilait autrefois pour traverser la rue.

Le kiosque se trouvait au même endroit, exactement comme dans son souvenir, et vendait les mêmes journaux : la *Tribune du peuple,* la *Vie de Varsovie,* les mêmes cigarettes Silesia, celles que fumait sa mère, dans leur paquet bleu orné d'un S blanc. Et les mêmes magazines pour enfants, ceux qu'elle attendait avec impatience, autrefois, et qu'elle demandait au vendeur à voix basse en tendant sa pièce d'un złoty. Il ne fallait surtout pas oublier de dire s'il vous plaît, merci.

Maja parcourait Varsovie comme dans un rêve.

Chaque pas la propulsait beaucoup plus loin qu'autrefois, comme si les distances s'étaient contractées, comme si elle avait été juchée sur des jambes dotées d'une force motrice qui n'avait que faire de sa perception de l'espace. Deux pas et déjà la boulangerie? Trois autres et déjà la pâtisserie, avec ses gâteaux aux graines de pavot, ses mille-feuilles dégoulinants de crème pâtissière? Son corps avait mémorisé les distances en fonction de sa taille d'autrefois. En quadrillant le quartier de son enfance du haut de ses cent soixante-deux centimètres, Maja se sentait comme une géante.

Il y avait presque dix-neuf ans qu'elle avait quitté cette ville, ce pays. Elle y revenait pour des raisons professionnelles : interprète simultanée ayant travaillé dix-huit mois au bureau de l'ONU, à New York, Maja avait soumis sa candidature pour se joindre à l'équipe de traducteurs qui accompagneraient le pape Jean-Paul II à l'occasion de son troisième voyage en Pologne, son pays natal. Quand elle avait reçu le coup de fil lui annonçant que son nom avait été retenu dans le lot de candidats, elle avait eu le souffle coupé. C'était donc vrai! Enfin, elle pourrait revoir le pays de son enfance.

Maja allait traduire les homélies du pape du polonais vers le français et l'anglais, le contrat serait bref, exigeant et assez lucratif, merci. Elle n'avait plus qu'à envoyer une photocopie de son passeport au Vatican et les responsables de la visite du pape s'occuperaient de lui obtenir son visa polonais.

Maja avait débarqué en Pologne dix jours avant

l'arrivée de Jean-Paul II. Elle voulait en profiter pour retourner à son ancienne adresse, revoir des amis, passer du temps avec sa grand-mère Lusia, qu'elle n'avait pas revue depuis sa visite au Canada, douze ans plus tôt.

Quand elle avait commencé ses études en linguistique, Maja rêvait de devenir traductrice littéraire. Mais même après qu'elle eut contacté toutes les maisons d'édition dont elle avait trouvé les adresses dans l'annuaire téléphonique, les contrats n'arrivaient pas, et il avait bien fallu qu'elle gagne sa vie. Elle avait opté pour une formation intensive d'interprète simultanée. Puis elle avait décroché un stage à l'ONU, où elle avait pu continuer à travailler pendant dix-huit mois.

Son amoureux, Yves, traducteur comme elle, avait trouvé un boulot temporaire dans une des agences onusiennes. Ils gagnaient bien leur vie, allaient courir à Central Park, sortaient au théâtre, à l'opéra. Maja aurait bien voulu profiter de ce séjour pour revoir Basia et faire connaissance avec son fils Rafael et son mari Nathan, mais la famille venait de s'installer à Londres pour deux ans.

Parfois, le soir, quand Maja n'était pas happée par le tourbillon new-yorkais, elle ressortait son vieux livre de Tuwim et s'amusait à le traduire en français. Il lui arrivait aussi de s'essayer à écrire des poèmes de son cru, mais ils finissaient généralement au fond d'un tiroir ou à la poubelle.

Yves et Maja venaient de quitter New York pour Montréal avec l'intention de s'y établir pour de bon, avec leurs futurs enfants dont la fabrication monopolisait une large part de leur énergie, quand s'était présentée l'occasion de rejoindre l'équipe d'interprètes du pape.

C'est ainsi que Maja s'était retrouvée, par un jour de mai frisquet, devant l'entrée de l'immeuble où habitait sa grand-mère, rue Nowolipki. La façade n'avait pas été rafraîchie depuis des siècles. Dans le hall, la peinture ocre avait grisonné et s'écaillait sur les murs. Tout était éteint, gris, glauque.

Dans l'appartement du rez-de-chaussée où vivait *babcia* Lusia, rien n'avait bougé. Le couloir était toujours aussi sombre, les reproductions des *Iris* et des *Tournesols* de Van Gogh suspendues exactement aux mêmes endroits qu'autrefois, à côté d'un coq en papier découpé et d'une photo de la tour Eiffel.

Maja s'est installée chez sa grand-mère, qui lui a déplié le canapé-lit pour la nuit, comme elle le faisait quand elle dormait chez elle, petite. En arrivant, Maja avait espéré prendre un bain pour se laver de la fatigue du voyage, mais il n'y avait pas d'eau chaude et Lusia ignorait quand elle serait rétablie. Elle aurait aussi voulu téléphoner à Yves, mais la ligne téléphonique de l'immeuble avait été sectionnée à cause des travaux de construction du futur métro. Personne ne savait quand elle serait réparée.

— C'est comme ça, que veux-tu, a dit *babcia* Lusia en levant les mains, avec l'air de dire : tu vois à quoi tu as échappé…

Lusia semblait avoir rétréci depuis leur dernière

rencontre, à Trois-Rivières, douze ans plus tôt. La peau de ses bras et de son cou pendait, son visage s'était creusé, elle faisait penser à un ballon dégonflé. Mais cette impression s'est rapidement dissipée. À quatre-vingt-six ans, *babcia* Lusia portait toujours ses élégantes chemises à jabot, son cardigan de laine et ses foulards de soie. Maja a rapidement retrouvé le visage de sa grand-mère dans les traits de la vieille femme qui l'a serrée dans ses bras avant de s'écrier :

— Oh, mon Dieu, comme tu as changé, et comme tu es belle !

Babcia Lusia s'est empressée de lui servir du thé avec du *sernik*. Mais même ce gâteau au fromage, la spécialité de sa grand-mère, n'était pas aussi savoureux qu'autrefois. C'était comme si quelqu'un avait recouvert les souvenirs de Maja d'un voile ou y avait épandu une fine couche de poussière.

Au bout de quelques jours, à force d'arpenter la ville, Maja a peu à peu retrouvé des sensations familières, comme si toute cette grisaille, cette saleté, les ivrognes au coin des rues, les étalages désespérément vides, les visages abattus des passants, les cours intérieures avec leurs bacs de sable et leurs supports à tapis, comme si tout ce désespoir ambiant la réconfortait. Parce que ce décor était le sien. Elle s'y est glissée comme on enfile un vieux vêtement élimé, mais confortable. Elle a marché entre ces murs ternes et sous ce ciel éteint, et ces murs et ce ciel lui criaient : tu es chez toi.

Le premier soir, elle s'était attablée avec Lusia, qui lui avait servi de la poule bouillie et l'avait interrogée sans fin sur sa vie, sur Ewa, sur leurs parents, sur la fille d'Ewa, la petite Agathe – elle a bien quatre ans maintenant, non ? *Babcia* Lusia voulait tout savoir, tout comprendre.

— Alors, tu dis qu'Ewa s'est séparée de Denis ? Je croyais qu'ils s'entendaient bien. Comment font-ils avec Agathe ? Qui s'en occupe ?

— Tout se passe bien, *babciu*, ne t'inquiète pas, ils s'entendent mieux maintenant qu'à l'époque où ils étaient ensemble, en fait, l'a rassurée Maja. Agathe passe autant de temps avec son père qu'avec sa mère, à tour de rôle. Ça s'appelle la « garde partagée ». Mais là, maintenant, elle est avec Denis, parce qu'Ewa a obtenu un stage d'un mois à Genève.

— Je savais qu'elle voulait se réorienter, Nina me l'a écrit. C'est bien le droit international qui l'intéresse maintenant ? Dommage qu'elle n'ait pas profité de son séjour en Suisse pour venir me voir...

— Eh bien, justement. Elle doit faire un saut à Varsovie la semaine prochaine, pour quelques jours seulement, elle a décidé ça à la dernière minute. Elle va dormir chez son amie Monika, mais on trouvera un moment pour se voir, toutes les trois.

Maja a tiré de son sac à main une enveloppe contenant des photos récentes de la famille et elles ont passé le reste de la soirée à les regarder. Lusia voulait tout voir. À quoi ressemblait la maison de Trois-Rivières ? Le magnolia avait-il fleuri cette année ? Et les azalées ? Et le tilleul ? Oh, qu'elle est mignonne, Agathe, on voit bien qu'elle a du tempérament, elle est toute blonde encore, mais elle perdra cette couleur, comme sa mère. Et toi, Maja, tu as des photos d'Yves ? Je ne l'ai jamais rencontré, ah, mais c'est un bel homme, vous pensez avoir des enfants bientôt ? Parce que tu sais, à trente ans, ce n'est pas trop tôt.

— Ça s'en vient, *babciu*, on y travaille, a assuré Maja en rougissant.

— Et ton père, alors ? Il est toujours dans le syndicat ? C'est bien, les syndicats.

— Non, il vient d'être nommé directeur de son département.

— Ah bon, a fait Lusia. Est-ce qu'il porte toujours ses affreuses chemises à carreaux ? Et ta mère ? Et Nina ? Je trouve qu'elle a l'air fatiguée sur les photos. Je m'inquiète pour elle. Avec ses cours et sa clinique, j'ai peur qu'elle travaille trop. Tu sais, ta maman n'a jamais eu beaucoup d'énergie.

— Maman va bien. Elle a réduit le nombre de cours qu'elle donne pour pouvoir faire le reste. Et elle aime son travail, alors...

— Et toi, ma chérie ? Tu es contente de ton travail ? De ta vie ?

Quand elle a été à court de questions, *babcia* Lusia a retiré ses lunettes et les a essuyées à l'aide d'un mouchoir.

— Si tu savais comme vous me manquez tous ! Et comme je me sens seule.

— Mais pourquoi tu n'es pas restée avec nous, alors ? Pourquoi es-tu rentrée en Pologne après seulement neuf mois ? s'est étonnée Maja.

— Je me sentais seule aussi avec vous... Mais ne parlons plus de ça, viens, j'ai un cadeau pour toi.

Babcia Lusia s'est dirigée vers sa commode et en tiré un foulard traditionnel orné de fleurs rouges et jaunes, bordé de franges. Elle l'a placé sur les épaules de Maja, l'a noué sous son cou.

— Voilà, a-t-elle dit en reculant de deux pas pour mieux contempler son œuvre. Tu es magnifique !

⁂

Une semaine plus tard, c'était au tour d'Ewa de se poser à l'aéroport d'Okęcie par un après-midi humide et venteux. Pendant presque toute la durée du vol, l'appareil avait été secoué par de fortes turbulences, et Ewa a soupiré de soulagement quand le train d'atterrissage a enfin touché la piste.

Elle a eu un moment d'hésitation avant de donner son ancienne adresse au chauffeur de taxi, qui l'a déposée devant la maison de la rue Puławska, en face de l'arrêt de tramway de la ligne numéro 4.

Ewa est restée un moment devant la porte cochère, à côté de sa valise, avant de se décider à avancer. Des gamins jouaient dans la cour, ils l'ont regardée en se poussant du coude, une femme battait son tapis sur le support métallique près duquel Ewa avait passé toute son enfance. Puis Monika est apparue à la fenêtre du quatrième étage de l'entrée B.

— Mais qu'est-ce que tu attends, monte donc !

Quand Ewa a posé sa valise dans l'appartement,

Monika l'a enlacée longuement, l'a repoussée, l'a regardée de loin, puis l'a embrassée encore.

— Tu n'as pas changé, ont-elles lancé presque en même temps, et ce compliment simultané les a fait éclater de rire.

Monika vivait avec sa fille de quatorze ans, Ania, et Leon, son fils de sept ans. Le père des enfants, Jurek, pouvait passer des semaines, parfois des mois à la maison, puis partait pour des tournées comme sonorisateur ou pianiste accompagnateur – là, il s'était justement absenté pour trois semaines, Ewa n'aurait pas l'occasion de le rencontrer.

Ce n'était pas la carrière dont Jurek avait rêvé, a expliqué Monika, mais il pouvait gagner sa vie à peu près correctement, enfin, pas moins bien que les autres, et c'était franchement mieux que d'enseigner les mathématiques à des ados qui se fichaient des équations à une ou deux ou un million d'inconnues. Et puis, depuis la naissance de Leon, Jurek, qui avait autrefois tendance à abuser de l'alcool, avait complètement cessé de boire.

— Notre couple n'est pas parfait, il y a eu des hauts et des bas, mais on fait une bonne équipe, tous les deux, et ça nous convient, a résumé Monika.

C'était fou comme elles avaient vite retrouvé leur intimité, après toutes ces années, c'était comme si elles s'étaient laissées la veille, a pensé Ewa. Pourtant, la dernière fois où elles s'étaient vues, elles avaient seize ans, à peine deux ans de plus qu'Ania.

Monika a cédé à Ewa la chambre des enfants,

qui allaient dormir sur des matelas gonflables dans la chambre de leurs parents pendant le séjour de leur invitée.

— Ce n'est pas un problème, ils ont l'habitude, a dit Monika quand Ewa a protesté : elle ne voulait surtout pas déranger Ania et Leon.

Maja est venue les retrouver plus tard, ce soir-là. Par la petite fenêtre de la cuisine, depuis le quatrième étage, les deux sœurs avaient une vue sur la cour où des enfants jouaient au ballon. Elles entendaient le son de leurs voix et celles de leurs mères ou de leurs grands-mères qui leur demandaient de rentrer à la maison, il était tard, c'était le moment d'aller au lit. Et le pommier ? Mais où était donc passé le pommier ?

— Il a été coupé, a expliqué Monika, il était malade, et de toute façon, ses feuilles tombaient sur les autos stationnées dans la cour, ça irritait certains voisins.

Ewa a alors remarqué que le bac à sable avait disparu, lui aussi, cédant la place à un terrain de stationnement asphalté.

Même si Ewa avait juré le contraire en la voyant, Monika avait changé. Il y avait chez elle, autrefois, une fébrilité qui s'était estompée. À trente-cinq ans, elle était plus posée, plus ancrée qu'autrefois, mais ce n'était pas nécessairement pour le mieux, car il émanait d'elle quelque chose qui ressemblait à de la résignation.

Un courant d'air frais a pénétré dans la cuisine par la fenêtre entrouverte et Monika s'est levée pour la fermer. C'est là qu'Ewa a vu que sur le mur, au-dessus du buffet étroit, Monika avait suspendu une photo de Jean-Paul II.

— Pourquoi le pape ? Tu es catholique maintenant ? a demandé Ewa avec ironie.

— Tu sais, a répondu Monika, ici, le pape, c'est plus qu'une histoire de religion. Depuis que Karol Wojtyła a été élu, tout le monde va à l'église, même moi, même ma mère, et même votre *babcia* Lusia, je l'ai vue l'autre jour, vous lui demanderez.

— C'est vrai, a confirmé Maja. En fait, il y a deux photos du pape chez *babcia* Lusia, une dans la cuisine, une autre dans la chambre.

— Vous savez, a poursuivi Monika, ici, nous vivons dans un état de mensonge perpétuel, c'est comme des fils d'araignée qui nous collent à la peau. Le seul endroit où on peut fuir ces mensonges, c'est l'église. Et le pape, quand il parle, nous encourage à nous battre pour la vérité. On n'a pas besoin d'être un génie pour le décoder.

Monika a baissé la voix, elle chuchotait maintenant. Quand elle s'était rendue à Gdańsk, sept ans plus tôt, pendant le grand mouvement de grèves, elle y avait rencontré des gens, créé des liens, adhéré à Solidarność. Pendant plus d'un an, tout semblait possible. Puis la loi martiale du 13 décembre 1981 s'était abattue sur le pays et Monika avait décidé qu'elle ne pouvait plus se contenter d'enseigner l'histoire. Elle devait en faire partie. Encore aujourd'hui, elle se rendait à une adresse, pas toujours la même, deux fois par semaine, pour photocopier des publications marquées du logo de Solidarność sur une machine Gestetner : des tracts, des journaux. Ceux-ci étaient ensuite distribués dans des réseaux clandestins, certains aboutissaient à l'étranger, chez les représentants du mouvement en exil.

— Si vous le voulez bien, je vous en donnerai quelques exemplaires, on a des gens à Montréal.

Ces nuits laissaient Monika épuisée, étourdie par l'odeur de l'encre et du solvant. Mais elle se sentait apaisée d'avoir fait *quelque chose*, tout comme Jurek qui prenait le relais les nuits où elle restait à la maison avec Ania et Leon.

— Tu n'as pas peur de te faire prendre ? a demandé Ewa.

— Un peu, mais on veut faire notre part, a dit Monika.

— Votre part pour quoi, au juste ?

— Pour la démocratie. Pour la vérité. Je sens que la prochaine fois sera la bonne. Quand j'écoute le pape, c'est ce que j'entends.

Puis elle a ajouté :

— Bien sûr, je peux me tromper.

Monika se tenait debout dans la cuisine, appuyée contre le cadre de la fenêtre derrière laquelle le ciel rougissait. Et dans la lueur du soleil qui éclaboussait ses cheveux, Ewa et Maja ont cru voir, pendant un instant, l'éclat de la Monika d'autrefois.

⁂

Monika a décidé de prendre congé le lendemain, elle ne donnait pas de cours ce jour-là et pouvait faire ses corrections d'examens à la maison. Mais avant, elle voulait vérifier la véracité d'une rumeur selon laquelle la pharmacie de leur quartier avait reçu un approvisionnement inespéré de ouate. Après que Leon et Ania eurent descendu l'escalier à la course, en route vers leurs écoles respectives, Monika et Ewa ont marché une vingtaine de minutes jusqu'à la pharmacie. La file était visible de loin, elle faisait le tour de l'immeuble et se déroulait sur une bonne centaine de mètres. Dans la queue, il n'y avait que des femmes.

— C'est si important, la ouate? s'est étonnée Ewa.

— Pour servir de serviettes hygiéniques, voyons. On n'a pas de protections toutes faites, comme vous en Occident. Et il y a des pénuries de ouate, imagine-toi. Le mois dernier, j'ai dû faire comme nos mères et nos grands-mères: découper des bouts de serviette, les laver, les faire sécher sur le calorifère.

Ce que je peux être bête, a pensé Ewa. Avec tout son combat pour l'égalité des sexes, elle n'avait jamais songé à ce besoin fondamental des femmes: celui de disposer de produits hygiéniques pour absorber le sang de leurs règles.

— Et des serviettes, on n'en trouve nulle part? s'est étonnée Ewa.

— Eh bien, si, dans les Pewex, évidemment.

— Allons-y, alors.

Elles sont reparties vers la rue Puławska, où elles pouvaient sauter dans un tramway qui les mènerait jusqu'au Pewex, ce magasin pour les privilégiés du régime où l'on pouvait trouver à peu près de tout, à la condition de payer en dollars.

Ewa y a acheté des sacs pleins de tampons et de serviettes hygiéniques, mais aussi de Corn-Flakes, de yogourts aux fruits, de fromages La Vache qui rit, de viande en conserve. Elle sentait une vague de contentement se répandre dans sa poitrine à l'idée que grâce à elle, grâce à ses billets verts, Monika n'aurait pas à se soucier de ses menstruations pour au moins trois, sinon quatre mois. Après, elle lui en enverrait par la poste, elle ne la laisserait plus tomber, c'était sûr.

En sortant du Pewex, Ewa a remarqué que Monika ne lui avait manifesté aucune gratitude, pas de merci, rien. Ce n'était pas nécessaire, son geste était normal, après tout. Mais quand même : Monika ne disait pas un mot, son visage était fermé et deux lignes verticales s'étaient creusées entre ses sourcils. Pendant un moment, Ewa s'est revue trottinant aux côtés de son amie, renfrognée comme maintenant, à la sortie de l'église, il y avait des siècles de ça.

En traversant son ancienne cour, Ewa a vu une femme s'avancer sur un balcon du deuxième étage – son ancien balcon. La femme était tout en rondeurs, un tablier recouvrait son abdomen rebondi, et elle secouait sa cigarette par-dessus le garde-corps. Tout à coup, Ewa a revu Nina aspirant sa cigarette, secouant sa cendre de la même manière. Pendant une fraction de seconde, le passé et le présent se sont télescopés.

Tout en préparant une omelette, Monika s'est tournée vers Ewa. Elle a pris une grande respiration et a passé sa main dans ses cheveux avant de parler.

— Si tu savais comme c'est humiliant, pour moi, de devoir te demander de m'acheter ces foutus Kotex. Au taux de change du złoty, je ne pourrai jamais te rembourser...

Ewa a fait mine de répondre, aurait voulu interrompre Monika, lui dire que c'était la moindre des choses, mais celle-ci l'a arrêtée d'un geste de la main.

— Quoi que tu dises, tu ne pourras pas m'enlever ce que je ressens. Et ce que je ressens, c'est de l'humiliation. Je sais que tu veux m'aider, je ferais pareil à ta place. Mais ça ne change rien au fait que j'ai trente-cinq ans et que je ne peux même pas m'acheter moi-même mes propres serviettes hygiéniques. Et je ne te parle pas de la pilule contraceptive, il n'y en a pas ici. Même les fichues capotes, il y a des pénuries. Et je ne vais pas te demander de m'en acheter, ce serait bien le comble. Heureusement, Jurek et moi, on est tellement fatigués...

Monika a laissé sa phrase en suspens, elle a flotté au-dessus d'elles comme un nuage. Elle a éteint la cuisinière au gaz et a servi l'omelette avec du pain de seigle et des radis saupoudrés de sel. Elles ont mangé en silence. Ewa se disait qu'après toutes ces années, même si leur amitié était toujours vivante, la vie avait creusé un gouffre entre elles.

Puis Monika a respiré profondément et s'est remise à parler.

— Tu m'as demandé hier à quoi Jurek et moi voulions prendre part. Quand j'y pense, ce n'est pas tant pour les grands principes de démocratie ou de liberté qu'on se bat. C'est bien, la liberté, évidemment. Mais ce dont je rêve, c'est de vivre dans un pays où je pourrais acheter des serviettes hygiéniques ou du papier de toilette ou du jambon ou des oranges quand j'en ai besoin ou simplement envie. Seulement ça. Un pays normal.

Une question tournait dans la tête d'Ewa, qu'elle a fini par poser, après un moment d'hésitation.

— Si je ne me trompe pas, ton pape, enfin, le pape, il est opposé à toute forme de contraception, non ? Ça ne te gêne pas, ça ?

— Bien sûr que si. Mais l'un n'empêche pas l'autre, tu comprends ? L'Église interdirait la contraception avec ou sans Karol Wojtyła. Ce pape-ci est différent sur un autre plan. Je ne te dis pas que je voudrais que l'Église prenne le pouvoir en Pologne, ce serait terrible… Mais ici, maintenant, dans ce contexte, à cette époque, nous avons besoin de ce pape.

Puis elle a ajouté :

— Bon, il n'y a pas que le pape. Je vais te faire écouter quelque chose.

Monika lui a fait signe de la suivre dans sa chambre, a fouillé dans une pile de microsillons, en a sorti un de sa pochette, l'a placé sur le tourne-disque. L'aiguille a grésillé et la voix de Jacek Kaczmarski a rempli la chambre.

Arrachez les barreaux, brisez les chaînes, cassez les fouets, tonnait le chanteur. Puis le refrain : *Les murs vont tomber tomber tomber, et enseveliront le monde ancien.*

— Tu vois ? a dit Monika. Moi, je crois qu'un jour, les murs vont tomber. Je ne sais pas quand, mais ça arrivera. En attendant, j'ai des corrections à faire.

⁂

Ce jour-là, Maja devait assister à sa première rencontre préparatoire à la visite du pape. Elle a retrouvé sa sœur chez Monika en fin d'après-midi. Elles étaient invitées à souper chez *babcia* Lusia. Quand elles lui avaient offert de s'occuper du repas, leur grand-mère avait refusé. Tout était prévu : elle avait commandé des escalopes de veau directement à un éleveur qui les avait livrées à sa porte une semaine plus tôt.

Ewa et Maja ont sauté ensemble dans le dernier wagon du tramway numéro quatre, puis elles sont descendues au centre-ville, en espérant trouver des fleurs et des gâteaux. Elles n'allaient quand même pas arriver chez leur grand-mère les mains vides.

— Tu ne te demandes pas, des fois, ce que tu serais devenue si on était restées ici ? a demandé Maja alors qu'elles approchaient de la maison de *babcia* Lusia.

— Non, pourquoi ?

— Moi, je n'arrête pas d'y penser, depuis que je suis arrivée à Varsovie.

Ewa a posé son sac de toile rempli de *pączki*, ces beignets farcis à la confiture de prunes, elle a fouillé dans son sac à main à la recherche d'un papier mouchoir, s'est essuyé le nez, puis s'est redressée en disant :

— Ce n'est pas pareil pour moi. Quand on est parties de Pologne, j'étais déjà devenue, en gros, ce que je suis aujourd'hui. Toi, tu étais une gamine.

— Une morveuse, c'est ça ? a lancé Maja.

— Absolument, et tu l'es encore, morveuse.

Elles se sont esclaffées, puis Ewa a précisé :

— Je me demande parfois ce que j'aurais *fait* de différent, ça oui, mais pas ce que j'aurai *été*. Ce n'est pas la même chose.

Elles ont marché en silence un moment, puis Ewa a ajouté :

— En fait, je ne crois pas que j'aurais pu rester ici, tout est trop triste, trop compliqué.

— Moi, si, je peux très bien me l'imaginer, a dit Maja. En fait, c'est la première fois depuis longtemps que j'ai l'impression d'être chez moi.

Elles étaient devant l'entrée de la maison de leur grand-mère quand Ewa a dit :

— Tu vas me trouver bizarre, mais je ne sais pas ce que ça veut dire, être chez soi. En fait, chez moi, ce n'est pas une question de pays. Chez moi, c'est là où se trouve Agathe.

⁂

Trois jours plus tard, Ewa et Maja ont invité tout le monde au restaurant : Monika, Sabina et son mari

Włodek, *babcia* Lusia, mais aussi Julia, la fille de Heniek et Teresa, qui venait de débarquer à Varsovie, seule, à l'âge de dix-sept ans.

Ils se sont retrouvés tous les sept, un mercredi soir, dans un restaurant logé dans un demi-sous-sol de la vieille ville, avec des nappes à carreaux rouges et blancs sur les tables et des découpages traditionnels suspendus aux murs.

Avec ses joues pleines marquées par des fossettes qui se creusaient quand elle riait, ses yeux brillants et son enthousiasme contagieux, Julia s'est rapidement retrouvée au centre de la conversation. Elle a expliqué qu'elle faisait partie d'un groupe de jeunes Juifs américains venus en Pologne pour visiter Auschwitz. Après, elle s'était séparée du groupe pour poursuivre le voyage toute seule.

— Mes parents ne m'auraient pas laissée partir autrement, a-t-elle expliqué, et moi, je voulais à tout prix visiter la Pologne.

— Ils auraient pu t'accompagner, a dit Sabina.

— Ils ne veulent absolument pas revenir ici, pour eux, c'est hors de question. Et puis, ils sont toujours pris par leur usine, ils n'ont pas le temps de voyager.

Julia était arrivée à Varsovie trois jours plus tôt, elle habitait chez sa tante, la cousine de Teresa, qu'elle n'avait jamais rencontrée auparavant. Elle a confié avoir eu un choc, à Auschwitz-Birkenau. C'était une chose d'entendre parler des camps de concentration, c'en était une autre de les voir de ses propres yeux. Elle n'avait pas pu s'empêcher de chercher des noms familiers sous les photos affichées le long des murs des anciennes baraques.

Mais Julia ne voulait pas parler de ça. Si elle était venue en Pologne, c'était surtout pour visiter le pays de ses parents.

— Alors, qu'est-ce que tu as vu jusqu'à maintenant, à Varsovie ? lui a demandé Monika.

Au lieu de répondre, Julia s'est mise à fouiller dans son sac à dos, a fini par trouver ce qu'elle cherchait.

— Vous connaissez cette photo ?

Bien sûr qu'ils la connaissaient. Ils en avaient tous reçu un exemplaire, autrefois.

— Elle a été prise avant le départ de Basia et Adam, je crois, a dit Ewa.

— Exactement, a enchaîné Julia. J'ai un projet, à partir de cette photo, je veux raconter la vie de tous ceux que vous voyez ici. Leur vie avant que cette photo soit prise, et aussi après. J'aimerais vous rencontrer tous, séparément, pour vous photographier. Vous rendre visite là où vous vivez, à Montréal, par exemple. Et si possible, photographier aussi d'autres vieilles photos de vous, qui racontent votre vie en Pologne.

— Pourquoi tu t'intéresses tant au passé ? a demandé Włodek, qui était resté jusque-là à l'écart de la conversation.

— Parce que c'est mon passé à moi aussi, même si je suis née aux États-Unis, même si mes parents m'ont très peu parlé de vous tous.

— Comment ça, ils n'ont pas parlé de nous ? a lancé Ewa, surprise.

— J'exagère un peu. En fait, j'en connais assez pour savoir que, d'une certaine manière, vous faites tous partie de ma vie.

— Et qu'est-ce que tu vas faire avec toutes ces photos ? a demandé Sabina.

— Je ne sais pas vraiment... Peut-être un livre, ou une exposition.

Julia s'exprimait dans un polonais truffé de mots anglais, comme *crazy* et *awesome*, elle confondait le génitif avec l'accusatif ou le datif, et s'impatientait quand elle n'arrivait pas à trouver le mot qu'elle cherchait.

Ils ont bu du vin bulgare, les joues de Julia ont rosi, puis elle leur a rapporté les dernières nouvelles de sa famille. L'usine allait très bien, merci. Ils avaient encore déménagé, dans un quartier encore plus huppé, plus éloigné du centre. Maciek venait de terminer une maîtrise en gestion et s'occupait maintenant de tout l'aspect administratif de l'entreprise, ce qui laissait un peu trop de temps libre à Teresa. Mais elle ne s'en plaignait pas et elle était fière de son fils.

— Et Jacek ?

Une ombre a troublé le visage de Julia.

— Mon frère fait partie d'une communauté hassidique, à Safed, dans le nord d'Israël. Il va bien. Pas comme on le voudrait, mais bien, à sa façon.

— Mais pourquoi a-t-il fait ce choix ? a demandé Monika.

— Je lui ai posé cette question l'an dernier, quand nous sommes allés le voir, avec mes parents, a dit Julia.

Elle a fait une pause et a fermé les yeux, comme si elle fouillait dans sa mémoire à la recherche d'une réponse.

En fait, a-t-elle poursuivi après avoir rouvert les yeux, ses raisons sont difficiles à comprendre, en tout cas pour moi. Mais ce qu'il dit, c'est qu'il a enfin trouvé des réponses à toutes ses questions.

— À quelles questions, au juste ? a demandé Lusia.

— Je ne sais pas, a répondu Julia, je peux juste vous dire ce que moi, j'en comprends. Jacek n'a jamais été vraiment bien dans sa peau, il ne s'est jamais adapté à la vie aux États-Unis. Et là, on dirait qu'il a trouvé sa place.

— En Pologne aussi, c'était un enfant troublé, en tout cas, pour ce que j'en sais, a laissé tomber Sabina.

Qui donc peut souhaiter ça, trouver des réponses à toutes ses questions ? a songé Maja. Il faut se laisser quelques mystères, sinon, quel ennui ! Il y a eu un silence pendant lequel une serveuse au tablier fleuri a servi les bols de bortch, d'où s'échappait une vapeur gorgée de l'odeur suave des betteraves. Puis Monika a demandé :

— Et Adam ? Qu'est-ce qu'il devient, Adam ?

Bien, il allait bien. Julia l'avait rencontré à Tel-Aviv, lors de ce même voyage, il y avait un an. Il était devenu un artiste accompli, avait même participé à quelques expositions à l'étranger. Puis Julia a tiré d'autres photos de son sac, en précisant, avec une pointe de fierté : « C'est moi qui les ai prises. »

Les clichés ont fait le tour de la table. On y voyait

des œuvres abstraites juxtaposant des bandes de différentes textures. Adam peignait sur un papier chiffonné beige, couleur peau, les tableaux se déclinaient dans des teintes de rose, de bleu, de violet, avec des textures plissées évoluant en collines et en crevasses. Sur une des photos, Adam posait devant une de ses œuvres, ses cheveux recouvraient partiellement sa joue droite et on aurait dit que les bandes colorées de sa toile s'accordaient avec les cicatrices qui marquaient son visage.

Combien de transformations pouvons-nous subir à l'intérieur d'une vie, et qu'est-ce qui reste au juste de notre moi d'origine, après ces mutations ? s'est demandé Monika en scrutant l'image d'Adam. Ce n'était plus le garçon qu'elle avait connu, ce n'était pas non plus le fier soldat de Tsahal de la photo qu'il lui avait envoyée… Qui était-il devenu, exactement ?

Włodek a touché l'épaule de Sabina, comme pour attirer son attention. Puis il a commandé une autre bouteille de vin rouge. Pendant un moment, la conversation s'est assoupie. Monika imaginait Adam peignant des motifs qui ressemblaient à des cicatrices. Elle se demandait s'il serait devenu artiste s'il n'avait pas été brûlé pendant la guerre du Kippour, comment il aurait évolué s'il avait émigré ailleurs, dans un pays plus calme comme le Canada ou la Suède. Et s'il était resté en Pologne, leur amour de jeunesse aurait-il survécu ?

Ewa, elle, s'est demandé quelle vie elle aurait eue si elle n'avait pas quitté son pays, dix-neuf ans plus tôt. Aurait-elle imprimé des tracts sur une Gestetner au risque d'atterrir en prison ? Aurait-elle eu ce courage ? Et si Monika avait émigré, aurait-elle eu un enfant aussi jeune ? Serait-elle restée dans son couple imparfait ? Ewa a songé à la rapidité avec laquelle son propre couple avait implosé, comme ça avait été le cas pour plusieurs de leurs amis, une véritable épidémie.

Vers la fin du repas, Julia a demandé à tout le monde de se rapprocher les uns des autres autour de la table, elle a tiré un appareil Canon de son sac et a pris plusieurs clichés au flash. Avant de quitter le restaurant, Maja et Ewa se sont levées toutes les deux, faisant mine de se diriger vers les toilettes, mais filant plutôt vers la caisse avant que la serveuse au tablier fleuri ne distribue les additions. Le coût du repas représentait l'équivalent de deux mois du salaire polonais moyen, mais à peine une trentaine de dollars canadiens selon le taux de change du marché noir. Une bagatelle pour Ewa et Maja, qui se sentaient comme des millionnaires en quittant le restaurant.

Au moment de franchir la porte, Ewa a jeté un coup d'œil vers Monika et a reconnu dans ses traits froncés l'expression contrariée qu'elle avait affichée en sortant du Pewex, quelques jours plus tôt. L'écart de richesse entre elles était indécent.

Une fois dehors, Włodek a offert de reconduire Maja et *babcia* Lusia, tandis que Monika est rentrée chez elle en taxi avec Ewa, qui devait prendre l'avion pour Montréal le lendemain.

C'était leur dernière soirée ensemble. Elles sont restées longtemps assises dans la cuisine, à comparer leurs souvenirs. «Tu te rappelles comment tu m'as fait croire que ma salive pouvait se transformer en ver de terre?» a demandé Ewa. Monika ne s'en souvenait pas. «Tu te souviens de la fois où on a mis une miche de pain devant la porte de *pan* Chlebek?» a demandé Monika. L'incident était flou dans la mémoire d'Ewa. Le ciel commençait à pâlir quand Monika a placé un microsillon sur son tourne-disque en demandant: «Tu le connais, lui? C'est un Canadien.»

La voix enveloppante de Leonard Cohen s'est répandue dans la chambre de Monika. Ewa se rappelait vaguement avoir entendu la chanson *Suzanne*, mais non, elle ne connaissait pas le nom du chanteur et ignorait qu'il venait de Montréal.

— Tu vois, a dit Monika sur un ton ironique, peut-être que j'en sais plus sur ton Canada que tu le penses. En tout cas, ici, en Pologne, il est très populaire.

Comme elle m'a manqué pendant toutes ces années, et je ne m'en rendais même pas compte, a pensé Ewa. Puis elle a pris la main de Monika en disant:

— On ne se lâche plus, d'accord?

— D'accord, a acquiescé Monika.

Dans le taxi qui la conduisait à l'aéroport, le lendemain, sa valise remplie de littérature dissidente, Ewa a entendu le chauffeur marmonner et l'a vu jeter un coup d'œil dans le rétroviseur pour voir sa réaction.

Elle l'écoutait d'une oreille distraite, mais à un moment, il a dit quelque chose sur les Juifs qui contrôlent les médias et les richesses de la planète. Ewa a d'abord voulu réagir, mais pour dire quoi? Faire un esclandre, exiger de quitter le taxi au risque de rater son avion? Ne valait-il pas mieux l'ignorer, faire celle qui n'avait rien entendu?

Elle a fouillé dans son sac à main pour sortir son walkman, ses écouteurs et la cassette que Monika lui avait offerte en guise de cadeau de départ. C'était l'album de Leonard Cohen qu'elles avaient écouté ensemble, au petit matin, avant de s'endormir.

Et là, dans ce taxi qui filait vers l'aéroport, fendant la brume qui enveloppait sa ville natale, la voix chaude du chanteur lui murmurait:

Like a bird on a wire
Like a drunk in a midnight choir
I just tried in my way to be free.

⁂

Après le départ d'Ewa, Maja s'est baladée pendant encore deux jours dans Varsovie, redécouvrant des endroits oubliés. Était-ce parce que le soleil avait chassé l'impression de grisaille? Maja voyait maintenant de la beauté dans les murs délabrés, elle appréciait les lilas qui achevaient leur floraison, les roses et les lys qui prenaient le relais. Elle est allée se promener au parc des Łazienki avec *babcia* Lusia, elles ont marché entre les marronniers jusqu'à l'étang artificiel où glissaient les cygnes, ont contourné la statue de Chopin.

À un moment, Lusia a vacillé, au point de devoir

ralentir pour retrouver l'équilibre. Maja l'a soutenue, lui a demandé si ça allait. Mais sa grand-mère l'a arrêtée d'un geste de la main.

— Ce n'est rien, juste un étourdissement.

Maja a pensé que c'était probablement pour ça que sa grand-mère ne sortait jamais sans son parapluie, même quand il n'y avait pas l'ombre d'un nuage dans le ciel. Ça lui permettait de garder l'équilibre sans s'afficher avec une canne. Toujours aussi orgueilleuse, *babcia* Lusia !

De retour à la maison, Maja a remarqué que des œuvres de Karl Marx, d'Engels et de Lénine étaient alignées sur une étagère de la chambre, juste au-dessus de la photo de Jean-Paul II.

— Ça aurait pu marcher, a laissé tomber Lusia en suivant le regard de sa petite-fille.

Puis elle a ajouté :

— Nous y avons vraiment cru, tu sais. Peut-être que l'humanité n'était pas prête…

Dès le lendemain, Maja a été emportée par le tourbillon de la visite du pape. Elle l'a suivi à Łódź, Cracovie, Częstochowa, Gdańsk. Les interprètes se relayaient toutes les heures. Entre deux séances de travail, Maja avait le temps de discuter avec des collègues, certains faisaient partie de l'équipe venue du Vatican alors que d'autres avaient été recrutés ailleurs, c'étaient des contractuels, comme elle. Ils traduisaient les homélies du pape vers le français, l'anglais, l'allemand, l'italien…

Elle a été ébahie de constater à quel point la communication était facile, pour elle, avec les traducteurs recrutés en Pologne, comme s'ils se comprenaient à demi-mot. Ils avaient lu les mêmes livres, enfants, avaient vu les mêmes films, bu la même eau gazeuse aux framboises ou au cassis. En leur présence, elle ressentait la même familiarité que lorsqu'elle se baladait dans les rues de Varsovie. Avec eux, quand elle évoquait son enfance, elle n'avait rien à expliquer.

Un jour, un des interprètes s'est mis à siffler une mélodie familière alors qu'ils partageaient une cigarette, dehors, pendant leur pause.

— Cet air, j'ai l'impression de le connaître, qu'est-ce que c'est exactement? a demandé Maja.

— C'est la chanson thème des *Quatre tankistes avec un chien*, tu te souviens?

Mais oui, c'était fou, enfant, elle raffolait de cette émission de télévision, avec les quatre soldats, leur blindé et leur chien Szarik. Tout à coup, des paroles oubliées depuis longtemps, depuis une éternité, ont émergé du fond de sa mémoire. *Nous reviendrons à la maison, nous allumerons le feu, nous nourrirons le chien…* Où donc s'était tapie cette chanson empreinte de mélancolie, pendant toutes ces années?

Au fil des jours et des cérémonies, Maja a assisté à des rassemblements qui pouvaient réunir plus d'un million de personnes. Les policiers antiémeute formaient des cordons menaçants, avec leurs boucliers et leurs matraques. Puis le pape appelait les fidèles, surtout les jeunes, à garder espoir, à ne pas succomber à la résignation, à déployer pacifiquement leur force de frappe, et on oubliait la présence des policiers. Il parlait de la «solidarité qui telle une puissante vague déferle sur le monde». Et c'est précisément ce que l'assistance voulait entendre.

En traduisant ces mots, depuis sa cabine d'interprète, Maja a été saisie d'un frisson. Dehors, l'atmosphère était électrique. Ce pays, se disait-elle, est une cocotte-minute sur le point d'exploser.

Le dernier jour, le pape a célébré une messe devant pas moins de deux millions de spectateurs qui se levaient et s'agenouillaient sur la grande place au pied du Palais de la culture. Cette fois, Maja a trouvé la cérémonie interminable, les termes liturgiques dansaient sur sa feuille. Elle ne pouvait pas s'empêcher de regarder sa montre dans l'espoir que cette ultime communion entre Karol Wojtyła et son peuple s'achève enfin.

Un groupe d'interprètes l'ont invitée à partager un verre au bar de leur hôtel plus tard dans la journée, quand leur marathon pontifical serait bouclé. Elle est rentrée à l'hôtel, a pris une douche, s'est délestée de ses documents.

— Et alors, que penses-tu de tout ça ? lui a demandé un des interprètes, après avoir commandé deux bières au comptoir du bar.

C'était celui qui avait sifflоté la chanson thème des *Quatre tankistes avec un chien*, quelques jours plus tôt. Il devait avoir à peu près le même âge que Maja, vivait en Pologne et traduisait les homélies du pape vers l'allemand.

Maja a siroté sa bière en cherchant ses mots.

— Ce régime ne tiendra pas longtemps, c’est impossible.

Le gars, qui s’appelait Leszek, pensait la même chose. Il voyait avancer une vague irrépressible. Peut être un an, ou deux, ou trois, et c’en serait fini du communisme en Pologne.

— Il y a longtemps que tu es partie ? a demandé Leszek.

Le rythme du cœur de Maja s’est accéléré, comme chaque fois qu’on lui posait cette question. Elle a inspiré, puis lancé avec défi, en guettant la réaction de son collègue :

— En 68.

— Je vois. Après les événements de mars, c’est ça ?

Constatant que le verre de Maja était vide, Leszek en a commandé un deuxième. Puis, surgi de nulle part, il a eu ce geste étonnant : il a pris la main de Maja dans la sienne en disant « je suis désolé ».

Maja aurait voulu lui répondre qu’il n’y avait pas de quoi, que ce n’était quand même pas sa faute à lui si sa famille, comme des milliers d’autres, avait été chassée du pays à ce moment-là. Mais ses mots se sont étranglés dans sa gorge et elle s’est mise à pleurer. C’était comme si des émotions refoulées dans un recoin de sa mémoire pendant dix-neuf ans, avec la chanson des quatre tankistes et de leur chien, plein d’autres souvenirs dont elle n’avait même pas conscience, avaient subitement été libérées.

Tout ce qu’elle avait retenu pendant ces années se déversait au-dessus du comptoir en bois verni éclairé par les lumières tamisées du bar. Ses larmes coulaient et coulaient, elle n'arrivait pas à les contenir, elle se liquéfiait devant le barman, devant tout le monde, c'était affreusement gênant, mais il n'y avait rien à faire : ces larmes venues de nulle part ou de partout étaient plus fortes qu'elle.

Leszek tenait toujours la main de Maja, et elle pleurait encore, quand tout à coup elle a eu cette illumination :

— Ils pensent qu'on est un couple en train de se séparer.

Elle a éclaté de rire à travers ses larmes et il a ri avec elle.

⁂

Il faisait déjà nuit quand Maja, qui s'était installée à l'hôtel depuis le début de la visite du pape et devait rentrer à Montréal le lendemain, a voulu saluer *babcia* Lusia une dernière fois avant de partir. Un papier scotché sur la porte de l'appartement lui indiquait d'aller sonner au numéro dix, au troisième étage. Là-bas, une dame aux cheveux gris coupés très court lui a ouvert en lançant : « Enfin ! »

Sans inviter Maja à s'asseoir, la voisine a raconté qu'elle avait accompagné sa grand-mère à la messe de Jean-Paul II devant le Palais de la culture. Elles s'étaient retrouvées au milieu de la foule compacte, l'air s'était raréfié et, à un moment, Lusia s'était sentie faiblir.

« Partons », avait suggéré sa voisine, profitant d'un

moment où les fidèles s'étaient tous agenouillés : deux millions de personnes immobiles, priant à genoux, et laissant ainsi d'étroits sentiers par où les deux vieilles pouvaient trottiner à la recherche d'un endroit où se reposer un peu.

Elles avaient commencé à cheminer, telles deux nageuses exténuées évoluant vers le rivage à la faveur d'une accalmie. Une jeune femme à genoux avait levé vers elles des yeux courroucés, les sommant de s'agenouiller. Son visage était empreint de colère et d'indignation.

— Ne l'écoute pas, suis-moi, avait chuchoté la voisine à Lusia qui chancelait.

Elles avaient fini par traverser une rue pour atteindre un arrêt de tramway. Et là, Lusia s'était effondrée.

— Une ambulance l'a conduite à l'hôpital, a dit la voisine en indiquant à Maja comment s'y rendre.

Maja a couru jusqu'à l'arrêt de taxi, elle a donné le nom de l'hôpital au chauffeur, lui a demandé d'aller vite.

— Du calme, madame, je ferai de mon mieux, a lancé le chauffeur.

Dehors, les lumières se dissolvaient dans la pluie fine qui tombait sur la ville.

Maja a cherché les urgences de l'hôpital, elle ne voyait que des murs d'un jaune sale et des blouses blanches. Quand elle a fini par trouver la chambre que sa grand-mère partageait avec trois autres patients, Lusia avait le teint gris, sa bouche était affaissée, son dentier était figé dans un sourire mécanique sur la table de chevet. Ses cheveux décoiffés adhéraient à son front, collés par la sueur.

Dès qu'elle a vu Maja, Lusia a saisi son dentier, l'a inséré dans sa bouche d'une main tremblotante, a passé les doigts dans ses cheveux et tenté de sourire, mais a plutôt grimacé de douleur.

— Hanche cassée, insuffisance cardiaque, a-t-elle résumé en tendant le bras vers sa petite-fille.

Maja a passé la nuit au chevet de sa grand-mère. Le lendemain matin, elle a couru vers l'agence de voyages pour retarder son vol de retour de trois jours. Puis elle s'est rendue au bureau de poste et a demandé un appel téléphonique avec le Canada. Elle a attendu une heure en se rongeant les ongles avant que l'appareil ne sonne dans la cabine et que la voix de Nina ne se fasse entendre au bout du fil.

— Il faut que tu viennes, *mamusiu, babcia* Lusia s'est cassé une hanche, elle ne va pas bien. Je peux rester avec elle pendant trois jours, mais après, je dois rentrer…

⁂

Quand Nina est arrivée à Varsovie, une semaine plus tard, Maja était déjà repartie. Elle resterait durant six semaines, le temps que Lusia se remette de sa chirurgie à la hanche, le temps que son cœur se stabilise, le temps, surtout, de trouver une aide à domicile pour prendre soin d'elle. Un mois plus tard, Iryna, une Ukrainienne d'une soixantaine d'années arrivée depuis peu en Pologne, s'est installée sur le canapé-lit chez Lusia, et Nina a repris l'avion pour Montréal, le cœur en miettes.

Deux ans plus tard, un jour de juin 1989, Nina a reçu le coup de fil qu'elle redoutait tant. Elle a sauté dans un avion, s'est précipitée à l'hôpital, où elle a trouvé sa mère encore consciente. Lusia lui a souri faiblement et Nina a eu du mal à la reconnaître tant son visage s'était creusé.

— Comment vont les enfants ?

— Bien, tout le monde va bien, Agathe va commencer l'école cet automne, tu sais. Mais elle peut déjà lire et écrire. On ne sait pas comment elle a appris.

— J'aurais tellement aimé la connaître, a dit Lusia. Et Ewa ?

— Elle part bientôt pour Israël, pour un autre stage dans un organisme qui s'occupe des droits des Palestiniens, j'ai oublié comment il s'appelle... Elle n'arrête pas, ta petite-fille, on a de la difficulté à la suivre.

Mais Lusia avait fermé les yeux et ne l'écoutait plus. Nina est restée à son chevet jusqu'à ce qu'elle rende son dernier souffle, vingt-deux heures plus tard. Au-delà de sa peine, Nina se sentait reconnaissante : sa mère l'avait attendue avant de mourir.

Le lendemain, les Polonais conviés à un premier scrutin semi-démocratique ont élu des candidats de Solidarność à tous les postes que le régime avait consentis à l'opposition. Cette victoire fulgurante ne laissait aucune chance à la dictature fatiguée qui régnait sur le pays depuis plus de quatre décennies.

Cinq mois plus tard, le mur de Berlin s'est écroulé, ensevelissant un monde ancien sous ses décombres.

Far East

— C'est quoi, ça ? Tu peux m'expliquer ?

Yves a surgi de la chambre, en slip et en camisole, brandissant un boîtier de plastique rose.

— Depuis quand tu as recommencé à prendre la pilule ? Il ne t'est pas venu à l'esprit de m'en informer ? Je commence à comprendre pourquoi tu n'arrives pas à tomber enceinte...

Yves était furieux et il avait raison, se disait Maja : depuis son voyage en Pologne, elle ne se reconnaissait plus. C'était comme si elle s'était divisée en deux et qu'une partie d'elle-même n'avait jamais quitté son pays natal. La petite Maja d'autrefois avait continué de grandir là-bas, elle menait une existence virtuelle qui aurait été la sienne si elle n'avait pas été forcée à l'exil.

L'autre Maja, celle qui épelait maintenant son nom avec un *y*, était plus réelle, bien sûr, elle avait ses repères, ses amis, son amoureux, son appartement, ses contrats. Mais depuis son voyage, elle ne pouvait plus oublier cette ancienne part d'elle-même, celle qui mangeait de l'orangeade en poudre et avait regardé Valentina Terechkova s'extirper du vaisseau spatial en se disant qu'un jour, elle deviendrait cosmonaute.

L'expérience acquise pendant le voyage du pape à Varsovie lui avait ouvert la porte vers de nouveaux contrats internationaux. Elle voyageait beaucoup et parfois, au cours de ses missions, il lui arrivait de croiser Leszek, le traducteur devant qui elle avait éclaté en sanglots dans un bar d'hôtel, à la fin de son séjour en Pologne.

Il n'était pas particulièrement beau, il avait des lèvres minces et son œil gauche louchait légèrement, mais avec lui, elle avait l'impression de renouer avec l'autre Maja, l'ancienne, celle qui n'avait jamais goûté au sirop d'érable, n'avait pas lu Émile Nelligan et n'avait jamais chanté *La Manic* au bord du fleuve Saint-Laurent, au milieu de la nuit.

Ils s'étaient d'abord recroisés par hasard, puis avaient commencé à synchroniser leurs contrats quand c'était possible, ou à se fixer des rendez-vous quand ils n'étaient pas trop loin l'un de l'autre, en faisant un saut à Budapest, Vienne ou Chicago. Et parfois, en se rejoignant simplement dans un hôtel d'aéroport.

Maja ne comprenait pas pourquoi elle continuait à entretenir cette liaison étourdissante, mais pour se justifier, elle se disait que ce n'était pas elle, que c'était l'*autre* Maja. Elle ne pouvait pas raconter ça à Yves, évidemment, ce n'était pas une bonne excuse de toute manière, et, surtout, elle ne voulait pas lui avouer que c'était précisément pour cette raison qu'elle évitait de tomber enceinte, à ce moment de sa vie. Quelque chose se passait à l'intérieur d'elle et elle devait le vivre, c'était tout.

— Depuis quand tu fais semblant de vouloir un enfant? l'a accusée Yves. Depuis quand tu me mens?

— Je ne mens pas, je n'ai simplement pas tout dit, c'est juste une omission.

— Ben voyons donc, c'est n'importe quoi, trouve une meilleure explication, a tonné Yves, dont le visage rougissait de colère.

— Où as-tu trouvé ces pilules? Tu as fouillé dans mes affaires, c'est ça? a contre-attaqué Maja.

Yves s'est laissé tomber sur le divan moelleux payé une fortune quand ils avaient emménagé ensemble, quinze ans plus tôt. Celui sur lequel ils se pelotonnaient l'un contre l'autre pour regarder *Columbo* ou *Lance et compte*. Celui sur lequel ils s'étaient imaginés se caler ensemble avec leurs futurs enfants.

— Je cherchais un coupe-ongle dans le tiroir de ta table à chevet, c'est tout, tu ne remets jamais le coupe-ongle à sa place, a-t-il laissé tomber.

Sa colère avait reflué, cédant la place à la tristesse. Yves a raison, a pensé Maja, ça fait trois ans que je lui mens. Pour rien, pour du vent, pour une illusion.

— Je vais arrêter la pilule, si tu veux, on peut recommencer à essayer, a dit Maja avec douceur, en s'asseyant à côté d'Yves.

— Non, pas comme ça, je ne peux pas. Comment veux-tu que je te fasse confiance?

Ils sont restés assis sur le divan moelleux, Maja a

essayé de prendre sa main, Yves l'a retirée, puis il s'est levé en disant :

— Désolé, j'ai besoin de prendre l'air...

— On soupe ensemble ce soir ? a demandé Maja d'une voix suppliante.

— Je ne sais pas.

⁂

Un mois plus tard, Maja s'est désistée d'un contrat pour l'Organisation internationale de la Francophonie qui lui aurait permis de passer dix jours à Paris, elle a réservé un billet pour Varsovie sans en parler à personne, ni à Monika ni à Leszek, avec qui elle avait la ferme intention de rompre, de toute façon.

Elle a loué une chambre dans Żoliborz, aussi loin que possible de son ancien quartier. Elle a arpenté la ville dans tous les sens en se parlant à voix haute. Mais en réalité, elle parlait à l'autre Maja, celle qui collait à ses basques depuis trois ans. Elle lui disait qu'elle était en train de bousiller sa vie, que ça suffisait, qu'il fallait qu'elle la laisse tranquille.

Un jour, Maja a passé l'après-midi à flâner dans le parc des Łazienki, puis elle s'est assise sur un banc pour regarder flotter les cygnes sur l'étang. À un moment, elle s'est assoupie, et quand elle s'est réveillée des mots sont apparus dans sa tête. Elle a tiré un calepin de son sac, a décapsulé son stylo et écrit :

J'habite une langue, mais parfois aussi une autre
La première me permet de tout dire

Les couleurs du ciel
Toutes les nuances de la joie et de la peine
Les fissures, les replis, les comptes à payer
La moiteur de l'air, la douceur d'une nuit d'été
Les premiers baisers, la brutalité des ruptures
Ma deuxième maison est plus vaste et plus ancienne
Il y a des caves et des pièces oubliées
Des sons familiers, des diphtongues et des chuintements
Parfois, elle se recroqueville dans un coin de ma mémoire
Tel le chat enfoui sous le canapé quand les convives sont trop nombreux
Puis elle bondit de son abri, avec ses parfums d'édredons, de caves humides et de lilas
Parfums de poussière et d'oignons frits
Les odeurs uniques et irrévocables de l'enfance

Puis elle a rangé son calepin et son stylo, s'est levée en secouant ses jambes engourdies, et en disant à voix basse :

— Merci, la petite. Dorénavant, c'est ici qu'on va se retrouver, toi et moi, dans ce cahier… L'autre Maja a besoin de recoller ses morceaux. Et de faire un bébé.

⁂

Les chiffres valsaient devant ses yeux. Heniek les avait scrutés des dizaines de fois, changeant quelques variables, additionnant et soustrayant, divisant et multipliant, mais la conclusion se dressait devant lui tel un mur de brique : l'usine d'alternateurs Rotfeld and Family fonçait tout droit vers la faillite.

Une récession brutale s'était abattue sur la planète, et il était piégé au cœur du cyclone. Autour de lui, les licenciements se multipliaient, les gens n'avaient pas les moyens d'acheter des voitures, les fabricants n'avaient donc pas besoin de pièces de rechange, les ventes dégringolaient, ce qui entraînait d'autres licenciements.

Après avoir congédié la moitié des ouvriers de l'usine, réhypothéqué la maison pour absorber les pertes, réduit leurs dépenses au minimum, Heniek et Teresa étaient à bout de ressources. Cette spirale les emporterait, eux, leur maison, leur bateau, leur chien et tous leurs rêves.

Trois mois plus tôt, Maciek s'était pointé à la maison un mercredi, en début de soirée. Il avait pris une bière dans le réfrigérateur, l'avait décapsulée et bue au goulot avant de lancer :

— Il faut que je vous parle, mais asseyez-vous avant...

Il avait annoncé qu'il partait s'installer en Pologne, qu'il venait d'y trouver un emploi incroyable – adjoint au directeur d'une banque, vous imaginez ! – et qu'il ne pouvait pas dire non. Il avait trente-cinq ans, n'avait pas d'attaches, pas de femme, enfin, rien de sérieux, pas d'enfants non plus, et franchement, est-ce qu'il pouvait trouver un boulot aussi excitant, avec autant de responsabilités, dans un Occident en pleine débâcle ?

— Mais tu as des responsabilités à l'usine, voyons ! avait protesté Teresa.

Elle avait regardé Maciek comme si elle ne l'avait

jamais vraiment vu. C'était vrai que Jacek, avec tous ses problèmes, avait monopolisé les pensées de ses parents pendant longtemps. Maciek, lui, s'adaptait partout, il savait comment se comporter, le succès lui allait comme un gant. Il ne leur avait jamais donné de soucis, avait pensé Teresa.

— *Mamusiu, tatusiu*, vous ne comprenez rien, avait répondu Maciek avec une pointe d'irritation dans la voix. Je m'ennuie à mourir à l'usine, j'ai besoin de changement, de défis, il faut que ça bouge.

Pour un jeune *businessman* dans la trentaine qui maîtrisait l'anglais, s'exprimait bien en polonais et avait de l'ambition à revendre, la Pologne offrait bien plus de possibilités que l'Occident avec son économie paralysée, ses horizons bloqués. Et puis, il était bien placé pour savoir que leur usine familiale piquait du nez et préférait ne pas être aux commandes pendant un éventuel naufrage.

Surtout qu'au même moment, au pays du *Far East*, tout était possible. Incluant un poste de haute direction dans une toute nouvelle banque née sur les ruines du communisme. Deux semaines plus tard, Maciek avait bouclé sa valise, embrassé ses parents, un baiser léger sur chaque joue, puis s'était envolé pour Varsovie. Et Teresa avait repris ses fonctions administratives dans une usine qui battait de l'aile.

On a beau les fabriquer, nos enfants, pensait-elle, ses garçons avaient beau s'être nichés dans son ventre, finalement, elle n'avait rien compris, ni à Jacek ni à Maciek. Et puis, à quoi bon les avoir amenés ici, dans ce pays, s'ils avaient tous les deux choisi de s'éparpiller aux quatre coins du monde ? Si seulement elle avait su…

À l'époque, Jacek attendait son cinquième enfant et n'avait pas mis les pieds aux États-Unis depuis quinze ans. Quant à Julia, à vingt et un ans, elle étudiait l'histoire de l'art en Californie et, quand elle n'étudiait pas, parcourait la planète avec son appareil photo et un sac rempli d'objectifs et de dizaines de rouleaux de pellicule.

Ils étaient seuls, Teresa et Heniek, face à la tempête. Même Maciek les abandonnait.

Heniek a soupiré, s'est mouché bruyamment, puis il a cherché un numéro sur la roulette de son Rolodex avant de saisir le combiné du téléphone. Il allait tenter une ultime démarche auprès de son conseiller financier, qui lui avait refusé un nouveau prêt, la semaine précédente. Peut-être parviendrait-il à le faire changer d'avis.

Il a laissé sonner plusieurs fois, a recomposé le numéro, puis quelqu'un a pris l'appel en disant : « *Hello ?* » Heniek a articulé « *Hi, George, it's Henry* » d'une voix rauque, il a toussoté, mais le banquier l'a interrompu avant qu'il ne réussisse à formuler sa demande.

— Je suis désolé, Henry, mais je ne peux plus t'aider, c'est fini, tu comprends ? Fini. Tu as coulé. Il n'y a rien à faire.

Puis il a ajouté :

— Tu n'es pas le seul, tu sais.

Heniek voulait argumenter, mais aucun son ne sortait de sa bouche, comme dans un cauchemar. George espérait sans doute le consoler en lui disant que tout s'effondrait autour d'eux, mais ça ne changeait rien pour Heniek, la vie des autres ne l'intéressait pas et la sienne était dans un cul-de-sac.

Puis une phrase a surgi, en polonais :

— *Idź do diabła*, George, va au diable, a-t-il lancé avant de raccrocher.

Il est resté là à contempler le téléphone, le cerveau vide. La pièce baignait dans un silence lourd et épais. Sa famille avait implosé, son entreprise était en état de mort clinique, et lui-même croulait sous les dettes, bien plus que ce qu'il avait confié à Teresa. Il avait crâné, comme toujours, prétendant avoir la situation bien en main, et maintenant la vérité se dressait devant lui, incontournable, tel un mur de béton. Tout ce qu'il avait construit était en train de s'effondrer, et c'était sûrement un peu par sa faute. Il n'avait pas compris la fragilité de Jacek et l'avait laissé dériver loin de sa famille. Il n'avait pas compris Maciek non plus – comment avait-il pu croire que ce garçon ambitieux se contenterait de stagner auprès de ses parents ?

Même Julia avait peine à tenir en place. Lui qui l'avait imaginée assise à son bureau devant trois ou quatre téléphones qui clignotent simultanément devait se contenter de la voir débarquer en coup de vent une fois par mois, parfois moins, et repartir aussitôt. Il avait cru au rêve américain et avait tout fait pour l'offrir à ses enfants, mais il n'avait pas prévu qu'ils s'en désintéresseraient.

Non, il n'avait rien compris, rien de rien. S'il s'était contenté de trouver un bon emploi, au lieu de rêver de devenir un grand entrepreneur, il n'aurait pas entraîné tous ceux qu'il aimait dans ce naufrage. Car oui, c'était un naufrage, pire, un échec, et il fallait maintenant qu'il l'admette, qu'il les regarde tous dans les yeux en disant : je ne suis pas celui que vous croyez, je suis un raté, un bon à rien, j'ai failli sur toute la ligne. Même Sabina avait fini par se détourner de lui, et elle avait eu bien raison. Qu'est-ce qu'il avait donc à lui offrir ? Rien, rien du tout. Tous ses rêves s'étaient cassé la gueule.

Heniek a jeté un coup d'œil à sa montre : les aiguilles indiquaient sept heures douze minutes, bientôt Teresa téléphonerait pour lui demander à quelle heure il comptait finir de travailler et lui dirait qu'elle avait préparé des steaks ou des crêpes à la viande ou de la choucroute. Sa voix serait chargée de reproches, mais surtout d'inquiétude. Il s'est imaginé rentrer à la maison, lancer son chapeau et son foulard vers une chaise, la ratant de peu, avant d'éclater d'un rire forcé, artificiel, comme il l'avait fait la veille et le jour d'avant. Non, cette fois il n'y arriverait pas, de toute manière Teresa faisait semblant de le croire joyeux et léger, et il se sentait incapable d'affronter son regard, non, il ne pouvait plus continuer à jouer le jeu.

Heniek s'est levé de sa chaise, a marché vers le coffre-fort camouflé derrière la photocopieuse, a composé la combinaison à cinq chiffres, sept-huit-six-deux-deux, a fouillé au fond d'une boîte et tâté la poignée froide et râpeuse du pistolet, puis le canon. Il a extrait le Glock 17 de sa boîte, a inséré une balle dans le barillet, armé le pistolet, reniflé son odeur de métal et de poussière, et appuyé contre sa tempe. Il ne pouvait pas leur faire ça. Si, il le pouvait. Non, il ne pouvait pas. Si, il devait le faire, les débarrasser de lui, de ce poids mort qu'il était devenu.

Il a pris une grande respiration, ses muscles se sont crispés, puis il a ressenti une douleur aiguë à la poitrine, un courant électrique a traversé sa cage thoracique, la pièce s'est mise à tourner autour de lui et tout est devenu noir.

⁂

Le salon aux fauteuils de velours beige et aux rideaux de dentelle blanche surplombait le Marché aux fleurs, dans le centre de Zagreb. Marija, une artiste et nationaliste croate, avait invité Ewa à partager un café dans cette pièce lumineuse où trônait un piano à queue surmonté d'une bibliothèque en bois verni.

Pendant que Marija préparait le café dans la cuisine, Ewa scrutait les murs et les étagères surchargés d'œuvres aux styles bigarrés. Deux cendriers de verre art déco, en forme de main aux ongles rouges, étaient posés sur une table basse, à côté du divan. Trois figurines de métal minces comme des sculptures de Giacometti formaient un groupe rachitique sur une étagère étroite, près de la fenêtre. Un tissage géométrique était accroché au mur, de l'autre côté de la fenêtre.

Deux masques africains se partageaient un pan de mur étroit, puis des gravures représentant des profils de femmes s'alignaient jusqu'à la porte de la cuisine. Il n'y a pas un centimètre carré de libre dans cet appartement, a pensé Ewa, pas un endroit qui ne transpire l'art. Une œuvre en particulier a capté son attention : c'était un tableau suspendu au-dessus du fauteuil. Il représentait un paysage où des nuages bleutés formaient des boules qui faisaient penser à des pelotes de laine ou à de la barbe à papa. Sous les nuages s'étirait une ligne d'arbres – des tilleuls ? – puis des bosquets longeaient une rivière qui serpentait au bas de l'image. Le tableau était onctueux, doux, apaisant.

— Du sucre dans le café ?

Ewa a sursauté, tirée de sa rêverie. Marija était de retour avec deux tasses d'où s'échappait une odeur de café.

— C'est une œuvre d'Ivan Rabuzin, a-t-elle enchaîné en plaçant les tasses sur la table. C'est un original, une huile. De la peinture naïve. C'est magnifique, n'est-ce pas ?

Ewa venait de terminer sa recherche pour un contrat avec Human Rights Watch visant à documenter les crimes de guerre commis durant le siège de Vukovar, un épisode meurtrier de la cascade de conflits qui consumaient la Yougoslavie disloquée. À l'issue de ce siège de quatre-vingt-sept jours, les forces croates avaient dû quitter la ville et les troupes serbes avaient chassé ou assassiné les derniers habitants.

Plusieurs mois s'étaient écoulés depuis la reddition croate quand Ewa et ses collègues se sont rendus sur place pour recueillir les récits des survivants : des gens qui s'étaient terrés dans les caves, terrorisés et affamés, qui cherchaient toujours leurs proches disparus, d'anciens patients de l'hôpital d'où les blessés s'étaient mystérieusement volatilisés. Comment une telle horreur avait-elle pu se produire en Europe, un demi-siècle après la Deuxième Guerre mondiale ? se demandait Ewa en rassemblant ces témoignages. Et le pire, c'est que ce n'était pas fini. Car si, au moment de son séjour, un cessez-le-feu avait apaisé le conflit en Croatie, la guerre était en train d'embraser une autre république de l'ex-Yougoslavie, la Bosnie.

Quand elle transcrivait les récits des survivants de Vukovar, Ewa ne pouvait s'empêcher de chercher, en parallèle, la source d'un tel déferlement d'inhumanité. Comment cette folie était-elle née ? Comment ça avait commencé ? Nous vivions tous ensemble, Croates et Serbes, mariés les uns avec les autres, liés par des réseaux de cousinage et d'amitié, parlant presque la même langue, pratiquant une religion différente, soit, mais ça n'avait aucune importance, lui racontaient les survivants.

Puis, du jour au lendemain, les uns s'étaient dressés contre les autres. Des gens appartenant à la minorité serbe s'étaient mis à avoir peur d'être maltraités par le gouvernement croate nouvellement indépendant, des amis qu'ils connaissaient pourtant depuis toujours. Leurs craintes étaient alimentées par les médias contrôlés par Belgrade, qui accusaient le gouvernement de tous les maux.

Mais il y avait autre chose. Des Serbes établis depuis toujours en Croatie avaient soudainement perdu leur emploi, on les accusait de manquer de loyauté envers leur gouvernement, et parfois avec raison, puisqu'ils étaient incertains de leur sort dans ce pays tout neuf ou alors ils s'étaient laissé contaminer par le poison de la propagande distillée par Belgrade – alors oui, certains avaient rejoint les milices serbes qui avaient mis la Croatie à feu et à sang.

Comment était-ce possible ? ne cessait de se demander Ewa. Et si ça avait été possible ici, l'était-ce aussi ailleurs ? Pouvait-on déceler les signes avant-coureurs de tels débordements ? Comment les reconnaître, et surtout, comment les prévenir ?

Le jour où elle avait téléphoné à Marija, à la fin de sa mission, Ewa avait la tête pleine de questions. Rien ne l'empêchait de prolonger son voyage : Denis avait accepté de garder Agathe quelques jours de plus et personne d'autre ne l'attendait à Montréal. Ewa était seule depuis leur séparation.

C'était une connaissance d'une amie montréalaise qui lui avait donné le numéro de cette pianiste engagée dans des organisations nationalistes croates, celles qui étaient en train de bâtir la Croatie indépendante, divorcée de la Serbie.

Cette femme cultivée, spécialiste de Rachmaninov, a disposé sur une assiette des sablés au citron qu'elle avait préparés le matin pour accompagner le café. Après avoir parlé de la pluie et du beau temps, Ewa n'a pu s'empêcher de donner libre cours à ses questionnements. Si quelqu'un pouvait l'aider à comprendre, c'était bien cette femme au regard vif et intelligent.

— J'essaie de comprendre la genèse de cette guerre, a-t-elle lancé. Bien sûr, la faute est au régime de Belgrade, à Slobodan Milošević et aux milices qu'il entretient. Mais vous ne pensez pas qu'à force de congédier les travailleurs serbes, le pouvoir croate a contribué à l'explosion de ce conflit? a avancé Ewa, en prenant un biscuit fin saupoudré de sucre à glacer.

Elle savait qu'elle marchait sur des œufs, faisait attention aux mots qu'elle choisissait. Malgré ses précautions, l'expression de Marija s'est durcie. Elle s'est redressée, a déposé avec fracas sa tasse de fine porcelaine sur la table.

— Vous savez, s'ils avaient soutenu la cause croate, ils n'auraient pas perdu leur emploi. De toute façon, le travail n'est pas un droit, mais un privilège qui se mérite.

Puis elle a poursuivi:

— Nous, les Croates, nous n'avons rien à voir avec cette culture orientale, avec ces Byzantins. Vous savez que je n'ai jamais rencontré une femme serbe qui ait de la classe?

Cette artiste accomplie déversait son mépris avec

un naturel stupéfiant, il coulait de sa bouche comme une évidence. Ewa aurait pu changer de sujet, mais après un moment d'hésitation, elle a avancé que, dans tout pays démocratique, les droits des minorités devaient être respectés, et la Croatie aspirait à la démocratie, n'est-ce pas ? Dans ce cas, elle devait respecter les droits de sa minorité serbe.

— Oui, évidemment, mais les droits de la majorité, vous en faites quoi ?

Effectivement, la majorité a aussi ses droits, a pensé Ewa, qui avait déjà entendu cet argument au Québec, y compris dans sa propre bouche.

Après avoir pris congé de Marija, Ewa a marché longuement dans les rues de cette ville qui semblait à des milliers de kilomètres de la guerre, comme si le carnage avait eu lieu sur une autre planète.

Le lendemain, Ewa a pris l'autobus vers Belgrade, la capitale ennemie. L'autoroute entre les deux villes était fermée, elle a donc dû faire un long détour par la Hongrie.

Dans l'appartement d'un poète serbe, elle a retrouvé les mêmes divans de velours, les mêmes tasses de porcelaine et les mêmes étagères ployant sous les livres. Après avoir parlé de tout et de rien devant un plat de *cevapčići*, l'homme a allumé la télévision. Il y était question d'attaques croates contre des villages serbes, de femmes violées, de liens anciens entre les *oustachis* croates et les nazis.

— Vous y croyez, à tout ce qui est dit ici ? a osé demander Ewa.

— Bien sûr, a répondu son hôte. Bien sûr. Les Croates sont des nazis, des sauvages.

Puis il a ajouté :

— Vous savez, mon fils est dans l'armée. Chaque jour, j'ai peur qu'on m'appelle pour m'annoncer qu'il a été tué.

Décidément, Ewa se trouvait devant un miroir où chacun pouvait lire la réalité déformée qui lui convenait.

Une fois dans l'avion, Ewa a tiré un calepin à la couverture usée de son sac à main. Elle a cherché une page vierge et y a écrit : *Observation sociologique numéro trois cent quatre-vingt-deux : l'art ne peut rien contre la haine, Rachmaninov ne peut rien contre la haine, alors à quoi servent-ils ?*

Puis elle s'est assoupie et ne s'est réveillée qu'au moment où le pilote annonçait la descente vers Montréal, où elle sauterait dans un taxi pour se rendre à la maison et y déposer ses valises avant d'aller chercher Agathe chez Denis, qui habitait à trois rues de chez elle. Elle a vérifié dans son sac : la poupée vêtue de vêtements traditionnels croates qu'elle avait trouvée à Zagreb était toujours là, bien enveloppée dans une nappe brodée serbe achetée à Belgrade.

⁂

— Êtes-vous Pola ? Est-ce que je parle bien à la personne qui habite dans cette maison ?

La femme s'exprimait en anglais avec un fort

accent arabe. Pola avait du mal à distinguer les mots, elle l'a fait répéter plusieurs fois. La femme qui se prénommait Zainab, appelait de Jordanie. Sa grand-mère avait vécu dans cette même maison, avant. Elle voulait dire: avant 1948.

— Notre famille vient de ce village, vous savez.

Le cœur de Pola s'est emballé. Qu'est-ce qu'elle voulait, au juste? Qu'est-ce qu'on attendait d'eux? Quand le téléphone avait sonné, elle était en train de faire frire des aubergines. Elle a dit «attendez-moi» et a éteint le rond de la cuisinière.

Au bout du fil, Zainab l'a rassurée. Sa grand-mère vivait toujours, elle avait sa citoyenneté jordanienne, comme toute la famille, d'ailleurs. Elle ne cherchait pas à leur faire des reproches. Seulement, elle espérait montrer la maison où elle avait grandi à ses petits-enfants. Comme toutes les grands-mères, vous savez. Avec l'accord de paix signé entre la Jordanie et Israël, ce voyage était devenu possible.

— Ne vous inquiétez pas, nous ne vous demanderons rien. Nous voulons seulement voir la maison.

Pola a dit oui, bien sûr, venez quand vous voulez.

— Samedi prochain, c'est possible? a demandé Zainab.

— Oui, d'accord.

C'était donc ça, a pensé Pola après avoir raccroché. Le carnet jaune avec les dessins et les inscriptions en arabe, et un immense cœur rouge sur la page couverture. Elle allait rencontrer sa propriétaire.

Plus tard, elle a retrouvé Andrzej sur la terrasse

ombragée par les bougainvilliers en fleurs où ils avaient l'habitude de s'asseoir ensemble en fin de journée.

— Je ne comprends pas pourquoi tu ne m'as jamais parlé de ce carnet. Ça fait plus de vingt ans, quand même ! a dit Andrzej en versant du jus d'orange frais dans son verre.

— Je ne sais pas, je ne sais vraiment pas. Je pense que je ne voulais pas y penser, je n'aimais pas l'idée de vivre dans la maison de quelqu'un d'autre.

— Depuis le temps, c'est quand même notre maison, non ?

— Oui, je pense. Ce que je ne comprends pas, c'est pourquoi je ne me suis jamais demandé qui avait vécu ici avant nous, pourquoi je ne me suis jamais posé cette question.

— Tu sais, Pola, tu étais peut-être simplement trop occupée à vivre, comme tout le monde.

Pola a dit oui, peut-être, mais elle n'arrivait pas à faire la paix avec elle-même. On lui avait attribué une maison et elle ne s'était jamais demandé qui y avait vécu avant ? Et même après avoir trouvé ce carnet, qu'avait-elle fait ? Elle s'était dépêchée de le cacher, pour ne pas y penser, pour ne pas voir la vérité en face.

C'est vrai que ses enfants, Adam et Basia, n'avaient jamais pu visiter les maisons de leurs grands-parents, eux non plus, pour la simple raison qu'elles avaient été anéanties bien avant qu'ils ne viennent au monde. Vrai aussi que la plupart de ses collègues et amis avaient reçu un jour leur maison à bon prix. Elle n'était pas la seule. Sauf que maintenant qu'elle *savait*, elle ne pouvait plus ne pas savoir.

Pendant toute la semaine qui a précédé la visite de Zainab et de sa grand-mère, Pola a tourné en rond, ressassant cette conversation, se blâmant pour son manque de sensibilité. «Dors donc», lui disait Andrzej quand elle se retournait dans leur lit. Elle fermait les yeux, faisait semblant de dormir, mais n'y arrivait pas.

Le jeudi, deux jours avant la visite, Pola a téléphoné à Basia, à New York, surtout pour souhaiter joyeux anniversaire à son petit-fils, Rafael, qui venait de célébrer ses dix-huit ans. Mais elle n'a pas réussi à avoir une vraie conversation avec lui, son esprit était ailleurs.

Alors elle a demandé à Rafael de redonner le combiné à sa mère.

— Tu sais, ma chérie, il est arrivé quelque chose d'incroyable…

Pola a tout raconté: le carnet, le coup de fil, la visite imminente.

— Mais maman, tu n'étais pas obligée d'accepter de les rencontrer, a dit Basia. Ce n'est pas ta faute. Et cette famille a fui sa maison, je ne comprends pas pourquoi tu te sens coupable.

Puis elle a ajouté:

— Tu sais, moi, mon journal intime, on me l'a confisqué à la frontière.

— Mais ça n'a rien à voir, voyons.

— D'une certaine façon, si. C'est chacun son tour.

Basia avait parfois des réflexions surprenantes, a

pensé Pola. Elle aurait pu se sentir réconfortée par son point de vue, mais ça n'a pas été le cas. Elle trouvait que depuis quelque temps sa fille exprimait des opinions plus tranchées, comme si son cœur s'était durci. Surtout depuis qu'elle avait épousé ce riche entrepreneur, Nathan. Mais Pola a chassé ces pensées.

Le samedi suivant, à deux heures de l'après-midi, une jeep rouge s'est garée devant l'entrée de la maison. Une femme qui devait avoir une soixantaine d'années, peut-être un peu plus, a glissé du siège du passager, elle s'est avancée vers la porte d'entrée, suivie d'une femme plus jeune, dans la quarantaine, ainsi que d'un garçon et d'une autre femme, début vingtaine celle-là, qui les a dépassés et s'est présentée comme étant Zainab.

C'est elle qui a fait les présentations, en anglais (voici ma mère, mon frère, ma grand-mère), et a agi comme interprète quand Pola et Andrzej les ont invités à s'asseoir sur la terrasse et leur ont offert du thé et des biscuits farcis à la confiture de figues. La grand-mère s'appelait Heba, elle observait attentivement le jardin, la maison.

— Il y avait un citronnier ici, non?

— Oui, nous avons dû le couper, il était malade, a expliqué Andrzej. Nous avons planté un figuier, pour le remplacer.

— Mon mari savait comment soigner les arbres fruitiers, peut-être aurait-il pu le sauver, a laissé tomber Heba.

La famille s'était manifestement bien établie en Jordanie, ils n'étaient pas à plaindre. Heba et Zainab portaient des vêtements et des bijoux de qualité. Heba a voulu voir l'intérieur de la maison, surtout l'ancienne chambre qu'elle occupait avec deux de ses sœurs. De temps en temps elle disait « ici, il y avait un poêle en céramique », ou alors « ce luminaire était déjà là à l'époque », ou bien « ça alors, c'est notre vieille armoire, vous l'avez conservée ! ». Puis elle a demandé si elle pouvait visiter l'ancien appentis, au fond de la cour.

C'est là que Pola lui a tendu l'enveloppe dans laquelle elle avait rangé le carnet au cœur rouge.

— Je crois que j'ai ce que vous cherchez.

Heba a tiré le carnet de l'enveloppe, elle l'a tourné dans tous les sens, a posé une main sur sa bouche, puis a serré le cahier contre sa poitrine en disant : *choukrane, choukrane, thank you.*

Des larmes sont montées à ses yeux.

— *I'm so sorry*, a dit Pola.

Heba n'a rien répondu, son regard était brouillé, comme noyé dans un passé inaccessible.

Ils ont repris leurs places sur la terrasse, ont parlé encore un peu, Heba et Zainab n'ont pas demandé quelles étaient les origines de Pola et d'Andrzej, ni comment ils avaient pu obtenir les clés de cette maison. Manifestement, ça ne les intéressait pas. Puis ils sont remontés tous les quatre à bord de la jeep rouge, Zainab a pris le volant, elle a dit « merci de nous avoir accueillis, c'était très important pour nous », Pola a dit

« revenez quand vous voudrez ». Puis la jeep est repartie en soulevant un nuage de poussière et tout le monde se doutait bien qu'elle ne reviendrait jamais.

Lendemains de veille

Les filles étaient couchées, mais elles les entendaient encore papoter dans le lit d'Agathe.

— Je veux du lait ! a crié Charlotte, et Maja s'est levée pour remplir un verre.

— Moi aussi ! a crié Agathe, et Ewa lui a dit qu'à douze ans, elle pouvait bien aller se servir toute seule. Qu'elle pouvait même verser un verre pour sa cousine de trois ans.

Agathe allait à l'école le lendemain, il était déjà neuf heures, mais avec les voix des adultes et le cliquetis des assiettes et des verres, les deux cousines n'arrivaient pas à fermer l'œil.

Les bureaux de vote étaient fermés depuis une heure et les résultats, qui avaient d'abord semblé pencher en faveur de l'indépendance du Québec, ne laissaient plus beaucoup de doute sur l'issue du référendum. Clairement, le vent avait tourné.

Ewa avait préparé un plateau de sushis, et une bouteille de champagne attendait au frais. Ils allaient l'ouvrir de toute façon, peu importe les résultats. Pour célébrer en cas de victoire du Oui, pour noyer leur déception en cas de défaite. Avec l'aide de Maja, Ewa avait disposé les assiettes et les serviettes de table dans le salon, et placé le plateau de sushis sur la table basse.

— Maman, Charlotte me donne des coups de pied, je n'arrive pas à dormir ! a crié Agathe, avant de surgir dans le salon en tenant sa cousine par la main.

— Bon, d'accord, venez ici, a soupiré Ewa.

Agathe s'est assise par terre, calée entre les jambes de sa mère. Ewa caressait ses cheveux en se disant qu'à douze ans, Agathe ressemblait de plus en plus à Nina, sa grand-mère, avec ses pommettes hautes et ses lèvres pleines. Pourtant, en venant au monde, elle était la copie conforme de son père, Denis.

Maja a pris Charlotte dans ses bras, l'a raccompagnée dans la chambre d'Agathe, s'est assise par terre pour la bercer.

— Vous ne pouvez pas baisser le son de la télé ? Je n'arrive pas à endormir la petite.

Charlotte venait tout juste de s'assoupir quand Bernard Derome est apparu à l'écran.

— Venez dans le salon ! a appelé Ewa.

Maja est sortie de la chambre, les autres se sont précipités vers le salon, d'abord Yves, suivi de Denis, avec qui Ewa était en assez bons termes pour l'avoir invité à suivre la soirée référendaire chez elle avec sa nouvelle compagne, Rose.

— Si le Oui gagne, j'arrête de fumer, a lancé Denis.

— Pour combien de temps? a demandé Rose.

— Promesse d'ivrogne, a renchéri Ewa.

— Je pense que tu vas fumer encore longtemps, a commenté Yves.

— Arrêtez, on écoute Bernard Derome, a fait Maja.

« Une majorité de Québécois, pour la deuxième fois en quinze ans, rejette l'idée que le Québec devienne un pays souverain et choisit que le Québec demeure dans le Canada. »

Ils avaient beau s'être faits à l'idée au fil de la soirée, l'annonce solennelle du chef d'antenne de Radio-Canada rendait le résultat définitif, aucun revirement de dernière minute n'était possible.

— Bon, c'est comme ça, trinquons à la prochaine fois, alors, a dit Yves, rompant le silence pour verser le champagne dans les verres. Consolons-nous.

Ils n'étaient pas dévastés, plutôt abattus, mais pas au point de perdre l'appétit. Les sushis s'envolaient, avec le wasabi et les tranches de gingembre mariné. Maja pensait à sa dernière conversation téléphonique avec Nina, qui se méfiait du nationalisme, ici ou ailleurs. Maja lui avait fait valoir qu'au Québec, le nationalisme était inclusif, positif. C'était une force autour de laquelle on pouvait se rallier pour construire, pas un outil de démolition. Sa mère lui avait répondu que, d'après son expérience, le nationalisme était plus souvent une force dirigée *contre* quelqu'un qu'une énergie positive. Maja avait alors changé de sujet. Le vote de sa mère était perdu, mais son père, lui, penchait en faveur de l'indépendance. Dans sa famille immédiate, le Oui remportait trois votes sur quatre… ou cinq sur six, si on incluait Yves et Denis.

— Vous savez, c'est peut-être mieux comme ça, a avancé Ewa. Moi, j'ai voté Oui, mais à reculons. Des pays qui se disloquent, ce n'est pas toujours beau. Regardez ce qui s'est passé dans les Balkans – et j'ai été là-bas, personne n'avait prévu ce qui allait arriver…

— Arrête, Ewa, l'a rabrouée Maja, lâche-nous donc avec ta Yougoslavie…

— Chut, c'est Parizeau, taisez-vous, a lancé Yves.

Ils se sont tournés à nouveau vers la télé : Ewa avec Agathe à ses pieds, Maja et Yves se tenant par la main, Denis et Rose assis sur le tapis, de chaque côté de la table basse.

« C'est raté, mais pas de beaucoup », a dit le premier ministre Jacques Parizeau.

Puis il a enchaîné : « Nous, à soixante pour cent, on a indiqué clairement ce qu'on voulait. »

— Voyons donc, c'est qui, ça, « nous » ? a demandé Maja.

Jacques Parizeau a poursuivi : « Par quoi on a été battus ? Au fond, par l'argent et le vote ethnique. L'indépendance du Québec reste le ciment entre nous ; nous voulons un pays et nous l'aurons. »

— *L'argent et le vote ethnique ?* Il n'a pas vraiment dit ça, ce n'est pas possible, s'est écriée Maja.

— Si, il l'a dit, a confirmé Denis, la mine basse. Je n'en reviens pas.

— Attends, il a dit *des* votes ethniques, ou *le* vote ethnique ? a demandé Maja.

— *Le* vote ethnique, je crois, mais de toute façon c'est de la sémantique, pour moi, c'est pareil, a tranché Ewa.

— D'une certaine façon, il a un peu raison, a fait valoir Yves après un moment de silence.

— Comment ça, raison? En tout cas, dans ce salon, tu as deux votes ethniques pour l'indépendance, a tranché Maja d'une voix glaciale.

Puis elle a ajouté:

— Quand bien même il aurait raison, ce n'est pas le moment de le dire.

— Et surtout, ce n'est pas à lui, Parizeau, de le dire, a renchéri Ewa.

Ils parlaient fort, le son de leurs voix a réveillé Charlotte qui est apparue dans le salon, les yeux gonflés de sommeil. Elle s'est dirigée vers Yves, s'est accrochée à sa chemise, mais c'est à peine si les adultes se sont rendu compte de sa présence. Puis le téléphone a sonné, peinant à se faire entendre à travers le brouhaha des voix.

— Réponds donc, a demandé Ewa à sa sœur pendant qu'elle essayait de persuader Agathe de retourner se coucher. Va dans mon lit si tu veux, va.

— Allô, a fait Maja en prenant le combiné et en faisant signe aux autres de parler plus bas. Chut, c'est ma mère.

— C'est toi, Maja? a dit Nina au bout du fil. Tu vois, je te l'avais dit. Tu vois?

— Oui, maman, je vois, bonne nuit maintenant.

Ils étaient tous sidérés, avaient peine à croire que

ce qui avait été dit avait vraiment été dit. Plus tard, une fois les invités partis, après avoir jeté les restants de sushis et vidé les fonds de verre dans l'évier en se faisant la remarque que finalement le champagne ne passait pas, Ewa s'est assise devant la télévision où la déclaration de Jacques Parizeau venait d'être rediffusée. Pour la première fois depuis son arrivée au Québec, elle a senti qu'elle venait d'être exclue du «nous» auquel elle avait adhéré, autrefois, avec tout son enthousiasme. Et dont elle faisait toujours partie, même si sa ferveur était retombée.

Puis elle a pensé : et Agathe, elle, fait-elle partie du «nous»? Et sa cousine Charlotte? Et leurs futurs enfants? Après combien de générations a-t-on le droit de voter comme ça nous chante sans qu'on nous renvoie à nos origines?

Ewa s'est levée, a rangé les dernières assiettes dans le lave-vaisselle et s'est glissée sous la couette, aux côtés du corps chaud d'Agathe. Sa maison, ses racines étaient là, près de sa fille qui respirait doucement à côté d'elle. Le reste n'avait aucune importance.

⁂

— Viens t'asseoir dehors, a dit Pola, j'ai quelque chose à te raconter.

Ewa en était à son huitième séjour au Proche-Orient. Autrefois, quand elle s'y rendait, c'était pour des périodes courtes, pas plus de six semaines à la fois, pour ne pas s'éloigner d'Agathe trop longtemps. Mais à dix-huit ans, sa fille était devenue une jeune femme organisée et indépendante, parfaitement capable de se passer de sa mère.

Pour la première fois, Ewa a décidé de rester une année complète à Jérusalem, où elle continuerait à collaborer avec Human Rights Watch, mais où elle retrouverait aussi Emmanuel – un avocat qu'elle avait connu lors de son stage chez HaMoked, une organisation israélienne défendant les droits des Palestiniens des territoires occupés.

Emmanuel lui avait plu dès leur première rencontre, douze ans plus tôt. Ses parents, des Juifs français, s'étaient établis en Israël au début des années 1960, avec leurs deux enfants. Emmanuel avait huit ans de moins qu'Ewa, il était brillant et énergique, et ils partageaient la même capacité d'indignation, mais aussi la même aptitude à ne pas se prendre trop au sérieux. Avec sa barbe parsemée de fils blancs et ses cheveux perpétuellement en bataille, il faisait plus vieux que ses quarante ans. À l'approche de la cinquantaine, Ewa avait conservé une minceur athlétique qui la faisait paraître plus jeune que son âge.

Il y avait cinq ans qu'ils se voyaient trois ou quatre fois par année ; parfois Emmanuel retrouvait Ewa à Montréal, parfois c'était elle qui séjournait à Jérusalem, quand ils ne se donnaient pas rendez-vous pour des vacances en Grèce, en Turquie ou en Italie. Et là, ils vivraient dans la même ville pendant au moins un an. « Et plus si affinités », avait l'habitude de dire Emmanuel quand il se moquait gentiment des appréhensions d'Ewa à l'idée de cette proximité prolongée.

Il lui avait proposé d'emménager chez lui, dans son appartement de deux chambres du quartier de Rehavia, dans la partie occidentale de la ville. Ewa avait préféré louer une chambre du côté de Beit Hanina, un quartier arabe de Jérusalem-Est où logeaient plusieurs ONG internationales.

— Encore une fois, on ne sera pas tout à fait dans la même ville, avait blagué Emmanuel quand elle lui avait annoncé la nouvelle au téléphone.

Ewa caressait l'idée d'inviter Agathe à passer un mois avec elle quand sa fille aurait terminé sa session de cégep. Elle prendrait des vacances pour qu'elles voyagent ensemble, toutes les deux, elle lui ferait rencontrer des gens, découvrir des lieux dans cette région fascinante et désespérante à la fois, qui était plongée depuis un an dans une nouvelle explosion de violence.

Un après-midi de septembre, Ewa avait terminé son travail plus tôt que prévu et en avait profité pour faire un saut chez Pola et Andrzej, dans leur maison de pierre à Ein Karem, comme elle en avait l'habitude à chacun de ses séjours. Pola a invité Ewa à s'asseoir sur le banc ombragé par le figuier qui avait pris la place de l'ancien citronnier.

Ewa aimait bien Pola, qui la traitait avec chaleur, comme si elles appartenaient à la même famille. Elle a cueilli une figue juteuse dans l'arbre, puis une deuxième, avant de se tourner vers Pola en disant :

— Allez, raconte.

— C'est au sujet de notre maison, a dit Pola, qui a réfléchi longuement avant de se lancer dans son récit.

La visite de la famille palestinienne remontait à plus de cinq ans, mais dans l'esprit de Pola le souvenir était toujours vif. Elle a raconté comment elle était tombée sur le carnet au cœur rouge, après la guerre du Kippour, comment elle l'avait oublié pendant plus de vingt ans, et comment sa propriétaire était entrée ici, dans cette maison qui avait autrefois été la sienne, comment elle avait regardé autour d'elle, à la recherche des traces de son enfance.

— Tu comprends, je n'arrête pas d'y penser. Je n'arrive pas à comprendre comment j'ai pu oublier l'existence de ce carnet pendant si longtemps, vraiment oublier, comment j'ai pu ne pas imaginer que cette maison avait appartenu à quelqu'un, autrefois.

Ewa a pris une troisième figue. Andrzej s'est approché d'elles, un sécateur à la main – il venait de tailler la haie, au fond du jardin. En entendant Pola, il a haussé les épaules.

— Tu es encore en train de ressasser cette histoire ? a-t-il laissé tomber, puis il s'est éloigné vers l'ancien appentis transformé en atelier où il rangeait ses outils.

— Pourquoi ne m'as-tu jamais parlé de tout ça, du carnet, de la visite de la grand-mère palestinienne ? s'est étonnée Ewa. Pourtant, nous nous sommes vues au moins trois fois depuis cinq ans, non ?

— Je ne sais pas. Peut-être parce que j'espérais oublier cette histoire. J'espérais que le souvenir de Heba disparaisse de ma mémoire. Mais même après tout ce temps, je n'y arrive pas. Parfois, je me réveille la nuit et je repense à une petite fille qui s'appelait Heba, à son journal, à ce qu'elle a perdu. Je ne peux rien faire pour elle, alors avec Andrzej, parfois, on va à des manifestations, on se bat pour que les Palestiniens finissent par avoir leur État, tout ça. Mais ce n'est pas assez. L'histoire de Heba me hante toujours.

Pola a remonté ses cheveux bruns, essayé de les nouer, mais ils sont retombés sur ses épaules. Puis elle a poursuivi :

— Tu sais, quand nous avons quitté la Pologne, nous ne pensions qu'à une chose : reconstruire notre vie. Nous ne regardions ni derrière nous ni sur les côtés. Juste devant. Toi, tu as une autre perspective, tu vis avec les Arabes.

— Les Palestiniens, a corrigé Ewa.

Pola a ignoré son commentaire.

— Après la guerre, nous nous disions tous : plus jamais ça. On a emménagé dans ces maisons en pensant : plus jamais ça. C'est encore ce que je me dis, la plupart du temps.

Andrzej est venu les retrouver, cette fois avec une bouteille d'eau gazeuse et des verres. Ils se sont désaltérés, ont souligné à quel point le temps était lourd et humide. Andrzej a dit qu'il y avait encore une chance que les négociations de paix aboutissent, que ce n'était pas totalement exclu, que c'était le seul chemin vers une paix durable, mais qu'en même temps on ne pouvait pas penser constamment à ça, que la vie continuait. Puis il est reparti vers la maison. Après un moment de silence, Ewa a mis sa main sur celle de Pola en disant :

— « Plus jamais ça », ça peut vouloir dire plusieurs choses.

— Oui, je sais. Pour nous, c'était « plus jamais ça » aux Juifs...

— Oui, mais ça peut vouloir dire « plus jamais ça » à personne, pas aux Noirs, pas aux Tutsis, pas aux Croates, pas aux Bosniaques. Et pas aux Palestiniens.

— Bien sûr, a acquiescé Pola. Mais il y a des limites à cette comparaison.

— Évidemment, a concédé Ewa, on ne peut pas comparer la Shoah avec l'occupation israélienne, mais on ne peut pas non plus se servir de la Shoah pour justifier cette occupation.

Elle a pressé un citron dans son verre d'eau gazeuse avant de le vider d'un coup. Puis elle a ajouté :

— Quand on dit « plus jamais ça », il faut savoir aussi ce qu'on entend par « ça ». Pour moi, ce sont toutes les injustices infligées à un peuple par un autre peuple. N'importe quel peuple. Et n'importe quelle injustice.

— Je pense comme toi, tu sais, a répondu Pola qui s'était penchée pour arracher quelques mauvaises herbes. Adam et Andrzej pensent comme moi, eux aussi.

Ewa a remarqué que Pola n'avait pas mentionné Basia, sa fille. Elle a voulu ajouter quelque chose, donner des exemples des injustices dont elle était témoin chaque jour, puis elle a pensé qu'elle ne devait pas accabler Pola chaque fois qu'elle venait la voir. À soixante-dix ans, Pola et Andrzej avaient bien gagné le droit de simplement profiter de la vie, de leur retraite. Elle s'est penchée, imitant Pola, pour arracher quelques herbes folles. Quand elle s'est relevée, elle a aperçu Andrzej qui courait vers elles en gesticulant.

— Venez vite, il se passe quelque chose de terrible.

Ewa et Pola se sont précipitées vers la maison. La télévision était allumée dans le salon. Elles y sont arrivées juste à temps pour voir un avion s'enfoncer dans une des deux tours du World Trade Center, à New York.

— Voyons, c'est impossible, c'est un montage, s'est écriée Ewa avec incrédulité.

— Non, c'est vrai, a répliqué Andrzej. Difficile à croire, mais vrai.

Ils ont vu les images des avions s'enfonçant dans la première, puis la deuxième tour du World Trade Center. Ce n'est qu'au moment où cette dernière a vacillé avant de s'effondrer dans un grondement de fin du monde que Pola a hurlé :

— Basia ! Où est Basia ?

Il y avait dix ans que Basia et Nathan étaient rentrés aux États-Unis, dans leur maison de Long Island. À vingt-cinq ans, Rafael vivait toujours avec eux. Pola a immédiatement tenté de joindre Basia, composant et recomposant le numéro, pour se buter invariablement au signal d'une ligne occupée.

— S'il lui est arrivé quelque chose, je n'y survivrai pas, répétait Pola.

Puis Basia a pris l'appel. Elle était hystérique.

— Maman, papa, Rafael devait être là-bas, il fait un stage dans un cabinet juridique dans la tour sud, je n'arrête pas d'appeler, les réseaux débordent, je n'ai pas de réponse, il faut que je raccroche, peut-être qu'il est en train d'essayer de nous téléphoner.

Basia était à bout de souffle, son débit était hachuré comme si elle s'étranglait dans ses larmes. Le sang s'est retiré des joues d'Andrzej, Pola tremblait et claquait des dents. Ewa s'est assise entre eux et les a pris tous les deux par la main. Elle a pensé dire quelque chose pour tenter de les rassurer, faire valoir que Rafael avait sûrement réussi à quitter le bureau à temps, que pour l'instant c'était le chaos, qu'ils allaient sûrement avoir des nouvelles bientôt, mais devant la perspective de perdre leur petit-fils, tous les mots paraissaient futiles, puérils. Alors elle les a tenus par la main sans rien dire.

Puis le téléphone a sonné et Pola s'est jetée sur le combiné.

— Et alors ? Et alors ?

En voyant ses traits se détendre, Ewa a compris que Rafael était sain et sauf. Plus tard, une fois sa respiration apaisée, après son deuxième verre de scotch, Pola a raconté que, selon ce que lui avait confié Basia, Rafael avait découché la nuit dernière et se trouvait chez une nouvelle copine qu'ils n'avaient encore jamais rencontrée. Pour une raison obscure, l'alarme qu'il avait programmée sur son téléphone portable n'avait pas fonctionné. Quand il s'était réveillé en panique, convaincu qu'il était en retard pour sa journée de stage, son bureau était déjà enseveli sous les décombres. Avec une vingtaine de ses collègues.

Ils ont continué à regarder en boucle les images de l'attentat sur CNN, puis Pola s'est levée pour éteindre la télévision. Ewa a commandé un taxi et, après lui avoir dit au revoir sur le pas de la porte, Pola a ajouté d'une voix lasse :

— Cette fois, nous avons eu de la chance. Cette fois.

Se revoir

— C’est un bon résultat, non ? J’ai eu vingt-cinq sur trente.

— Oui, papa, c’est l’équivalent de… laisse-moi calculer, quatre-vingts pour cent, c’est excellent.

Maja essayait de rassurer son père, mais le résultat au test cognitif n’était pas bon du tout. Marek avait eu de la difficulté à répéter dans l’ordre les cinq mots qu’il devait mémoriser – *visage, velours, église, marguerite, rouge* –, sa représentation d’un cube consistait en un magma de lignes désordonnées et il n’avait pas su placer correctement les aiguilles d’une horloge pour indiquer onze heures dix.

Le médecin qui avait analysé les résultats les a examinés longuement tandis que Marek, assis sur le bout de sa chaise, entre Nina et Maja, trépignait d’impatience comme un gamin qui a peur de rater un examen.

— Nous sommes en présence d’un déficit cognitif qui se situe entre les niveaux léger et modéré, a dit le médecin en les regardant par-dessus ses lunettes, sans développer outre mesure son diagnostic, sans le préciser non plus.

Nina ne disait rien, comme si elle avait été assommée par ces deux mots : *déficit* et *cognitif.* Maja n'osait pas demander au médecin de mieux expliquer son diagnostic. Personne n'était prêt à prononcer l'autre mot, celui qu'ils appréhendaient tous : *Alzheimer.*

Ils ont été invités à passer dans une autre pièce où une travailleuse sociale devait venir évaluer la situation. De quelle situation s'agissait-il exactement et quel était le but précis de l'évaluation ? Ils l'ignoraient.

Nina et Marek, retraités depuis plus de quinze ans, avaient emménagé deux ans plus tôt à Montréal pour se rapprocher de leurs filles et de leurs petites-filles. Ils s'étaient installés dans l'appartement à l'étage du duplex où habitaient Yves et Maja. C'était un arrangement parfait, Charlotte vivait encore avec ses parents et venait régulièrement cogner à leur porte avec des biscuits ou des croissants. Ewa, elle, avait emménagé dans un condo quatre rues plus loin, mais elle le sous-louait souvent, le temps d'aller retrouver Emmanuel en Israël.

Nina et Marek trouvaient qu'ils avaient de la chance, ils étaient bien entourés et, en plus, Maja laissait sa mère prendre soin du jardin – avec son travail, elle n'en avait pas le temps.

Mais récemment, les signaux d'alarme s'étaient multipliés. Marek avait eu plusieurs fois de la difficulté à retrouver le chemin de la maison. Et puis, il peinait à monter l'escalier, devait s'arrêter pour reprendre son souffle toutes les trois marches. Pendant combien de temps encore pourraient-ils vivre dans cette maison? C'était peut-être ça qu'elle voulait évaluer, la travailleuse sociale.

Ils ont entendu un bruit de pas énergique, puis une femme vêtue d'un jean noir, d'un veston bleu électrique et de bottillons à talons larges est entrée dans le cabinet. Elle se tenait droite, ses cheveux gris flottaient librement sur ses épaules.

C'est quand elle a enlevé ses lunettes à monture carrée que Maja l'a reconnue : c'était Denise, son amie de l'école secondaire, celle qui avait disparu un jour pour partir sur le pouce à Vancouver et dont elle n'avait plus entendu parler depuis.

— Maya ?

— Denise ? Mais quelle surprise, c'est fou ! C'est bien toi ?

— Mais oui, c'est moi.

— C'est incroyable !

— Quel hasard, en effet.

Denise a repris son expression professionnelle, elle a replacé ses lunettes pour lire le dossier qui était posé sur son bureau, a observé le vieillard au regard délavé qui était assis devant elle, a jeté un coup d'œil à sa femme, qui se tenait toute droite. Elle se souvenait des parents de Maja, qu'elle avait rencontrés plusieurs fois chez eux, deux personnes fortes, pleines d'énergie, qui insistaient toujours pour qu'elle mange avec eux, ou partage un verre de vin ou de vodka. Et là, elle avait devant elle deux vieillards. Quel âge pouvaient-ils bien avoir?

Denise a feuilleté le dossier. La mère de Maja était âgée de quatre-vingt-cinq ans, son père avait deux ans de plus.

— Monsieur Gutkowski, vous savez pourquoi nous sommes ici?

— Oui, j'ai passé un examen, et j'ai eu vingt-cinq sur trente.

Il a dit ça d'une voix fière et Nina a levé les yeux au plafond en soupirant. Maja fixait Denise avec stupéfaction: elle qui avait imaginé le pire voyait son amie évaluer avec doigté et assurance son propre père. Pendant que Denise poursuivait l'entrevue, Maja a saisi un stylo sur le bureau, elle a fouillé dans son sac à main à la recherche d'un bout de papier et elle a inscrit son numéro de téléphone dessus. Puis, au moment où ils se levaient pour quitter le bureau – Denise allait les rappeler pour une évaluation plus poussée –, Maja a laissé glisser son cellulaire sur la chaise, derrière elle.

Une fois dans la salle d'attente, elle a fait mine de le chercher, a fouillé dans son sac à main, dans ses poches, elle l'avait sûrement oublié dans le bureau de la travailleuse sociale, elle devait y retourner, ils n'avaient qu'à l'attendre quelques minutes.

— Je n'aurais jamais imaginé te rencontrer ici, a-t-elle lancé à Denise, qui a levé les yeux de son écran d'ordinateur et l'a regardée pendant un moment sans rien dire.

— Tu pensais peut-être que j'étais morte d'une

overdose dans une ruelle sombre du Downtown Eastside, a fini par dire Denise, l'air mi-défiant, mi-amusé.

C'était bien la même Denise, directe, abrasive, a pensé Maja. Comme elle allait lui répondre, Denise a ajouté :

— Tu n'aurais pas eu tort de penser ça, ça aurait pu arriver, tu sais. Mais la vie m'a amenée ailleurs. La vie, le hasard, appelle ça comme du voudras…

Maja triturait la feuille où elle avait inscrit son numéro de téléphone. Elle voulait parler, essayait différentes phrases dans sa tête. Je suis contente de te revoir ? Je suis désolée pour ce que tu as vécu ? Aucune n'était adaptée aux circonstances. Et puis, Denise ne lui avait rien demandé, même pas si elle allait bien…

— J'aimerais beaucoup qu'on se revoie, j'ai souvent pensé à toi et on a du rattrapage à faire, a finalement dit Denise en regardant Maja avec chaleur.

— Appelle-moi, a répondu Maja en lui tendant le bout de papier. Et n'attends pas quarante autres années…

En raccompagnant Maja vers la porte, Denise a glissé :

— J'ai lu ton recueil de poésie, tu sais, celui que tu as publié il y a cinq ans. Je suis tombée dessus par hasard dans une librairie, et il m'a beaucoup touchée. Je te comprends mieux, maintenant…

Elle ne lui a pas laissé le temps de répondre et a refermé doucement la porte derrière elle.

⁂

Maja circulait parmi les invités, une flûte de champagne à la main, en cherchant des yeux un endroit où elle pourrait se poser pour contempler la mer qui hésitait entre le bleu et le vert, en contrebas de l'hôtel. Elle portait une robe de satin crème qui contrastait joliment avec ses cheveux teints en noir, mais qui la serrait trop à la taille, tandis que ses sandales blanches à talons hauts comprimaient ses pieds enflés. Elle étouffait dans ces vêtements, mais c'était la tenue la plus chic qu'elle avait trouvée après avoir passé en revue toute sa garde-robe.

De loin, Maja a aperçu Pola, tassée au fond de sa chaise longue. Elle ne l'avait jamais revue depuis leur départ de Pologne, mais Ewa lui avait montré des photos après chacun de ses voyages en Israël. Et elle était facile à reconnaître : toujours aussi menue, encore plus petite qu'autrefois, avec ses cheveux bruns striés de mèches blondes.

Pola semblait s'être assoupie, son livre lui était tombé des mains pour atterrir sur le sol, à côté de son sac à main. Puis Maja a vu sa mère avancer avec peine en s'appuyant sur sa canne, faisant une pause tous les vingt pas pour reprendre son souffle, essuyer son front ou replacer son chapeau de paille, avant de reprendre sa marche en direction de la terrasse où somnolait Pola.

Quand Pola a senti la présence de Nina, elle s'est redressée, l'a invitée à approcher un fauteuil de rotin de sa chaise longue. Leurs mouvements étaient lents, mesurés, comme si chacun d'entre eux les obligeait à lutter contre le poids de la gravité dans un combat qu'elles n'étaient pas sûres de gagner.

Une fois bien assises, Pola et Nina se sont penchées l'une vers l'autre. Maja a eu le réflexe de les rejoindre, mais elles étaient si absorbées par leur conversation qu'elle a décidé de ne pas les déranger. Près d'un demi-siècle s'était écoulé depuis leur départ de Pologne, et si elles n'avaient jamais cessé de s'écrire, elles ne s'étaient revues qu'une seule fois, quand Nina avait assisté à un congrès de psychologues à Tel-Aviv, au milieu des années 90.

C'est pour Pola que le mariage de Rafael avait été organisé en Israël. À quatre-vingt-six ans, elle se remettait d'une fracture de la hanche et se déplaçait péniblement, en poussant son déambulateur. Andrzej était mort deux ans plus tôt, terrassé par un cancer du pancréas fulgurant. Il était en pleine forme, et cinq mois plus tard il n'était plus là. Depuis, Pola avait l'impression de vivre avec un fantôme : elle le revoyait tailler les arbres dans le jardin, cueillir des figues, s'affairer dans son atelier ou lui servir un café dans la cuisine. Elle lui parlait dans sa tête et il lui répondait avec son assurance habituelle, Andrzej avait toujours eu réponse à tout.

Puis il y avait eu cette chute sur le carrelage de la terrasse qui l'avait laissée avec une hanche cassée et le sentiment d'avoir soudainement vieilli de cinquante ans. Non, vraiment, si le mariage de son petit-fils avait eu lieu aux États-Unis, Pola aurait été incapable d'y aller.

— On se marie en Israël, on invite tout le monde à Netanya, je connais un hôtel là-bas, avait proposé Rafael, qui tenait absolument à ce que sa grand-mère assiste à ses noces.

Nina avait un an de moins que Pola, elle était affaiblie par une récente pneumonie et par quelques autres maux sur lesquels elle préférait ne pas s'attarder. Mais quand ses filles lui avaient fait miroiter la perspective d'un voyage familial, quand elle avait appris que ses petites-filles, Charlotte et Agathe, s'y rendraient aussi, elle n'avait pas hésité. C'était probablement son dernier voyage avec ses filles, sans doute sa dernière occasion de revoir Pola. À mon âge, avait-elle pensé, je n'ai pas le luxe de reporter les bonnes occasions à plus tard.

Teresa avait tergiversé plus longtemps, elle avait horreur de voyager en avion, l'attente dans les aéroports et les contrôles de sécurité la rendaient anxieuse, agitée. La mort de Heniek remontait à plus de vingt ans, mais elle ne s'en était jamais vraiment remise. C'était un employé de l'usine qui l'avait trouvé affalé sur le bureau, les doigts de la main droite empoignant la crosse du pistolet. Aurait-il appuyé sur la détente s'il n'avait pas été terrassé par un infarctus ? Ça ne changeait rien, puisqu'il serait mort de toute façon, lui disait Julia, et Teresa le savait bien. N'empêche que Heniek avait tenu dans sa main une arme dont elle ignorait l'existence, et ce n'était pas pour tirer au plafond. Et dire qu'elle n'avait rien vu venir, rien senti, qu'elle ne saurait jamais s'il aurait mis fin à ses jours si son cœur n'avait pas flanché avant.

Depuis la mort de son mari, Teresa s'était rapprochée de Basia et Nathan, ils lui rendaient visite pour Thanksgiving, l'invitaient à New York pour le Seder. Rafael avait insisté pour qu'elle assiste à son mariage. C'est Julia, photographe officielle de l'événement, qui avait proposé à sa mère de faire le voyage avec elle. Ça lui ferait du bien, ça lui changerait les idées. Quand elle s'y mettait, Julia, on ne pouvait rien lui refuser. Elle était dotée d'une telle force de persuasion ! Et puis, il y avait huit ans que Jacek n'avait pas rendu visite à sa mère aux États-Unis. Alors Teresa irait vers lui, voilà.

Elle avait bien essayé de convaincre Maciek de les accompagner.

— Tu vas voir, lui avait-elle dit, tu pourras rencontrer tout le monde, tu n'as qu'à venir pour quelques jours, tu en as les moyens, quand même…

Mais comme toujours, son garçon était trop occupé à gérer de loin ses deux restaurants polonais, et aussi d'autres entreprises, Teresa ne savait plus trop lesquelles, elle avait perdu le compte, depuis le temps. Puis Maciek lui avait lancé cette phrase qu'elle avait longuement retournée dans sa tête, après qu'ils eurent raccroché :

— Mais *mom*, c'est *ton* monde, ce n'est pas *mon* monde.

Teresa était heureuse de voir que Maciek avait réussi dans la vie – c'était comme s'il avait poursuivi le rêve de ses parents dans le pays qu'ils avaient quitté, justement parce que ce rêve y paraissait impossible.

Quelle drôle de revanche sur le destin, quand même ! Mais en même temps, Maciek était si distant avec elle, comme s'ils n'appartenaient pas à la même famille. Avait il une femme dans sa vie ? Teresa ne posait plus de questions à ce sujet, elle imaginait que oui, il était bel homme, après tout, mais si c'était le cas il n'avait pas pris la peine de la lui présenter. Parfois, il lui venait à l'esprit qu'il fréquentait peut-être un homme, mais c'était si difficile à envisager, et puis ça ne se pouvait pas, pas dans leur famille, alors elle chassait aussitôt cette idée.

De loin, Maja a vu Teresa tenter de s'extraire d'un fauteuil bas, à l'autre extrémité de la terrasse. Elle savait que Nina et Marek lui avaient rendu visite une ou deux fois après la mort de Heniek, qu'ils avaient assisté à ses funérailles, à Cincinnati. Mais Maja, elle, n'avait pas revu Teresa depuis quarante-huit ans. C'est elle qui a le moins changé, avec les années, avait-elle pensé quand elle l'avait croisée une première fois, à l'hôtel de Netanya.

Teresa était exactement telle que Maja se souvenait, avec son visage ovale dépourvu de traits marquants, ses sourcils pâles, ses traits harmonieux mais pas vraiment jolis, sa peau ni très lisse ni particulièrement ridée – c'était comme si le temps n'avait pas trouvé de prise sur elle. Sauf quand elle tentait de se lever de son fauteuil bas, en vacillant : là, elle avait vraiment l'air d'une vieillarde, a pensé Maja.

Maja a fait quelques pas vers Teresa pour l'aider, mais Jacek l'a devancée, transpirant à grosses gouttes sous ses vêtements noirs. Il a invité sa mère à rester assise, s'est penché sur elle pour lui dire quelque chose et Teresa a repris ses aises dans le coussin moelleux.

⁂

La cérémonie s'était terminée deux heures plus tôt, au milieu de l'après-midi. Naomi, la jeune mariée, avait tourné sept fois autour de son époux, sous la *houppa*. Rafael avait écrasé de son pied le verre enveloppé dans une serviette blanche. Tout le monde avait crié «*mazel tov*», et maintenant les invités étaient dispersés entre la piste de danse, la piscine et la terrasse, où des serveurs en veston noir et nœud papillon remplissaient les verres et brandissaient leurs plateaux de blinis au caviar et de bouchées de gravlax.

Au loin, la mer turquoise frémissait sous une brise légère. Rafael et Naomi posaient sous un palmier planté dans une platebande aménagée au bout de la terrasse. Julia venait de changer de lentille pour une série de plans rapprochés et les guidait dans leurs poses: tantôt enlacés, tantôt légèrement éloignés, se regardant dans les yeux ou faisant mine de s'éloigner l'un de l'autre, comme dans une danse. Maja n'avait pas revu Julia depuis qu'elle lui avait rendu visite à Montréal pour son projet de documentaire photo, vers la fin des années 1990. À l'époque, Julia approchait de la trentaine, mais avait conservé son allure d'adolescente, avec ses immenses yeux vifs et brillants.

Elle avait vieilli, depuis. Ce qui se dégageait d'elle,

maintenant, c'était l'assurance de la personne qui sait ce qu'elle fait et ne gaspille pas son énergie à multiplier les gestes inutiles. Ses paupières s'étaient affaissées, mais son regard restait vif, gourmand. Quand on s'approchait d'elle, on ne voyait que ça : ses yeux.

Presque tout le monde est venu, a pensé Maja. Elle avait croisé Agathe et Charlotte avant le petit-déjeuner – malgré leurs neuf ans d'écart, les deux cousines étaient inséparables. Elles avaient réservé un cours de yoga au gym de l'hôtel et couraient pour ne pas arriver en retard. Adam était là, avec Pnina et leurs trois garçons nés à un an d'intervalle. Les cicatrices striaient toujours le côté droit du visage d'Adam, mais il se comportait avec une telle aisance qu'on finissait par les oublier. Basia, la mère du marié, était venue de New York avec son mari, Nathan, qui avait couvert les frais de ces noces coûteuses dans un hôtel chic, avec vue spectaculaire sur la Méditerranée. Gabriel, le père de Rafael, n'en aurait pas eu les moyens.

Maja a été surprise d'apprendre que Monika faisait partie des invités. Pourtant, à sa connaissance, elle n'avait jamais rencontré Rafael.

— Monika a assisté au vernissage d'une exposition d'Adam, à Berlin, il y a une quinzaine d'années, et ils sont restés en contact depuis, lui a expliqué Ewa.

Rafael rêvait d'un mariage grandiose avec un nombre illimité d'invités, mais il était aussi curieux de rencontrer celle qu'on lui avait décrite comme « le premier grand amour » de son oncle Adam.

Monika, qui avait travaillé fort au fil des ans à

réécrire le programme d'enseignement de l'histoire de la Pologne, qui avait même signé quelques manuels sur le sujet, venait de prendre sa retraite. Elle avait le temps de voyager. Alors pourquoi pas ? Après tout, elle n'avait encore jamais mis les pieds en Israël. Rafael avait également lancé l'invitation à sa mère, Sabina.

— Vas-y toute seule, ma chérie, je n'en ai pas vraiment la force, et puis je n'ai pas envie de traverser la moitié de la planète pour aller parler avec des fantômes, avait répondu Sabina en déclinant l'invitation.

Jurek avait promis à Monika de prendre soin de sa mère pendant son absence. Quand l'avion avait décollé, Monika s'était sentie libre et insouciante comme ça ne lui était pas arrivé depuis longtemps.

En s'approchant de la piscine, Maja a aperçu Charlotte qui se faisait bronzer sur une serviette. Elle a pensé la réveiller pour lui rappeler qu'elle devait se protéger du soleil, puis elle s'est ravisée : à vingt-trois ans, sa fille était une adulte, elle n'avait plus à lui dire quoi faire, quand même.

Puis Maja a remarqué sa sœur, assise au bord de la piscine, à côté de Monika. Depuis leurs retrouvailles en Pologne, presque trente ans plus tôt, les deux amies n'avaient plus jamais perdu contact. Ewa prenait le temps de faire un saut à Varsovie chaque fois qu'elle le pouvait, entre deux missions. Fatiguée de vivre perpétuellement dans ses valises, elle avait fini par s'établir à Montréal avec son compagnon, Emmanuel, mais tous deux continuaient à travailler sporadiquement en Israël et dans les Territoires palestiniens, ils avaient donc conservé leur pied-à-terre à Jérusalem.

Ewa et Monika battaient des pieds dans l'eau en s'éclaboussant. Maja a enfilé son maillot en se contorsionnant sous une serviette. Elle a plongé dans l'eau, a nagé quelques longueurs avant de se hisser sur le bord de la piscine, près d'Ewa et Monika.

— Je vous dérange ?

— Non, pas du tout, a répondu Ewa. Monika était en train de me dire qu'avec le nouveau gouvernement, en Pologne, tout ce qu'elle avait contribué à construire depuis vingt ans risquait d'être démoli.

— Tout quoi, précisément ? a demandé Maja.

— Tout, ce qu'on enseigne, comment on l'enseigne, tout. Depuis que ce parti de réactionnaires religieux, Droit et Justice, a été porté au pouvoir, il y a une drôle d'atmosphère, en Pologne. Ça n'annonce rien de bon.

Ewa s'est levée, a étiré ses bras et ses jambes, et a plongé à son tour dans la piscine, où elle se mouvait en exécutant un crawl parfait, ses bras décrivant des demi-cercles harmonieux.

— Elle tient la forme, ta sœur, a noté Monika, elle n'a que des muscles.

— Elle s'entraîne à la piscine trois fois par semaine, a opiné Maja.

Monika s'est levée en s'appuyant sur ses genoux et elle s'est avancée d'un pas traînant vers la chaise où elle avait laissé ses vêtements. Elle se laisse aller, a pensé Maja, en observant ses mollets enflés, ses cheveux ternes et grisonnants.

⁂

Maja est allée se changer aux toilettes, a enfilé à nouveau sa robe de satin crème, remplaçant ses sandales par des espadrilles qu'elle avait apportées dans son sac de piscine – tant pis pour l'élégance. Elle avait soif, les serveurs à nœud papillon arpentaient la terrasse de l'hôtel sans la remarquer, alors elle a eu l'idée de se diriger vers le bar qui séparait la terrasse de la piste de danse. De loin, elle a reconnu son beau-frère Emmanuel qui discutait avec le barman, accoudé au comptoir. Emmanuel portait une chemise en jean légèrement froissée. On dirait que même ici, même pendant ce mariage, il veut se dissocier de toute cette opulence, montrer qu'il n'appartient pas à *ça*, a songé Maja.

Le barman portait une insigne sur laquelle était inscrit le prénom David. Maja s'est hissée sur un tabouret à côté d'Emmanuel, a commandé un jus de lime pressée, et a remercié David avec les rares mots d'hébreu qu'elle connaissait : *toda raba*, merci beaucoup.

— Tu sais, il ne s'appelle pas David, mais Daoud, a dit Emmanuel en s'adressant à Maja dans leur langue commune, le français. C'est un Arabe de Jérusalem-Est, mais quand il travaille dans cet hôtel, il préfère se faire passer pour un Juif. D'ailleurs, son hébreu est parfait, a assuré Emmanuel pendant que Maja aspirait son jus avec une paille.

— Tu le connais ?

— En fait, je connais surtout sa sœur, elle a perdu son droit de résidence à Jérusalem après avoir épousé un type de Ramallah. Elle a protesté contre cette décision et mon organisation l'a aidée dans ses démarches.

— Elle a gagné ?

— On attend encore la décision du tribunal.

Emmanuel a vidé son verre, grignoté l'olive piquée sur un cure-dent, puis il a demandé à Maja si elle savait où se trouvait sa sœur.

— Il faut que je raconte ça à Ewa, que je viens de tomber sur Daoud.

Il s'est dirigé vers la piscine et Maja a regardé sa chemise bleu pâle se dissoudre parmi les invités. Après avoir bu le restant de sa citronnade, elle a demandé l'addition à David-Daoud, l'a remercié, cette fois en anglais, avant de se laisser glisser en bas de son tabouret pour se diriger vers Basia, qui était assise sur un banc, à l'ombre d'un parasol.

Basia portait un collier en or blanc avec un pendentif et des boucles d'oreilles assorties, et Maja n'a pu s'empêcher de penser que ces bijoux devaient valoir une fortune. Elle avait teint ses cheveux d'un blond très pâle, presque platine. Même si elle avait la soixantaine avancée, son visage était parfaitement lisse, on n'y voyait pas l'ombre d'une ride.

— Tu sais que Rafael a toujours dit qu'il se marierait à quarante ans, a noté Basia en agitant son éventail.

Après avoir souligné à quel point la chaleur était

accablante – pire qu'à New York en plein mois de juillet – elle a invité Maja à s'asseoir à ses côtés, sur le banc de fer forgé peint en blanc.

— Attends, il a quel âge exactement ?

— Quarante ans et demi, a répondu Basia en s'esclaffant.

— Ça alors, il a tenu sa promesse !

Quelque chose de doux est apparu dans le regard de Basia.

— Tu te souviens des poèmes de Tuwim ? Je t'avais mise au défi de les apprendre par cœur.

— Bien sûr, a répondu Maja avant de réciter :

Perchée dans l'acacia dame rossignol pleure
Car sieur rossignol a promis d'arriver avant neuf heures

Basia a enchaîné :

Lui qui respecte toujours les heures de repas
Il est onze heures passées et il n'est pas encore là...

Elles ont ri, puis Basia a mis sa main sur celle de Maja en disant :

— Tu étais tellement mignonne quand tu étais petite.

Un éclat de tendresse a illuminé son regard, et c'était comme un coup de baguette magique : Maja ne voyait plus ses joues injectées de produits lissants, elle ne remarquait plus ses cheveux trop blonds. Elle revoyait son visage d'autrefois, son front rayé d'une frange noire, elle entendait Basia lui dire : « Tu vas voir, tu vas voir, ce pays va changer, tout va changer. » Pas loin d'un demi-siècle s'était écoulé depuis.

Basia lui a demandé des nouvelles de ses parents.

Nina allait bien, enfin, aussi bien qu'on puisse aller à quatre-vingt-cinq ans.

— D'ailleurs, tu sais qu'elle est ici, non ?

Bien sûr que Basia le savait. Elle l'avait d'ailleurs saluée, un peu plus tôt.

— Et ton père ? Il n'est pas venu ? a demandé Basia.

— Il n'a pas pu faire le voyage, a expliqué Maja.

C'est que Marek ne se souvenait plus de rien, ils avaient dû avoir recours aux services d'une aide à domicile pour prendre soin de lui, pendant l'absence de Nina.

— Désolée, a dit Basia, je ne savais pas.

Puis elle s'est penchée pour fouiller dans un grand sac fourre-tout afin d'en tirer un livre dont la couverture était affublée d'un dessin de poule battant des ailes.

— Ce livre est pour toi, a dit Basia, la poule s'appelle Maja.

— Tu n'es pas sérieuse. Tu as donné mon nom à une poule ?

Elle a feuilleté le livre : les dessins étaient fins, tracés à la plume, la poule qui portait son nom était dotée de traits étonnamment expressifs. Le texte était écrit en hébreu, elle ne pouvait pas le déchiffrer.

Quelle coïncidence, a pensé Maja, qui avait apporté dans son sac quelques exemplaires de son plus récent recueil de poésie, celui où elle évoquait Basia, sa révolte ancienne et son séjour en prison. Elle a tiré le livre de son sac en disant :

— Toi aussi, tu m'as inspirée, regarde.

Basia a tourné les pages : tout était en français. Une langue qui lui était totalement étrangère.

— Tu travailles toujours comme interprète ? a demandé Basia.

— Presque plus, a dit Maja. Je fais des traductions pour une maison d'édition, maintenant. Et j'anime des ateliers de poésie dans une bibliothèque, aussi.

— Et tu es venue seule ? Ton mari est resté à Montréal ?

— Tu veux dire mon compagnon, Yves ? Oui, il avait trop de boulot.

— Dommage, j'aurais aimé faire sa connaissance.

À un moment, Maja a aperçu Gabriel, au loin. Elle ne l'avait jamais rencontré, mais l'avait vu sur des photos. Il se tenait penché, sa chemise laissait voir la chair de son ventre rebondi.

Basia a suivi son regard, puis elle a changé de position, comme pour se soustraire au champ de vision de Gabriel. Quand elle a vu l'expression intriguée de Maja, elle a expliqué qu'elle ne lui en voulait plus depuis longtemps, mais qu'elle n'avait pas envie de lui parler pour autant.

Gabriel avait longtemps dirigé l'atelier d'imprimerie, qui avait pris de l'expansion à mesure que le kibboutz se privatisait. Il habitait toujours là-bas, dans le nord du pays, dans une maison dont il était devenu propriétaire, mais il avait pris sa retraite de l'imprimerie une dizaine d'années plus tôt. Il habitait seul depuis qu'Orly l'avait laissé, lasse de ses infidélités.

— Gabriel a mal vieilli, a ajouté Basia, mais tu aurais dû le voir à l'époque. Rafael lui ressemble, d'ailleurs. Et regarde là-bas, c'est Mariam, la demi-sœur de Rafael.

Après, la conversation s'est essoufflée et Maja, qui ne voulait pas laisser Basia toute seule sur son banc, a cherché de nouveaux sujets de discussion.

— Quel énergumène, ce Trump ! Heureusement, il n'a aucune chance de gagner.

— Je n'en suis pas si certaine, a répondu Basia.

Le voyage dans le temps était terminé, Basia avait retrouvé son allure de bourgeoise assez fortunée pour pouvoir atténuer les signes du vieillissement. Maja a pensé qu'en réalité il y avait deux Basia : l'ancienne, celle qui lui récitait des poèmes et avait écrit un livre sur une poule qui portait son nom, et la nouvelle, la riche Américaine lissée au Botox. L'une était-elle plus réelle que l'autre ? En tout cas, c'est cette dernière qui a repris la conversation.

— Je sais ce que tu penses, mais les choses ne sont pas aussi simples. C'est vrai que Trump est un grossier personnage, mais je ne fais aucunement confiance à Hillary Clinton, a dit Basia. De toute façon, ces Clinton, on les a assez vus.

— Attends, tu vas vraiment voter pour Trump ?

— Je n'ai pas dit ça. J'ai juste dit que les choses n'étaient pas aussi simples que ce que tu penses.

Au loin, l'orchestre a quitté la scène, cédant la place à un DJ qui mettait en place son équipement pendant un moment de silence. Maja a fait valoir que Donald

Trump s'en prenait aux réfugiés et aux migrants dans ses discours qui frôlaient le racisme. Ce mur qu'il voulait construire à la frontière du Mexique...

— Là-dessus, je le suis à cent pour cent, a répliqué Basia sans la laisser terminer sa phrase. Tu sais, c'est une véritable invasion.

— Mais nous aussi, nous avons été des réfugiés.

— Ce n'est pas pareil, ceux qui arrivent maintenant, les Latinos, les Mexicains, c'est n'importe quoi. Nous, on avait de l'instruction, on a apporté quelque chose à ce pays.

Basia a détourné le regard, comme si elle cherchait quelque chose, au loin. Puis elle s'est retournée vers Maja :

— Pour moi, le 11-Septembre a tout changé. Tu sais que Rafael aurait pu faire partie des victimes ? J'ai compris, ce jour-là, que si on ne se défend pas, tôt ou tard, on se fera attaquer, c'est malheureux, mais c'est comme ça. Peut-être qu'au Canada on ne sent pas les choses de la même façon.

Elle a marqué une pause, puis elle a renchéri :

— Vous, les Canadiennes, vous avez cette manière de nous juger, comme si vous étiez supérieures à tout le monde, comme si vous saviez tout. J'ai parlé avec Ewa tout à l'heure, et c'est la même chose. Elle est obsédée par Trump. D'ailleurs, tu savais qu'elle a pris la peine d'apprendre l'arabe, mais pas l'hébreu ? C'est quand même étrange, tu ne trouves pas ?

Voyant que Maja ne réagissait pas à cette révélation, elle a ajouté :

— Tu as vu comme elle est maigre, ta sœur ? Elle n'est pas malade, au moins ?

Basia s'est levée comme si elle allait prendre congé de Maja, elle s'est éloignée de quelques pas avant de se retourner.

— Tu sais, Maja, j'ai gardé toutes tes lettres. Toutes. Il y en a une bonne pile, tu écrivais beaucoup. Si un jour tu passes par New York, je te les donnerai. Ce sera intéressant pour toi de retrouver ton regard de petite fille, non ?

— Tu as vraiment gardé toutes mes lettres ? Bien sûr que je vais aller à New York.

Après l'avoir remerciée, Maja a tourné les yeux vers la piste de danse, où des couples évoluaient au son de *Stand by Me*, suivie par *Colour My World*. Elle a aperçu Adam qui avançait vers le DJ. Il lui a tendu quelque chose, puis il y a eu quelques grincements et la voix d'Ewa Demarczyk s'est propagée au-dessus de la piste de danse et sur la terrasse.

Tu as des yeux si verts, verts comme un vent d'été, des forêts enchantées…

Adam a laissé son regard flotter au-dessus des convives à la recherche de Monika, qui a cherché son regard elle aussi, et a souri quand elle l'a trouvé. Quelque chose de leur histoire ancienne s'est réveillé brièvement avant de s'envoler quand la chanson s'est terminée.

Après, il y a eu un appel pour une photo de groupe, c'était le meilleur moment pour capter des images, avant le début du banquet, juste comme le soleil caressait la terrasse de ses rayons obliques. Il a fallu une bonne demi-heure pour rassembler les deux familles, celle de Rafael et celle de Naomi. Julia a fait placer les enfants devant, puis les mariés, leurs grands-mères, leurs parents.

Ewa et Monika ont accouru ensemble, elles s'étaient rhabillées en vitesse et n'avaient pas eu le temps de sécher leurs cheveux. Ewa portait une robe rouge moulante qui accentuait sa minceur, Monika était enveloppée d'un châle en soie vert pâle qui faisait ressortir la couleur de ses yeux tout en recouvrant ses formes.

— Tu aurais dû changer de chemise, pour le banquet, a lancé Ewa en voyant Emmanuel prendre place pour la photo.

— Oui, oui, a laissé tomber Emmanuel en haussant les épaules.

Nina, Pola et Teresa étaient assises côte à côte, dans la deuxième rangée, sur des chaises de plastique inconfortables.

— C'est long, mon dos me fait mal, a râlé Teresa.

— Tu sais, à notre âge, tout fait mal. En tout cas, c'est vrai pour moi, a répondu Pola avant d'être prise d'une quinte de toux. Qu'on soit assises ici ou ailleurs, ça ne change rien.

Elles ont attendu encore. Nina a promené son regard sur tous ces gens rassemblés autour d'elle, puis elle s'est penchée vers Pola en disant :

— Tu te souviens du jour où nous nous sommes connues ? Qui aurait cru qu'on se multiplierait autant !

Elles ont éclaté de rire toutes les deux, Teresa s'est esclaffée elle aussi, elles ont ri jusqu'à en avoir mal aux côtes, jusqu'à s'étouffer en toussant, jusqu'à ce que Julia leur demande de respirer profondément et de reprendre leur pose. Il y a eu une pétarade de clics, puis une cloche a annoncé le début du banquet, les invités se sont dirigés vers la grande salle à manger rafraîchie par les ventilateurs tandis que le soleil était avalé par l'horizon.

La saison des parents

Vous êtes là, autour de mon lit d'hôpital où je ne suis plus branchée à rien, car il n'y a plus rien à espérer. Il n'y a plus qu'à attendre et vous attendez avec moi. Je sais que par moments vous en arrivez à souhaiter ma fin, parce que vous vous exténuez à force de me veiller jour et nuit, mais je sais aussi que vous l'appréhendez, cette fin, et que votre angoisse est plus forte que votre fatigue. Comme j'aimerais vous épargner tout ça, la peur et l'épuisement, vous tenir à l'abri de ma propre mort. Mais je n'y peux rien, mon corps a lâché prise.

Toi, Basia, tu es venue de New York avec Nathan, et toi, Adam, tu es là aussi, parfois seul, parfois avec Pnina, vos garçons passent en coup de vent dans la chambre puis repartent en rabattant la porte avec trop de force, et ce bruit qui retentit me rappelle qu'ailleurs, au-delà de ces murs, la vie continue. Vous me croyez assoupie, mais je vous vois malgré mes paupières fermées. Peut-être même que je vous vois mieux comme ça. Et surtout, je vous entends. C'est fou comme je vous entends. Je vous entends parler, mais parfois, on dirait même que je vous entends penser.

L'autre jour, Basia, tu as dit à Adam cette phrase que j'aurais trouvée jolie si elle ne m'avait pas concernée: «Que veux-tu, c'est la saison des parents.» La saison des parents, comme la saison des oranges, ou celle des figues, ou des avocats mûrs qui font plier les branches des arbres et s'écrasent au sol si on ne les cueille pas à temps.

Quand j'y pense, je me dis que j'ai tenu longtemps sur ma branche. Plus longtemps que la plupart d'entre nous, ceux dont la saison tire à sa fin. Teresa est morte trois mois après le mariage de Rafael, elle est rentrée aux États-Unis et ses ennuis de santé se sont mis à cascader. C'étaient les reins, puis les poumons, puis le cœur. J'imagine que c'est ce qu'on appelle mourir de vieillesse.

Sabina est partie peu de temps après, et maintenant, de notre noyau ancien, il ne reste plus que Nina et moi, nous ne sommes plus que deux sur notre branche. La dernière fois où nous avons pu parler toutes les deux, c'était après la mort de Marek, et c'est Agathe qui avait organisé ce qu'on appelle un FaceTime. Quand j'ai vu le visage de Nina apparaître à l'écran, j'ai eu un choc. En deux ans, elle avait tellement changé que j'ai eu du mal à la reconnaître. J'imagine qu'elle a eu la même réaction quand elle m'a vue.

Nous avons eu toutes les deux la délicatesse de ne pas montrer notre surprise. Mais je l'ai reconnue à sa voix, toujours aussi jeune et vivante, elle m'a fait oublier ses rides et ses affaissements. Nina est tout entière dans sa voix. C'est la supériorité du son sur l'image.

Nous n'en avons pas parlé, mais je suis certaine qu'elle aussi aurait préféré qu'on ne se voie plus à l'écran, lors de nos prochaines conversations. Sauf qu'il n'y a pas eu d'autres conversations. Un matin, je me suis effondrée sur le carrelage de la salle de bains, et maintenant je suis ici, avec vous tous, et en même temps déjà un peu ailleurs. Je vous vois, toi, Basia, ma Basienka, ma belle révoltée, ma fille au cœur cassé, mon éclopée du kibboutz, toi qui m'as donné ce cadeau extraordinaire qui s'appelle Rafael, tu sais qu'il me téléphone, enfin, qu'il me téléphonait tant que c'était possible, presque chaque semaine ? Et toi, Adam, toi si courageux, si torturé, avec toutes tes questions, toi le blessé par le feu, toi qui as été transformé, physiquement et mentalement, par cette épreuve. Il y a quelques années, tu as fait couper court les cheveux qui te restaient : tu n'avais plus besoin de rabattre ta frange grisonnante sur tes cicatrices. Elles font dorénavant partie de toi, il n'y a plus rien à cacher. Et moi non plus, je ne les vois plus. Ça a pris du temps, mais nous y sommes arrivés. Ton sourire n'est toujours pas totalement symétrique, mais pour moi, c'est le plus beau sourire du monde. Et puis il y a toi, Rafael, toi qui as eu la vie sauve grâce à l'amour ou au hasard, peut-être les deux, en ce jour funeste de septembre qui nous a fait entrer brutalement dans le XXIe siècle, toi qui as multiplié les conquêtes féminines par la suite, comme si chacune avait le pouvoir de te sauver d'une calamité ou de toi-même, puis qui as fini par te poser, quelques mois après avoir fêté tes quarante ans.

Je vous regarde grandir depuis si longtemps et je suis si fière de vous tous. Tu nous avais bien caché, Basia, que tu avais trouvé un éditeur pour tes livres sur la poule Maja, que tu as traduits en anglais et qui seront illustrés par une artiste new-yorkaise réputée. J'ai cru comprendre que tu travailles déjà sur la suite. Ce n'est pas rien de rebondir comme ça, à presque soixante-dix ans, de boucler aussi joliment la boucle avec ton passé. Parfois, dans le chaos de nos vies, des occasions surgissent et, si nous les saisissons, un peu de cohérence émerge de toute cette confusion.

Et toi, Adam, je me demande de quel lieu secret, de quelle filiation inconnue a jailli ton talent. Mais ce n'est pas ça le plus important. Le plus important, c'est que je vous sais tous deux à l'abri, toi, Adam, avec Pnina, quel bonheur, quel miracle peut-être, que vous vous soyez retrouvés tous les deux ! Je dois dire que j'ai toujours pensé que ça arriverait, que vous étiez faits l'un pour l'autre. Et sur ce point, la vie m'a donné raison. Et toi, Basia, avec Nathan. J'ai mis du temps à l'apprécier, je me suis toujours méfiée des hommes trop sûrs d'eux, surtout quand ils portent des montres hors de prix. Mais je sais qu'il ne se résume pas à ça, ton Nathan. Qu'il prend soin de toi, et qu'il t'a accueillie, avec Rafael, au moment où vous en aviez tant besoin.

La vie va ainsi, par cycles, une vague nous jette à terre et on croit qu'on va mourir, que tout est fini, puis une autre vague roule en sens inverse, on se relève et on serre les poings jusqu'à la prochaine. Chaque fois, une partie de nous disparaît et une autre vient la remplacer. Combien de fois avons-nous changé de maison et de langue et d'amis ? Rien ne se perd complètement, rien ne se crée, mais tout se transforme, c'est ce que m'a appris la chimie, et c'est aussi ce que m'a enseigné la vie.

Tu étais à peine sorti de l'enfance, Rafael, le jour où tu m'as annoncé triomphalement que les cellules de notre corps se régénèrent tous les sept ans. Tu aimais bien cette idée, tu la trouvais rassurante, je crois. Mais j'ai vérifié et c'est inexact. Certaines de nos cellules se régénèrent beaucoup plus rapidement, d'autres beaucoup plus lentement, ou pas du tout. Les cellules du cœur, par exemple, ne se reconstruisent qu'au rythme d'un pour cent chaque année. C'est peut-être pour ça que les blessures du cœur sont si longues à guérir.

Aujourd'hui, alors que j'approche de la ligne d'arrivée, je suis reconnaissante pour la vie que j'ai eue, pour les gens que j'ai aimés, et pour ceux qui m'ont aimée en retour, dont plusieurs sont partis beaucoup trop tôt. Au départ, la vie nous a été offerte avec toutes ses possibilités, puis nous avons été portés par l'histoire et il a fallu faire des choix, nous avons tourné à droite ou à gauche, ou encore nous avons continué tout droit, par moments nous avons tourné en rond, et avec le temps ce chemin nous a façonnés. À la fin, nous ne devenons peut-être que ça : la somme de toutes nos transformations.

Quand je regarde derrière moi, je vois l'ombre de la

guerre, cette grande tragédie qui a englouti la plupart de mes proches. Pendant toutes les années qui l'ont suivie, je ne voulais pas y penser, je refusais de me définir comme une enfant de la Shoah, refusais de vous transmettre cet héritage, je voulais vous préserver, vous, mes enfants. J'étais convaincue de pouvoir vous offrir un monde de paix où vous pourriez vivre sans peur. Et ici, pardonnez-moi, j'ai échoué, nous avons failli sur toute la ligne. La guerre qui m'a volé tant de membres de ma famille m'a hantée pendant plus de soixante-dix ans. Et vous en avez hérité, vous aussi. Nous vous avons transmis cette horreur, ce cadeau empoisonné, comme un ballon que l'on passe de génération en génération.

J'ai cru que nous serions les derniers à attraper la balle. C'est pour ça qu'en arrivant ici, dans ce pays né en écho à la guerre, j'ai préféré foncer vers l'avant sans regarder autour de moi. Je n'étais pas la seule, nous l'avons tous fait, nous avons tous choisi d'ignorer que notre renaissance avait un prix. Et moi, comme les autres, j'ai enfoui ma tête dans le sable.

Puis il y a eu la visite de cette famille qui avait vécu dans ce que nous croyions être notre maison. Et c'était comme si quelqu'un avait allumé d'un coup des projecteurs éblouissants et les avait braqués sur tout ce que nous avons construit ici : rien n'était comme nous l'avions imaginé. J'ai mis des années à m'en remettre. Je n'y suis jamais arrivée, en fait.

Après, avec Andrzej, nous avons essayé de changer les choses, ici, dans ce pays où nous avions atterri sans l'avoir vraiment voulu. Avec le temps, nous nous sommes sentis totalement impuissants. Alors nous avons cessé de regarder les informations à la télévision, cessé de lire les journaux. Et nous avons continué à veiller sur nos petits-enfants et sur notre jardin.

Je me souviens de cette journée, mes enfants chéris, où je vous ai regardés jouer dans votre chambre, à Varsovie, il y a très longtemps de ça, presque soixante ans. Il y avait de l'espoir dans l'air, vous étiez si absorbés – toi, Basia, dans ta lecture, toi, Adam, à faire rouler tes camions –, je vous ai observés et c'était si clair, pour moi, que vous grandiriez dans un monde de paix, un monde où vous pourriez vivre libres, où toutes les horreurs vous seraient épargnées.

Ensuite, Andrzej et moi, nous vous avons amenés ici, dans ce pays où les fusils ne se taisent jamais vraiment. Aurais-je fait d'autres choix si j'avais su ce qui vous attendait ? Peut-être. Mais qui dit que ces choix n'auraient pas été pires ? Et puis, la planète ne se précipitait pas pour nous ouvrir les bras. Ici, nous avons été chez nous dès le premier jour.

Je me souviens de ma rencontre avec Nina, dans cet hôpital où nous avons accouché toutes les deux, à quelques heures d'intervalle. Nous nous sommes parfois demandé, par la suite, ce que nous avions légué au juste à nos enfants et, à travers eux, à nos petits-enfants. La guerre, hélas, fait partie de ce legs. La guerre comme mémoire et comme éventualité coule dans vos veines. Mais il n'y a pas que ça.

Nous vous avons transmis une histoire qui est la vôtre, des valeurs aussi, je l'espère en tout cas, puis la capacité de rebondir, toujours. De ne jamais baisser les bras. Et peut-être, qui sait, quelques poèmes et chansons. Peut-être que c'est ce qui compte le plus, à la fin. Les poèmes et les chansons.

Nous sommes donc, Nina et moi, les dernières survivantes d'une époque révolue. Les derniers fruits sur notre branche, les derniers épisodes de la saison des parents. Et je sais que ma branche à moi est sur le point de céder. C'est une question de jours. Quoique, dans l'état où je me trouve, le concept de «jour» n'a plus vraiment de sens. Le temps est un magma, il m'arrive encore de soulever les paupières, de vous regarder vraiment, avec mes vrais yeux, et alors vous vous précipitez vers moi, vous passez un linge humide sur mon front ou vous me donnez un peu d'eau à boire à la paille ou une éponge à suçoter. Vous me demandez si ça va et je fais signe que oui, avec la tête. Le reste du temps, je sens la vie glisser doucement hors de moi. Je ne souffre pas, je m'efface.

Depuis quelque temps, vous êtes plus nombreux à me rendre visite. J'en déduis que le moment de ma disparition approche. Récemment, j'ai même entendu la voix d'Ewa. Ai-je rêvé? Peut-être pas, ce n'est pas impossible, elle est venue si souvent ici, et chaque fois elle passait me saluer. Je crois qu'à un moment le ton de voix a monté, surtout entre Ewa et toi, ma fille, ma Basia.

Alors j'ai cessé d'écouter. Les mourants ont ce privilège: se déconnecter. À un autre moment, j'ai eu l'impression d'entendre psalmodier Jacek, pardon, Joshua.

Ce garçon perdu, cette plante égarée qui a pris racine dans cette communauté mystique du Nord, à Safed. Mais ça non plus, je n'en suis pas certaine, ces prières étaient-elles réelles ou s'agissait-il d'une hallucination?

Puis Julia a surgi dans la chambre, malgré les protestations d'une infirmière qui trouvait qu'il y avait déjà trop de monde autour de moi. Que ça allait me fatiguer. Si j'avais pu, j'aurais éclaté de rire. Là où je me trouve, je suis bien au-delà du concept même de fatigue.

Julia était bien réelle, ce n'était pas un rêve. Comme toujours, elle tenait son appareil photo dans ses mains. J'ai cru comprendre qu'elle termine un livre ou une exposition, ou les deux, sur nous tous, sur nos familles éparpillées depuis presque cinquante ans. Qu'elle souhaite souligner par ces images le cinquantième anniversaire de notre dispersion.

Son irruption a permis de mettre fin à la discussion. Vous ne parliez plus, Julia vous plaçait comme ceci et comme cela, face à la fenêtre pour pouvoir profiter de la lumière naturelle de cette fin d'après-midi, ou contre le mur de plâtre peint d'un beige fade. J'espérais ne pas figurer sur ses photos: je ne suis plus vraiment présentable. Julia s'est quand même placée près de moi, a braqué son objectif sur mes mains aux veines saillantes, mon profil, mes pieds, sur divers accessoires dont on se sert pour alléger les souffrances des mourants. Puis elle a posé son appareil sur le rebord de la fenêtre, elle a tiré une chaise près de mon lit, s'est assise à côté de moi, a mis sa main sur la mienne.

J'ai encore entendu des éclats de voix, puis Adam

vous a suggéré d'aller prendre l'air, ou peut-être de boire un café sur une terrasse, ou même à la cafétéria de l'hôpital. C'était une excellente idée.

Vous avez encore tourné un peu autour de moi, toi, Basia, tu as rafraîchi mon front avec une tendresse infinie, puis tu t'es immobilisée pour me chanter cette vieille berceuse polonaise que vous aimiez tous, enfants. Et que nous aimions vous chanter, Nina et moi. «Le ciel avance en pleine nuit, son tablier est rempli d'étoiles...» J'ai senti des larmes monter dans mes yeux secs. J'ai brièvement pensé que je vous aurai légué peut-être seulement ça : un tablier rempli d'étoiles. Et que ce n'est pas si mal, après tout.

Quelques instants plus tard, toi, Adam, tu as inséré un tampon imbibé de liquide salin entre mes lèvres desséchées et tu as réarrangé ma couverture, Julia a pris une dernière photo. Chacun à votre tour, vous avez déposé délicatement des baisers sur mes joues, puis vous êtes partis en laissant derrière vous un délicieux silence, interrompu uniquement par le ronron du climatiseur.

Je me suis laissée couler dans ce silence, puis je me suis éclipsée. Pour de bon.

Arthur

Agathe n'avait pas fermé l'œil de la nuit, elle se tournait tantôt sur le dos, tantôt sur le côté, son abdomen avait pris des proportions irréelles, elle était devenue un tableau de Botero, ne savait plus comment se placer pour pouvoir simplement respirer. Chaque fois qu'elle parvenait à oublier sa lourdeur, des contractions irrégulières lui pinçaient le ventre et la réveillaient.

Cette fois, la douleur était un peu plus intense. Elle s'est soulevée dans le lit, a regardé autour d'elle et a mis un moment à se souvenir qu'elle avait décidé de dormir dans la chambre d'amis pour ne pas réveiller Manu, dont le ronflement lui parvenait à travers le mur.

Elle n'était plus qu'à deux jours du terme officiel de sa grossesse et sa sage-femme, Véronique, lui avait dit que le col de son utérus était presque entièrement effacé. Le bébé pouvait arriver n'importe quand.

Elle a enfilé ses pantoufles, s'est traînée jusqu'à la salle de bains, s'est servi un verre d'eau et l'a bu en se regardant dans le miroir. Elle a pensé : cette baleine aux yeux cernés, c'est moi. Vraiment, il était temps qu'elle accouche... Il faisait encore noir, mais ça ne servait à rien de retourner au lit, elle ne dormirait pas, de toute façon. Elle a attrapé son peignoir sur le crochet de la salle de bains, a marché en traînant les pieds jusqu'à la cuisine, ouvert le congélateur pour contempler, encore une fois, tous les plats préparés et livrés par le traiteur quelques jours plus tôt, cadeau d'un groupe d'amis et de collègues pour alléger son quotidien après la naissance du bébé. Il y avait des barquettes de pot-au-feu, des portions de sauce bolognaise ou rosée, du bouillon de poulet, de la crème d'asperges, du poulet à la portugaise et à la calabraise, des boulettes de veau. La vision de ces plats bien empilés la rassurait : elle avait des repas pour trois bonnes semaines, elle n'aurait à se soucier de rien, sauf du bébé, bien sûr.

Le compartiment principal du réfrigérateur était lui aussi plein à craquer : des jus, des légumes, des pommes, des oranges, des fraises. Elle a décidé de se verser un verre de lait de soja à la vanille, son préféré, qu'elle a fait suivre d'un déca préparé avec sa cafetière espresso toute neuve – un cadeau de Manu pour célébrer l'arrivée du bébé. Elle a fixé le porte-filtre à la cafetière, a appuyé sur le bouton de mise en marche et a senti l'odeur du café frais se diffuser dans la cuisine. Puis elle a placé un petit pichet de métal rempli de lait sous le bec à vapeur, qu'elle a actionné jusqu'à ce que la mousse atteigne la consistance parfaite.

De temps en temps, elle ressentait un bref serrement au ventre, mais ce devait être encore une de ces fausses contractions, comme celles qui se manifestaient depuis deux semaines. Elle s'est assise dans le fauteuil inclinable, près de la fenêtre qui donnait sur le balcon, et a bu en fermant les yeux pour mieux savourer le café. Une pluie lourde mêlée de neige s'écrasait sur la vitre fouettée par le vent.

Elle a déposé la tasse et a amorcé sa tournée d'inspection matinale : d'abord la chambre du bébé, avec le berceau, le mobile au-dessus du lit qui émettait des tintements de clochette, la table à langer, le petit bain, l'interphone, le shampoing, la petite serviette à capuchon, trois boîtes de quarante-huit couches jetables chacune : tout était prêt pour accueillir leur premier enfant.

Depuis la deuxième échographie, ils savaient que ce serait un garçon, et ils avaient décidé de l'appeler Arthur. Ce serait Arturo pour la famille de Manu, des Mexicains venus au Québec au milieu des années 1990. Ce serait Artur, ou son diminutif Arturek, pour la partie polonaise de la famille, pour sa future grand-mère Ewa et son arrière-grand-mère Nina. Et Arthur pour tous les autres.

Il y avait encore quelques pyjamas et camisoles en coton dans la machine à laver, elle a lancé un nouveau cycle avec du savon ultradoux et de l'adoucisseur, et s'imaginait déjà les transférer dans la sécheuse, puis les plier avec soin, les pyjamas avec les pyjamas, les camisoles avec les camisoles. L'habit de neige pour bébé naissant, avec ses motifs jaunes et rouges, était déjà rangé dans le sac, prêt à partir pour la maison de naissance.

C'est en déplaçant les vêtements du bébé de la laveuse vers la sécheuse qu'Agathe a été parcourue par une douleur plus aiguë, plus poignante, comme une déchirure. Elle s'est relevée et a senti le liquide amniotique couler entre ses cuisses.

Elle est restée quelques instants immobile, prostrée, puis elle s'est précipitée vers la chambre, a touché l'épaule de Manu qui dormait profondément, puis l'a secoué avec force : « Manu, c'est le moment. »

Elle s'est alors souvenue qu'elle devait passer chez Nina, sa grand-mère, ce matin-là, pour son cours de polonais. Elle en avait toujours voulu à Ewa de ne pas avoir pris le temps de lui transmettre sa langue maternelle, elle n'en connaissait que des mots épars, quelques jurons, bonne nuit, je t'aime. *Cholera, dobranoc, kocham cię.* Et l'incontournable *Sto lat* chanté à tous les anniversaires. Pourtant, elle parlait couramment l'espagnol, la langue maternelle de Manu...

Agathe espérait profiter de son congé de maternité pour améliorer son polonais, elle avait déjà progressé un peu, et elle se rendait compte que son oreille était habituée à ces sonorités, à force d'écouter Ewa parler avec Nina ou Maja.

Il fallait prévenir Nina qu'elle ne viendrait pas ce matin-là, mais si Agathe lui disait la vraie raison de ce changement de plan, elle ferait face à un barrage de questions et de conseils, sa mère serait avertie, ce qu'elle voulait éviter à tout prix. Non, elle téléphonerait à Nina pour remettre le rendez-vous, trouverait n'importe quel prétexte, elle était en retard dans ses achats pour le bébé, elle devait préparer sa chambre, n'importe quoi. À son grand soulagement, Nina n'a pas pris l'appel, Agathe a donc pu laisser un message laconique : « Désolée, *babcia*, remettons notre rendez-vous à demain après-midi, je m'excuse, je t'aime, *kocham cię*. »

Les contractions se rapprochant, elle a fini par envoyer un texto à Véronique, la sage-femme. Voyant qu'elle ne lui répondait pas immédiatement, elle a composé son numéro. « Ne t'inquiète pas, prends de grandes respirations, j'arrive », a répondu Véronique.

Agathe a essuyé son entrejambe à l'aide d'une serviette, et Manu l'a aidée à enfiler son soutien-gorge d'allaitement et sa robe extensible. À son arrivée, Véronique a examiné Agathe, a estimé que le col de son utérus était déjà dilaté à quatre centimètres. C'était le moment de filer à la maison de naissance : Arthur-Arturek-Arturo s'apprêtait à faire son entrée dans leur vie.

À leur arrivée, les contractions étaient devenues régulières – toutes les cinq minutes – et beaucoup plus douloureuses. Agathe essayait de penser à ses cours prénataux, à ses techniques de respiration, mais elle avait l'impression que son corps lui échappait.

— Ça va aller, disait Manu en lui massant le dos, comme il l'avait appris pendant les cours.

À un moment, le cellulaire d'Agathe a sonné. Elle l'a tendu à Manu en disant :

— Éteins-le, ne regarde pas qui appelle, de toute façon c'est sûrement ma mère ou ma grand-mère, on leur téléphonera plus tard, après...

Avant d'ajouter :

— Ferme le tien aussi. Tu sais comment elles sont...

Les douleurs s'intensifiaient, le travail progressait lentement. Véronique a offert à Agathe de faire couler de l'eau chaude dans la baignoire de la salle de bains qui jouxtait la chambre feutrée où elle venait de s'installer.

Agathe avait apporté son haut-parleur portable, elle l'a placé sur une tablette et a sélectionné sa liste de lecture «Accouchement». Elle avait été prévoyante : il y en avait pour douze heures. Que des pièces instrumentales, elle ne voulait pas être distraite par des paroles. Elle a écouté une suite pour violoncelle de Bach, les *Gymnopédies* d'Erik Satie, un concerto de Schubert, Alexandra Stréliski. Puis elle est sortie de la baignoire, a enfilé son peignoir, a marché un peu, s'est appuyée contre le mur, s'est redressée, a marché encore, s'est alitée un moment, a poussé un cri de douleur, a laissé Manu lui masser le dos, encore une fois.

«Arrêtez cette musique», a-t-elle fini par lancer, excédée. Il n'y avait plus de place, dans son corps, pour aucune sensation autre que la douleur. Le temps était condensé, il battait entre les pointes de souffrance et les brèves périodes où elle parvenait à s'assoupir.

Pendant un moment, elle est restée assise sur un gros ballon d'exercice, la tête posée sur le lit. Manu lui servait des verres d'eau, lui passait la main dans les cheveux, rafraîchissait son front avec une débarbouillette humide.

La sage-femme a mesuré la dilatation du col de son utérus, qui avait atteint sept centimètres. Elle a suggéré à Agathe de s'installer dans la baignoire, encore une fois. Comme elle hésitait, Manu lui a dit :

— J'irai avec toi, dans le bain.

Pendant une heure, ou plus, ou moins, ils ont baigné dans l'eau tiède et apaisante. Quand les contractions la tenaillaient, Agathe serrait le poignet de Manu en râlant et en essayant de contrôler sa respiration.

Véronique était prête à accueillir l'enfant dans le bain, mais Agathe avait encore besoin de changer de position, elle s'est levée, Manu l'a enveloppée dans une serviette, il l'a frottée doucement, puis elle a pris son ventre dans ses mains et a senti une douleur atroce, insupportable, la déchirer de part en part.

— Je ne pourrai pas supporter cette douleur, a gémi Agathe. C'est trop.

— Ça s'en vient, respire avec moi, a dit Véronique.

— Je t'avertis, je peux tenir dix minutes comme ça, mais pas deux heures, a craché Agathe dans un halètement.

Exactement dix minutes plus tard, Arturo-Arturek-Arthur glissait dans le monde, plissant les yeux dans la lumière tamisée de la chambre. C'est Manu qui a cueilli le bébé en suivant les instructions de la sage-femme, qui avait auparavant replacé la petite épaule d'Arthur parce qu'elle lui bloquait le chemin.

— Mets tes mains comme ça, a dit Véronique, et Manu s'est placé au bout du lit, concentré sur la tâche à accomplir.

Le bébé a jailli dans ses bras. Sous la membrane blanchâtre qui le recouvrait, il était tout rose. Quand Manu l'a soulevé, après un bref silence, Arthur a émis le cri qu'ils attendaient tous. Manu s'apprêtait à poser l'enfant sur le ventre d'Agathe quand Arthur l'a fixé de ses yeux sombres. Ils se sont regardés tous les deux pendant un instant qui ne semblait pas vouloir s'arrêter. À un moment, le bébé a cligné des paupières, ses lèvres se sont relevées, et Manu a eu l'impression que son fils venait de lui adresser un premier sourire. «*Bienvenido, Arturo*», a chuchoté Manu.

— Donne-le-moi, a dit Agathe à travers ses larmes.

En se baissant vers elle pour lui tendre l'enfant, Manu a senti qu'il tenait entre ses mains l'avenir du monde.

Invitation

Varsovie, le 1er mars 2018.

Dans le cadre de la commémoration du cinquantième
anniversaire des événements de mars 1968,
nous avons l'immense plaisir de vous inviter
au vernissage de l'exposition

Quatre familles, mille destins

qui aura lieu le 8 mars prochain
à dix-sept heures
à la Galerie Oko, à Varsovie.

Cette exposition constitue l'aboutissement d'un projet
mené pendant plusieurs décennies par la photographe
polono-américaine Julia Rotfeld.

Des rafraîchissements seront servis.

Veuillez confirmer votre présence.

La Galerie Oko. Varsovie.

Remerciements

Ce roman n'aurait pas vu le jour sans le soutien de tous ceux qui m'ont aidée à documenter les lieux, les époques et les événements dont il y est question.

Un grand merci, donc, à : ma maman Ilona Flutsztejn-Gruda, ma sœur Alexandra Szacka, ma grande amie de la cour, Edyta Wolska, ainsi qu'à Olek Perski, Lucyna Gebert, Lilka Elbaum, Freda Uziyel, Leon Sfard, Yakov Rabkin, Alina MacNeal, Grazyna Krupa et Yanick Villedieu. Merci à Louise Caouette-Laberge et Jean-Martin Laberge pour leur expertise en matière de soins aux grands brûlés et le fabuleux refuge d'écriture auquel ils m'ont donné accès.

Un merci spécial à mon compagnon, Paul Kunigis, qui a généreusement partagé avec moi les odeurs, les saveurs et les paysages de son enfance en Israël.

Plusieurs ouvrages m'ont été utiles, dont : *Zapiski z wygnania* (Notes d'exil), de Sabina Baral ; *Ani tu, ani tam* (Ni ici ni là-bas), de Krystyna Naszkowska ; *Księga wyjscia* (Le livre de sortie), de Mikolaj Grynberg ; *We*

Were the Future : A Memoir of the Kibbutz, de Yael Neeman ; *Meurtre au kibboutz*, de Batya Gour.

Je me suis aussi inspirée du film documentaire *Dokument podrozy* (Document de voyage) de Golda Tencer et Zvi Slepon, ainsi que du film *Marzec '68* (Mars 1968) de Krzysztof Lang.

Un grand merci à mes relectrices, Joanna Gruda, Katia Gagnon et Michèle Ouimet.

Surtout, mille mercis à mon éditeur, Jean Bernier, qui m'a patiemment guidée depuis les balbutiements de ce projet jusqu'à la version finale.

Enfin, merci au Conseil des arts du Canada pour la bourse de création qui m'a permis de me consacrer à temps plein à l'écriture de ce roman.

Table

Achevé d'imprimer sur Roto-Page
par l'Imprimerie Floch à Mayenne
en mai 2025.
Numéro d'imprimeur : 107061

Imprimé en France.